j'agis pour les forêts*!

IGB Édition soutenant ***Reforestaction***,
l'impression originale de ce roman
a permis de planter 20 arbres.

L'EFFET WERTHER

SÉBASTIEN GARNIER

L'EFFET WERTHER

IGB EDITION

Photographie de l'auteur : Christophe Pouget
Illustration de couverture : Luca Defendini et Emma Palissot
ISBN : 978-2-491770-42-6

Cet ouvrage est une œuvre de fiction qui révèle néanmoins certains aspects autobiographiques. Ainsi les noms, lieux et actions peuvent relever de l'imaginaire ou illustrer des expériences vécues par l'auteur. Cependant toute ressemblance avec des personnes inconnues, vivantes ou décédées, des évènements ou des situations serait pure coïncidence.

À mon lagon, corail, horizon et petit coup de soleil.
À mon île,
Emily.

« La mort est la seule liberté que connaisse l'esclave »

Spartacus

(Stanley Kubrick, 1960)

Note de l'éditrice

L'inventivité littéraire n'a pas de limites. Le pouvoir des mots, non plus. Cependant, quand un auteur possède une imagination aussi foisonnante que Sébastien Garnier, il est indispensable de ne pas restreindre ses capacités créatives. Ainsi, en support de son récit, il a inventé des néologismes définis en page 481 à 484. Aux fins d'une parfaite compréhension, vous pourrez vous y reporter et pourquoi pas vous amuser à en créer d'autres.

Claire Izard

1

Vortex… Cortex

Le XXIe siècle resta longtemps indécis. Jusqu'à son épilogue, il fut difficile de l'étiqueter : pris en étau entre terrorisme et repli sur soi, il fut d'abord violent — mais il faut croire que les siècles démarrent souvent ainsi — puis il se montra pour l'essentiel accablant, avec la petite mort des écosystèmes et celle, inéluctable, de liens sociaux immémoriaux ; celle, aussi, de toute perspective de changement systémique.

À la toute fin, ce siècle aux fondations vermoulues prit néanmoins un tour nouveau et se révéla inspirant — comme chaque fois que l'homme lève les yeux vers les étoiles. Il s'acheva par une flambée inédite d'innovations et de découvertes laissant entrevoir les possibles du siècle à venir, le XXIIe, et suscitant une grande attente : celle de vivre enfin un siècle à la hauteur des espérances que l'homme pouvait placer en lui.

C'est pourtant là que tout s'effondra.

– 2 –

En cette fin d'après-midi glaciale de décembre, le dimanche 3 pour être précis, rien dans le comportement de Dolores Myers n'aurait pu laisser présager ce qui allait se passer le jour même. Quoique…

La journée avait commencé comme tant d'autres, avec l'annonce sur *Intellect* des espèces officiellement disparues la veille : le tubastrée orange, l'hippocampe moucheté et le lémurien varecia, pour ne citer que les plus emblématiques. Tous venaient d'être remisés aux Archives biologiques. Cette routine, plus grand monde n'y prêtait attention.

Dans l'Illinois, le temps était polaire, comme il en avait pris l'habitude au moins une à deux fois par an depuis quelques décennies. Le réchauffement global avait tué tout ce qu'il aurait fallu sauver et n'avait laissé comme vestiges des hivers d'antan que leurs manifestations les plus violentes. Le vortex s'était installé deux jours plus tôt et semblait décidé à y passer les fêtes de fin d'année.

Debout sur le perron de leur demeure tranquille dans la petite ville de Lincoln, Esther attendait Dolores. Elle s'était abritée de la neige et du vent sous le joli porche en bois et sa guirlande de stalactites. Dehors, tout était blanc, sauf elle, enveloppée de noir, ses cheveux de tourmaline lâchés sur ses épaules. On aurait pu penser qu'Esther avait déjà revêtu les habits du deuil. Mais elle-même aimait à le dire : il ne fallait y voir qu'une habitude, la projection vestimentaire de sa psyché. Toutefois, ce jour-là, il eût été légitime d'y déceler quelque chose de prémonitoire.

Esther avait les joues et le nez rougis par les morsures du froid intense. Le corps transi, la mâchoire tremblante, elle leva les yeux vers le ciel gris : malgré la neige qui tombait dru, elle réussit à apercevoir l'ange envoyé par l'ISA, là-bas, au loin dans les flocons. Elle voulut d'abord envoyer un *cog* clair et résolu, mais se ravisa et préféra hurler en direction de la maison :

— Dolores ! Dépêche-toi ! Le transport arrive et il fait vraiment très, très froid !

Dans le grenier, Dolores sortit brusquement d'un songe. Bien qu'elle ne dormît pas, ce fut pour elle comme un réveil brutal. Elle n'entendit pas grand-chose de l'injonction d'Esther, mais perçut son empressement. Donc, elle obtempéra et descendit le vieil escalier des combles. Quelques instants après, la porte d'entrée s'ouvrit sur Dolores qui enfilait un épais manteau. Le froid extrême l'aida à recouvrer ses esprits :

— Ce n'était pas la peine de crier ! taquina Dolores en refermant la porte derrière elle.

— Tu sais bien que moins je *cogmunique* à la maison, mieux je me porte, répondit Esther. Et puis, n'a-t-on plus le droit de hurler un peu dans son jardin ?

Dolores lui jeta un regard gourmand et répliqua :

— Toi, tu as tous les droits.

Elle déposa sur son nez gelé puis sur ses lèvres fraîches deux tendres baisers.

Dolores était comme la neige, les flocons se perdaient dans sa chevelure blanche aux reflets argentés, ses yeux clairs, sa peau d'albâtre. Esther lui demanda :

— Es-tu prête ?

— Moi, oui. Pour ce qui est des autres, nous verrons bien !

Cette réponse reflétait son caractère profond. Dolores était un roc. Solide. Elle faisait partie de ces gens dont on attend en permanence qu'ils nous montrent la voie, nous disent que faire quand nos hésitations ou nos peurs nous paralysent. Et aussi qu'ils prennent les coups à notre place.

Esther, bien sûr, portait sur elle un regard différent. Elle partageait sa vie depuis de longues années et connaissait mieux que quiconque les points faibles de sa cuirasse. Ainsi, en ce jour si particulier, sans doute Esther aurait-elle pu — dû ? — se rendre compte que quelque chose ne tournait pas rond. Il est vrai qu'à bien y réfléchir, Dolores avait eu un comportement ambivalent au cours des dernières vingt-quatre heures : d'un côté, elle gardait sa détermination et son énergie face à l'échéance qui s'annonçait ; de l'autre, elle affichait une forme d'absence et d'introversion qui ne lui ressemblaient guère. Il y eut d'abord ces maux de tête, dont elle s'était plainte la veille au soir et qu'elle mit sur le compte d'une juste fatigue intellectuelle et physique après une année de négociations aux quatre coins du monde. Et puis, à l'instant même, elle revenait de cette étrange incursion au grenier, qu'elle fît dans l'intention d'y récupérer « un vieux souvenir ». Qu'était-elle allée chercher en ce lieu où elle ne mettait jamais les pieds juste avant de se rendre à un rendez-vous aussi capital ?

Dolores était en effet attendue, par le monde entier, à Manhattan ou plus précisément à l'ancien siège de l'Organisation des Nations Unies devenu, depuis peu, le nouveau siège de l'ISA, l'Agence Spatiale Internationale, qu'elle dirigeait, mieux, qu'elle incarnait depuis maintenant une décennie.

On s'apprêtait à y célébrer les cinquante ans du premier pas de l'homme sur Mars — ce fut d'ailleurs une femme — et, à cette occasion, Dolores avait rendez-vous avec d'influents politiques, de célèbres journalistes et tous les scientifiques et ingénieurs qui avaient contribué de près ou de loin à la conquête de la planète rouge. Il ne s'agissait pas d'un simple anniversaire, d'un gentil jubilé : non, tout ce beau monde n'attendait en réalité qu'une chose, à savoir son allocution, qui devait fournir l'orientation générale de l'exploration spatiale pour les prochaines années. Rien que ça. Mars étant durablement colonisée, les rumeurs prêtaient à Dolores des ambitions plus lointaines : Céres, Titan, Europe, à la recherche d'autres formes de vie pour qu'une première rencontre extraterrestre pût enfin avoir lieu sans le truchement d'un microscope. Des conséquences économiques et géopolitiques considérables découleraient de ce qui se dirait ce soir-là.

Six mois plus tôt, chacun des cent vingt-deux États membres de l'ISA lui avait remis un mémo résumant ses priorités en matière de recherche spatiale. Soit cent vingt-deux stratégies différentes à faire converger en cent quatre-vingts jours. Dolores avait fourni un travail colossal de consolidation, de tractations, pour arracher un texte programmatique qui devait fonder « l'Action concertée » pour les prochaines décennies. Outre les représentants des États, les grands groupes privés du secteur l'attendaient aussi ce soir au tournant dans l'espoir d'obtenir des commandes et des chantiers.

L'ange qui devait les conduire à New York amorça sa manœuvre et, après une lente descente, se posa en face du perron, évitant soigneusement le vieil érable dont les branches authentiques mais fatiguées ployaient sous la neige. Les trois pieds de l'engin s'enfoncèrent dans le manteau blanc qui avait tout recouvert. Dolores et Esther avancèrent main dans la main jusqu'au grand ovoïde transparent ; la portière coulissa, elles montèrent à bord et débarrassèrent leurs manteaux de tous les flocons qui s'y étaient posés.

L'appareil décolla et prit la direction de Manhattan, à une heure de là. Aussitôt, Esther se cognecta au cerveau de l'ange pour programmer un léger détour et passer près de Chicago, qui n'était qu'à un jet de pierre. Voir sa ville natale, même de loin, Esther n'en laissait jamais passer une occasion. Elle tourna son siège en direction des fenêtres avant, de manière à profiter du spectacle de la campagne enneigée puis de la skyline chicagoane, qui ne manquerait pas d'apparaître bientôt. Elle croisa ses bras devant elle, sur la console frontale, et y posa sa tête. Puis elle jeta un regard d'enfant à l'extérieur. L'ange fila à toute vitesse. Si bien qu'après seulement quelques minutes de vol, les franges maussades et rampantes de la banlieue nécrosée de Chicago apparurent à l'horizon. La neige avait pris soin de cacher ces scories urbaines, donnant l'illusion d'un paysage apaisé et d'un sol naturel là où gisait en réalité le corps décomposé d'une ville à demi-morte. Alors apparurent au loin, derrière une dense barrière de flocons, les vieilles tours vides, sales et sombres du Loop. Nostalgie.

Esther aimait passionnément sa ville. Pour ses cicatrices et pour ce qu'elles avaient traversé ensemble, côte à côte, coûte que coûte. Esther avait grandi dans une métropole aux abois, bête blessée et humiliée par une série de crises sanitaires et financières. Elle y avait connu l'eau contaminée, les expulsions, les snipers, les rats, la peste, l'exode aussi, mais elle revenait toujours. Elle aimait autant sa ville pour ce qu'elle y avait vécu que pour ce qu'elle aurait rêvé d'y vivre, il y avait bien longtemps — bien avant qu'elle soit née, bien avant que les hommes se transforment en fantômes, que la lumière ne devienne solide… Et qu'Intellect soit inventé.

Esther puisait dans l'écho lointain d'un Chicago disparu la nourriture que réclamait son imaginaire. Elle se délectait des exhalaisons de temps révolus, imperceptibles de tous, mais qui, à travers ses yeux, suintaient partout des murs et des trottoirs crasseux. Dans le silence des rues désertées, il lui suffisait de fermer les paupières pour sentir battre encore le vieux cœur de la cité, quelque part en dessous, dans le réseau dense de ses racines de métal et de béton. Son Chicago à elle, c'était celui du foisonnement architectural et urbain du XXe siècle, de la prospérité folle d'une époque révolue où l'on mangeait du bœuf sans compter, de la prohibition, des gangsters, des speakeasys, des bordels. Bref, toutes ces aspérités, qu'une médiocre fin XXIe siècle, trop lisse et morose à son goût, ne savait plus produire. Puis, il y avait tous ces souvenirs, les siens, gravés à chaque coin de rue du Loop, les explorations clandestines des vieux gratte-ciel abandonnés, la nuit, à la lampe torche, les baisers échangés en cachette sur les voies désaffectées du métro aérien, les glissades interdites sur le lac gelé. Chicago avait peut-être perdu son énergie vitale, mais elle continuait d'incarner, au moins à ses yeux, quelque chose de puissant.

Dolores, elle, n'avait pas vécu là. Les grandes villes, leur foule compacte et contagieuse, leur atmosphère carbonée et leurs sols imperméabilisés ne trouvèrent d'ailleurs jamais grâce à ses yeux. Le choix de Lincoln, la quiétude de la campagne, c'était elle. Elle y avait ses attaches et Esther n'accepta de s'y installer que parce que Chicago en était proche. Accaparée par d'autres considérations, concentrée sur son échéance et l'attente de tout un monde, Dolores n'était pas d'humeur à contempler le paysage. Elle inclina son siège pour se retrouver en position allongée et ferma les yeux pour mieux répéter son discours qu'elle fit défiler lentement, sur le fond noir de ses paupières, s'arrêtant régulièrement sur les mots-clés.

Pendant ce temps, l'ange laissait Chicago derrière lui et pénétrait dans une épaisse couche nuageuse, interrompant la contemplation d'Esther, mais pas ses réminiscences.

– 3 –

À peine trente minutes plus tard, New York émergea d'un nuage pour afficher sa démesure.

— C'est magnifique ! lâcha Esther en tirant Dolores de sa concentration.

Sa compagne se décognecta, ouvrit les yeux, puis se redressa. En voyant devant elle Esther, le visage collé à la vitre comme une petite-fille, toute à son émerveillement devant le spectacle simple des toits enneigés, Dolores se souvint de ce qui l'avait bouleversée quand leurs routes s'étaient croisées de nombreuses années auparavant : un don pur qui lui permettait de s'extasier de tout sans jamais recourir aux artifices de la réalité augmentée, de faire abstraction du tumulte incessant et de la laideur dévorante de ce monde surpeuplé et souffreteux pour y déceler ces autres possibles, ceux que les âmes des adultes, souillées par la rationalité, n'étaient plus capables d'échafauder seules.

Dolores se rapprocha d'Esther et, d'un geste tendre, glissa son bras sous sa longue chevelure noire, profitant tout contre elle du spectacle de ce monstre urbain. Sur les centaines de kilomètres carrés de son épiderme fiévreux, les routes et les bâtiments avaient tissé un réseau dense de veines noires et de pustules grises. Quand, enfin, à la faveur d'une éclaircie, la ligne crénelée de la vieille ville scintilla au loin, un paysage de carte postale s'esquissa progressivement : des tours acérées au design d'un autre temps, des trottoirs enneigés, des taxis jaunes, des colonnes de vapeur s'élevant des entrailles de la ville, telles des fumerolles d'un magma urbain. Témoignage vibrant de l'hypercroissance d'antan, New York était encore ce cauchemar psychotique aux atours de rêve, une sublime catastrophe, une erreur monumentale qui ne demandait qu'à être aggravée.

L'ange entama alors une descente rapide et survola l'East River à basse altitude. Il fila à ras des flots, sous le Queensboro bridge, créant un sillon profond dans les eaux grisâtres. L'ancien siège de l'ONU, bâtiment iconique et fraîchement réinvesti par l'ISA, se dressa soudain face à elles, au bord du fleuve, offrant un reflet irréel sur l'eau à moitié gelée.

– 4 –

L'ange s'était posé non pas sur le toit de l'immeuble, mais dans le jardin, au pied des cerisiers de synthèse et du grand *artifichêne*, privilège autrefois réservé aux seuls chefs d'État.

Les pieds dans la neige, le maire de New York, la Secrétaire d'État aux Affaires spatiales et tout un aréopage d'individus décoiffés par le vent glacial et emmitouflés dans d'énormes manteaux attendaient les deux femmes. Des *vidéoptères* minuscules tournoyaient dans l'air, en nuées, comme des nano-étourneaux, et délivraient aux millions de cerveaux cognectés à travers le monde la moindre image et le moindre son de l'événement. Des engins de la police de New York rôdaient également à basse altitude, gyrophares allumés et sirènes *cog-cops* à profusion.

Tout ce cinéma n'impressionnait guère Dolores : son métier consistait à superviser des programmes spatiaux colossaux à coups de milliards de neuros, à assister aux décollages de gros-porteurs, à négocier avec des chefs d'État... Le bruit, l'agitation et le trac faisaient partie de son quotidien. Loin de l'intimider, la tension palpable autour de l'immeuble tendait plutôt à la galvaniser. Elle enfila son manteau et son écharpe, puis embrassa une dernière fois Esther avant de mettre son masque à particules ; et de sortir de l'ange.

— Monsieur le Maire, dit-elle sur un ton protocolaire, je vous remercie pour votre accueil et, plus que tout, pour votre aide précieuse durant toute cette année de travaux.

— Madame la Directrice, répondit l'édile au corps fumant comme un bœuf dans le froid intense, c'est un honneur immense pour notre ville d'héberger une institution telle que l'ISA. Ici, tout le monde attend cette soirée depuis des mois ! Il paraît que c'est le XXIIe siècle qu'on lance ce soir !

— Eh bien ! Quelle ambition... C'est tout le mal que je nous souhaite, lâcha-t-elle en songeant secrètement que le XXIe siècle avait été inauguré à cinq petits kilomètres de là, un mardi, à 8h14.

Elle embrassa fièrement le site du regard avant de s'avancer vers l'autre bâtiment, « l'Annexe », où son destin l'attendait. Tout le monde la suivit, ce qui reflétait bien la position de Dolores Myers et de l'ISA dans le jeu institutionnel mondial.

L'Annexe, en fait, abritait l'écrin le plus célèbre des dirigeants du monde d'avant : la grande salle de l'Assemblée des Nations Unies. Bien que celle-ci fût totalement rénovée et reconfigurée, il était difficile de ne pas se sentir étreint par son histoire quand on en franchissait le seuil. Prononcer un discours dans cette enceinte, c'était relever une sorte de défi, accepter une joute verbale avec le passé. Allocutions, plaidoyers, déclarations, réprimandes : toutes les formes de discours avaient un jour retenti entre ces murs, et chacune eut son heure de gloire ou de désolation, sa part d'efficacité ou d'inanité, de vérité ou de mensonge. Dolores avait saisi depuis longtemps la portée symbolique du lieu et c'était là, bien plus que l'idée d'être écoutée par des milliards d'individus dans le monde entier, sa principale inquiétude : comparée à tant de brillants orateurs, serait-elle à la hauteur ?

La capacité d'accueil avait été considérablement augmentée — finis les sièges pupitres avec bouton de vote et casque de traduction — et désormais une vaste scène faisait face à environ deux mille fauteuils disposés en gradin. Ce soir, les deux tiers des places seraient occupés par des personnes physiques, ce qui représentait un contingent remarquable. Seul le dernier tiers avait été réservé pour les projections holographiques de leurs occupants, ces doubles spectraux qu'on avait nommés des *spectrateurs*. L'important contingent de spectateurs en chair et en os par rapport au faible nombre de *spectrateurs* fut un excellent baromètre pour évaluer l'importance de l'événement. Beaucoup vinrent pour pouvoir dire : « j'y étais, vraiment ».

Le décor se résumait à un pupitre transparent placé au milieu de la scène, entre deux fauteuils destinés à des invités de marque : un certain Louis Perrier — ou du moins son hologramme —, heureux gouverneur de la colonie martienne de Victoria, ainsi que Hope Bikombo, la commandante de bord de la navette cargo Sagan 4, qui effectuait un retour sur Terre avec du minerai et avait quitté Mars quelques jours plus tôt.

À vingt heures précises, la lumière se tamisa. Le public se tut. Toute la salle s'enfonça progressivement dans le noir, tandis qu'apparurent partout des étoiles, par milliers, puis par millions, jusqu'à ce qu'une voie lactée magnifique, comme il n'était plus possible d'en voir sur Terre, emplît tout le zénith.

L'opérateur en chef de la cérémonie invita mentalement Dolores à entrer sur scène par un court message d'encouragement. Alors elle inspira profondément, augmenta très légèrement son taux de libération de dopamine et chassa tous les résidus de pensées fantômes et autres *cogs* parasites. Elle regarda droit devant elle et avança, avec sa démarche assurée et son port de tête altier. On la vit soudain apparaître sur le fond noir, comme flottant dans cet univers étoilé. Avec sa chevelure argentée, son costume blanc et sa peau claire, elle scintillait telle une constellation qui aurait pris vie, ou un de ces êtres de lumière dont la littérature de science-fiction regorgeait. Une salve d'applaudissements accompagna son arrivée jusqu'au pupitre. Dans le public, au quatrième rang, Esther fut parcourue de frissons.

Au cœur de ce décor céleste, Dolores Myers, droite derrière son pupitre, balaya la salle du regard, cherchant dans la multitude l'énergie nécessaire. Puis elle débuta son intervention. Le monde entier l'écoutait.

Elle commença par rendre un vibrant hommage aux équipages et populations qui transitaient ou vivaient dans l'espace et formaient un contingent d'un bon millier de personnes réparties entre les bases orbitales de transfert et de logistique, la Lune, les différents cargos en cours de transit, les stations dédiées au tourisme et, bien sûr, Mars. Il y eut de longs applaudissements. Puis elle présenta ses invités, en commençant par Hope Bikombo, dont l'hologramme venait d'apparaître. Elle s'en approcha et lui adressa un signe de la main. Mais cette dernière resta stoïque et se contenta de replacer une des tresses de sa chevelure infinie.

« N'allez pas penser que la commandante Bikombo soit rustre », lança Dolores, provoquant l'hilarité de la salle. « Je la connais bien, elle a son caractère, certes, mais elle est tout à fait sociable ! Le cargo Sagan 4 est en direct mais, comme vous le savez, à une distance de cinq minutes lumière de la Terre ; nous ne recevrons donc sa réponse que dans dix minutes. Voilà une contrainte que nous n'avons toujours pas résolue ! »

Se tournant vers l'autre fauteuil, resté vide, Dolores excusa ensuite le deuxième invité, le gouverneur Louis Perrier. La base Victoria essuyait en effet une terrible tempête de sable — encore — dont la violence avait interrompu toutes les liaisons avec Mars. Il ne serait donc pas possible de communiquer avec lui ce soir-là, ni les suivants d'ailleurs, tant les tempêtes martiennes s'étalaient sur plusieurs semaines. Le gouverneur fut néanmoins chaudement applaudi, en remerciement du travail accompli par l'ensemble des colons de la planète rouge.

Dolores revint ensuite derrière son pupitre. C'était un moment important de son discours qui allait débuter maintenant, le préambule à son plan d'action, où elle avait souhaité donner le meilleur d'elle-même pour mobiliser et fédérer. Elle fixa longuement Esther, qui la soutenait du regard. Elle but une gorgée d'eau puis se lança, avec une petite pointe de nervosité inhabituelle :

« Mars… » dit-elle avec solennité, avant de marquer une pause. « À l'heure où je vous parle, une communauté de quatre cent quatre-vingt-six femmes et hommes de toutes races et toutes confessions y séjourne. Ce sont nos pionniers, les semences célestes de notre avenir. Nous leur devons un respect éternel. »

Des applaudissements nourris partirent du fond de la salle et gagnèrent tout l'auditoire. Exactement l'effet recherché.

« La planète Mars, reprit-elle, fut pour l'humanité, comme un cadeau de Noël : pas seulement parce qu'on la conquît en décembre, mais parce qu'elle a su se faire désirer, longtemps. Souvenez-vous : des décennies d'attente avant d'y aller. L'échec tragique de la première tentative qui nous obligea à patienter quelques années supplémentaires. Mais nous avons réessayé, parce que l'humanité n'abandonne pas, jamais. Et nous avons réussi ! »

Des images de la mission Résilience défilaient à l'arrière -plan. Dolores se tourna pour les regarder. Elle poursuivit :

« Ces moments sont gravés à jamais dans ma mémoire. Vous l'aurez compris à la couleur de mes cheveux, je suis d'une époque où les souvenirs les plus vieux ont séjourné longtemps dans la mémoire biologique : l'image de ce souvenir-là est donc altérée, peu lisible, peu fiable même diraient certains, mais — et que les plus jeunes me croient sur parole — l'émotion que je ressens en évoquant ce moment est intacte. Sans doute plus forte, même, car avec le temps ces souvenirs ont pris une patine particulière et, pour rien au monde, je n'échangerai cette réminiscence élimée de la petite fille impressionnable que j'étais contre un souvenir fidèle et en haute définition, mais froid et rationnel. Les souvenirs de cette soirée-là sont assurément de ceux qui ont forgé toute mon existence. Et certainement celle de beaucoup parmi vous. »

« Et voilà que cinquante ans après, jour pour jour, nous pouvons établir fièrement notre bilan : tout d'abord l'incroyable répertoire des découvertes scientifiques qui est venu étoffer notre connaissance, et bien sûr la première d'entre elles, la preuve formelle que la vie est possible en dehors de notre Terre. Ensuite, je veux rappeler quelques chiffres : soixante-quatre missions habitées, pour un taux de réussite d'environ quatre-vingt-dix-sept pour cent ; cent trente et un convois logistiques et techniques envoyés avec moins de cinq pour cent de perte. Enfin, comment ne pas évoquer le plus bel aspect de cette ère nouvelle : déjà trois naissances martiennes ! »

On applaudit à tout rompre, spectateurs comme *spectrateurs*. Quelques « bravos ! », un brin désuets, partirent des gradins supérieurs. Au comble de ces acclamations, le metteur en scène lança alors la petite surprise qui avait été concoctée par l'ISA : une expérience immersive martienne ultra-réaliste. Instantanément, sous les yeux conquis de l'auditoire, tout l'intérieur de la salle se transforma en une image multidimensionnelle de la plaine de Victoria. Des rochers couleur rouille sortirent du sol, un ciel aux tons ocre jaune emplit l'espace du dessus. On put même entendre le son du vent martien et humer cette odeur si particulière, que les colons de Mars avaient tant commentée, car elle imprégnait l'air des espaces habitables, pourtant parfaitement clos et aseptisés. Rapidement, un frisson d'enthousiasme enfantin parcourut la salle.

Étrange sensation pourtant de considérer que notre destin à tous bascula pendant ce bref moment d'insouciance…

Car, alors que l'illusion emmenait ses spectateurs presque hypnotisés vers la base Victoria, Dolores, elle, qui se tenait toujours debout au milieu de la scène, mais désormais invisible puisque noyée dans ce paysage fictif, sembla prise d'un léger malaise. Elle s'appuya sur le pupitre pour éviter de tomber. Puis elle se prit vigoureusement la tête entre les mains. Personne ne le remarqua, sinon Esther, qui depuis le début n'avait jamais détaché son regard de sa femme et reconnut aisément, dans cette géologie d'hologrammes, le corps et les gestes de celle qu'elle aimait. Elle l'interrogea mentalement :

— Tout va bien ? Va t'asseoir quelques instants si tu te sens mal.

Aucune *répense*. Dolores, ne semblant plus tenir sur ses jambes, alla d'ailleurs s'asseoir sur le fauteuil vide qui était dédié à l'hologramme manquant de Louis Perrier. Elle y resta, pendant les deux petites minutes que dura la virtuose immersion en territoire martien, massant ses tempes avec ses doigts ou effectuant des pressions sur ses yeux avec ses paumes. Esther, inquiète, pensa qu'il devait certainement s'agir d'une rechute des maux de tête qu'elle eut la veille, mais dont la manifestation paraissait plus violente encore. Elle se leva de son siège et s'extirpa de sa rangée, ce qui fut grandement facilité par le fait que la plupart de ses voisins étaient virtuels. Elle descendit dans le noir les quelques marches qui la séparaient du premier rang, où elle s'adressa à voix basse à un officier de sécurité. Elle lui indiqua ce dont elle avait été témoin. Mais ce dernier sembla peu concerné et demanda fermement à Esther de rejoindre son siège.

Déjà le décor virtuel s'estompait et les projecteurs se rallumèrent. Dolores se releva en prenant appui sur les accoudoirs du fauteuil et, d'un pas lent mais il est vrai plus sûr, se remit au centre de la scène. Il y eut alors un long et pénible silence.

Esther, revenue à sa place, fixa Dolores du regard, cherchant à croiser le sien, en vain. Tout ce qu'elle vit fut qu'un changement, sans doute imperceptible pour l'auditoire, s'était opéré. Les yeux de Dolores, à l'accoutumée d'un bleu perçant, paraissaient livides, sinon éteints. Elle reprit alors le fil de son discours, mais sans la même passion. Avec un ton empreint de gravité, elle posa même une question qui laissa son auditoire totalement coi :

« Pourquoi parler de Mars, quand c'est la Terre qui devrait concentrer toute notre attention, tous nos moyens ? »

L'ambiance devint soudain pesante. Sans attendre de réponse, elle poursuivit :

« La grande catastrophe est arrivée : nous sommes aujourd'hui douze milliards d'hommes et de femmes agglutinés sur ce petit rocher fragile. Oui, douze milliards ! Déjà, à sept milliards nous suffoquions ; on nous prédisait un avenir encore plus sombre, des extinctions de masse ; un air totalement irrespirable…. Et devinez quoi, tout s'est réalisé, exactement comme il avait été dit ! Nous avons passivement observé cette débâcle, comme nos parents, nos grands-parents et encore avant eux. Pendant ce temps, la seule chose que nous ayons vraiment réussie, c'est croître ; alors, qu'indubitablement, c'est la première chose que nous aurions dû cesser de faire ! »

Il suffit de ces quelques secondes et d'une poignée de mots pour que, dans toute la salle, l'émerveillement fût supplanté par la consternation. Dans le grand silence de l'assemblée, où la gêne imprégnait l'air, Esther se racla la gorge pour attirer l'attention de sa femme, la ramener parmi eux. Mais rien n'y fit. Le regard lointain, Dolores poursuivit son étonnant réquisitoire, mettant de plus en plus de puissance dans ses mots et de conviction dans sa voix :

« La croissance a été érigée en modèle depuis des temps immémoriaux, nous ne savons trop comment ni pourquoi d'ailleurs. Toujours est-il que nous en sommes devenus ses meilleurs serviteurs, bêtes dociles et lâches, infiniment dévouées… Qu'une année se clôture avec un chiffre négatif et nos cerveaux conditionnés s'angoissent. La croissance… Nous en avons constaté la toxicité et avons eu un siècle — un siècle entier, rendez-vous compte ! — pour changer ce paradigme, afin d'endiguer la grande catastrophe qui se profilait. Mais au lieu de cela, l'humanité a préféré croître, encore et encore, implacablement, fièrement, stupidement, sur une planète dont la finitude est pourtant connue depuis l'Antiquité et établie avec certitude depuis Magellan ! »

On entendit les premiers sifflets dans les gradins.

« Désenchanté, pollué, moribond : nous nous repaissons des restes d'un monde subclaquant dont nous pensons encore être le centre de gravité. Ah ! Le bel humanisme ! Et malgré tous les efforts de nos gouvernants et communicants pour enjoliver nos piètres actions, nos hypocrites compensations et magnifier nos ridicules et inconvenants égards envers la planète, il faut désormais nous rendre à l'évidence : tous ensemble, nous ne formons plus pour elle qu'un prodigieux cancer. Combinant notre acharnement, notre cupidité, notre avidité, notre inertie, nous agissons comme lui et contribuons, à la fin, au même résultat : la mort. Serait-ce notre raison d'être ? Extraire, détruire, consommer, jusqu'à l'épuisement terminal de notre hôte ? »

Tout le monde souhaita à ce moment que son discours changeât d'orientation, qu'il prît un nouveau cours pour répondre aux attentes légitimes de tout un chacun ; qu'on parlât de planète, oui, mais pas de la nôtre ! À quoi bon cet argumentaire nauséabond qui rappelait les stéréotypes écolos culpabilisants de temps révolus ? On la conspua ; mais peu lui importait, les mots s'entassaient, toujours plus dérangeants, indifférents aux conséquences qu'ils engendraient chez leurs destinataires :

« On a inventé l'agriculture responsable, le véganisme, le développement durable, la frugalité positive, la *clean meat*. On demande aux enfants de consigner tous les soirs dans un registre leur consommation carbonée du jour. On mange des insectes et on crée même de toutes pièces des baleines de synthèse pour tenter de capter autant de carbone que les modèles originaux, que nous avons malencontreusement supprimées. Merveilleux ! Mais à quoi bon tout ça maintenant que nous sommes si nombreux ? Comment a-t-on pu imaginer un instant qu'avec de telles inepties nous pourrions compenser notre invraisemblable multitude ? Au bout du compte, tous, absolument tous, nous produisons du carbone sans fabriquer d'oxygène ; nous puisons de l'eau, sans en recréer ; qu'on le veuille ou non nous excavons, nous transformons, nous synthétisons, pour produire des matières que la Terre elle-même ne reconnaît plus ; nous donnons une valeur marchande à des choses que la nature nous prodigue, exerçant sur elles une pression spéculative meurtrière ; nous coupons, brûlons, déforestons ; et toujours, nous enfantons pour démultiplier notre impact. En très peu de temps finalement, félicitons-nous au moins de cette efficacité sans égale, nous avons su entraîner, et continuons de le faire avec succès, la mort de millions d'espèces animales, végétales et coralliennes. Et c'est sans compter le mal que nous nous infligeons : tous ces réfugiés dans nos rues, les cadavres qui s'entassent à nos frontières, ces *water-wars* qui se déclenchent chaque mois, les néo-cancers, les... »

Son micro fut alors coupé, car la rébellion couvait dans l'auditoire. On ralluma les lumières de la salle. Le spectacle pathétique et ces propos rabâchés depuis des lustres devaient immédiatement prendre fin. Mais Dolores, déterminée à poursuivre sa diatribe, continua. Avec plus de force, déclamant, hurlant au milieu des protestations afin d'être entendue de tous, elle semblait habitée d'une énergie nouvelle. Ses yeux étaient révulsés et son cou rouge, strié de veines qu'on devinait gorgées des mots qu'elle devait absolument cracher. Alors elle cracha :

« Je sais que vous attendiez de moi que je vous parle de l'exploration de planètes lointaines. Mais alors, si je l'avais fait, qu'aurions-nous célébré, au juste, ce soir ? Le choix de notre future victime, peut-être ? Une planète de secours à saccager en urgence ? Est-ce là la destinée de notre corps tumoral ? Se répandre, exterminer, puis trouver un nouvel hôte ? Sans doute est-il temps d'en finir... D'en finir avec la gangrène humaine, la nécrose rampante, la pourriture qu'est notre espèce ! », acheva-t-elle en s'époumonant.

Esther, de son côté, ne savait plus comment réagir. Elle s'était enfoncée dans son siège, cramponnée aux accoudoirs, comme le passager d'un véhicule anticipant une collision à grande vitesse. Elle avait envoyé à Dolores plusieurs *cogs* puissants, mais jamais elle ne lui *répensa* quoi que ce fût.

Dans le public, les protestations cédèrent la place aux insultes. On vit même des *spectrateurs* s'éteindre. À ce moment, comme il devenait évident que Dolores Myers était déterminée à poursuivre son réquisitoire et ruiner jusqu'au bout l'événement, deux hommes en charge de la sécurité, postés aux extrémités de la scène, s'avancèrent dans sa direction. L'un d'eux s'approcha et lui demanda, sur un ton posé :

— Madame, pourriez-vous m'accompagner s'il vous plaît ?

C'est alors que, dans un mouvement brutal, comme une convulsion, Dolores plongea sa main dans sa veste de soie blanche et sortit de sa poche intérieure une petite arme de poing, un revolver, de ceux que l'on pouvait voir dans de vieux films policiers du milieu du XXe siècle. Une arme héritée de son grand-père, qui séjourna longtemps dans son grenier et, probablement, rendit autrefois de précieux services. Mais qui en ce jour se destinait à provoquer l'effroi.

Des cris s'élevèrent de l'assistance, mais un en particulier se fit entendre :

— Dolores ! Dolores ! cria Esther, se levant d'un coup de son siège, sans qu'une seule fois Dolores n'y prêtât attention.

— Écartez-vous ! Je n'ai pas fini ! hurla-t-elle alors aux deux hommes qui s'approchaient.

Elle tenait son arme de la main droite, d'un poing crispé. Le canon était pointé en direction de la salle. Alors la panique gagna les travées. On criait, on se bousculait. On exfiltra quelques personnalités. Et des recoins obscurs de la salle surgirent une dizaine de *soldarachnides*, qui prirent rapidement position au plafond et en descendirent suspendues à leurs fils de synthèse pendant qu'une dizaine de *coccidrones* s'étaient déployés tout autour de la scène et attendaient, en vol stationnaire, l'autorisation d'intervenir.

Dolores tremblait maintenant, des jambes jusqu'au visage. Son regard tressautait, ne parvenant plus à se fixer nulle part. Il fut étrange de pouvoir lire en même temps autant de détresse et de détermination en elle, comme si deux personnes agissaient de conserve. Menaçante, canon pointé devant elle, Dolores reprit la parole dans le brouhaha de la salle qu'on avait commencé à évacuer, jetant ses mots au visage de son auditoire tétanisé :

« Il n'existe qu'une seule solution, nous le savons tous : l'arrêt immédiat de notre prolifération ! Mieux : la réduction drastique de notre charge démographique. Un délestage salutaire ! Un dégraissage ! Esseulé, mon geste n'aura aucun impact, c'est pourquoi j'invite solennellement tous ceux qui, comme moi, veulent se porter volontaires, à me suivre ! » Puis elle cria, se déchirant définitivement la voix : « Pour le reflux du genre humain ! »

Alors, arrivée au bout de son manifeste, d'un geste saccadé du bras, Dolores porta l'embout de son pistolet sur sa tempe droite. Le canon tremblait. Il sembla qu'à ce moment une larme roula le long de sa joue. Un frisson parcourut aussi la salle et tout le monde se figea, certains fermèrent les yeux ou coupèrent leurs fonctions auditives et visuelles. Des cris fusèrent, bien sûr, mais aucun ne put couvrir ceux d'Esther qui, enjambant les sièges devant elle, piétinant spectateurs ou hologrammes — elle ne faisait plus la différence — parvint à atteindre le pied de la scène. Mais il était déjà trop tard.

Après un bref moment de silence, qui parut une éternité, une détonation perfora la salle. Tout contre la tempe droite de Dolores jaillit un éclair blanc tandis qu'un souffle rouge de sang surgit de l'autre côté de sa tête. Puis on entendit le bruit sourd de son corps, immédiatement inerte, qui s'effondrait sur la scène. Suivirent la panique, l'effroi, les cris. Et, toujours plus fort que les autres, ceux d'Esther qui se précipitait sur l'estrade. Une flaque sombre se répandit de toutes parts, imbibant comme un buvard la tenue blanche de Dolores.

Esther agrippa ce corps inerte mais elle savait avant cela que c'était fini, car son implant venait de l'en avertir par message prioritaire. Il n'y avait plus rien à faire : le système l'avait dit. Les mains pleines du sang, de la matière cérébrale et des cheveux de celle qu'elle aimait, il ne lui restait alors plus qu'à hurler son désespoir. Les deux agents de sécurité la saisirent et l'écartèrent du cadavre ruisselant tandis que de sa gorge jaillissait une plainte inconsolable. Alors, à l'arrière-plan, au cœur de la bousculade, l'hologramme de la commandante Bikombo, qui n'avait jamais quitté sa place sur le fauteuil, se mit à rire.

Avec un retard d'une dizaine de minutes, l'image de la réaction de la commandante à l'introduction humoristique du discours de Dolores, venait tout juste de parvenir. La scène, tragicomique, ferait le tour du monde.

Dans les millièmes de seconde qui avaient suivi le coup de feu, tous ceux qui appartenaient aux premier et deuxième cercles du réseau de Dolores — c'est-à-dire, vu ses responsabilités, un bon millier de personnes — reçurent l'information suivante :

« *Message prioritaire. Implant de Dolores Maria Myers sans signal ce jour à 20:12 heure locale GMT -05:00. Décès. Cause probable : suicide* ».

2

Intellect

Sur le plan énergétique, un implant cérébral ne fonctionnait que grâce à l'activité électrique produite par le cerveau. Pas de batterie, pas de prise de courant : trop volumineux, trop dangereux.

En conséquence, à l'instant exact où le cerveau mourrait, l'implant, sans aucune ressource, cessait immédiatement de fonctionner. Avant de s'éteindre, il n'émettait que cet ultime faire-part de décès au style technocratique mais efficace, qui parvenait à la vitesse de la lumière à ses destinataires alors que, peut-être, tous les organes de son hôte n'avaient pas encore péri, que certains de ses muscles étaient encore alimentés en sang, que ses terminaisons nerveuses recevaient leurs derniers ordres et que, très certainement, ses poumons ne s'étaient pas encore vidés de leur dernière bouffée d'air.

C'est ainsi qu'il fut possible qu'un individu, en Inde, qui n'avait pas rencontré Dolores Myers plus de trois fois en vingt-cinq ans, apprît son décès avant même les poumons ou les intestins de cette dernière. Et c'est exactement ce qui arriva à Tarang Rajani.

Quand à 20h12, ce dimanche, à New York, Dolores Myers appuya sur la détente de son Smith & Wesson Model 60, à Delhi 3, c'était déjà le petit matin du lundi.

Tarang Rajani dormait à poings fermés mais fut réveillé

en sursaut par le message prioritaire qu'il venait de recevoir. De convention universelle, en effet, le « faire-part » de mort cérébrale constituait un message dit « prioritaire », auquel on ne pouvait échapper : il était impossible de l'éluder ou de le mettre dans la benne des *cogs* ou des *e-dées* à supprimer définitivement. Vous dormiez ? Il vous réveillait. Bref, il s'imposait à vous.

Sortant d'un rêve programmé qui, face à cet imprévu, avait dû improviser une fin, Tarang émergea du vague matinal et fut immédiatement pris de stupeur en comprenant le sens du message qu'il venait de recevoir. Mais cet effarement ne tint pas seulement au contenu même de l'annonce. Bien sûr, il fut d'abord profondément choqué par la nouvelle. Qui aurait imaginé que Dolores Myers pût faire la Une de l'actualité ce jour-là par autre chose que son intervention tant attendue ? Une des femmes les plus influentes de la planète, une chape indestructible sur laquelle reposait la réussite récente de la conquête spatiale ; comment avait-elle pu se lézarder ainsi ? La nouvelle secoua Tarang, comme elle allait secouer le monde dans les heures à venir, pensa-t-il. C'était, à n'en point douter, un drame à portée mondiale, un événement majeur — même s'il lui fut absolument impossible, à ce moment-là, de deviner à quel point.

Mais, plus encore que le décès lui-même, ce qui l'interloqua sans doute davantage en fut la cause. Car à cette époque, dans ce monde, on ne se suicidait plus. Tarang était bien placé pour le savoir, lui qui avait été aux origines de cette révolution.

Comment cela avait-il pu arriver ? Comment quelqu'un bénéficiant des ressources les plus à jour des additifs cérébraux avait-il pu contourner tous les protocoles et protections à sa disposition pour parvenir à mettre fin à ses jours de manière volontaire ? Un suicide, ça dépassait l'entendement.

Alors qu'il était traversé par une multitude de questions, une en particulier accapara tout son esprit : comment se faisait-il que l'algorithme en charge de la gestion du réseau social de Dolores Myers le plaça, lui, Tarang Rajani, parmi les deux premiers cercles relationnels de celle-ci, alors qu'il n'avait entretenu avec elle que des liens distants et lointains ? D'ailleurs, davantage que Dolores, c'est Esther qu'il connut, en tant qu'éminente psychanalyste. Il avait brièvement coopéré avec cette dernière, une vingtaine d'années plus tôt. Dolores, en revanche, il ne la croisa qu'à trois reprises seulement. La plus récente, quatre ans auparavant, quand Sundar, l'aîné des deux fils de Tarang, fut sélectionné parmi des milliers de candidats en vue d'intégrer le programme martien de l'ISA et que Dolores, en personne, lui remit son insigne et son passeport martiens lors d'une grande cérémonie conviant des dizaines d'autres heureux élus. Tarang y serra même la main de Dolores. Ce fut leur seul contact physique.

Il pouvait donc se sentir flatté d'avoir reçu ce message prioritaire — cela signifiait peut-être que, contre toute attente, Dolores l'estimait. Ou bien qu'elle et Esther parlaient occasionnellement de lui. Mais, en définitive, cela l'intrigua et, sans doute, l'inquiéta : l'algorithme tournait-il vraiment rond ? Avec ce faible bagage d'informations, Tarang plongea dans l'abîme d'Intellect et de ses quadrillions d'octets neuronaux échangés par seconde, pour en savoir davantage sur les événements de New York. Les yeux fermés, emporté par ce tourbillon d'immédiateté, de *live thinking* et de pensées à chaud, il en découvrit avec effroi les images, dont il douta d'abord de l'authenticité, tellement elles l'horrifièrent — et tellement le réseau fut, par habitude, empli de faux en tous genres : *fakecogs* générés par des cerveaux artificiels, souvenirs retouchés, idées tronquées et remaniées. Il prit connaissance du contexte de ce suicide, de ce discours incompréhensible de Dolores, ses mots de folie, hélas ! authentifiés, son regard tremblant, la panique, son geste, les cris. Puis il vit Esther, sur la scène, les mains pleines de sang et dont le regard ne pouvait, lui, mentir. Esther...

Tarang Rajani s'extirpa de son lit, *cogmanda* l'ouverture de l'immense baie vitrée de sa chambre et s'avança sur le grand balcon filant. Accoudé sur le garde-corps, ses cheveux noirs mi-longs claquant sous le vent chaud, il se mit à regarder loin devant lui questionnant l'horizon vague, sinon flou, généré par la pollution dense de la mégapole. Le soleil se levait face à lui mais il était, comme d'habitude, impossible d'en dessiner la forme. Tout juste devinait-on un halo jaunâtre au-dessus de la canopée urbaine. Il ferait très chaud aujourd'hui, sans doute le mieux serait-il de rester, encore, calfeutré à l'intérieur. Il pensa à Esther. Le bout de chemin professionnel qu'ils firent ensemble, vingt ans avant. De fait, il replongea de nombreuses années en arrière, avant même sa rencontre avec elle, quand il n'était que le jeune cofondateur, avec son associé Raman Carter, d'une petite entreprise presque artisanale, Cog-Net (pour *Cognitive Network*), qui allait devenir le géant mondial que l'on sait, à l'origine d'Intellect, le nouvel Internet.

– 2 –

Cette matinée-là, Tarang allait la passer à compulser de vieux souvenirs, fouillant sans relâche dans les milliers de pétaoctets de données mémorielles archivées au cours d'une longue vie. Car s'il avait l'apparence d'un homme au cœur de la quarantaine, Tarang totalisait soixante-dix années : une tromperie permise par une correction génétique opérée une dizaine d'années plus tôt, réservée à une certaine élite, et qui le concernant, avait particulièrement bien fonctionné, lui donnant cet air faussement jeune.

Tarang était un homme de grande taille, fin, avec de long bras et des mains de femme et avec les cheveux assez longs pour qu'il put les attacher. Il avait toujours souhaité garder sa couleur de peau, d'un brun soutenu — fait assez rare dans l'Inde de ces années-là. Tarang savait capter l'attention de ses interlocuteurs par le son de sa voix, chaude et apaisante, le calme de son débit, ses gestes amples qui, souvent, accompagnaient son discours. Et puis, sans doute, pour ceux qui le connaissaient, son charme reposait-il sur son parcours, ce qu'il accomplit d'exceptionnel — bien qu'il n'y vît, lui, qu'un monceau d'échecs.

Pourquoi était-il resté toutes ces années à Delhi 3 ? Que pouvait-il trouver à cette agglomération suffocante de deux cent cinquante millions d'individus, tumeur urbaine grignotant sans cesse sa périphérie, se nourrissant du vide pour produire un espace saturé, asphyxiant et laid ? Lui qui eut la faculté de vivre où bon lui semblât, où il fut encore possible de respirer tant bien que mal, où le soleil était encore visible ?

Sans doute parce que tout partit de là : les années de recherche, la renommée, la réussite. La création du réseau mondial Intellect, l'œuvre de sa vie. Là aussi que de grands groupes privés ou des hommes politiques sollicitaient encore ses conseils — bien que de moins en moins — et qu'il pouvait donner un peu de sens et d'importance à sa longue existence. Là, enfin, qu'on le reconnaissait parfois dans la rue, bien que ce fût assez rare ; aussi vrai que l'homme qui inventa Internet resta toute sa vie un illustre inconnu, Tarang Rajani avait beau avoir créé Intellect, il demeurait un nom sans visage. Des journées entières pouvaient se passer sans que quiconque qu'il croisât ne sut à qui il eut affaire, à savoir la cent vingt-neuvième fortune d'un pays qui comptait deux milliards d'habitants. Sa richesse, immense, il n'en faisait guère étalage et il en profitait, finalement, assez peu. Il se déplaçait toujours seul, n'avait pas d'employés, gérait ses affaires lui-même. Seul : voilà un mot qui résumait bien des aspects de la vie de Tarang Rajani.

Lorsqu'il se fit débarquer de Cog-Net, Tarang tira de la vente forcée de ses parts de quoi vivre dix mille vies. Avec ces moyens, n'importe qui aurait acheté une île déserte — s'il en restât une — ou un château en France. Mais pas lui. Il avait préféré une vie d'ermite au dernier étage d'un des plus hauts gratte-ciel de Delhi 3, dans le quartier neuf de Kipling où tout, même les arbres, était artificiel. Il y était heureux, néanmoins. Du haut de son perchoir, à près d'un kilomètre d'altitude, l'étuve d'en bas n'était qu'un mirage ; il lui était possible de voir le ciel et même, certaines nuits, quelques étoiles, quand on ne les confondait pas avec des publicités luminescentes en orbite. Mais ce jour-là, à l'inverse, il était impossible de seulement deviner la ville en contrebas, enveloppée sous l'épais nuage de pollution. Il vivait seul depuis toujours dans cet immense appartement dont il fit l'acquisition sur un coup de tête quand sa dernière femme, une Américaine du Colorado, le quitta. Cette rupture-là, davantage que les autres, laissa une plaie béante dans la vie de Tarang : Michael, son deuxième fils, le seul qu'il eut avec elle, l'avait suivie lorsqu'elle partit refaire sa vie aux États-Unis.

Un licenciement, un divorce : les années noires. De fil en aiguille, la mort de Dolores entraîna Tarang dans le puits sans fond de ses tristes souvenirs. Tarang se remémora ce terrible été qui vit son fils partir. Ces instants étaient clairs, parfaitement enregistrés et codifiés. C'était la semaine où l'on avait annoncé la disparition du dernier dauphin de l'Orénoque. Une chaleur effroyable. Michael n'était encore qu'un enfant — comment avait-il pu faire seul ce choix de quitter son pays et son père ?

Tarang ne se rendit jamais là-bas, dans leur Colorado, et ne croisa son fils que lors de ses rares venues en Inde, la dernière fois il y a cinq ans. Son fils venait de fêter ses vingt-quatre ans mais il n'échangeait avec lui plus rien d'autre que de piètres flux cognitifs. Et, bien sûr, le versement d'une coquette pension mensuelle.

Tarang eut pourtant bien, d'un premier mariage, cet autre fils, Sundar. Ce fils qui lui donna toutes les satisfactions possibles, dont l'insigne honneur d'intégrer l'élite du personnel spatial de l'ISA. Mais aux réussites palpables, Tarang préférait les fantômes. Sa vie en était remplie d'ailleurs. Les succès, le bonheur, il les remisait dans un coin de son esprit, les archivait dans son grenier mémoriel, leur laissant prendre la poussière — pour s'en délecter plus tard disait-il. Ainsi, bien qu'il collectionnât toute sa vie quantité de succès, Tarang ne fit, pour l'essentiel, que ruminer ses déboires : licenciement, divorces, rejet filial, inimitiés, désamours. Ressasser : les fonctionnalités d'un implant connecté constituaient, à cette fin, un diabolique expédient.

Pourtant, derrière cette forêt hantée d'échecs, lieu de ses errances nocturnes, se cachait en réalité une montagne de succès. En effet, Tarang Rajani fut, tout simplement, avec son ex-associé Raman Carter, de cette petite poignée d'individus qui façonnèrent le nouveau monde. Sans eux deux, le réseau Intellect, qui supplanta l'Internet, n'aurait tout simplement jamais existé.

– 3 –

— ***Voici mon rêve***, lui *transpensa* Ève.

Et Adam le reçut instantanément.

Il ferma les yeux et se perdit avec délectation dans les jolies chimères d'Ève. Aux quatre coins du monde, des milliards d'internautes assistèrent incrédules à l'étonnante démonstration sur leurs vieux écrans. Un Adam, une Ève venaient d'inaugurer une nouvelle ère en partageant le fruit de leur subconscient comme naguère on partageait une vidéo. C'est ainsi que naquit Intellect, un 5 avril, près de vingt-cinq ans auparavant. Une démonstration virale qui surpassait en tout point les petites expériences de télépathie que les implants autorisaient. Et qui fit le tour du vieil Internet et de son avatar soudain obsolète, le Métaverse, les reléguant d'office au Musée des télécommunications.

Pour autant, Tarang Rajani et Raman Carter n'avaient pas inventé l'implant ; celui-ci résulta de cinq décennies de recherches menées par d'autres à travers le monde. Ils firent mieux que cela : ils le transcendèrent. Ils comprirent avant quiconque le potentiel mercantile d'un outil conçu en premier lieu comme un simple exhausteur d'intelligence. Au sortir de l'université, ils échafaudèrent ensemble l'idée qui allait tout révolutionner : il ne s'agirait plus demain de se contenter de doper les cerveaux, mais de les connecter tous. Faire de chacun d'eux une maille du plus grand réseau de communication jamais imaginé ; une nouvelle toile planétaire, dont les données en partage seraient elles-mêmes issues du savoir, de la mémoire des cortex qui le constitueraient ; un maillage sans écran, sans casque de réalité virtuelle ni aucun objet connecté, tout un chacun étant son propre médium, hébergeant son propre contenu. Une toile sans fil mais qu'il fallait malgré tout tisser et vite, avant les autres. Pour cela, ils créèrent Cog-Net et développèrent sans relâche, pendant près de vingt ans, un système d'exploitation révolutionnaire, des protocoles communs standardisés, des solutions logicielles, des applications, une arborescence, des hyperliens. Tandis que d'autres s'acharnaient à perfectionner le bijou technologique que constituait l'implant, eux confectionnaient en catimini son écrin. Ils conçurent un réseau, qu'ils baptisèrent Intellect, lequel, à la différence d'Internet, allait s'appuyer sur un centre névralgique ultrasécurisé — administré par Cog-Net, bien sûr. Le chantier fut colossal. Que dire du résultat ?

Après ce 5 avril, les fondations pluriséculaires de nos sociétés s'ébranlèrent. Et de tous les phénomènes spectaculaires qui découlèrent de l'essor d'Intellect, le plus déroutant fut assurément la rapidité avec laquelle l'humanité avait glissé, à son égard, d'une méfiance distante à un engouement avide. Au fond, Intellect avait-il répondu à un besoin ? Non, comme bien d'autres inventions avant celle-là. Et pourtant… Comme l'homme s'empressa de vivre sous son joug !

Dès lors la société se restructura, jusqu'à se scinder : Binaires d'un côté, Primaires de l'autre. C'était ainsi désormais. Les premiers nommés — tous implantés — utilisaient une technologie assise sur la conversion des impulsions électriques du cerveau en données binaires transmissibles ; les autres n'avaient pour eux que leur cerveau primitif. Une ligne de démarcation apparut, un clivage puissant, qui contribua à creuser encore davantage, s'il eut été possible de le faire, le fossé entre des mondes antagonistes : aux Binaires la richesse, la santé, l'éducation, la sécurité, les postes clés, les voyages. Aux Primaires les labeurs pénibles, la mort précoce, les maladies d'antan, la pauvreté, les meurtres et les viols.

Le monde fut emporté, dans toutes ses composantes : on observa le décuplement des échanges de biens et d'argent, dont il résulta une économie sous stéroïdes ; les arts et la culture, qui connurent autant d'effondrements de courants anciens que de naissances (*cog-art*, *think-jazz*, littérature cognitive, *mémo-photographie…*) ; les sports aussi, notamment ceux s'appuyant sur des aptitudes de dextérité qui devinrent un terrain de lutte d'influence entre les tenants d'un sport sans dopage, y compris cérébral, et ceux qui prônait l'ouverture au nom de l'évolution du « matériel » ; le langage, enfin, puisque sous l'effet de l'efflorescence d'Intellect, il bourgeonna de néologismes aussi vains que laids — à coups de *cog*, de *psy,* de *think* ou de *neuro* et autres additifs synaptiques. Pourtant, une révolution positive, attendue, utile — ce qu'Intellect prétendait être — pouvait-elle réellement engendrer des créatures si absconses et difformes ? Peut-être, au fond, les mots avaient-ils agi telles des vigies, tirant un signal d'alarme que personne ne sut entendre, mis à part quelques intellectuels perpétuellement insatisfaits …

Vingt-cinq ans après Adam et Eve, Cog-Net déclarait mille milliards de *neurocoins* de chiffre d'affaires et quatre millions de collaborateurs. Intellect totalisait huit milliards d'utilisateurs. Tout cela, bon ou mauvais, mais sans nul doute extraordinaire, avait été rendu possible grâce à Tarang Rajani, ici, à Delhi.

– 4 –

Au terme d'une matinée résolument végétative, passée intégralement dans son immense canapé à compulser quantité d'archives mémorielles, Tarang ferma la boucle de ses pensées, revenant au point de départ de leur pérégrination : Esther. C'est en effet au plus haut de l'aventure Cog-Net, là où ses réminiscences le conduisaient inexorablement, qu'il la rencontra et travailla avec elle. Ainsi, face au drame qu'elle endurait, et bien qu'il n'eût plus aucun rapport avec elle depuis quelques années, il se résolut à lui envoyer un message cognitif bienveillant :

« *Chère Esther,*

Comme le monde entier, j'ai été dévasté ce matin en apprenant ce qui s'est passé. Je pense à votre douleur, terrible, à laquelle vous choisirez, sans doute, de faire face seule. Dolores a été pour nous tous un guide et elle a contribué à tracer le chemin que nous empruntons. Elle a illuminé nos vies et plus encore la vôtre. Soyez en fière et heureuse. Je repense à nos jeunes années et à notre collaboration et me dis qu'il serait agréable, quand vous aurez surmonté cette épreuve, de vous revoir.

Je suis à votre totale disposition.

Affectueusement. »

Le message partit et s'agglutina aux milliers de *cogdos* (condoléances cognitives) qu'Esther reçut au cours de ces heures sombres. Dans l'immédiat, elle n'y prêta guère attention, ses pensées étaient ailleurs, dans la tourmente de souffrances absolues. Mais elle y reviendrait.

Pour Tarang, le reste de la journée se déroula sur le même rythme. Le temps défila sans qu'il l'utilisât à autre chose qu'à la remembrance d'une époque passée ; comme s'il troquait des minutes d'aujourd'hui contre des minutes d'hier. Le soir venu, après une journée stérile comme bien d'autres, Tarang passa du canapé au lit, sans avoir mangé mais l'esprit repu de pensées anciennes. Il fit éteindre les lumières de son appartement ; celles de Delhi, en arrière-plan, emplirent alors son champ de vision. Les vitrages s'occultèrent doucement ; il ordonna une libération d'endorphines et bloqua, jusqu'à nouvel ordre, toutes les pensées ou images liées au suicide de Dolores Myers afin de ne pas perturber son repos.

– 5 –

Le destin d'Esther avait irrémédiablement basculé. Et elle aurait pu, à partir de là, s'enliser confortablement dans sa souffrance, trouver dans ce drame une excuse à toutes les difficultés et errances de son futur, puiser dans cette manne inextinguible d'alibis de quoi faire de sa vie à venir une tristesse rampante, un puits sans fond de vide et d'attente. Mais elle fit immédiatement le choix de la résistance et de la résilience. Dès le lendemain du drame, au matin, les yeux encore rougis par les vapeurs acides de l'enfer qu'elle venait de traverser, elle s'était rendue au commissariat central de Midtown Manhattan et avait demandé à voir le *coroner,* le responsable de l'enquête, automatiquement ouverte aux États-Unis après une mort violente. Esther, en effet, avait une demande à lui faire.

Le *coroner* Plumlee était une créature sublime ; une statue grecque au regard bleu clair et à la peau nette comme du plastique, dont les sourires de papier glacé ensorcelaient. Il était l'opposé exact de ce qu'Esther s'attendait à trouver ici, dans ce vieux building du siècle dernier avec ces bureaux noyés sous les amoncellements de papiers. Elle avait plutôt conçu un gros bonhomme désenchanté ; honteux cliché, pensa-t-elle. Pour ne rien gâter, il lui réserva un accueil bienveillant et plein de prévention. Il l'invita enfin à s'asseoir en face de lui, posant sur le bureau deux tasses de *biocafé*. Après quelques considérations générales sur la procédure en cours, il posa ses coudes sur le bureau, joignit ses mains belles et puissantes, et dit avec douceur :

— Madame Myers, après le drame que vous avez vécu, il est évident que nous n'allons pas appesantir votre deuil avec des formalités complexes et inutiles. Si cela vous convient, j'ai préparé pour vous une renonciation à enquête judiciaire. Je viens de vous l'envoyer. Vous n'avez qu'à y apposer votre signature cognitive et vous pourrez repartir l'esprit libre, débarrassée du fardeau d'une procédure inadaptée à la tragédie que vous traversez.

Esther fit mine de compulser le document qui venait d'arriver dans son espace mémoriel et dit, posant à son tour ses coudes sur le bureau :

— Monsieur Plumlee, je ne suis pas venue à vous au lendemain d'une nuit d'horreur pour me soulager d'une formalité administrative. La loi requiert une enquête, je n'y renoncerai pas. En fait, je suis même venue pour solliciter une autopsie cognitive.

Le visage superbe de Plumlee changea brusquement. Une grimace apparut, qui voulait dire « encore une emmerdeuse ». Il tenta :

— Madame Myers, avec tout le respect que je vous dois, l'enquête est en effet requise par la loi pour les morts accidentelles violentes, les morts suspectes, les meurtres et, il est vrai, les suicides ; cela afin de s'assurer de leur authenticité. Mais vous m'accorderez que, s'agissant de votre femme, cette enquête ne fera rien d'autre que conclure qu'il s'agit bien d'un suicide ; il ne saurait y avoir de doute, n'est-ce pas ?

Esther haussa les épaules. Il poursuivit :

— Seulement, cette enquête dont nous connaissons à l'avance l'issue, nécessitera du temps et de l'énergie, des interrogatoires aussi, y compris le vôtre. À quoi bon ? Quant à l'autopsie cognitive, je ne vois pas ce qu'elle vous apportera. Et ça coûte très cher.

— Monsieur Plumlee, il y a douze heures je tenais dans ces mains une partie du crâne de celle que j'aime et avec qui j'avais fait le vœu de fonder une famille. Je crois que vous n'imaginez pas la volonté qu'il m'a fallu pour venir jusqu'à vous ce matin, trouver la force de me lever, me laver, sortir, affronter la cohue de Manhattan… Je réitère ma demande : je ne compte pas renoncer à l'enquête et je souhaite la documenter avec une autopsie cognitive. Je paierai. Et tant pis si elle conclut à un suicide.

Elle vit immédiatement, dans la mine déconfite du *coroner*, le gros fonctionnaire désenchanté qu'il deviendrait à plus ou moins long terme. Le système l'avait déjà broyé, déformé. Ses journées étaient remplies de petits crimes déplorables, excès soudains d'une violence quotidienne, celle des Primaires pour l'essentiel ; celle aussi qui ne cessait d'enfler entre *végans* et *omnis* ; sur son bureau d'ailleurs attendait une pile de dossiers à traiter en urgence, dont ce meurtre minable qui avait résulté d'un nugget de poulet et qu'il fallait boucler au plus vite. Alors un suicide… Pauvre Plumlee, pensa Esther en l'observant extirper d'une étagère un vieux classeur avec des feuilles en papier dont une qu'il tamponna d'un geste aussi nerveux qu'anachronique. Il la sortit du classeur et lui tendit, lui expliquant, plein de contrariété, que le corps de Dolores serait transféré dans l'après-midi à l'Institut médico-légal de New York. L'autopsie y serait réalisée le jour même.

Esther quitta le commissariat et erra un moment le long des avenues encaissées et bondées. Le réseau de déplacement à gravité pondérée avait été désactivé à cause du froid extrême. Tout le monde progressait donc à pied. La foule, compacte et masquée, arpentait silencieusement les trottoirs verglacés, s'aidant des murs ou du mobilier urbain. Esther, qui progressait à contrecourant, se rendit compte que, bien que protégée par son masque à particules, nombre d'anonymes semblaient la reconnaître. Beaucoup des paires d'yeux qu'elle croisa s'éclairèrent soudain à la vue des siens, lui renvoyant compassion, pitié, surprise voire désapprobation. Le monde entier avait vu les images de la veille, au point d'en être gavé ; mais elles continuaient à être recrachées partout, sans pudeur, y compris en ce moment même par les façades virtuelles de certains buildings ou les immenses panneaux publicitaires célestes. Il lui suffisait de lever le regard vers un *publinuage* pour apercevoir une capture figée d'elle-même, la bouche ouverte dans un hurlement sans son, à la manière de Munch. Esther était devenue une figure centrale de ce drame, une sorte de tête d'affiche, une icône maudite, et des milliards de cerveaux avaient imprimé jusqu'à la forme de ses yeux.

Tout ceci provoqua chez elle une brutale crise d'angoisse. Sa respiration se fit plus courte. Elle étouffait. Elle trouva refuge sous un porche pour reprendre son souffle.

Puis, elle héla un taxi-ange. Elle partit se reclure dans sa chambre d'hôtel, seule avec ses songes, à attendre les conclusions du neurolégiste. Une autopsie cognitive prenait peu de temps. C'était un peu comme l'analyse de la boîte noire d'un avion après son crash. Ça permettait de retrouver le responsable d'un accident voire le coupable d'un meurtre. Tout dépendait de l'état de l'implant. S'agissant de Dolores, ce dernier était en parfaite condition : la balle avait traversé le crâne de part en part depuis la tempe droite jusqu'à la gauche, à bonne distance donc du dispositif qui était situé en haut de la nuque. Qu'il ne restât plus rien de son cerveau était donc totalement indifférent. Il suffirait de lui ôter l'implant, de le loger dans un lecteur et d'en analyser ses *psycho-données*, ses dernières minutes de vie et de consigner le tout dans un rapport.

Ça serait d'autant plus rapide que retirer un implant ne nécessitait pas d'intervention lourde sur la dépouille — une incision et une pince suffisaient. Le dispositif, standardisé, consistait en une sorte d'épingle, bijou nanotechnologique dont la tête n'était pas plus grande que l'iris d'un œil et dont la pointe se logeait dans la jonction entre le crâne et la colonne vertébrale, littéralement au sommet d'un os dénommé l'atlas. Il cherchait, de là, à se connecter au cerveau. Le bulbe prenait racine, en quelque sorte, fabriquant des centaines de tentacules fins et translucides s'accouplant avec les synapses de son hôte. La tête de l'épingle, si elle restait sous-cutanée, créait au sommet de l'atlas une légère proéminence qui permettait assez vite, à l'œil nu, de distinguer un Binaire d'un Primaire. L'autopsie fut aussi rapide que promis. Esther reçut le rapport dès le lendemain matin. Depuis l'ange qui la ramenait à Lincoln, elle était en train de prendre connaissance sur Intellect de la litanie matinale des espèces disparues du jour, égrainées par un *cogmentateur* froid et détaché. Les yeux d'Esther, noyés dans un océan de larmes, s'étaient perdus dans le triste paysage, celui-là même qui l'avait pourtant enthousiasmée deux jours avant. Rien à faire : elle n'y voyait désormais plus qu'une pathétique étendue de nature grossièrement reconstituée et enrobée de neige sale et radioactive. La réception du rapport vint donc à point nommé. Elle agit comme une diversion. Esther s'extirpa de sa spirale dépressive et ouvrit le rapport. Elle se plongea dans ses conclusions, plusieurs fois. Mais avec quelle déception aussi.

Depuis l'instant de la mort de Dolores, Esther n'eut de cesse de sonder ses propres souvenirs, son ressenti, pour essayer d'y trouver, mais en vain, les raisons profondes d'un tel geste. Elle espérait qu'une autopsie pût permettre d'y voir plus clair, de comprendre ce qui c'était passé dans le psychisme de Dolores juste avant son acte irréparable. Sans doute attendit-elle trop du travail du neurolégiste, car cette analyse lui apporta bien peu de réponses.

Qu'en tirer ?

Les symptômes cognitifs usuels du suicide étaient bien reconnaissables mais le légiste préféra rester prudent. On l'a dit, le suicide avait été éradiqué du monde binaire et il n'en subsistait que de très rares cas ; insuffisant pour pouvoir en tirer des conclusions définitives. Le légiste lui-même, avait-il écrit noir sur blanc, n'avait jamais étudié un cas de mort volontaire de Binaire. Il dut se tourner vers des collègues du Nevada pour trouver un ou deux cas comparables. Là-bas on s'était un peu suicidé au sortir des derniers casinos pendant que l'environnement agonisait et s'asséchait tout autour. En effet, la capitulation de la civilisation face à l'inéluctable désertification de la région avait produit quelques rares cas de puissantes asthénies dont même les meilleurs implants n'étaient pas parvenus à bout. À tel point que certains dépressifs avaient réussi à se donner la mort. Mais, malgré ces comparables de derrière les fagots, le légiste restait d'une prudence confondante quant à ses propres conclusions.

Le rapport mit tout de même en lumière de nombreuses « anomalies » dans les flux cognitifs des toutes dernières minutes de Dolores. Mais, paradoxalement, le légiste concluait que ces « anomalies » étaient peut-être « normales », puisque liées à un suicide. Et encore, ce n'était pas sûr non plus. C'était un peu le serpent qui se mordait la queue : on démontrait que la mort ne pouvait pas résulter des anomalies observées, car ces anomalies, étaient elles-mêmes occasionnées par le motif suicidaire du décès. Bref, Esther n'était pas plus avancée.

Elle pensa un moment que l'implant de Dolores avait pu connaître une faiblesse, un dysfonctionnement et participer, d'une manière ou d'une autre, au passage à l'acte. Le protocole antisuicide avait peut-être souffert d'un bug, ou bien la neurotransmission s'était-elle déréglée… Blasphème ! L'expert mandaté par le *coroner* n'en démordait pas : jamais un défaut de ce type n'avait été observé sur un implant ; jamais cela n'arriva et n'arriverait, car ce bijou technologique était la perfection même. Quelle meilleure preuve qu'un suicide était impossible que celle-ci : on ne se suicidait plus ! Truisme pour le moins kafkaïen.

Rentrée à Lincoln, où elle expérimentait pour la première fois une solitude immense dans leur maison, Esther se cognecta au *coroner* pour lui toucher un mot de ses doutes et recueillir son avis sur ce rapport peu convaincant. Mais lui était tout à sa petite victoire et ne pensait qu'à clore le dossier :

— *Je vous l'avais bien dit, Madame* triomphait-il *: cette autopsie ne mènerait à rien.*

— *À rien ? Mais enfin, répensa*-t-elle, *n'êtes-vous pas gêné par le fait que certaines anomalies aient été relevées et qu'on ne les examine pas davantage ?*

— *Ce n'est pas ce que dit le rapport, Madame. Vous avez mal lu. Il dit au contraire que ces anomalies sont peut-être la preuve d'une intention suicidaire.*

— *Peut-être, oui...*

— *S'il y avait motif à investiguer, le neurolégiste l'aurait signalé et expressément requis. C'est la procédure.*

Esther ne pouvait en rester là. Elle lui fit part de son idée : et si l'implant avait connu une défaillance ? Un bug ? Elle énuméra toutes les raisons qui lui laissaient penser que Dolores n'avait pu se supprimer et partant de là, que son implant pouvait, directement ou indirectement, en être la cause et fournir à ces anomalies une explication rationnelle. Elle demanda donc au *coroner* s'il pouvait enquêter à ce sujet. Mais Plumlee semblait peu concerné par sa demande. En réalité, il pensait à autre chose. Esther le sut immédiatement, car cet indélicat avait oublié d'activer son filtre à *ghost-cogs*, ces pensées fantômes qui pouvaient venir malencontreusement s'immiscer dans un échange cognitif. Et c'est ainsi que, pendant qu'elle argumentait, détaillait, Plumlee, lui, avait la tête ailleurs et ne pensait qu'à la nuit qu'il avait passée sur Intellect avec une prétendue femme — en réalité très probablement un gynécortex, une âme de synthèse lascive et soumise, conçue sur mesure pour assouvir jusqu'aux plus bas instincts d'hommes en errance sexuelle. Plumlee n'avait donc que faire des lubies d'Esther, plongé qu'il était dans les souvenirs de sa nuit débauche cérébrale et de sexe mental ultra-violent. Tout ça, en l'absence de filtre, vint se mêler aux flux cognitifs qu'il adressait à Esther ; et elle le reçut en pleine figure, sans qu'il ne s'en aperçût.

Décontenancée que le sort de cette enquête pût être entre les mains d'un esprit davantage concerné par l'accomplissement de ses répugnances que par la recherche de la vérité, elle augmenta le signal de ses *cogs* afin de faire revenir le *coroner* Plumlee dans le droit chemin. Et cela fonctionna. Subitement, ce dernier sortit de ses songes obscènes et revint, douloureusement et bien malgré lui, dans le fil de leurs échanges bien plus rébarbatifs. L'ayant hameçonné et ne voulant plus le lâcher, elle martela : il fallait absolument enquêter sur une défaillance de l'implant ou d'une de ses applications. Mais il commença par lui répondre, avec une certaine condescendance, qu'elle était en plein délire science-fictionnel. L'implant, Intellect, tout cela ne saurait défaillir. Puis, devant son insistance, il lui signifia son refus avec autant de rapidité que d'aplomb :

— *Écoutez Madame Myers, c'est à moi seul de décider quelle piste suivre. Si je dois enquêter sur un dysfonctionnement de l'implant, au coup d'après vous me demanderez d'enquêter sur un dysfonctionnement du revolver. Je vous en prie, restons-en là.*

— *Puisque vous n'attendez que cela, répensa* Esther sans masquer son mépris, *finissons-en avec cette enquête. Faites ce que vous avez à faire en fonction de ce que vous dicte votre conscience professionnelle et passons à autre chose, je me débrouillerai sans vous.*

Elle laissa passer quelques secondes puis ajouta :

— Ce que vous avez fait à ce clitoris, le mastiquer comme ça avec vos molaires, jamais une femme n'y prendra du plaisir. Allez-y plus doucement, sinon vous en resterez toute votre vie au sexe mental.

Et elle se décognecta. Esther n'avait plus rien à attendre de cette enquête ni de cet embryon de gros gratte-papier désenchanté et lubrique. Elle sut dès lors qu'elle devrait trouver ses réponses seule.

– 6 –

Esther n'en était qu'au début de ses déconvenues. Pendant ce temps, bien sûr, Intellect avait ingurgité/régurgité, à la manière d'un ruminant, une quantité phénoménale d'informations et de réflexions sur le suicide public de Dolores Myers. Sur le réseau, on ne parlait — ou plutôt on ne pensait — que de ça. Intellect étant un réseau de cerveaux, il était aisé pour tout un chacun de partager ses pensées — les bonnes ou les mauvaises — ses analyses, réactions, parfois posées, mais le plus souvent à chaud. En conséquence, tout le monde mit un point d'honneur à partager son avis ou une rumeur sur cette affaire. On la *cogmenta*, *ad nauseam*.

À peine Esther avait-elle reçu le rapport d'autopsie qu'une information des plus confondantes et qui circulait depuis la veille de cortex à cortex, se répandit d'un coup à grande vitesse et s'agrégea à ce monceau d'*e-dées* prédigérées : au lendemain de la mort de Dolores, un homme, en Norvège, avait mis fin à ses jours. Un Binaire. Et il avait agi en pleine rue, après avoir déblatéré tout un tas d'horreurs sur la situation de notre planète. La scène avait été observée par des dizaines de paires d'yeux, donc enregistrée sous autant d'angles de vue et diffusée à tout va, sans aucun filtre ni mise en garde, puis consommée goulûment aux quatre coins du monde par des esprits voraces. L'image spectaculaire de l'homme, se poignardant frénétiquement lui-même le cou, aurait finalement pu rester confinée au rang des petits faits divers horribles dont le monde se repaissait quotidiennement si un lien entre cet homme et Dolores n'avait été mis au jour.

Le Norvégien, en effet, n'était autre que son ex-beau-frère. Esther, comme tous les membres de la famille, avait d'ailleurs appris son décès avant les médias, par message prioritaire. Elle n'avait bien évidemment pas manqué, faute de vraiment s'en émouvoir, de relever le motif suicidaire de la mort de ce lointain et peu aimable membre du clan Myers. Apprendre deux suicides en deux jours, voilà qui, de tout temps, ne fut jamais commun — et encore moins, donc, à cette époque où le suicide avait été banni du monde Binaire.

Mais bientôt cette mort étrange ne manqua pas d'alimenter d'innombrables théories. La plus rationnelle et acceptable eut été que cet homme aux antécédents dépressifs établis fût fragilisé par la mort ultra-médiatisée de sa belle-sœur. Cela put le conduire indirectement à ce geste fatal. On aurait à bon escient ajouté à ce cocktail l'effet aggravant de la pénurie de soleil en Norvège à cette saison. Mais non… Il fallait que la théorie la plus folle l'emportât et fût relayée à tout-va : Dolores aurait lancé un mouvement au sein d'un cercle d'influence ; d'aucuns évoquèrent même une secte. Dès lors il fallait s'attendre d'autres actes irrémédiables de la part de certains membres de son entourage.

La supposée rugosité de Dolores dans le management de ses équipes, son exigence extrême, son attitude, il est vrai, parfois martiale, bref, tous ces traits de caractère autrefois encensés, car vecteurs de son succès, étaient maintenant déconsidérés voire foulés aux pieds : Dolores en gourou brutal d'une secte, ou encore perverse narcissique n'ayant d'autre moyen de se valoriser que de rabaisser les autres, capable de pousser d'autres au suicide, voilà ce qu'on pensait d'elle sur Intellect.

En réalité, Esther le savait bien, le lien entre Dolores et cet Oskar norvégien fut pour le moins distant. Pour ne rien cacher, Dolores l'exécrait. Tout au plus se croisaient-ils une fois l'an, par obligation, au moment des fêtes — ce qui n'était même pas prévu cette année. Pour qui les connut suffisamment tous les deux, ce suicide ressemblait davantage à un mauvais hasard, du genre de ceux qu'on expliquait, faute de mieux, par la loi des séries. Mais Intellect n'en avait cure : l'histoire était trop belle — ou trop laide — pour qu'on ne s'y vautrât pas un peu. Bien d'autres occasions ne manqueraient pas de se présenter d'ailleurs.

Dans les jours qui suivirent, en effet, Intellect agit comme une caisse de résonance de tous les fantasmes qui sommeillaient dans les milliards d'encéphales qui en composaient l'ossature. C'était là un des principaux travers de la toile de cerveaux où se répandaient, encore plus vite et avec encore plus de liberté que sous l'ère d'Internet, les idées et les *e-dées*, les bonnes, les mauvaises, avec une certaine prédilection pour le simple et le vulgaire. Un suicide résultant en général d'une sédimentation complexe de motifs, ce type de décès constituait un assez mauvais client pour le réseau. On comprendra donc qu'un nouveau récit du drame, épuré, adapté et scénarisé fut réécrit afin de fournir une nourriture acceptable pour la plus grande masse des cortex qui se ravitaillaient là.

Il n'en reste pas moins que ce nouveau suicide dans l'entourage proche de Dolores eut une répercussion immédiate pour Esther : celle de tuer dans l'œuf l'idée d'une défaillance matérielle ou logicielle de l'implant. En effet, un bug c'était déjà beaucoup, mais deux dans la même famille, ça devenait franchement improbable. Le *coroner* Plumlee ne manqua d'ailleurs pas de le signaler à Esther, y trouvant un motif supplémentaire de conclure au plus vite son ersatz d'enquête ; et de se permettre, d'une manière fort inélégante, de laisser supposer que tout le clan Myers, y compris elle donc, devait sérieusement songer à une thérapie familiale.

La réponse d'Esther tint en quatre mots : « Allez vous faire foutre ».

L'enquête était bouclée.

3

Absolution

C'était le 11 décembre ; accessoirement, la date officielle de la mort du dernier baobab de Madagascar. Huit jours s'étaient écoulés depuis que Dolores avait choqué le monde par son geste fou. Huit jours pendant lesquels sa mémoire fut vilipendée de toutes parts, sans relâche. Peu de voix s'élevèrent pour célébrer son bilan, son apport à la communauté, ses idées novatrices ou même sa personnalité rayonnante. Pas même son successeur, le Chinois Bao Feng, fraîchement élu, le sourire jusqu'aux oreilles, n'eut le moindre mot pour elle, écartant ainsi le risque d'entacher le début de son mandat. Aux yeux de tous, elle était désormais celle qui avait mis en scène de façon sinistre sa propre mort et invita à la suivre. À une époque où les verdicts populaires étaient rendus bien avant les juges, Dolores Myers passa instantanément du statut de superstar à celui de paria, de madone à criminelle.

Sans doute se terrait-il aussi, sous cette condamnation unanime, un déni, celui qu'un Binaire put recourir au suicide. Grâce aux implants et à Intellect, au contrôle offert sur les émotions et les pulsions, la société binaire avait été débarrassée de tout un tas de fléaux — violence, criminalité sexuelle, dépression. Du moins le crut-elle. Le suicide, c'était pour les Primaires, on préférait ne plus en parler. Que l'on pût mettre fin à ses jours malgré un additif cérébral rappela à beaucoup qui l'avaient oublié à quel point l'Homme restait un animal intelligent, avec ses faiblesses et ses instincts ; ça, même le meilleur des implants ne pouvait le changer. Mais, plus encore que le suicide en lui-même ou le spectacle que Dolores avait choisi d'en faire, ce qui scandalisa ce monde fut la teneur de ses derniers mots : son discours de haine envers nos modes de vie et son incitation à reproduire son geste anéantirent en quelques minutes une réputation forgée sur plusieurs décennies. Quelle folie l'avait-elle donc traversée ? D'autant plus que, sembla-t-il alors, ses mots firent mouche : après son « ex-beau-frère-norvégien-dépressif-qu'elle-détestait », on dénombra à travers le monde d'autres cas de suicides avérés ou suspectés d'individus pourtant dotés d'implants. Mais tous extérieurs au cercle relationnel de Dolores.

Parmi la poignée de suicides qui avaient été formellement authentifiés sur la dernière semaine, certains présentaient en revanche, dans la forme, des points de rattachement clairs avec le « manifeste » de Dolores : ici une jeune femme qui choisit de s'immoler « pour la Cause », là un homme plus âgé qui se jeta d'un pont en criant « Décroissance ! ». D'autres, certes, choisirent une mort plus discrète, moins tapageuse. Mais tous eurent un point commun : ils surprirent leur entourage, comme Dolores surprit le sien.

Ces suicides s'étant produits de façon éparse dans le monde — Nigeria, Pologne, Australie, Guatemala pour ne citer que quelques lieux — les chiffres furent très difficiles à établir avec précision et les motifs réels ou supposés de ces décès sujets à caution ; mais on s'accordait à dire que, depuis huit jours, entre une vingtaine et une quarantaine de cas avaient été répertoriés. Certaines rumeurs évoquaient même le double. Ce qui était considérable : jamais il n'avait été enregistré plus d'une centaine de suicides dans le monde binaire sur une année pleine. Que la moitié de ce total pût être atteinte en une seule semaine ne pouvait être imputable qu'à l'impact du « manifeste de Dolores Myers ». C'est ainsi, en effet, qu'on avait baptisé son discours final.

Il est vrai aussi, pour aggraver la situation catastrophique de sa postérité, que Dolores s'attira la sympathie et le soutien d'une minorité influente : les extrémistes verts les plus violents, en particulier les adeptes d'un bio-Jihad, consistant à prendre les armes pour défendre la nature contre les mécréants consuméristes ; ces derniers soldats qui perpétuaient dans l'ombre l'œuvre sanglante des premiers écoterrorristes au sein du mouvement planétaire *Nature Jihad* et se faisaient appeler *najis*.

Le point d'orgue de ce ralliement au « Manifeste » fut sans doute la contribution d'un célèbre *cogmentateur* allemand, habitué des *e-dées* polémiques, qui publia sur son *clog* un article provocateur. Son titre seul avait suffi à offenser la Toile : « *Le sacrifice de Dolores Myers* ». Car un sacrifice, ça changeait tout. Cela revenait à cautionner l'ensemble de son discours. Pour une grande partie de l'opinion publique, considérer que ce suicide, et les autres potentiels, servait à quelque chose et apportaient un bénéfice à la communauté couvait aussi un autre danger : légitimer, demain, des meurtres pour les mêmes motifs. Beaucoup décelèrent dans ces propos le danger d'un retour aux thèses qui firent le lit de l'écoterrorisme au milieu du siècle, ces années de sang marquées par une série d'actions spectaculaires et de carnages au nom d'une cause qui n'en demandait certainement pas tant.

Fort heureusement, le *cogmentateur naji* fut une nouvelle fois arrêté pour propagation d'idées terroristes. Mais le mal était fait. Il réussit à semer le trouble dans de nombreux esprits ; cet homme était suivi par plus de trente millions d'encéphales et revendiquait un taux d'adhésion spirituelle de plus de soixante pour cent. Il contribua donc à instaurer durablement l'idée que « le libre choix de mourir plutôt que de continuer à assassiner son environnement » fut plutôt noble. Et d'ailleurs, avait-il conclu sur son *clog*, depuis combien de décennies n'avait-on plus vu quelqu'un mourir pour ses idées ? En quoi cela était-il révoltant aujourd'hui, alors qu'on le magnifiât naguère ?

Qu'ils se soient suicidés ou sacrifiés, la cohorte des quelques dizaines de « volontaires » de Dolores — c'est ainsi qu'on les nomma — animait, partout, les débats et les interrogations : comment des êtres humains pouvaient-ils aujourd'hui se rallier à une idée si folle ? L'influence de Dolores fut-elle si grande que des hommes et des femmes fissent un choix aussi radical simplement après l'avoir écoutée ? Une horde silencieuse de candidats au suicide n'attendait-elle pas un signal, d'elle ou d'un autre, pour passer à l'acte ?

Le mystère était d'autant plus grand que, parmi les intimes de Dolores, personne ne parvint à comprendre son geste, moins encore sa diatribe. Rien ne vint corroborer un quelconque engagement « politique » de dernière minute. Pas plus qu'un caractère dépressif ou une volonté d'en finir pour échapper à des soucis personnels. Les conclusions du rapport d'enquête avaient certes pointé du doigt son désir de maternité, inassouvi depuis dix ans. Mais la science proposait désormais un éventail de solutions infaillibles. Dolores et Esther étaient en plein processus ; elles avaient aussi déposé un dossier d'adoption, en bonne voie d'ailleurs. Il y avait donc là un projet et un espoir, certainement pas un motif de suicide. Bref, l'incompréhension était totale.

Conséquence malheureuse : peu de monde avait fait le déplacement pour l'enterrement de Dolores. Le temps, pourtant, était idéal pour des funérailles. Le petit cimetière de Union Station, près de leur maison de Lincoln, était inondé par un grand soleil glacé. Les arbres croulaient sous le poids de l'épais manteau blanc. On devinait à peine les tombes tant la neige avait tout recouvert. On y progressait un peu à tâtons, priant le ciel de ne pas piétiner la dernière demeure d'un membre de la communauté voire d'un parent.

Esther avait marché derrière le cercueil, au bras de la mère de Dolores. Un cortège rabougri. Quelques membres de la famille et de rares amis l'avaient suivi dans ce pénible et lent cheminement qui les conduisit à un trou. Dans le silence de ces instants, on n'entendit que le craquement de la neige sous leurs chaussures. Peu de larmes, peu de lamentations, sinon celles de sa mère et, toujours, d'Esther.

Esther n'aurait jamais imaginé qu'un jour l'une d'elles pût être enterrée ici. Lincoln, ce devait être une étape pour elles, une transition dans leurs vies, une marche peut-être : l'espoir d'y fonder une famille, d'y créer quelque chose. Et maintenant quoi ? Voilà qu'Esther y était veuve — ce mot, elle avait essayé de le bannir, mais il faudrait désormais subir sa loi. Ce joli petit cimetière, si coquet au printemps avec son explosion de fleurs sauvages. Combien de fois étaient-elles passées devant, au détour d'une balade en *véole* sur ce tronçon de la vieille route 66 qui longeait les stèles ? Ou au-dessus, au retour d'une visite à New York ou Chicago ? Il faudrait désormais qu'Esther s'y arrête en plein milieu pour se recueillir, là, devant ce trou, où, à cet instant, le personnel des pompes funèbres locales descendait fort maladroitement le cercueil. Le bruit sourd de la boîte heurtant le fond de la fosse lui rappela, dans un flash, le dernier son du corps de Dolores, lorsqu'il chut sur la scène de la grande salle des Nations Unies. Désormais, elle était inhumée. Juste à côté de sa grand-mère, dont les obsèques étaient toutes fraîches. Injustice.

Esther était apparue très fatiguée, vidée de force et de larmes. Affronter le suicide de l'être aimé consumait toutes les ressources de son âme. *A fortiori* parce qu'elle n'avait jamais perçu le moindre indice d'un désespoir aussi grand. Esther d'ailleurs pouvait-elle en être la cause ? L'avait-elle aimée comme il fallait ? Qu'elle se posât ou non la question, Esther avait bien compris que les autres se la posaient pour elle. Être la veuve d'une suicidée, c'était comprendre qu'on était un peu, aux yeux des autres, quoi qu'on eût dit ou fait, sur le banc des accusés. Il fallait donc redoubler d'efforts pour surmonter l'épreuve : le deuil d'un côté, l'absolution de l'autre. Pour ce qui fut du deuil, pourtant, l'époque était clémente : avec Intellect, désormais, « faire son deuil » était devenu un jeu d'enfant. Le monde d'alors regorgeait d'orphelins gais et pimpants ou de veufs joyeux, car Intellect offrait un arsenal d'applications et de programmes pour surmonter une douleur telle qu'un décès. Esther s'était autrefois opposée à tout ça. Elle s'en était même longuement enquise auprès de Tarang, mais en vain. Intellect offrait désormais tout un arsenal d'application et de programmes, gratuits ou payants. La panoplie allait du « paramétrage hypothalamique » — pour stimuler la création de dopamine — à « la censure cognitive » permettant d'interdire au cerveau de penser au décès d'un être cher pendant la journée. Il était également possible de jouer sur ses fonctions végétatives pour passer une bonne nuit, même après avoir appris la pire des nouvelles ; voire, pour les plus fortunés, de commander des rêves sur-mesure et bannir les cauchemars. Bref, faire face à un décès sans effort était à la portée de tous.

Mais Esther ne mangeait pas de ce pain-là. Sa formation et son métier de psychanalyste, mais surtout son éthique de vie, sa conception du monde, de la notion de résilience, du rôle de la mémoire, de l'expérience de la douleur et de l'échec dans la construction de l'être, toutes ces choses lui interdisaient une quelconque forme de tricherie. Cette technologie, elle l'abhorrait et ne l'avait adoptée que par dépit, pour ne pas perdre pied professionnellement et socialement dans un monde qui n'offrait plus de place aux Primaires et pas davantage aux timides, aux nerveux, aux passionnés ou aux maladroits. Elle la haïssait plus encore maintenant qu'elle était montrée du doigt de toutes parts et qu'on lui reprochait presque d'avoir choisi les larmes et l'introspection plutôt que le refuge douillet d'Intellect pour surmonter l'épreuve. Pourtant, les fonctionnalités de son implant, elle y eut recours abondamment ces derniers jours — mais toujours contre son gré. En effet, les heures qui suivaient un décès étaient invariablement ponctuées d'immixtions numériques à profusion.

Pour Esther, ça commença très vite : à peine avait-elle

reçu la notification de décès peu après vingt heures que, dix minutes plus tard, certains lui avaient déjà adressé leurs sympathiques *cogdos*, comme pour s'en débarrasser — ou peut-être marquer des points et remonter dans la hiérarchie de ses contacts ? Avec Intellect au moins, un trépas était simple à gérer, nul besoin de l'annoncer, tout le monde était au courant rapidement, condoléait rapidement et accomplissait rapidement sa part de deuil. Esther put l'expérimenter à l'excès : avec la mort choisie par Dolores, beaucoup souhaitèrent se débarrasser de cette corvée au plus vite. Ne plus en parler, ne plus y penser. Elle fut donc submergée de *cogdoléances* avant même que le sang de Dolores ne séchât sur ses mains.

Esther découvrit ensuite l'autre étape succédant au trépas 2.0, celle de l'héritage. Mémoriel, s'entend. Car avant même que quiconque n'ait pu passer devant un notaire pour régler l'épineuse question de la succession, les légataires du défunt se voyaient notifier de façon automatisée l'héritage mémoriel qui pouvait être le leur. La transmission de « l'actif cognitif », le contenu de la mémoire du défunt, se jouait dans les heures suivant son trépas.

De fait, un Binaire pouvait décider de son vivant de transmettre tout ou partie de sa mémoire à autant d'ayants droit qu'il le voulait. Parfois, comme si on recevait une carte postale du passé, on héritait d'une bribe : d'un vieux copain des instants d'enfance partagés avec lui, d'un ancien amour un baiser échangé. Le plus souvent, on se retrouvait légataire de pans entiers d'une vie. C'est ce qui arriva à Esther qui, tout à sa peine, reçut, quelques heures après le drame, un nouveau message prioritaire, lui avisant cette fois qu'elle était légataire universelle de la mémoire de Dolores. Tout, absolument tout, lui revenait. La notification avait froidement détaillé :

Volume de données stockées :	*18 654 Pétabytes*
Nombre de séquences mémorielles :	*89 654 237*
Dont publiques :	*2 857 003*
Dont privées :	*86 797 234*
Frais de succession :	*1 214,19 ₦*
Frais d'hébergement pour dix ans :	*899,99 ₦*

**Délai de souscription à l'offre : 90 jours, pendant lesquels un tri est possible. Révision des frais sous 24 heures après tri.*

***Nota : en cas de renonciation à l'héritage mémoriel, l'ensemble des données archivées sera effacé 60 jours suivant le délai susvisé. Aucune réclamation ne pourra être faite au-delà.*

Lien d'accès :
[IntΘDolores~Maria~MyersΘ˙20370731Ʋ]

Esther se retrouva donc, sans savoir qu'en faire, destinataire de plus de cinquante années de données de tout type : souvenirs d'enfance rapatriés de la mémoire biologique de Dolores jusqu'à sa version numérique, bibliothèque de savoir constituée au fil des ans, archives émotionnelles... Pour s'y retrouver, pour savoir qu'en faire, il lui faudrait consulter un *neuro-mémorialiste*. Mais d'ici-là, elle s'interdit d'y accéder. Elle ne l'ignorait pas, il lui faudrait du temps avant d'envisager de faire un tri, car plonger dans ces données l'exposait au risque de revivre les terribles dernières secondes de la vie de Dolores.

Pourtant, elle allait devoir bientôt, et plus vite qu'elle ne le pensait, exhumer quelques reliques de ce tombeau mémoriel.

– 2 –

Après ces journées de douleur et de déchirement, on peut comprendre qu'Esther n'acceptât qu'à contrecœur l'invitation à dîner de son jeune frère, Elijah. Il était clair qu'il voulait faire son possible pour lui changer les idées — huit jours de chagrin, c'était déjà bien trop long dans ce monde-là. Dolores était inhumée depuis trois jours maintenant. Il ne fallait pas qu'Esther s'enterrât, elle aussi. Elle avait déjà mis de côté son métier puisqu'elle ferma en catastrophe son cabinet de psychanalyse, laissant sur le carreau des patients en détresse. Il ne fallait pas qu'en plus elle succombât à la tentation de couper ses liens avec le reste du monde.

Esther ne courait pas réellement ce risque. Elle expliqua d'abord à son frère elle n'avait pas envie de socialiser ce jour-là, encore moins au cours d'une soirée dont elle savait pertinemment qu'elle serait la bête curieuse. S'exposer à nouveau au regard des autres, non merci. Et puis, elle intuitait trop bien comment devait se dérouler ce type de dîner mondain. Frayer avec d'autres cerveaux, elle détestait ça. Mais c'était son petit frère. Le voir aujourd'hui se mettre en quatre pour lui faire remonter la pente ne pouvait que la toucher.

Elijah faisait dans la *cogmunication* et le *markethink* pour un grand groupe de cosmétiques. Il s'occupait des cortex VIP. Un métier, fort utile, qui existait déjà au temps d'Internet et avait su évoluer.

— *Je t'en prie, viens,* lui avait-il *transpensé* avec insistance, *il y aura des gens étranges, comme tu les aimes ! Un jeune créateur en cosmétique mentale, tu vas adorer ; un thinkfluenceur russe ; et surtout l'actrice Niyyat Nyang, tu en as forcément entendu parler.*

Au fond, pensa Esther, Dolores n'aurait sans doute pas souhaité qu'elle laissât filer une occasion de renouer avec la vie. Après avoir gravi une à une toutes les marches du deuil à l'époque d'Intellect, ce dîner tombait peut-être même à point. Une diversion, un moment de partage peut-être, même si elle se faisait assez peu d'illusion là-dessus. Dans le pire des cas elle y trouverait un réconfort gustatif, un des plus sûrs antidépresseurs. Alors, finalement, elle accepta et son frère en fut ravi.

Rendez-vous avait été donné au « Marathon », probablement le dernier restaurant huppé de la pauvre Chicago. L'établissement, une véritable institution, dominait la rivière et offrait une vue imprenable sur la vieille ville à demi désertée depuis des années. Il était un peu plus de dix-neuf heures et la nuit avait enveloppé la cité aux tours fantômes et orphelines. Le grand lac avait gelé sous l'effet d'un vent froid comme la lune. Les illuminations de Noël donnaient aux rues abandonnées un air de fête et d'insouciance bien trompeur.

Esther était en retard. Quand elle arriva au seizième étage et entra dans le restaurant, tandis qu'elle ôtait les trois couches de vêtements recouvrant son smoking noir, elle observa du coin de l'œil la douzaine de convives élégants déjà attablés dans le grand salon. Elle arrangea à la hâte son chignon qu'une bourrasque glacée avait malmené tandis qu'à l'aide de son implant, elle identifia rapidement chacun d'eux. Et avec ce maigre bagage d'informations, elle s'avança vers la grappe de ces quasi-inconnus, découvrant en même temps à travers la grande baie vitrée la vue éblouissante sur le sommet néogothique du Wrigley Building et son horloge ronde, presque deux fois centenaire, qui emplissait le centre du panorama comme une lune pleine et proche.

Tout le monde se leva lorsqu'elle pénétra dans la salle. Autour de la grande table ovale, personne n'ignorait bien sûr le drame qu'elle avait vécu. Esther devint bien malgré elle une figure célèbre, pour toujours liée aux nombreuses images de son arrivée sur scène, ses cris, son visage défait, ses mains en sang : le monde entier avait vu cette tragédie. Les convives du Marathon aussi.

Devinant son angoisse et son malaise, Elijah alla à sa rencontre, lui prit la main et la serra tendrement dans ses bras. Il lui présenta son *lifepart*, son partenaire de vie. Elle n'y prêta guère attention ; Esther n'entendait pas grand-chose à cette nouvelle mode consistant à fonder une famille avec quelqu'un du même sexe mais qu'on n'aimait pas d'amour. Mais il est vrai que les hommes et les femmes avaient de moins en moins de raisons de rester ensemble, sinon procréer — et encore. Les sentiments amoureux pouvaient enfanter la jalousie, la déception, la haine et, au bout du compte, défaisaient autant de couples qu'ils n'en avaient créés. Alors il n'était pas si étonnant que, parmi cette nouvelle génération, une frange importante trouvât préférable, à une vie de couple impulsée par des émotions primitives, une association amicale mais solide, le plus souvent avec un ou plusieurs amis du même sexe, réservant à d'autres partenaires d'un soir, les *sexparts*, l'exutoire sexuel que le couple n'offrait plus. S'agissant de son frère, cela ennuya un peu Esther ; elle lui avait imaginé une autre forme de bonheur. Mais en la matière, elle se gardait bien de donner des leçons.

Esther, intimidée, salua d'un regard anxieux ce petit monde chic et raffiné qui l'entourait. Elle s'assit à côté d'Elijah. Puis on entendit le tintement cristallin de quelques verres ; la soirée pouvait débuter.

Elle compulsa mécaniquement le menu qui lui avait été envoyé dès son arrivée ; elle visualisa quelques mets et usa d'une simulation gustative qu'elle trouva peu convaincante. Son choix devait se porter sur la viande de synthèse de chez Boeing, la meilleure. Après quoi elle se dit qu'un peu d'ivresse ne pouvait pas faire de mal. Peu de monde à table avait pris de l'alcool ; et pour cause, il ne faisait pas toujours bon ménage avec l'implant. Il était déjà difficile, sous son empire, de maîtriser ses mots, que dire de ses pensées ? Les soirées trop arrosées finissaient souvent mal chez les Binaires. Alors, en ce qui concernait l'alcool en société, on se restreignait. Mais qu'importe, elle voulait boire, même seule.

Elle demanda conseil au serveur virtuel quand, à sa grande surprise, un sommelier arriva, un vrai, en chair et en os. L'homme se tenait droit comme un I dans un costume trois pièces trop serré et arborait une fine moustache noire. Comme il avait un air prétentieux, Esther se dit qu'il devait être Français. « *Bingo* ! », pensa-t-elle, lorsqu'il prit la parole et dévoila un accent impayable.

— Que puis-je pour vous, Madame ? demanda-t-il sans daigner la regarder.

— Je souhaiterais un verre de vin, rouge. Mais par pitié, et sans vous offenser, pas un de ces vins français : je ne les supporte plus.

— Plus grand monde ne les supporte Madame, tout comme les vins italiens. Nous en servons peu, d'ailleurs.

Néanmoins, si vous me le permettez, je pourrai vous conseiller un petit bijou des nouveaux territoires viticoles de France : un Côtes-d'Armor, cépage Maréchal Foch. Ça se boit frais, ça irait très bien avec votre plat principal.

— Ça sonne bien mais… Je ne sais pas… Je n'ai pas envie de prendre de risque ce soir. Trouvez-moi une valeur sûre, je veux un vin tannique, qui me raconte le soleil, les fruits rouges…. Mais pas trop alcoolisé.

— Dans les valeurs sûres, sur ce registre, alors nous pouvons partir sur un cabernet-sauvignon des Pays-Bas ; j'ai quelque chose qui vous plaira.

Quelques instants plus tard Esther plongea ses lèvres dans le vin Orange qu'on lui servit, pour y puiser un peu de courage. Bien entendu, elle s'accrocha à son frère, conversant autant qu'elle le put avec lui. Elle comprit cependant qu'il était lui-même en conversation cognitive avec d'autres personnes de la tablée et que les relances d'Esther l'empêchaient de se concentrer sur la finalité de ce dîner : le *business*. Les réponses polies et détachées d'Elijah finirent par agacer Esther qui, en matière d'irritation, avait il est vrai la gâchette facile. Comme elle l'avait subodoré, bien vite, il ne lui resta plus que son verre pour l'accompagner. C'est pourquoi le vin servit d'exutoire à sa frustration. Elle le but par très petites gorgées, trompant l'ennui, s'isolant des autres par intervalles, le temps de planter son nez fin et pointu dans l'énorme ballon, les yeux rivés vers son fond.

Dans le décor chaud et feutré du salon carmin, face au panorama splendide de la vieille ville, le dîner venait à peine de commencer que, déjà, s'installa le silence désormais usuel des tablées de cette époque. Ainsi les règles de bienséance imposaient que tout le monde pût s'amuser et converser, certes, mais en silence. La soirée se déroula donc dans un mutisme convivial, entrecoupé des seuls cliquetis des fourchettes et de la porcelaine, ou, de temps en temps, du rire un peu trop spontané d'un convive ou d'un mot échappé, tant il fut difficile et peu naturel de ne pas parler du tout. C'eût été un mystère pour bien des sociologues et des anthropologues des siècles passés, mais converser sans parler à table était devenu absolument normal. Ce qui aurait été, trente ans auparavant, une forme ultime d'impolitesse — s'était-on un jour abaissé à s'envoyer des sms à table ? — un indigne manquement à tous les usages, un crime contre la convivialité devint, en un court laps de temps, la seule bonne façon d'agir.

Au départ, échanger par pensée avec quelqu'un de la tablée ne fut qu'une petite tricherie que tout le monde s'accorda. Par exemple, quand une discussion se faisait longue et ennuyeuse au dîner ou dans un déjeuner professionnel on en profitait pour partager des propos confidentiels. Tout ça fut admis, tout le monde le pratiqua un jour ou l'autre, à la dérobée. Mais, peu à peu, on trouva à cette conduite plus d'avantages que d'inconvénients et il devint beaucoup plus simple de converser ainsi, surtout aux grandes tablées. On pouvait croiser les discussions d'un bout à l'autre de la table sans se gêner ou, mieux encore, converser la bouche pleine.... Et puis, parler c'était postillonner, penser était bien plus hygiénique. Si bien qu'on éluda le discours oral là même où la convivialité l'avait fait roi.

Or ce soir, Esther ne participait à aucune des diverses conversations mentales. Par politesse, ou par pitié, elle fut tout de même conviée à chacune d'entre elles, mais elle n'en trouva pas d'intéressante. Alors elle fit semblant d'en être de toutes. C'était là un des rares avantages du système : personne ne pouvait s'en rendre compte car, dans ce monde-là, peu avare de paradoxes, silencieux ne signifiait pas mutique. Aussi absurde cela puisse-t-il paraître avec le recul du temps, il était alors presque plus rassurant de ne pas parler à table, cela indiquait qu'on échangeait par la pensée avec quelqu'un, que ce soit dans le cadre d'une discussion ouverte ou d'un échange privé.

Profitant de cet alibi facile, Esther commanda alors un autre verre de vin, belge pour changer. Et c'est précisément au moment où elle ne fondait plus aucun espoir sur l'impact que ce dîner aurait dans sa vie que Niyyat Nyang, jeune star montante des *filmmersives* souhaita ouvrir avec elle, depuis l'autre bout de la table, une conversation qui allait, indirectement, lui offrir de nouvelles perspectives pour venir à bout de ses interrogations.

Niyyat était une forme de survivance d'un modèle ancien, une femme superbe et magnétique jouant de ses atours, endossant haut et fort sa nature sexuée et désirable, mais sans l'appétence pour le sexe mental, qui avait tout envahi ; elle revendiquait publiquement une sexualité débridée mais à l'ancienne où la peau, la chair, les odeurs et fluides avaient toute leur place. Tout était anachronique chez elle : ses tatouages façon « début du siècle » mais que sa peau d'ébène rendait presque invisibles ; ses cheveux blond platine arrangés à la mode disco ; sa paire de talons aiguilles, probablement la dernière d'Amérique. La jeune actrice était entourée de deux hommes qui semblaient lui faire une cour cognitive ; tournée vers Esther, avec une grande douceur dans le regard elle lui demanda, sans prononcer le moindre mot :

— *Vous ennuyez-vous ?... Ou êtes-vous juste triste ?*

— *Un peu des deux, répensa* Esther par le même canal. *Je dirai même qu'au bout de huit jours, je m'ennuie d'être triste. Merci de vous en soucier... Et vous* ?

— *Je me fais incroyablement chier* ! lâcha-t-elle en lui jetant un sourire complice.

Prise au dépourvu par cette grossièreté jubilatoire, désinhibée par les vins des plats pays, Esther laissa s'échapper un rire puissant et parfaitement incontrôlable. Autour de la table et dans le restaurant, tout le monde se tourna vers elle, certains lui jetant le regard désapprobateur de celui qui aurait quelque chose à vous reprocher mais n'oserait pas vous le dire.

— *Merci !* lui *répensa* Esther. *Je me suis couverte de honte, mais c'est tellement bon de rire... C'est la première fois depuis huit jours.*

— *Ce qui est affligeant,* déplora Niyyat, *c'est qu'on ne puisse plus rire à table. Que sont devenus nos repas d'antan ?*

— *Vous paraissez bien jeune pour vous exprimer ainsi.*

— *Vous savez, là où j'ai grandi, personne n'avait d'implant. J'ai sauté le pas pour percer dans ce métier.*

— *Pour tout vous dire, et crever immédiatement l'abcès, je n'ai jamais vu le moindre de vos films.*

— *Moi non plus, ça tombe bien, sentez-vous à l'aise.*

— *Vous ne regardez jamais les œuvres dans lesquelles vous avez tourné ?*

— *Jamais.*

C'est ce qu'aurait répondu tout acteur de *filmmersives*. Le métier était devenu particulièrement exigeant car il fallait composer un rôle cognitif en sus du rôle expressif, ceci afin de permettre au spectateur d'accéder à la conscience des acteurs, d'appréhender leurs pensées — ou plutôt celles de leurs personnages — enregistrées pendant le tournage. Si bien qu'en général, à l'issue d'un tournage, les acteurs, usés par une charge mentale exténuante, préféraient tourner la page rapidement et oublier leurs personnages, faute d'être dévorés par eux. Le drame qui résulta du tournage d'un remake binaire du *Shining* en apporta la funeste preuve.

De fait, Niyyat nourrissait à l'égard d'Intellect un sentiment ambivalent. Esther et elle n'étaient pas de la même génération mais aspiraient finalement à quelque chose de commun, qui ressemblait à une forme de résistance, pour ne pas dire de rébellion, face cette technologie aussi utile que honnie. Niyyat était du genre direct, alors elle en vint au fait :

— *Esther... Permettez-moi de vous dire : tout ce qu'on entend sur votre femme, ce sont de conneries.*

— *Quoi donc ?*

— *Ces rumeurs. Qu'elle aurait poussé quelques personnes fragiles à agir. Une sorte de déclencheur, un stimulus. Merde, on ne se suicide pas parce qu'un autre, que vous ne connaissez pas, vient de le faire. Ça n'a pas de sens. Si on se suicide, c'est parce que le monde est laid, dur, brutal, insensible et broie celui qui n'est pas en mesure de lui faire face ou de l'accepter comme tel. C'est tout.*

Il y eut à ce moment, dans leurs pensées, un silence cognitif. Puis, sans doute sous l'effet entraînant et désinhibant de ce Château Van den Broeck dont elle reprit un verre, Esther lui confia ses doutes sur le déroulement de ce drame, allant jusqu'à lui révéler le fond de sa pensée : l'implant avait forcément à voir avec cette mort. Elle évoqua ouvertement un dysfonctionnement. Esther nourrit un bref instant un sentiment de culpabilité à l'idée d'avoir parlé trop vite. Mais à sa grande surprise, Niyyat lui emboîta le pas : comment croire, lui demanda-t-elle, qu'un tel outil pouvait être parfait ? Il devait y avoir des bugs, parfois, mais qu'on taisait, car les intérêts financiers de cette industrie étaient colossaux. Elle ajouta même :

— *Je n'ai aucune confiance en ces Indiens qui nous ont progressivement amenés à nous mettre ce truc dans le crâne, pour nous rendre encore plus serviles. Sans doute pour tout savoir de nous. En quoi cette technologie serait-elle la seule au monde à être infaillible ?*

— *Pour le savoir, répensa* Esther sans envisager la portée de son propos, *il faudrait le demander à leurs créateurs...*

— *Demandez une autre expertise. Et allez donc les voir, ces Indiens ! Tapez à la porte de Cog-Net, mettez-les devant leurs responsabilités !*

Au moment où Niyyat acheva cette phrase d'une gorgée de vin, Esther se souvint que, parmi les messages qui affluèrent ce jour maudit, elle en vit passer un de Tarang Rajani, sans l'avoir vraiment ouvert. Tarang, créateur d'Intellect : comment ne pourrait-il pas l'aider à y voir plus clair ? Surtout qu'il avait été éjecté de Cog-Net des années auparavant et n'avait donc, *a priori*, plus le moindre intérêt financier dans cette industrie. Certainement serait-il libre de dire ce qu'il en pensait ? Mais Esther se souvint surtout que leurs rapports professionnels, bien que cordiaux, avaient été marqués du sceau de l'échec et même, à la fin, de l'affrontement. Tarang était sans nul doute la dernière personne à qui Esther aurait pensé s'adresser dans son malheur. Et pourtant, elle venait de se résoudre à le contacter, en priorité. Elle compulsa donc le court message qu'il lui avait envoyé. Elle le lut plusieurs fois, pour être sûre. Et elle n'y vit que de la bienveillance ; une invitation, même, à se revoir. Alors, pourquoi pas ?

Pour la première fois depuis huit jours, Esther avait une idée claire de ce qu'elle devait accomplir. Apaisée, elle reprit le cours de sa discussion avec Niyyat, en savoura chaque mot et chaque instant de complicité, n'hésitant plus à rire lorsque l'envie la prenait. Et lorsqu'elles se retrouvèrent les dernières à table, elles purent, enfin, mélanger le son de leurs voix.

– 3 –

Le lendemain matin, Esther, la tête lourde des mélanges de vins et de cette dernière coupe de champagne danois qu'elle aurait dû refuser, fit parvenir à Tarang un message dont il prit immédiatement connaissance, alors qu'il venait de débuter, lui, une soirée austère comme à l'accoutumée :

« *Bonjour Tarang,*

Merci pour votre dernière pensée à laquelle je n'ai pu répondre mais qui m'a apporté du réconfort dans l'épreuve que j'endure. Cela fait longtemps que nous ne nous sommes pas vus, en effet. J'ai conservé de nombreux et bons souvenirs de nos échanges. À dire vrai, je souhaiterais vous voir instamment pour évoquer un problème important auquel vous saurez, sans doute, apporter une solution. Je peux être à Delhi demain matin. Y serez-vous ?

Dans l'attente de votre répense.

Esther ».

Tarang reçut le message avec circonspection. Qu'Esther voulut le voir, lui, était déjà étonnant. Mais il fut d'autant plus décontenancé par le fait que quelqu'un pût venir des antipodes et investir dans un billet à trois milles neuros simplement pour discuter d'un sujet, à une époque où il était si aisé de converser quel que soit l'endroit où l'on se trouvât sur Terre. Cette proposition, toutefois, lui réchauffait le cœur. Il répliqua donc immédiatement, amorçant un dialogue cognitif, son premier avec elle depuis plus de deux décennies :

— *Esther, je suis honoré à l'idée de pouvoir vous être utile en ces moments difficiles ; je suis donc à votre entière disposition. Oui, je suis à Delhi en ce moment — comme toujours finalement — mais ne préférez-vous pas échanger à distance ? Je serai ravi de vous voir bien évidemment, mais épargnez-vous la peine d'un déplacement si long si vous le pouvez.*

— *Tarang, ce dont je veux m'entretenir avec vous ne peut se régler à distance. Je serai au spatiodrome de Delhi 3 par le premier vol, à 10h07, demain.*

— *Bien... répensa* laconiquement Tarang, surpris par ce qui ressemblait à de la précipitation. *Dans ce cas je viendrai vous accueillir en personne, je n'ai aucune confiance en ces taxis automatiques, certains sont programmés pour faire de l'hameçonnage cognitif... Repartirez-vous le jour même ou bien séjournerez-vous à Delhi ?*

— *Ça dépendra de nos échanges ! Je vais prévoir une nuit à l'Impérial au cas où.*

— *Hors de question ! Si vous restez, vous profiterez de mon appartement, il est immense et compte probablement plus de chambres libres que l'Impérial !*

Après avoir convenu de quelques détails, ils se quittèrent, tout en sachant qu'ils allaient se retrouver dès le lendemain matin. Étrange discussion en vérité : ce fut comme s'ils ne s'étaient jamais fâchés, comme si elle n'avait pas claqué la porte du Comité d'éthique un jour de canicule, précipitant la destinée de Tarang. L'idée de revoir Esther semblait réjouir Tarang ; mais dans le même temps elle le projeta subitement dans ces années troubles. Les souvenirs remontaient, incontrôlables. Il s'affala encore dans le large canapé qui trônait au milieu de son salon, face aux immenses baies vitrées, pour y revivre les événements du passé. Ce n'était pas par nostalgie que Tarang se replongeait aussi souvent dans des souvenirs en 3D de sa vie. Chez lui, en effet, les expériences, même les plus belles, étaient nécessairement empreintes de contrariétés, petites ou grandes, et inlassablement liées et mises en perspective avec ce qu'il en était advenu. Ainsi les premiers temps heureux d'un couple étaient indissociables de la séparation qui les suivait ; la grisante joie d'un succès professionnel trouvait en écho l'échec qu'il précédait ; les bons repas la prise de poids ou les troubles digestifs. Le bourgeon qui fleurit, l'automne. Tarang ne savait pas profiter des bonheurs passés sans se perdre dans les méandres amers de leurs dénouements.

S'agissant de Cog-Net, tout le ramenait constamment aux heures sombres de son conflit avec son associé, son éviction, son divorce, la rupture de ses liens avec son deuxième fils. Tout cela avait généré une dépression larvée, contenue par les dispositifs de son implant mais qu'il sentait sourdre en permanence. Ainsi qu'une infinie solitude.

Au moment où il referma le livre de sa vie, avec le visionnage de ce chapitre crucial, il faisait nuit noire. Ce n'était pas la première soirée que Tarang consacrait à se perdre dans les circonvolutions de son passé, en oubliant le temps existant ; comme des trous noirs dans sa vie, dont l'expérience était elle-même constituée de la résurrection d'expériences déjà vécues. Comme dans une boucle fermée, Tarang emplissait encore et toujours son temps de vie d'aujourd'hui avec sa vie d'avant.

4

Werther

Une vague. Énorme, gigantesque, assassine. Comme le vaste pan d'une mer qui se cabre pour s'abattre sur lui. Bien sûr, Tarang fut englouti. Mais il avait programmé son sommeil pour qu'il prît fin à 8h00 précises et c'est ce qu'il advint quand la vague se brisa ; il se réveilla en sueur, le cœur palpitant de frayeur et d'angoisse. Encore ce cauchemar, tenace, malgré tous les pare-feu oniriques fournis par Intellect. Pourquoi ?

Il se redressa sur son lit et, comme chaque matin, avant toute chose, il plongea dans un autre océan tempétueux, ce tourbillon des milliards de flux d'actualités et d'instantanés du réseau de cerveaux. Et la toile, en effet, était littéralement en ébullition. Pas à cause de l'extinction définitive des abeilles noires qu'on venait de confirmer ou celle, après trois résurrections laborieuses, de la dernière espèce de condor. Non, on s'émouvait car, pour la première fois, l'Organisation Mondiale de la Santé venait d'émettre une alerte globale concernant le nombre de suicides enregistrés dans le monde binaire. Et elle avançait un chiffre consolidé d'au moins huit cents cas sur la planète, peut-être même mille. Agréger des données mortuaires venant de deux cents pays fut certainement une tâche ardue. En effet, tous n'avaient pas, à l'égard du suicide, la même considération — nombre d'entre eux préféraient l'ignorer. Par ailleurs, il demeurait impossible dans bien des cas de pouvoir établir avec certitude qu'on eût affaire à un suicide, plutôt qu'un meurtre ou un accident. Mais au bout du compte, qu'ils furent cinq cents, huit cents, mille, les suicides de cette mi-décembre formaient un contingent infime à l'échelle de l'humanité : ça en faisait, sur ce mois, la deux cent trente-quatrième cause de décès. On mourait davantage dans sa cuisine ou sa salle de bains. En comparaison de ce que fut le suicide dans la société pré-implant, ces chiffres étaient d'ailleurs tout aussi maigrelets : au début du XXIe siècle, avec une base comptable plus faible (moins de sept milliards d'individus), on dénombrait dans le monde au moins huit cent mille suicides par an, soit, en moyenne deux mille deux cents suicides, par jour ! Loin, très loin donc du petit millier potentiel de cette semaine entière. Mais dans un monde où le suicide avait disparu — du moins chez les Binaires — le retour de ce mode opératoire avait de quoi inquiéter. Et le fait que l'OMS se pencha dessus aussi.

Dolores Myers s'était tuée onze jours avant et, dans son sillage, de nombreuses personnes avaient vraisemblablement suivi son appel pour choisir eux-mêmes le jour et l'heure de leur décès, sans que ce mouvement ne se tarît mais plutôt enflât, jour après jour. Puisqu'il fallait à tout prix expliquer ce phénomène et l'enfermer dans un cadre rationnel, la communication de l'OMS servit alors de caisse de résonance à une théorie qui fleurissait depuis peu sur Intellect, celle d'un « effet Werther » massif — du nom de ce jeune homme que Goethe suicida en désespoir d'amour. À l'époque, soit trois siècles auparavant, Goethe, jeune auteur totalement inconnu, créa avec les *Souffrances du jeune Werther* une sorte de monstre littéraire qui le dépassa, provoqua débats et passions partout en Europe, sans qu'il n'en eût jamais l'intention d'ailleurs. À tel point que, selon certains historiens et sociologues, la publication de cette œuvre à la conclusion suicidaire entraîna à sa suite de nombreux actes mimétiques parmi ses lecteurs les plus désespérés.

L'effet Werther : c'est ainsi, sous ce théorème exotique et rassurant, presque élégant, que l'on désigna et nomma en premier lieu le phénomène auquel l'humanité se trouvait confrontée, cette envie d'en finir avec tout, ces pulsions autodestructrices décomplexées, ancestrales et pourtant si neuves. Ce fut le ministre de la Santé européen, un Français, sûr de son effet à lui, littéraire, qui, en pionnier, suggéra l'effet Werther.

C'était important de mettre des mots sur les choses. Encore eut-il fallu choisir les bons.

Dans son allocution, fort opportunément prononcée quelques heures après celle de l'OMS, le ministre émit l'idée que ces suicides découlaient d'une sorte de traumatisme psychique lié à l'acte, ultra-médiatisé, de Dolores Myers. La toile regorgeait déjà de ce genre d'hypothèses mais ce fut la première fois qu'un officiel l'avançait, alors qu'elle n'avait, à ce moment-là, pas du tout été corroborée par la moindre preuve scientifique. Mais il plaça son « effet Werther » avec un tel soin et un tel style que le monde entier s'y engouffra, comme si, ayant nommé la chose, on pourrait plus facilement la vaincre. Il mit également en exergue deux caractéristiques du phénomène : sa progression rapide et sa sélectivité — les suicidés « volontaires » étaient tous Binaires, ce qui épaississait encore le mystère : pourquoi eux plus que les Primaires ? Mais il éludait les motivations et les slogans qui accompagnaient ces morts ; leur dimension militante et — pour reprendre un terme qui fit débat — sacrificielle. On avait mis de côté le sujet de peur de raviver la plaie de l'écoterrorisme et d'offrir aux *najis* une tribune mondiale. Comme rien ne reliait ces décès à une organisation quelconque, on préféra se taire. En lieu et place, le ministre exhorta la population européenne à faire preuve de prudence, d'être à l'écoute de ses proches, d'alerter des spécialistes au moindre signe de dépression. Un premier kit de secours, en somme. Ce fut en tout cas la première fois en trente ans que l'on vit la question du suicide en tant que fait social revenir sur le devant de la scène médiatique.

En Inde, le sujet recueillait assez peu d'écho. Le suicide, Werther *a fortiori*, on laissait ça aux Occidentaux. Pourtant, le pays n'était pas épargné par la vague en cours — aucun pays, d'ailleurs, ne pouvait se targuer de ne pas être concerné. Et puis, il faut rappeler qu'une frange importante de la société indienne demeurait Primaire et constituait donc une population à risque, suicidable si l'on peut dire. Si bien qu'il y avait, en temps normal, un peu plus de suicides en Inde que dans certains pays comme la Chine, les États-Unis ou le Japon, où l'implant était quasi généralisé. Mais les Indiens évitaient de s'en vanter. Le suicide restait tabou dans le sous-continent. La police indienne avait d'ailleurs tendance à le classer en « affaire familiale » ; on cherchait à taire les causes réelles de ces décès qui couvraient de honte la famille du défunt et risquaient, selon certaines croyances, d'empêcher une future réincarnation. Bref, l'Inde méconnaissait le suicide plus qu'elle ne l'ignorait.

Jusqu'à cette nuit, justement, où Noor, une immense star indienne de la musique cognitive, mit fin à ses jours alors qu'elle effectuait une performance en direct sur Intellect.

Son succès, mondial à dire vrai, Noor le devait à sa grande maîtrise de cet art qui consistait à chanter dans sa tête, sans se servir de sa voix, et à mixer des mélodies et une section rythmique sur un support intégralement cognitif, pour offrir le fruit de cette création mentale à son public, directement depuis son cerveau. La musique cognitive constituait une expérience particulière, intime et profonde, moins auditive et corporelle que la « vraie » musique mais, disait-on, infiniment plus spirituelle.

Chacun recevait les créations de Noor via Intellect et les écoutait en silence. Jusqu'à sa mort, Noor fut une icône pour une grande partie de la jeunesse indienne, qui appréciait sa beauté discrète et la sensibilité grave de ses compositions. Sa courte carrière l'avait amenée à explorer différents courants, allant de la *cog-pop* au *neuro-beat*. Sa mort constitua donc un choc considérable, tant par ce qu'elle ôta définitivement à toute une génération, que par la manière dont elle s'opéra.

Autour de minuit, Noor était chez elle, une grande villa sur les berges de la Yamunâ, à la lisière d'Agra, avec en ligne de mire, au bout de son immense jardin, le dôme illuminé du Taj Mahal. Elle était installée dans un studio spécialement aménagé pour pouvoir doubler l'expérience musicale d'une expérience visuelle. Dans cette petite pièce sombre et calfeutrée, elle avait projeté un décor virtuel conçu mentalement par elle-même. De là, elle délivra alors à une audience mondiale une de ses expériences musicales dont elle avait le secret : le fan était, pour ainsi dire, en elle, connecté à sa puissance créatrice, voyant avec ses yeux, sentant sa respiration. Et n'avait plus qu'à se laisser porter et écouter ; écouter la musique qu'elle pensait. Voir les décors qu'elle imaginait. Il s'agissait d'une création, une première mondiale ; le morceau, *Cog as you are*, se voulait une ode sophistiquée à la contemplation, sa marque de fabrique.

Tout son public avait répondu présent à cette invitation. Et tout avait si bien commencé d'ailleurs. Mais au deuxième couplet, au cœur d'un *neuro-staccato* pourtant magnifiquement exécuté, elle s'interrompit brutalement, laissant des millions d'auditeurs en apesanteur, suspendus à son silence cognitif, qui dura une minute, peut-être deux. Alors que chacun pensa à un problème technique, une omission ou une erreur compréhensible dans l'exécution d'un morceau fraîchement sorti de son imagination, elle prononça soudain — dans sa tête — une phrase énigmatique : « *Que mon corps se mêle à cette écume...* ».

Puis, comme s'ils étaient elle, tous ses fans la virent se lever, sortir du studio, de la maison ensuite et, dans la nuit tiède d'Agra, se diriger vers sa piscine, un grand bassin en forme de pétale dont le fond rose était éclairé. Là, elle tira sur la grande bâche de protection transparente fixée à une extrémité du bassin et, calmement, la déroula complètement jusqu'à recouvrir toute l'étendue d'eau. Elle se tint un moment debout devant la piscine ainsi couverte. Et subitement, sans crier gare, elle plongea dedans, la tête la première ; et tous ses fans avec elle. Piège mortel : à mesure qu'elle s'enfonçait dans l'eau, la bâche l'enveloppait, jusqu'à l'étreindre. Son corps sombra alors comme une pierre au fond de la piscine, enveloppé dans ce linceul de synthèse. Et quand, dans un dernier réflexe, elle tenta de reprendre son souffle, le plastique vint immédiatement se coller à sa bouche et ses narines, entravant définitivement toute arrivée d'air. Elle ne se débattit même pas et rendit les armes en quelques secondes, enroulée dans son suaire transparent. Ses fans cognectés partagèrent sa dernière vision en même temps qu'elle : un grand fond rose. Puis le noir complet.

Sa mort, à l'âge de vingt-sept ans, fut un choc. Une grande partie de la jeunesse indienne vacilla. La nuit durant, Intellect satura de réactions en tout genre, des plus émouvantes aux moins glorieuses, déchaînant chagrin, passions et violences. Un jeune homme qui osa ironiser sur les conditions de sa mort (« *elle a fini comme un rouleau de printemps* » avait-il cru bon de formuler, partageant sa pensée sur la Toile), fut lynché à la sortie de son domicile par une trentaine de personnes en furie. Ailleurs, à Mumbay, une manifestation d'hommage tourna court avec la tentative de suicide lamentablement ratée d'un admirateur. Le Ministre de la Sécurité Intérieure, Iresh Dahni, dont le rôle dans toute cette affaire allait devenir central, dut intervenir sur le réseau cognitif pour exiger que la veillée funèbre se déroulât dans le calme, faute de quoi il menaçait de l'interdire. Bref, Noor convia brutalement et définitivement la question du suicide en Inde : après cet événement, il fut impossible de nier qu'il se passait quelque chose aussi là-bas.

C'est dans ce contexte, dont elle ignorait tout à ce moment précis, qu'Esther débarqua à Delhi.

– 2 –

Le spatiodrome de Delhi 3 était un des plus grands au monde. Il permettait de rallier des centaines de destinations par vol suborbital court. Chicago, une des destinations les plus lointaines, ne se trouvait qu'à 1h30 de vol. Sortant du sas numéro quatre, Esther avança avec hésitation, cherchant Tarang du regard dans ce gigantesque hall, si grand qu'on disait possible de faire entrer le Grand Stade Tendulkar tout entier dans cette immensité vide. De nombreuses familles se rendaient là, sans avoir réservé de vol, juste pour y passer un bon moment, allant jusqu'à pique-niquer dans cet espace gigantesque, végétalisé, colonisé certes par d'horribles pigeons, mais épargné par la chaleur suffocante et offrant un air filtré. Le grand hall du spatiodrome était sans doute l'endroit où l'on respirait le mieux de toute la mégalopole.

Au cœur du brouhaha des voyageurs, des badauds, des enfants et des battements d'ailes, dans le kaléidoscope des turbans, des saris et des étoles aux couleurs vives, Esther ne sut où donner de la tête. Elle interrogea Tarang via Intellect :

— *Je suis arrivée, mais je ne sais pas où exactement... Me voyez-vous ?*

Tarang, qui n'aurait pu manquer sa jolie silhouette dont il avait gardé le souvenir intact, lui indiqua :

— *Sur votre droite, au pied du grand palmier.*

Leurs regards se trouvèrent enfin, dans uns ourire partagé. Esther le rejoignit en slalomant tant bien que mal, traînant derrière elle sa vieille valise à roulettes.

— Vous n'avez pas changé, Tarang ! dit-elle en arrivant à sa hauteur.

Elle lui tendit la main ; lui aurait aimé un contact plus chaleureux, une accolade peut-être. Mais les années avaient passé et ils n'avaient pas accompli le même chemin dans leurs têtes. Il fallait renouer, se redécouvrir et qu'Esther explicitât les motifs de sa venue. Une forme de retenue s'installa, instinctivement. Ils se serrèrent poliment la main. Gêné autant que maladroit, Tarang ne sut trop quoi dire à Esther, après tout ce temps et surtout après le drame qu'elle avait enduré. Donc il ne dit rien et prit sa valise, qu'il scruta comme on le ferait avec un drôle d'objet du passé. Ils se mirent en route en silence, fendant la foule et le vacarme.

Débarquer en Inde était toujours un choc et Esther n'échappa pas au vertige qu'elle ressentit déjà lors de sa toute première visite. Elle se raccrocha à l'image rassurante d'un Tarang inchangé, ses bras fins et interminables, cette impression qu'il donnait de toujours nager dans ses vêtements — n'était-ce pas la même chemisette jaune qu'il y a vingt ans ? Et puis ces cheveux tirés en arrière, cette minuscule queue-de-cheval, le bas du visage souvent impassible mais des yeux qui semblaient toujours sourire…

Esther, elle, avait changé. Mais Tarang ne sut dire si c'était dû aux années écoulées ou au fait que, sans nul doute, elle partagea sa semaine entre nuits blanches et pleurs. Sûrement, se dit-il, qu'elle n'usât pas des facilités offertes par l'implant pour traverser cette épreuve et que cela avait imprimé sa peau. Tricher avec ses émotions, cela ne lui ressemblait guère, Tarang ne pouvait l'oublier et, en regardant son visage visiblement marqué, il ressentit une forme d'admiration : une Binaire capable d'affronter ses émotions, de vivre avec sa peine, ça forçait le respect.

Esther était jeune, la cinquantaine tout juste passée, et Tarang la trouva aussi belle que dans ses souvenirs. Elle s'était toujours refusée à user des traitements génétiques. Tout au plus avait-elle suivi un rajeunissement cellulaire, ce qu'il y avait de plus commun en ce temps. Quelques jolies rides, tout de même, jaillissaient généreusement de ses yeux en amande, surtout quand elle riait ; son regard d'obsidienne avait toujours quelque chose d'insondable avec ses deux billes si noires qu'il était difficile de distinguer l'iris de la pupille. Sa longue chevelure lisse n'avait rien perdu de sa noirceur et la blancheur de sa peau était intacte. Bien sûr, elle était vêtue tout de noir, pantalon et chemisier, mais il savait que ça n'avait rien à voir avec son deuil : il ne la connut qu'ainsi.

— Comment vont vos enfants ? demanda Esther comme pour briser la glace. Sundar est-il toujours là-haut, sur Victoria ?

— Oui et il va bien, merci. Enfin je suppose car nos relations sont épisodiques. Nos échanges sont quelque peu filtrés par l'ISA qui ne souhaite pas que l'on pollue l'ambiance là-haut avec nos mauvaises nouvelles… Il ne vous a pas échappé qu'une tempête empêche en ce moment toute communication avec Mars.

Cette évocation replongea furtivement Esther dans l'horreur du 3 décembre. Tarang s'en rendit compte. Il s'empressa d'ajouter, comme pour effacer cette impression :

— En tout cas il semble se plaire sur son caillou lointain — ce qui me dépasse complètement. C'est bien là l'essentiel.

— Quand le reverrez-vous ?

— Le reverrai-je ? En théorie il est là-bas pour deux ans encore, mais il a déjà prolongé une fois. Il le refera sans doute.

— Et son petit frère, comment va-t-il ?

Tarang marqua un bref silence dans le tumulte du grand hall dont ils s'apprêtaient à sortir. Il corrigea :

— Son demi-frère. Ils n'ont jamais été autre chose. Et encore… La moitié d'un lien fraternel m'aurait ravi. Pour être tout à fait franc et fermer aussi vite que nous l'ouvrons cette parenthèse, je n'ai presque plus de relations avec Michael. Il vit aux États-Unis, me manque terriblement… Mais force est de reconnaître que la réciproque n'est pas vraie. J'ai sans doute plus de chance d'embrasser mon Martien de fils dans les trois prochaines années que Michael dans tout le solde de ma vie. J'essaie de ne pas trop y penser — et mon implant m'est d'une aide précieuse pour ça !

Esther n'insista pas. D'ailleurs, comme ils venaient de s'extraire de la foule du spatiodrome et se retrouvèrent à l'extérieur, son esprit fut mobilisé par tout autre chose : ses sens l'interpellèrent. L'air climatisé et aseptisé avait pris fin brutalement à la frontière que constituait le sas, et Esther expérimentait maintenant le véritable climat de Delhi. Et tout rejaillit d'un coup, dans un geyser sensoriel. La moiteur, la lourdeur, la chaleur ; ce ciel, d'un bleu brouillé, toujours teinté d'une fine couche d'ocre ; l'odeur infecte de son atmosphère ; les bruits singuliers aussi, ceux des moteurs thermiques des voitures et de leurs klaxons ; la misère crasse enfin, à la vue de ces gens allongés dans les détritus. Ce mélange détonant provoqua chez Esther la résurgence éruptive de sensations enfouies sans que l'implant ne jouât le moindre rôle.

Comme un anachronisme, un ange de dernière génération attendait là. Scintillant de ses millions de cellules nano-photovoltaïques qui en composaient tout l'habillage, l'engin oblong, brillant comme un diamant noir, offrait un contraste saisissant en comparaison des vieilles carcasses métalliques qui s'agglutinaient près du dépose-minute. Il est vrai que les anges (AéroNefs à Gravitation Entropique) étaient encore rares en Inde. Les transports terrestres restaient la norme et les énergies fossiles avaient la vie dure, en dépit de tous les engagements pris par le gouvernement indien depuis un siècle.

— On ira plus vite avec ça, lança Tarang. Aucun risque

de croiser une vache sur la route !

Et ils montèrent à bord. L'ange s'éleva et fila tout droit au sein du nuage fétide qui enveloppait la ville. En prenant un peu de hauteur, ils sortirent de cette couche dense de poussières carbonées et de polluants en suspension, si pérenne qu'on s'était résolu à lui donner un nom, scientifique : la *konisphère* — de *konia*, « poussière ». En vérité, il y avait là-dedans bien autre chose : benzène, ammoniac, dioxyde d'azote et tout un tas de particules fines concoctaient un cocktail des plus nocifs. La *konisphère* fut à l'origine de bien des maux et certainement de milliers de morts par an. Elle pouvait, certains jours, être si dense que les rayons du soleil passaient à peine au travers, la ville, en dessous, devant alors se contenter d'une lumière d'éclipse. Sous cette couche méphitique, la chaleur régnait, cuisante, accablante. Delhi était une des villes qui avaient le plus souffert des grands changements climatiques du siècle. Choisir d'y vivre, c'était choisir l'enfer. À dire vrai, peu de gens ici-bas avaient réellement choisi. Au bout de quelques minutes, l'engin opéra un large virage vers le sud ; ils aperçurent enfin la skyline du quartier résidentiel Kipling, au cœur de Delhi 3. Une quinzaine de tours fines, posées là comme des objets déco, émergèrent de la brume.

— C'est là que j'habite, dit avec fierté Tarang.

Ils avancèrent en direction du plus haut édifice du nouveau quartier, un immeuble un brin prétentieux, en forme de chromosome, constitué de deux tours s'entrelaçant en leur centre. Pour faire oublier ses millions de tonnes de matière irrémédiablement arrachée à la terre et transformée à grand renfort d'énergie sale, on l'avait flanqué de milliers de plantes, arbres et buissons en tous genres. Plus qu'une tour verte — ce qu'elle prétendait être — Esther vit dans cette construction le symbole d'un façadisme écologique qui avait permis à tout un système de se poursuivre, tant bien que mal : plutôt que de changer, tout changer, on avait, par paresse autant que par concupiscence, inventé la compensation. Esther crut au départ que l'ange se poserait sur le toit du gratte-ciel mais en définitive il alla s'arrimer directement à la paroi du dernier étage. Là où vivait Tarang. La porte de l'engin coulissa, donnant sur une baie vitrée, qui à son tour s'ouvrit : si bien que d'un seul pas, ils arrivèrent dans le salon de Tarang.

Les proportions de cet appartement décontenancèrent Esther qui, pourtant, avait pu visiter aux États-Unis un certain nombre de demeures hors d'échelle. Le salon dans lequel ils arrivèrent présentait sur deux côtés une enfilade de baies vitrées offrant une vue spectaculaire sur les immeubles voisins et l'horizon ocre et flou de la mégalopole. Chaque pas sur le marbre produisait un écho puissant dans cet espace vide et colossal, lui donnant une ambiance quelque peu monacale. Les volumes étaient si gigantesques qu'en dépit de ses efforts visibles, Tarang avait eu bien du mal à les garnir suffisamment. Il y avait tout de même ce canapé démesuré, pièce maîtresse du salon ou encore la fameuse table de lumière *Concretelight*, la première à offrir un état de lumière plasmique suffisamment solide et stable pour soutenir les couverts d'une tablée nombreuse. Mais Tarang y dînait seul l'essentiel du temps. Après un rapide tour du propriétaire, Tarang invita Esther à s'installer sur le grand canapé. Il l'y rejoignit avec un plateau sur lequel s'étalait tout le luxe de sa situation : des olives de Bavière, des oranges d'Irlande, avec leurs feuilles, et même deux verres d'eau potable tirée du robinet — privilège rare à Delhi. Elle lui dit :

— Tarang, ne le prenez pas mal mais je voudrais d'abord m'assurer que notre conversation restera confidentielle et ne pourra en aucun cas être partagée ou divulguée. Je ne connais pas tout de vos relations actuelles avec le groupe Cog-Net et…

— Ne cherchez pas à vous justifier, l'interrompit-il sereinement.

Et immédiatement, Esther vit apparaître en rouge, en bas de son champ de vision, la mention "STRICTEMENT CONFIDENTIEL". Cela signifiait que son interlocuteur avait désactivé toute faculté d'enregistrement et de partage de la conversation à venir. C'est pour disposer de ce niveau de sécurité, très prisé des milieux politiques et des affaires, qu'elle était venue jusqu'à lui. Elle savait pertinemment qu'en échangeant à distance et mentalement, ses propos auraient pu faire l'objet de captation ou de détournement. La médiatisation à outrance du drame qu'elle vécut la vaccina définitivement contre tout risque d'une exposition supplémentaire aux déferlements des commentaires, des rumeurs et des haines.

Dans ce contexte sécurisant, elle lui exposa sans autre détour le motif de sa venue :

— Autant vous dire directement les choses. Je ne crois pas que Dolores se soit donné volontairement la mort … Je veux dire : en toute conscience. Les choses ne sont certainement pas aussi simples que ce que le monde croit avoir vu.

— Vous m'intriguez. Je n'étais pas à New York, mais ce qu'Intellect en a diffusé est sans appel…

— Et pourtant. Dolores, si vous la connaissiez comme je la connaissais… À votre tour, vous seriez intimement convaincu qu'elle n'aurait jamais agi ainsi. Ce soir-là, pendant cinq minutes, ce n'était pas elle.

— Alors quoi ? Elle aurait été droguée, manipulée ?

— Non, je ne pense à rien de tout ça, d'ailleurs toutes ces pistes ont fait l'objet d'une forme d'enquête. Et ont toutes été écartées à ce jour. Très clairement, tout indique, dans le mode opératoire, qu'il s'agit d'un suicide et je ne suis pas déboussolée au point de ne pas le comprendre. C'est une évidence au regard du déroulement des faits.

— Mais ?

— Au lendemain du décès de Dolores, j'ai demandé une autopsie cognitive. J'ai avec moi le rapport du *neurolégiste* ainsi que l'extrait complet des dernières minutes de vie de Dolores. Et c'est là que j'ai besoin de vous.

— En quoi ?

— Ce rapport… j'ai dû le lire quinze fois ; et quinze fois je me suis dit qu'il est pour le moins confus et équivoque.

— Comment ça ? Un rapport d'autopsie cognitive, c'est presque mathématique. On sait aujourd'hui que le cerveau n'est rien d'autre qu'une chimie de chiffres. Autopsier c'est recueillir des données, les traduire pour savoir exactement ce qu'il s'est passé : ce qui a été vu, entendu, comment la victime respirait avant de mourir, si elle était stressée, si elle était sous l'emprise d'une substance… à condition que l'implant soit en bon état. Mais à la fin de l'analyse on sait tout des dernières minutes de vie d'une personne.

— Eh bien là, avec un implant comme un sou neuf, on ne sait rien.

Esther exagérait. Le rapport était étayé, il respectait les formes d'usage et il concluait bien, noir sur blanc, signature cognitive du légiste à l'appui, que le décès résultait d'un suicide. Mais il est vrai qu'elle y décela des brèches que l'expert avait essayé de colmater tant bien que mal. En particulier les fameuses anomalies qu'il avait identifiées et qu'il ne parvenait à expliquer autrement que par la cause anormale de la mort elle-même.

— Qu'attendez-vous de moi au juste ? demanda Tarang. Moi non plus, je n'ai jamais étudié de flux mémoriels terminaux avant suicide…

— Pourriez-vous jeter un œil à ces anomalies ? Je me disais qu'elles vous seraient peut-être familières. Sinon explicables. Vous êtes neurochirurgien de formation et vous avez, d'Intellect, la meilleure connaissance qu'il soit. Je me suis laissé dire que, s'il y avait dans tout ça la trace d'un souci matériel ou logiciel, vous sauriez la voir. N'est-ce pas ?

Tarang acquiesça et se proposa de l'aider sur le champ, dissipant d'un coup toutes les craintes d'Esther. Mais étudier les quelques petites minutes qui précédaient une mort supposait des heures d'analyse. Au mieux il aurait fini ce soir. Il l'invita à mettre à profit son attente en testant les nombreux services de l'appartement. Il lui indiqua notamment une pièce à oxygène, là-bas au fond. Esther laissa alors Tarang tout à l'étude du rapport nécropsique et de la séquence mémorielle des derniers instants de Dolores et, plutôt que vers l'oxygène, elle se dirigea vers une pièce attenante où elle avait aperçu, par l'entrebâillement de la porte, une bibliothèque contenant de vrais livres. Une autre respiration.

Elle y découvrit en réalité une collection riche, constituée par Tarang dans sa jeunesse. Depuis Intellect, pourtant, ce dernier lisait peu — à sa décharge il est vrai, aussi, qu'on écrivait moins — mais la bibliothèque avait été entretenue et complétée par son fils Michael jusqu'à son dernier passage à Delhi quelques années avant. Plutôt que de parler à son père, il s'enfermait dans cette pièce pour mieux s'évader. Mais Michael n'était plus revenu depuis cinq ans, c'est pourquoi désormais la bibliothèque décorait, plus qu'elle ne servait.

Esther, lectrice passionnée, se mit immédiatement en quête d'un ouvrage particulier. Et avec l'aide de son implant, elle le trouva.

– 3 –

Tarang cogitait. Assis dans un fauteuil, il avait fermé les yeux, pour mieux se concentrer sur l'analyse des flux mémoriels terminaux de Dolores, un court extrait de quelques minutes qu'Esther lui avait transféré. Par moments son visage se crispait, ses mains, ses doigts tressautaient, trahissant une tension intérieure, une activité cérébrale intense résultant de son immersion totale dans une séquence cognitive complexe. Ce que Tarang visualisait aurait paru abstrait à n'importe quel néophyte : un entrelacement pour le moins sibyllin de courbes, de chiffres mystérieux, défilant chronologiquement ou de façon chaotique, difficile à dire, et qu'il pouvait à sa guise passer et repasser, isoler, découper, comparer. Sur un coin de l'écran noir de ses paupières, Tarang prit des notes, beaucoup de notes, tout aussi incompréhensibles d'ailleurs.

Ce fut long, comme il l'avait dit, et au terme de son travail, le soleil était bas dans le ciel, à la fois fantomatique et chaud, aspergeant le salon de ses jets rougeoyants. Tarang n'avait tout simplement pas vu le temps passer et ressentit une grande lassitude en revenant à la vraie vie. Mais il fut immédiatement remotivé en se rappelant que l'attendait chez lui quelqu'un d'autre qu'un fantôme ; une femme, qui plus est. Alors il se leva, péniblement, et alla rejoindre Esther dans la bibliothèque. Il la trouva le regard plongé dans un petit livre aux pages jaunies et à la couverture écornée ; elle était allongée sur le grand divan rouge, les cheveux attachés en chignon, dévoilant son cou délicat et des oreilles au dessin parfait.

— Eh bien ? Que lisez-vous ? demanda-t-il.

— *Les Souffrances du jeune Werther*. On en parle tellement en ce moment…

— Alors, qu'en pensez-vous ?

— Un concentré de sensibilité. Magnifique. Mais vos pages sont volantes, surlignées, découpées, certaines manquantes, d'autres dans le désordre. Pas évident pour un roman épistolaire… Et vous ? Où en êtes-vous de votre analyse ?

— Je pense m'être fait un avis… Voulez-vous venir ? Nous serons mieux dans le salon.

— Bien sûr, répondit-elle en refermant le livre.

L'instant d'après, tous les deux assis face au soleil qui disparaissait, Esther demanda, avide :

— Alors ?

— Sur le plan strictement cérébral, le déroulé des dernières minutes de vie de Dolores est assez étrange ; mais, sans vouloir paraphraser votre légiste, moi non plus je ne connais pas la structure normale — s'il en existe une — du flux mémoriel terminal d'une personne résolue à mettre fin à ses jours.

— C'est entendu. Mais qu'est-ce qui est étrange, concrètement ?

— Plusieurs séquences en définitive, et j'en compte trois. La première, la plus indéchiffrable, débute six minutes et quarante secondes avant qu'elle n'appuie sur la détente. Cette séquence correspond au moment où elle semble avoir ce malaise et s'assoit. Elle dure environ cent vingt secondes. Elle est marquée par une série rapide de flashs mémoriels, c'est-à-dire la résurgence de souvenirs enfouis. J'en ai dénombré près d'un par seconde : c'est inhumain. On ne peut pas les visualiser, mais ça devrait être possible en ayant accès à tout son bloc mémoriel. En revanche je peux attester qu'à ce moment précis une très forte quantité de cortisol et d'adrénaline est libérée, synonyme de stress intense. C'est aussi noté dans le rapport de l'expert. Mais ce qu'il n'a pas relevé, et c'est bien dommage, c'est l'étrange concordance des deux, qui est pourtant frappante. Ce ne sont pas les souvenirs qui ont généré un pic de stress, ou un pic de stress qui les aurait extirpés d'on ne sait où pour les faire ressurgir. Non, les deux ont démarré au même moment, au millième de seconde près, comme pour augmenter leurs effets respectifs. Ce qu'elle vit intérieurement à partir de là est d'une violence inouïe, une sorte de blitz mental.

— Ensuite… ?

— La deuxième séquence, le moment de son « discours final », dure environ trois minutes. C'est la plus déconcertante car tout se calme : plus de flashs mémoriels, le rythme cardiaque qui retombe, un peu ; la pensée se focalise sur le langage. Tout se passe dans l'hémisphère gauche, l'aire de Broca, l'aire de Wernicke, je vous épargne un cours magistral… Sauf que j'ai identifié une activité anormalement élevée au niveau du cortex préfrontal. Vous le savez, c'est là que se jouent les processus cognitifs les plus complexes.

— Le mensonge, la manipulation, l'hypnose…

— Exactement. C'est pour le moins troublant. Et cette séquence débouche ensuite, sans aucune transition, sur une véritable descente aux enfers…

— La troisième séquence.

— Oui, que j'appellerai la séquence terminale — la dernière minute de sa vie. Elle est ponctuée par l'impression durable et mélangée de trois pensées, qu'on ne peut visualiser avec ce seul extrait, et qui agissent sur son être comme une drogue puissante. L'activité cérébrale est intense et est étonnamment peu régionalisée. Comme si son cerveau entrait en conflit avec lui-même, partout, entre cortex. La fréquence cardiaque à ce moment s'emballe. La respiration est saccadée ; elle sue ; elle tremble : elle panique.

— Une sorte de crise schizophrénique ?

— Je ne sais pas, je me suis interrogé. A-t-elle été sujette à des psychoses par le passé ?

— Non, je l'aurai su après toutes ces années… C'est un peu ma spécialité, je ne suis pas infaillible, mais partager ma vie avec une personne psychotique, ça ne m'aurait pas échappé…

— Parce qu'il n'y aurait eu que cela, à mon avis, pour expliquer un tel dérèglement et un tel emballement. Et encore…

— Tarang, vous avez bien compris pourquoi je suis venue vous voir… Ma question est simple : est-il possible que l'implant soit, d'une manière ou d'une autre, à l'origine de son geste ?

Avant de lui répondre, Tarang prit son temps, inspira profondément, comme si cette question était le point nodal de leur histoire, comme si de son oui ou de son non découleraient leurs destins respectifs. Il la regarda droit dans les yeux et trancha :

— Oui. Peut-être.

— Vraiment ?

— Disons que je ne peux pas totalement l'exclure. Par le passé, il y a déjà eu des pannes, des bugs. Mais tous corrigés en principe, sinon on en aurait entendu parler. On pourrait en savoir plus mais il nous faudrait davantage de matière que les seules *psycho-données* issues de l'autopsie cognitive. Qu'avez-vous pu garder de la mémoire de Dolores ?

— Tout. Je suis légataire universelle de ses données mémorielles et je n'ai pas encore eu le temps de faire le tri là-dedans — le ferai-je d'ailleurs un jour ? On m'a remis une clé d'accès. Ça doit faire pas mal de matière pour approfondir, non ?

— C'est plus qu'il n'en faut. Mais là, ça dépasse mon savoir-faire. Il faut aller voir un expert en environnements mémoriels.... Oui, il faut aller voir Kaitarô.

— Qui est Kaitarô ?

Le soleil venait de disparaître dans l'épaisseur de la *konisphère*. Dans l'obscurité soudaine, Le visage de Tarang s'était fait plus grave. Il répondit :

— Kaitarô Ando. Un Japonais. C'est un ancien designer d'environnements mémoriels. Il a beaucoup travaillé pour moi, à la grande époque. Vous n'imaginez pas l'impact qu'il a eu sur la vie quotidienne de millions de gens, avec ses idées, sa science du codage, ses protocoles. Certaines des actions que vous réalisez tous les jours avec votre cerveau ont été programmées par lui. Ça reste un des meilleurs en la matière... Mais il a tout lâché. Il est venu s'installer en Inde, il a ouvert un petit atelier informatique pour Primaires, ici, dans la vieille ville. Beau gâchis. J'ai fait appel à lui, récemment, sur des dossiers d'expertises ou pour rendre service à quelques amis...

— Vous avez l'air désespéré en parlant de lui...

— C'est qu'il a ajouté un handicap à sa nouvelle vie : il est redevenu Primaire.

Kaitarô était une espèce rare : un Repenti, c'est-à-dire un ancien Binaire qui avait tourné le dos à Intellect et s'était fait retirer son implant. Tarang en était dépité ; car, pour lui, dès lors qu'on devenait Binaire, normalement, on ne revenait pas en arrière. Préférer la rétrogradation aux fonctions de base de la biologie humaine, retourner à la version 1.0 du cerveau, était un choix contre-évolutif. Tarang ne méprisait pas les Primaires, loin de là, il comprenait d'ailleurs parfaitement qu'une partie non négligeable de l'humanité ne pût ou ne voulût pas accéder à la révolution neurotechnologique. Mais renoncer à cette existence après y avoir goûté, certainement le vivait-il comme un désaveu personnel.

Fort heureusement pour son amour-propre, les Primaires qui, comme Kaitarô Ando, étaient passés par une phase binaire transitoire, ne constituaient qu'un épiphénomène d'une volumétrie microscopique. S'il y avait encore beaucoup de Primaires dans le monde — environ quatre milliards sur douze milliards de Terriens — leur situation était globalement bien différente de celle-là. Certes, un tiers de l'humanité, en apparence, ça restait beaucoup. Mais ce tiers-là comptait peu, car il avait tout d'un Tiers État, constitué de l'agrégation des couches les plus défavorisées de la population. L'implant était un investissement onéreux et certains s'endettaient sur quinze ans pour devenir Binaire. Un luxe qui s'accommodait mal de la précarité. Au rang des Primaires, il fallait ajouter à cette plèbe les personnes les plus âgées, pour qui l'usage de l'implant, son apprentissage, l'opération requise pour en disposer, constituaient des barrières psychologiques infranchissables ; ou encore les plus jeunes qui n'avaient tout simplement pas le droit d'être Binaire avant d'avoir atteint l'âge de seize ans. Et même en faisant les fonds de tiroir (c'est-à-dire en additionnant toutes les peuplades reculées ou encore les amish et leurs variantes, les derniers idéalistes et tout ce que la Terre comptait d'excentriques...), au bout du compte, les Primaires formaient contingent certes abondant mais sans aucun pouvoir : ce qu'on appelle une quantité négligeable. Tout ce petit monde était donc tenu à l'écart de l'économie et des technologies cognitives et se contentait, faute de mieux, des objets connectés d'autrefois, qu'on continuait à produire ou à rafistoler. Les Primaires utilisaient l'Internet, qui fonctionnait encore très bien, ainsi que son pendant métaversien ; et ne sortaient jamais sans leur téléphone portable en poche. Grâce à son implant, Tarang avait donc appelé Kaitarô sur son mobile. Et par ce biais, l'un par cognexion, l'autre via son vieux réseau 8G, ils convinrent d'un rendez-vous le lendemain, en fin d'après-midi, dans un petit atelier informatique de l'imprononçable quartier de Chandni Chowk, le foyer delhiite des Primaires.

– 4 –

La soirée chez Tarang s'écoula lentement. Dans cet appartement trop grand et aseptisé, le temps semblait se distordre et s'allonger. Tout confinait à l'ennui et favorisait le chagrin. Loin de son pays, Esther éprouvait une insondable sensation de vide. Dolores occupait ses pensées, et il fallait lutter pour ne pas céder aux sirènes d'Intellect. Elle venait en outre d'achever la lecture des *Souffrances du jeune Werther,* dont les dernières pages s'agrégèrent à son malaise pour créer un pic mélancolique aussi puissant que soudain.

Pour autant, quelque chose la frappa. En effet, si au XVIIIe siècle autant de lecteurs de *Werther* avaient décidé d'en finir avec la vie, c'est que cet amour empêché leur rappela celui dont ils n'arrivaient pas eux-mêmes à faire le deuil ; c'est qu'ils s'étaient projetés dans l'histoire de Werther et que son désespoir à lui avait révélé, sinon catalysé, le leur. Comment considérer dans ces conditions que la mort récente de Dolores, dont personne ne savait dire les causes profondes, pouvait en avoir occasionné d'autres ? Quelles peines tous ces volontaires des derniers jours partageaient-ils avec Dolores ? À supposer même qu'elle en fût atteinte, qu'est-ce que ces inconnus savaient-ils de l'hypothétique dépression de Dolores ? Ça n'avait pas de sens. D'ailleurs, si cet effet Werther existait, qui, sinon Esther, aurait dû y succomber ? Non, il ne pouvait pas y avoir d'effet Werther.

Accoudée sur le garde-corps du balcon, Esther s'interrogeait, contemplant Delhi et son ciel de fluor. Ses yeux embués se perdirent longuement dans les brumes luisantes et lointaines. Il y avait là-bas un geyser de publicité, gigantesque, qui crachait en l'air, toutes les dix minutes, ses slogans phosphorescents, lesquels planaient en altitude et remplaçaient les étoiles ou retombaient au sol, gobés par des encéphales voraces et consuméristes en quête de promo flash ou de codes privilèges à utiliser instantanément sur Intellect. Cette éruption luminescente l'hypnotisa un moment mais ne pouvait la sortir de son abattement. Seule une apparition en fut capable.

Esther eut en effet l'heureuse surprise de pouvoir observer de près le célèbre hologramme géant de Gandhi, qui chaque nuit parcourait la cité et en enjambait les immeubles, selon une déambulation randomisée par l'algorithme d'Intellect. Ce soir-là le colosse de lumière, haut de plusieurs centaines de mètres, passa si près de la tour qu'Esther, postée sur le balcon, crut un moment pouvoir lui toucher le crâne. Le spectacle était saisissant et poétique. Elle esquissa un sourire. Puis elle nota avec consternation que, dans son sillage, diverses marques de cosmétique ou d'alimentaire avaient récupéré le phénomène. C'est ainsi qu'elles avaient formé, à la suite du Mahatma, une caravane d'enseignes, de slogans et de mascottes de lumière qui défilaient en planant derrière lui dans une pathétique et luminescente procession marketing hors d'échelle. En observant Gandhi se mouvoir lentement et silencieusement mais avec sa ribambelle mercantile, bruyante et frénétique, Esther se fit à nouveau pensive et mélancolique, pas tant pour elle et sa situation que pour celle du monde : après les pages des journaux, les murs de nos rues, les écrans, les Hommes, les arbres et les espaces naturels, c'était maintenant au tour de chaque molécule d'air d'être transformée en support publicitaire. Le moindre nanomètre carré immaculé qu'offrait notre monde, la plus petite once de potentialité commerciale étaient systématiquement recensés et exploités pour permettre à une économie qu'on pensait au maximum de ses capacités de continuer à satisfaire des marges de croissance.

Esther se rappela ce cimetière dans la banlieue la plus déshéritée de Chicago où des familles avaient apposé des panneaux publicitaires sur les tombes et les caveaux de leurs proches pour pouvoir subvenir aux frais engendrés par la concession. Bientôt, songea-t-elle, on tatouerait son bébé à l'effigie d'une marque de bonbons ou on colorerait le sable des plages selon la charte graphique d'un géant de la distribution.

Elle contempla donc avec langueur le guide spirituel s'éloigner jusqu'à ce qu'il disparût dans l'épaisse couche de *konisphère*, suivi de près de sa grotesque caravane publicitaire. Puis elle replongea aussitôt dans son indicible douleur, seule pour toujours. Mais avec une intime conviction désormais : il n'y avait pas d'effet Werther.

5

Chandni Chowk

Le lendemain, douze jours après la mort de Dolores, on ne parlait toujours que de ça : son suicide et, de plus en plus, ceux de ses suiveurs. Même l'annonce de la mort de Cyrano, le dernier des narvals, chouchou des médias, passa inaperçue. Et pour cause, le compteur des suicidés commençait à s'affoler. L'OMS venait de procéder à une mise à jour de ses chiffres à l'échelle mondiale : la veille, elle comptait mille morts volontaires en une journée ! Soit deux mille au total depuis le 3 décembre. Ça restait bien en deçà d'une journée normale d'antan — deux fois moins pour être précis — mais, tout de même, ça marqua sérieusement les esprits.

Comment fut-il possible que le suicide de Dolores Myers provoquât de tels dégâts ? Werther, au plus fort de son aura, en fit-il autant ?

Tarang s'interrogeait, lui aussi. Au fond, il devait bien reconnaître que lui-même, malgré toutes ses précautions, était encore sous le choc du tragique événement. Pas de là à vouloir mettre fin à son existence, certes, mais ça lui revenait régulièrement à l'esprit ; d'une certaine manière ça le hantait. Comme tout un chacun, de la mort de Dolores, il vit, contre son gré, les images, de très — trop — nombreuses fois. Les sons aussi le poursuivaient : le coup de feu, les cris d'Esther, de la foule, le bruit du corps qui s'effondre, tout ça résonnait régulièrement dans l'un ou l'autre de ses cortex. Pour autant, pouvait-il souscrire à l'idée que ce battage cérébral pût amener quelqu'un à reproduire le geste fatal de Dolores ?

Malheureusement, désormais, tout, sur Intellect, tournait autour de la mort de Dolores ; si bien qu'il devint impossible d'y échapper. Chacun réagissait à sa manière face à ce grand déballage. D'un côté, il y avait ceux qui s'en repassaient en boucle les images, sous tous les angles, comme s'ils avaient besoin de s'en gaver pour mieux passer à autre chose. Ceux qui, à l'inverse, cherchaient à s'en protéger. En profitant des filtres offerts par un implant, on pouvait opter pour la « censure figurative » : la possibilité d'enregistrer dans son esprit le fait que Dolores Myers se fût bien suicidée tout en supprimant définitivement de sa mémoire le contenu visuel associé. Comme si cette terrible nouvelle avait été apprise dans un vieux journal en papier, laissant l'imagination faire le reste. Chacun trouvait sa voie, tant il était vrai que depuis ce jour terrible, le monde, binaire fut exposé à une déferlante d'images, de commentaires, de pensées et désormais de chiffres sans précédent, le claustrant dans cette ambiance de fièvre suicidaire. Tout ça matraquait et marquait les esprits, comme un message publicitaire redondant. Au fond, quelle âme dépressive n'aurait pas craqué ? À la différence d'Esther, Tarang n'avait donc pas encore de certitude à ce sujet. Les prochaines heures allaient néanmoins lui en donner.

Esther, de son côté, n'en pouvait déjà plus de cet appartement impersonnel dans les nuages. En attendant le rendez-vous avec Kaitarô, elle était descendue dans la rue se dégourdir les jambes, se remettre du décalage horaire, se retrouver avec elle-même ; juste un petit tour dans ce quartier où il n'y avait rien à voir. Mais l'aventure tourna court.

Au pied des tours du quartier Kipling, on s'affairait, comme partout d'ailleurs dans Delhi. Il n'y avait pas un endroit où l'on pouvait espérer un peu de tranquillité. Tout était peuplé, surpeuplé. Le contrôle des naissances n'avait été appliqué que trop tard en Inde — une quarantaine d'années avant, à hauteur de deux enfants par femme, comme un peu partout dans le monde — et ne bénéficia pas de la rigueur nécessaire. Alors la promenade d'Esther se fit parmi la foule, dense, au coude à coude, en prenant garde à la fois à ceux qui se déplaçaient sans toucher terre sur les trottoirs dégravitationnels et ceux qui avaient envoyé leur avatar de lumière marcher à leur place mais qu'on ne pouvait traverser sans ressentir le frémissement désagréable de leur plasma. Et puis il y avait ces mains qui sortaient du sol ; des réfugiés Népalais lui avait-on expliqué, qui faute d'avoir la possibilité de vivre au-dehors s'étaient résolus à investir l'en dessous et quémandaient, depuis les égouts, à travers des grilles de métal ou des trous dans l'asphalte, quelques calories ou un coupon de survie.

Esther avait à peine marché deux cents mètres qu'elle se sentit envahir par une forme d'angoisse qui ne fit que croître quand, dans le grouillement moite de cette mêlée, elle remarqua des regards en coin : ici quelqu'un qui se retourna en la croisant, là une femme qui la montra du doigt... Puis il y eut cet homme, avec un T-shirt à l'effigie de Noor, qui l'observa longuement avant de se mettre à la suivre. Elle commença à avoir peur. Sans doute, en réalité, ne l'avait-on toisée que parce qu'elle incarnait un morphotype auquel beaucoup d'Indiennes aspiraient : ce contraste saisissant entre une chevelure noire et une peau claire comme la lune, des sourcils parfaitement dessinés, un nez fin et pointu mais une bouche charnue et généreuse. Elle le savait, les Indiens pouvaient parfois porter sur les Occidentaux le regard d'un touriste du bout du monde devant l'étal d'un magasin de souvenirs, montrant du doigt, prenant des photos, n'hésitant pas à toucher la marchandise. Mais elle y vit autre chose : une ambiance générale, malsaine, inquiétante, suspicieuse. Elle n'eut qu'une peur : qu'elle fût prise à partie par le torrent de violence qui avait suivi le décès de Noor. La veille encore, un drame était survenu : une jeune femme avait rêvé de Noor, de la rencontre de cette dernière au paradis avec Mahomet. Ce rêve lui parut si beau qu'elle l'avait partagé sur la Toile et y rencontra un succès cérébral inattendu. Mais la représentation, même onirique, du Prophète — qui plus est aux côtés d'une icône païenne de la cog-culture — condamna cette jeune femme : au sortir d'une mosquée, elle fut rouée de coups et pendue à des crochets par un groupe de fidèles chauffés à blanc.

Esther ne savait où l'hostilité qui résultait de ces morts volontaires pouvait conduire une population qui tenait le suicide en horreur et l'envisageait davantage comme un péché ou une honte qu'une tragédie personnelle. Allait-on la tenir pour responsable de ce mouvement et lui réserver un sort digne des atrocités du début du siècle ? En tout cas elle se convainquit du pire. Et quand, à l'approche d'un carrefour, son nom s'afficha en grand sur un mur d'image parce que son cortex avait été hameçonné par une borne de publipensée, elle fut prise d'un nouvel accès d'angoisse, le même que celui qu'elle avait connu dans les rues de New York quelques jours plus tôt. Elle s'extirpa donc de la foule et rentra sans tarder dans sa prison dorée. Tarang lut la crainte dans ses yeux, et se dit qu'il fallait aller voir Kaitarô, sans plus attendre. Là-bas, au cœur de la vieille ville, chez les Primaires, Esther serait loin de la tourmente d'Intellect et de ses adeptes. Vers dix-sept heures, comme le soleil déclinait et qu'Esther broyait du noir, Tarang décida d'accélérer le mouvement. Ils partirent.

Le soleil, rasant à cette heure-là, s'apprêtait à disparaître dans le brouillard de pollution mais offrait encore une lumière irréelle, une sorte de grand rai phosphorescent dont les variations allaient du jaune au violet. Et tout cela bougeait, ondulait, au gré de l'entrechoc des masses de particules fines et de polluants, striant le ciel de volutes de couleurs incandescentes, sortes de rubans de couleurs polluées. Le spectacle était fréquent, à cette heure, en cette saison. Ce phénomène, indubitablement beau mais nocif, certains l'avaient ironiquement nommé : les « horreurs boréales ».

L'ange filait tout droit vers le Nord. Sous les yeux émerveillés d'Esther, le maillage géométrique de Delhi 3, morceau de ville conçu comme un tapis, se déploya à l'infini avec ses grands axes structurants et ses algorithmes de verdure et de béton, parangon d'une modernité jusqu'au-boutiste. L'architecture hors sol déployait ses ombres majestueuses, le béton sale prenait des couleurs chaudes : pas de doute, à cette heure et sous cet angle, ce grand ratage urbain se hissait au rang de chef-d'œuvre.

Puis, les formes maîtrisées des lieux de pouvoir et de finance firent place à l'anarchie totale des quartiers populaires à mesure qu'ils approchaient la vieille ville. Là, l'absence de projet et de résolution avait engendré une œuvre monumentale, dantesque, terrifiante. Le regard ne savait plus où s'accrocher, sinon à quelques minarets, de ci, de là. Et soudain, dans ce gigantesque chaos, Esther aperçut au loin une dépression circulaire dans le sol, hors d'échelle, au diamètre si large qu'il semblait possible d'y loger une petite ville entière. Alors elle s'exclama :

— Le cratère de Ram Nagar !

Tarang acquiesça, l'air grave. Le cratère, bien sûr, n'en était pas un : il s'agissait en réalité d'un affaissement démesuré du sol qui eut lieu quelques années plus tôt, provoquant la mort de plus de cinquante mille personnes. À force de pomper l'eau toujours plus profond, d'assécher le sous-sol et d'en saper les fondations, tout un quartier s'était effondré, de plusieurs dizaines de mètres de hauteur, créant au cœur de Delhi une cuvette de plus d'un kilomètre de diamètre. L'endroit n'avait jamais été totalement déblayé en raison des risques, majeurs, d'un nouvel effondrement. Des centaines, sans doute même des milliers de corps furent oubliés à jamais. Tarang se lamenta :

— C'est un drame terrible… Mais ce qui l'est encore plus, c'est que la vie y reprend ses droits.

Esther put en effet se rendre compte que des gens déambulaient dans le maelström de briques et de débris, que des abris de fortunes avaient été construits, que du linge séchait. La situation était si désespérée ici-bas qu'une frange de la population, primaire bien sûr, trouva préférable, à toute autre situation, de s'installer sur un sol friable, parmi les ruines et la poussière, les rats et les ossements. L'ange approchait de leur objectif, le quartier de Chandni Chowk, là où vivait Kaitarô. Et des millions d'autres âmes, entassées.

D'un coup, le champ de vision tout entier s'emplit d'un océan tempétueux de constructions basses, maisons et immeubles vieux et bancals, jouant à touche-touche, se soutenant les uns les autres. Le tout formait un dédale de ruelles si étroites que, vues d'en haut, elles disparaissaient parfois sous les gouttières et les toitures qui s'effleuraient. Leur réseau dessinait des lézardes comme dans un sol desséché, découpant des îlots de tailles diverses et informes. Esther trouva que de là-haut, Chandni Chowk ressemblait à la peau d'un vieil éléphant.

Tarang sortit alors un masque et le tendit à Esther.

— Quand nous sortirons, il faudra absolument mettre ça.

— Pollution ? demanda-t-elle.

— Non. Épices.

– 2 –

Chandni Chowk était moins un quartier qu'un foutoir. Fait de bric et de broc, labyrinthe grouillant de ruelles et venelles poisseuses, fruit d'une longue sédimentation de bois, de terre, de tôle, de poussières et de déchets, son cœur battait dans un tumulte incessant. Ici, rien ne volait, les véhicules roulaient, conduits manuellement à grand renfort de klaxons et empestaient l'air avec leurs énergies désespérément fossiles. Chandni Chowk était un anachronisme, une relique du siècle précédent mais que personne ne cherchait à transformer. Ça marchait bien comme ça.

Au sol, la poussière se souleva. Dans un trou de souris, entre un étal ambulant et une vache osseuse qui se prélassait, l'engin se posa doucement, comme une plume. Esther porta le masque à son visage. Lorsqu'elle ouvrit la porte, la moiteur et la crasse de Chandni Chowk l'enrobèrent, mais rien ne lui fit plus d'effet que l'air ; malgré le masque, il était si chargé de particules d'épices qu'elle en toussa sa toute première bouffée. Elle se souvint que Chandni Chowk constituait le plus haut lieu de commerce d'épices en tous genres de la planète — « l'épices-centre du monde ! », s'amusa Tarang. Le volume incalculable d'aromates en transit quotidien donnait à l'air non pas une douce sapidité ou le parfum de voyage du curcuma, du safran ou du paprika, mais une âcreté et une acidité qui attaquaient et brûlaient gorges et yeux.

L'atterrissage d'un ange au cœur de l'antique Chandni Chowk ne manqua évidemment pas de créer un attroupement. Des enfants déguenillés s'étaient rués pour admirer l'engin et réclamer un petit quelque chose en échange de leur sourire. Dès les premiers pas il fallut se frayer un chemin parmi la foule et Tarang fit de grands gestes avec ses bras immenses pour écarter la multitude des curieux et des nécessiteux. C'était la première fois qu'Esther pénétrait un quartier entièrement peuplé de Primaires et elle en saisit immédiatement l'essence. Ici on s'interpellait, on parlait à voix haute, on se touchait ; et pour communiquer, on avait un téléphone à la main ou collé à l'oreille, on s'envoyait des e mails, on prenait des selfies. Bref, c'était le monde d'avant.

Dans la rue, des milliers de travailleurs, commerçants, livreurs s'affairaient à pied, en deux roues ; certains profitaient d'une traction humaine, quelques pousse-pousse subsistant çà et là. On mendiait, on chipait aussi, la misère était partout. Tout ce monde s'entrechoquait dans les boyaux des petites rues cabossées jonchées de fruits pourris et de détritus, entre nids-de-poule et flaques d'essence. Klaxons, moteurs, cris, invectives : tout cela générait un bruit ambiant infernal comme Esther n'en avait pas entendu depuis des années, des décennies.

Kaitarô habitait à une vingtaine de minutes de là. Ils progressèrent tant bien que mal dans ce désordre apparent ; Tarang ouvrait la voie, profitant de sa grande taille, encaissant les chocs des autres corps qui arrivaient à contre-courant, dissipant les nuées de mendiants qui s'agglutinaient, prenant quand même le temps d'attirer le regard d'Esther sur des curiosités qui agrémentaient les lieux. Dans ces petits canyons urbains, le soleil s'était couché, sans que ça se sût ; les ruelles étaient éclairées toute la journée durant par un réseau rudimentaire d'ampoules et de néons, autour desquels tournoyaient des tas d'insectes. Partout une canopée dense de câbles électriques enjambait les rues ; des macaques crasseux et malades passaient d'un côté à l'autre suspendus à ces lianes artificielles, la tête en bas, avec leurs petits agrippés sur le dos. Ils constituaient, sans le savoir, un des derniers contingents de singes en liberté de la planète.

La nuit s'installa et la fatigue aussi : au bout de quelques minutes de marche, Esther, encore sous le coup d'un important décalage horaire contre lequel son implant avait, lui aussi, ses limites, se sentit éreintée, désorientée, soûlée même, ivre de bruits et d'odeurs.

— Nous arrivons ! lui annonça Tarang, libérateur.

Il désigna un petit immeuble de l'autre côté de la rue. Kaitarô Ando occupait cette vieille bicoque à l'apparence délabrée, sur deux niveaux. Au rez-de-chaussée il avait installé son atelier de réparation informatique, à l'étage les pièces à vivre. Esther et Tarang s'approchèrent et, comme le rideau métallique n'était qu'à demi fermé, ils le franchirent et pénétrèrent dans l'atelier. En dépit d'une étroite devanture, l'espace se révéla étonnamment vaste du fait de sa grande profondeur. Le sol était jonché de vieux câbles et de résidus de pièces détachées. À droite, à gauche, tout un bataclan d'appareils, antiquités de l'âge d'or de l'informatique était empilé sur des étagères de fortune, défiant les lois de la gravité. Devant eux, un petit comptoir, éclairé par un vieux néon en fin de vie délimitait la frontière entre espace public et espace privé. Au-delà, on découvrait un bureau où trônait un vieil écran d'ordinateur ; et tout au fond un vieux canapé disposé sous l'escalier menant à l'étage.

Ils ôtèrent leurs masques, humant cette fois un air épargné par les épices mais fortement imprégné de plastique. Odeurs d'un autre temps, odeurs d'enfance pour Esther, réveillant instantanément chez elle dans un étrange feu d'artifice un bouquet de souvenirs fugaces. Tarang passa de l'autre côté du comptoir, fit un tour rapide de la salle, jetant un œil de-ci, de-là. Personne ne se manifesta. Il s'approcha de l'escalier et cria en direction de l'étage :

— Kaitarô ! Es-tu là ? C'est Tarang !

Faute de réponse, il réitéra son appel :

— Kai !

Le bruit d'une chasse d'eau se fit entendre à l'étage, puis celui d'une porte qui s'ouvrit. Dans l'obscurité du minuscule escalier, la silhouette pataude d'un homme apparut et s'arrêta pour tonner :

— Il n'y a qu'un Binaire pour déranger quelqu'un pendant qu'il est aux chiottes ! Et espérer, de surcroît, qu'il lui réponde !

C'était Kaitarô. Il descendit les marches, entra dans la lumière. Tarang s'avança et lui prit chaleureusement la main qu'il serra entre les siennes. Kaitarô appuya son salut d'une inclinaison toute nippone. Il avait une quarantaine d'années mais un visage un tantinet enfantin, une chevelure noire hirsute et une petite barbiche sombre faite de peu de poils. De minuscules billes noires et perçantes lui servaient d'yeux ; son teint blafard laissait entrevoir un style de vie sédentaire ,pour ne pas dire confiné, et résultait d'une habituation longue à la lumière des écrans. Son t-shirt un peu trop court — à l'effigie d'un groupe de musique hard-rock du début du siècle — trahissait aussi une hygiène de vie douteuse : ventre et taille étaient copieusement garnis et flasques. Avec son embonpoint et son teint blême, il était, au fond, un pur produit *vintage* du début du siècle, à l'image de toutes les machines que son atelier abritait ; de cette époque où les Hommes vivaient en symbiose avec leurs écrans et se gavaient, à leur lueur, de denrées saturées de graisses et de sucres.

Tarang fit les présentations et précisa qu'Esther avait besoin d'aide ; si Kaitarô se montra plutôt affable et bienveillant, il insista néanmoins, indiquant d'emblée, et à sa manière :

— Je veux bien aider, mais je ne veux pas d'emmerdes.

Esther le rassura : elle non plus. Elle voulait des réponses. Puis, cédant à la curiosité, elle lui demanda :

— Est-ce vrai ? Vous êtes-vous fait retirer votre implant ?

— Voyez, lui dit-il en montrant la petite cicatrice en haut de sa nuque.

Il n'en dit pas plus. À ce moment, des bruits de pas se firent entendre dans l'escalier. En haut apparut une petite fille, au teint de perle et à l'air triste. Elle avait quelque chose du poupon avec ses joues rebondies et, dans le même temps, ses yeux en amande et sa longue et soyeuse chevelure noire laissaient entrevoir la belle jeune fille qu'elle serait bientôt. Elle tenait dans ses mains deux jolies pièces en bois sculpté d'un jeu d'échec.

— Je vous présente Ayumi, mon amour, ma fille adorée.

— Approche-toi, n'aie pas peur, l'invita Esther.

Mais la petite fille ne réagit pas. Elle aussi avait quelque chose de la réclusion dans le teint et le regard avec en plus cette pointe de mélancolie. Sans dire le moindre mot, elle attrapa sur une étagère une vieille tablette à *lumiondes*, qu'elle troqua contre ses pièces d'échecs en bois. Elle l'alluma, trois petits personnages de plasmas lumineux apparurent qu'elle fit monter sur sa main. Et elle fila à l'étage pour s'y enfermer en compagnie de ses minuscules êtres de lumière. Kaitarô leur précisa :

— Elle ne parle pas anglais ; et commence tout juste à se débrouiller en hindi. Pour dialoguer avec elle il faudrait paramétrer votre traducteur en conséquence. De toute façon elle est peu loquace.

— Sa maman est-elle là-haut également ? demanda Esther.

— Elle n'a plus de mère.

— Je suis désolée, je n'étais pas au courant…

— Je me suis mal exprimé. Sa mère est vivante. Mais nous n'existons plus pour elle.

— Comment est-ce possible ?

— Quand je me suis fait ôter mon implant, tout est devenu compliqué entre nous. Imaginez-vous une vie de couple entre un Binaire et un Primaire ? L'un cognecté constamment, à *cogmuniquer* avec d'autres sans que vous vous en rendiez compte, à table, au lit ? À vous signifier en permanence que vous n'êtes pas à la page, que vous ne disposez pas du savoir suffisant pour soutenir une conversation sérieuse ? À s'insurger de vos comportements trop spontanés, pas assez réfléchis, le choix de vos mots, ne pas comprendre vos peurs, vos doutes… ? C'est invivable, intenable, croyez-moi. Alors je suis parti, et comme la petite était visiblement un obstacle à l'épanouissement cognitif de mon ex-femme, je l'ai prise avec moi. On aurait pu rester au Japon… On a hésité, mais c'est pire là-bas. Que des Binaires, partout. Je savais qu'ici, à Chandni Chowk, je pourrai être un Primaire parmi les Primaires, me noyer dans une masse de semblables. Et exercer mon savoir-faire dans la bonne vieille informatique pour des gens qui en auraient encore vraiment besoin.

— L'idée d'un retrait m'a déjà effleuré l'esprit, confia Esther. Mais comme vous l'avez si bien dit, un saut comme celui-là, quand on est en couple, il faut le faire à deux, sinon c'est la séparation. Si vous voulez aussi une confession, et j'en fais peu, je suis devenue Binaire par nécessité, je le suis restée par amour.

Esther n'était pas folle du personnage, mais au moins avec Kaitarô, il n'y avait pas de faux-semblant. Ces échanges parurent sceller une forme de confiance réciproque. Alors Esther lui expliqua l'objet précis de sa visite : ses doutes, ses convictions, les questions qui restaient en suspens, la nécessaire exploration des données mémorielles de Dolores. Kaitarô avait déjà réalisé des prestations plus ou moins comparables, mais toujours sous le manteau, dans la clandestinité, pour des cas dont il ne savait rien des tenants ni des aboutissants. Là il entrait dans l'actualité, brûlante. Il avertit :

— Il est possible que ça me prenne des jours…

— Je vous paierai, coupa Esther.

— C'est 100 ₦ de l'heure. Hors taxes.

— 80. TTC, répliqua-t-elle du tac au tac.

— Envoyez-moi les données, je vais commencer ces analyses dès ce soir. Mon agenda est libre en ce moment...

— Comment puis-je vous communiquer les données que j'ai ? Tout est stocké là, dit Esther en pointant du doigt son cerveau. Or vous n'avez pas d'implant…

— Bluetooth, USB, ça vous parle ?

— Vaguement, c'est vieux, répondit Esther.

— Il n'y a que de l'ancien ici, mais ça ira très bien. Je vais appairer votre implant avec cette vieille bécane, tout va y transiter. Et, au fil de l'eau, je le sauvegarderai sur un stockage externe, car ça va me bouffer un paquet de mémoire.

— Que dois-je faire ?

— Rien, asseyez-vous là, lui dit-il en désignant le canapé. Et attendez.

Pendant qu'Esther s'installait, Kaitarô fit le tour du bureau, alluma manuellement ce qu'il avait appelé sa vieille bécane — une antiquité de l'ère informatique bureautique — et s'assit sur une chaise. Après quelques manipulations qui ne demandèrent rien d'autre à Esther qu'une reconnaissance cognitive pour accéder au téléchargement de l'intégralité de la mémoire de Dolores, stockée et dupliquée sur des serveurs situés à l'autre bout du monde, l'opération débuta et fut, en effet, longue, interminable même. Vu la place requise par les données cognitives, dont le volume était inadapté à l'informatique d'avant la révolution quantique, il fallut que Kaitarô procédât bloc par bloc : attendre qu'à l'écran une petite barre devienne verte, puis changer de disque dur, et ainsi de suite.

Kaitarô expliqua ensuite sa méthodologie, en deux étapes : d'abord comprendre comment était structuré l'environnement mémoriel de Dolores — comment elle rangeait ses souvenirs, paramétrait sa neurotransmission. Après quoi il explorerait ses données mémorielles récentes à proprement parler. Esther s'inquiéta :

— Aurez-vous accès à tous ses souvenirs ? Même privés ?

— Oui.

— Et ceux qu'elle aurait cachés ou même effacés ?

— Certains pourraient toujours être accessibles.

Kaitarô se tut un instant. Puis reprit :

— Je sens votre méfiance. Écoutez Esther, je ne pourrai pas obtenir de résultat en prenant des pincettes et en n'explorant que la sphère strictement partagée, publique et recommandable de sa vie. Je vais devoir forcer des portes.

— Ne gardez rien et ne divulguez rien de ce que vous trouverez, le mit-elle en garde. Une profanation, ça serait comme une deuxième mort.

Il hocha la tête en signe d'approbation. Le transfert de données démarra et dura longtemps, comme il avait été promis. Du cerveau d'Esther émana, en ondes invisibles, une quantité gigantesque de données sans que cela ne lui demandât le moindre effort. Au contraire, elle sentit la fatigue l'envahir. Au bout d'une quinzaine de minutes, elle céda au jetlag, à l'Inde, à Chandni Chowk; et elle s'assoupit. Elle eut le temps de rêver du cratère, de s'y promener même, jusqu'à ce que le sol s'effondrât à nouveau et l'entraînât dans le néant. Puis, dans un sursaut, elle se réveilla. Tarang venait de poser sa main brune sur sa peau claire et lui dit, tout près de son oreille :

— Esther, c'est terminé, venez voir.

Il faisait nuit noire. Dehors on entendait quelques grillons, disséminés dans les branchages d'une végétation qui avait miraculeusement réussi à pousser dans l'asphalte. Les klaxons s'étaient tus. De temps à autre, on entendait au loin le bruit archaïque du moteur d'une voiture, se rapprochant progressivement puis disparaissant dans la nuit. Devant son ordinateur d'un autre âge, qui produisait un doux ronronnement, Kaitarô frappait les touches d'un clavier bricolé et ouvrait des fenêtres sur son écran.

— Je sais ce qu'il me manque, dit-il soudain.

Il se leva, et alla fouiller dans un carton qui se trouvait derrière lui, sur une étagère. Il en sortit un appareil. Tarang reconnut immédiatement un casque de réalité virtuelle, comme il avait pu en utiliser dans sa prime jeunesse, époque jeux vidéo et Métaverse. Débordant d'enthousiasme, Kaitarô inséra le vieux casque rafistolé. Il fixa deux bracelets à ses poignets et lança avec une certaine fierté :

— Cette machine a vécu plusieurs vies, oui, mais à l'époque, voyez-vous, on fabriquait pour durer.

— L'écran de l'ordinateur ne suffit pas ? demanda Esther.

— Non ! Un environnement mémoriel, il faut être dedans pour le comprendre. Installez-vous, vous verrez sur cet écran ce que je verrai avec mon casque.

L'écran n'affichait alors rien d'autre qu'une banale muraille de chiffres mais d'un coup celle-ci prit vie, de gros pixels colorés apparurent, puis des plus petits et, enfin, apparut en haute définition l'environnement mémoriel de Dolores : un arbre.

Choix classique. Mais il ne s'agissait pas de n'importe quel arbre : un érable du Japon, dont les couleurs changeaient au fil des saisons. Il était majestueux, sans être prétentieux. Avec les années, de nombreuses ramifications avaient poussé et l'arbre de Dolores était devenu un modèle du genre : un petit tronc robuste, d'un bois sombre, mais des branchages immenses et tortueux, ondulants, se déployant comme des ailes et abritant sous toute leur envergure des émotions et des sentiments ; un feuillage très dense, aux teintes de feu, tangerine, rouille, dans lequel chaque feuille, chaque nervure contenait des souvenirs, des expériences, un savoir. Quelques feuilles rubis, tombées au sol, dissimulaient autant de petits jardins secrets. Il parut sans doute compliqué pour un néophyte de pouvoir retrouver ses pensées, ses souvenirs et son savoir dans un arbre. Mais en réalité, quelqu'un qui aurait vécu dix ans dans le même arbre en connaîtrait, à force, chaque branche, chaque feuille, chaque aspérité de l'écorce. Cet arbre, c'était tout simplement une extension de l'esprit de Dolores. S'y repérer, pour elle et elle seule, devait être un jeu d'enfant.

Esther avait déjà vu maintes fois l'environnement mémoriel de Dolores, qui n'hésitait pas à le partager avec elle à l'occasion. Mais pénétrer cette interface maintenant, après son décès, rouvrit la blessure de sa disparition. C'était à mi-chemin entre une résurrection — ramener Dolores à une forme de vie numérique — et, comme elle le craignait, une profanation.

— Magnifique, cet arbre ! s'exclama Kaitarô en observant le spécimen qui le dominait. Il leva les yeux vers le ciel, dévoilant à Esther et Tarang la majesté de sa voûte végétale.

— C'est comme si elle était encore vivante, dit Esther, la gorge serrée, les yeux gonflés de larmes.

Sentant dans la voix d'Esther la vague de tristesse prête à

l'engloutir, Kaitarô voulut la rassurer :

— Ne vous inquiétez pas : nous n'allons rien déplacer, rien modifier. Juste regarder ce qu'elle vous a légué.

Kaitarô observa de tous côtés, fit le tour de l'arbre, se déplaçant sur le tapis de feuilles mortes à son pied. Puis, regardant à nouveau vers le sommet, grimpa sur le tronc comme un oiseau. Esther demanda :

— Croyez-vous… Serait-il possible de la ressusciter ? Je veux dire : que se passerait-il si on transférait tout ça, ses données, son arbre, dans le corps d'un autre ? Pourrions-nous communiquer avec elle, redonner vie à son esprit ?

— Ce n'est pas à Dolores que nous parlerions, intervint Tarang. Oui, bien sûr, nous pourrions tout transférer et en faire l'environnement mémoriel d'un autre, cela a déjà été réalisé à maintes reprises. Mais son savoir, son expérience de vie, ses souvenirs, sa façon d'être, rien de tout ça ne prendrait le dessus sur son hôte, qui garderait sa mémoire biologique propre, son caractère, ses émotions, sa conscience, sa morale, forgés au fil des ans. Nous pourrions parler à quelqu'un qui aurait le savoir et les souvenirs de Dolores, mais il n'utiliserait pas les mêmes mots qu'elle, ne réagirait pas aux choses de la même manière. Et probablement d'ailleurs serait-il incapable de naviguer dans l'environnement mémoriel construit par Dolores.

Kaitarô avança sur une des plus hautes branches et en effleura le feuillage d'un geste de la main.

— Ici, je parie que c'est la petite enfance, dit-il.

Il posa le bout de ses doigts sur une feuille rougeoyante et immédiatement apparut l'image fugace de la mère et du père de Dolores, jeunes. Il y eut un éclat de rire, un câlin, un papillon bleu, les rayons chauds du soleil. Et la séquence était déjà finie.

— Il s'agit de souvenirs de son cerveau biologique, qu'elle a archivés postérieurement via Intellect, expliqua Tarang. Ce qui explique leur mauvaise définition et leur brièveté.

— En tout cas, à première vue ça m'a l'air d'être une perfection d'arborescence, ajouta Kaitarô. Mon travail pourrait être plus rapide que prévu. Je pense que je vais vite me repérer là-dedans et trouver tout ce qu'il faut pour analyser ses derniers jours. Le hic c'est que je ne sais pas jusqu'à quand je vais devoir remonter : trois jours avant sa mort ? Une semaine ? Un mois ? Plus j'irai loin, plus il faudra de temps. Laissez-moi avancer, je vous appellerai demain pour vous dire quand revenir.

— Je resterai à Delhi autant de temps qu'il le faudra. Faites au mieux, conclut Esther.

À 22 heures, Esther et Tarang se retirèrent. Kaitarô fut bien vite happé par l'univers mental de Dolores, en immersion totale avec elle. En elle.

Dehors, la nuit avait tout avalé.

Le cœur de Chandni Chowk continuait de battre mais s'enfonçait dans une douce et lente torpeur. Esther et Tarang avaient repris le cheminement labyrinthique menant à l'ange, suivis de près par des enfants qui avaient accouru à leur passage, espérant quelque chose en retour. Alors qu'ils arrivaient à l'ange, une rumeur indistincte parvint soudain du fin fond d'une ruelle. Puis des cris se firent entendre. à ce moment ils virent des gens courir dans l'obscurité, convergeant vers la mosquée. Les enfants, à leur tour, les abandonnèrent et se précipitèrent dans cette direction. Partout les lumières s'allumèrent, les fenêtres s'ouvrirent. Esther et Tarang s'avancèrent prudemment pendant que des dizaines de personnes les dépassaient. Ils arrivèrent bientôt sur la grande esplanade où un attroupement considérable s'était formé, qui se mua rapidement en cohue. Partout des hurlements, des pleurs. Ne pouvant en voir davantage en raison du rempart de personnes qui leur en barrait l'accès, et ne sachant pas à quel danger ils pouvaient potentiellement être exposés, Esther et Tarang préférèrent rester à l'écart de ce tumulte et rejoignirent l'ange qui se trouvait non loin de là.

C'est au décollage qu'ils purent entrapercevoir, d'en haut, au cœur de la foule, le corps d'un homme dont la djellaba blanche était recouverte de sang. Une femme se tenait à ses côtés, à genoux, hurlant vers le ciel. L'image tétanisa Esther, ramenée une douzaine de jours en arrière : ces vociférations, ce rouge imprégnant ce tissu blanc, cette femme en larmes. Tarang comprit qu'ils n'avaient rien à gagner à observer la scène et *cogmanda* à l'ange d'avancer, vite.

Ils apprirent quelques instants après sur Intellect que ce père de famille venait de se poignarder le corps en de multiples points et mourut très rapidement de son hémorragie, devenant le quatre cent dixième suicide binaire en Inde. Et peut-être dix fois plus dans le reste du monde. La folie continuait d'enfler.

6

Freud

Esther fut réveillée par un message prioritaire. Une ancienne collègue psychanalyste venait de succomber. Un suicide, encore. Elle se refusa à envoyer ses condoléances à chaud. Elle attendrait la fin de journée pour cela. Mais cette nouvelle la ramena encore à Dolores, à ce dimanche 3 décembre. Depuis son lit, son regard se perdait dans le drôle de lever de soleil qui lui était donné de voir. En raison des diverses couches de polluants qui flottaient en bas, la diffraction de la lumière rasante du petit matin produisait un effet des plus étranges puisqu'un deuxième soleil apparut au -dessus du premier. Reflet inversé de l'original, ce dédoublement offrait un spectacle à la fois magnifique et terrifiant. Toute à sa mélancolie, elle se demanda alors comment le monde avait pu en arriver là. Non pas que l'état subclaquant de notre planète fût une surprise, non, tout avait été écrit noir sur blanc, un siècle avant : l'accroissement démographique, partout ; le climat de feu, transformant des pays de cocagne en semi-déserts, la montée des eaux submergeant des rivages de cartes postales ; les lambeaux de biotope dont nos enfants devraient se contenter ; les famines, les crises migratoires et économiques qui attiseraient les haines entre les peuples et les classes, les guerres et les attentats qui, nécessairement, en découleraient. Tout ça eut bien lieu, comme prévu. Et l'annonce matinale de l'éradication de trente-sept espèces végétales, coralliennes et animales en vingt-quatre heures sonnait comme une évidence. Mais, pensa-t-elle, comment fut-il possible, sachant cela, que ce monde continuât à tourner comme avant, sourd à tous les avertissements, préférant une lente agonie à une rupture systémique ? Celle-ci, certes, aurait été plus douloureuse pour le confort immédiat de tous, mais possiblement salvatrice. Las, l'humanité avait préféré, à la promesse de petits matins frais, ceux qu'elle avait enfantés avec cet air si infect qu'il parvenait à dédoubler l'image du soleil. Ce lever de soleil dantesque, c'était l'œuvre des Hommes, le produit de leur échec se dit Esther. Et ce n'était pas fini.

Elle songea alors que le vrai miracle de ce siècle fut sans doute qu'un système portant en lui les germes d'une dégénération à grande échelle pût survivre. Une formidable stratégie d'acharnement thérapeutique fut mise en place, comme si face à la gangrène qui gagnait du terrain et contre laquelle on savait pertinemment qu'il existait un remède et un seul — un changement radical et global — on préféra agir au coup par coup, amputer un à un les membres et organes atteints, pour qu'à la fin il ne restât plus que des moignons de vie autour de nous. Il est vrai qu'impudemment cette stratégie fut couronnée de succès. Le système avait survécu et l'Homme sut se contenter des haillons de biotope qu'on lui avait promis.

L'Inde agissait comme un révélateur pour Esther, car le saccage environnemental y était davantage visible qu'aux États-Unis, où l'on camoufla assez bien cette agonie ; ici, la vérité était livrée crûment. On ne cherchait pas à tricher : la Terre avait été violée et on exposait sans pudeur ni pansement son corps dévasté.

Avec ces réflexions à l'esprit, Esther continua d'observer, au-dessus de l'horizon azoté aux relents acides, ce double soleil de benzène. Elle s'émerveillait maintenant du rendu en même temps qu'elle en exécrait la cause. Elle s'étonna bientôt que l'horreur pût enfanter tant de beauté ; au fond, faute de mieux, sans doute fallait-il savoir savourer l'instant, prendre ce qu'il y avait à prendre dans ce résidu d'aurore.

La journée s'écoula, longuement, dans l'attente d'un appel de Kaitarô. Esther était aussi impatiente qu'elle se morfondait. Le soleil était maintenant haut dans le ciel et n'offrait plus d'autre spectacle que l'abasourdissante pesanteur de ses rayons sur la ville en bas qui semblait cuire à petit feu. Sortir, elle ne l'envisageait même plus : entre la chaleur, la pollution et les regards, rien ne l'appelait au-dehors. Il y avait bien Intellect, mais elle s'en tenait éloignée : l'arpenter, c'était prendre le risque de revivre ce 3 décembre. Ou de se faire asperger d'injures. Depuis la veille, d'ailleurs, elle recevait des demandes de cognexion ou des messages pour le moins douteux, anonymes bien sûr. Elle les refusa tous mais prit le temps d'en lire un ou deux par curiosité. Et lui revint en boomerang une facette occultée de sa personne.

Esther était juive. Enfin, elle l'était aux yeux des autres ; elle l'oubliait aussi longtemps qu'on ne lui rappelait pas car, pour résumer la chose de façon un peu badine, la religion et elle, ça faisait deux. Mais voilà maintenant que, pour une poignée de crétins sur Intellect, la « juiverie » était responsable des suicides ; elle avait tout comploté. On sortait des statistiques d'on ne sait où pour démontrer que les Juifs étaient épargnés ; qu'Israël était aux manettes. Dolores n'était pas juive mais partager sa vie avec une once de judéité, c'était bien suffisant pour cristalliser une haine antisémite qui n'attendait que ça pour se déverser et vomir ses immondices. Esther pensait avoir eu le droit à tout mais elle comprit que les bas-fonds n'avaient pas encore été atteints. Voilà pourquoi, dans ces conditions, Intellect fût un bien piètre expédient à son ennui.

Passer des heures dans ce grand appartement lui parut si long, si monotone que même les livres de la bibliothèque ne parvenaient à la soustraire de son ennui. Elle se demanda comment Tarang put y vivre seul. Elle le voyait déambuler pourtant, passer d'une pièce à l'autre avec ses grandes jambes, en faisant traîner ses tongs. Il donnait l'impression d'errer, mais sans en souffrir. Sans aucun doute avait-il trouvé un équilibre dans cette vie d'ermite confiné. Tarang lui rappelait certains patients de son cabinet de psychanalyse à Chicago. Sans doute aurait-il fait un bon sujet d'étude, pensa-t-elle.

Au bout de l'ennui, elle alla le retrouver dans le salon, où il gisait maintenant sur le canapé immense, naufragé. Elle s'assit à côté de lui.

— Que faites-vous ? lui demanda-t-elle.

— Je visionne des souvenirs. Ceux de notre rencontre et de notre collaboration, figurez-vous !

— Vraiment ? Et qu'est-ce que ça donne ? Je dois avoir une tête terrible ! J'avais quoi, trente ans à peine ?

Tarang *cogmanda* l'occultation des baies vitrées et les souvenirs qu'il compulsait dans sa tête apparurent alors en trois dimensions, devant eux, juste au-dessus de la table basse. Esther n'avait jamais vraiment revu ces moments-là.

Il faut dire qu'ils n'avaient pas eu, dans sa vie, la même portée que pour Tarang. Pour elle, ce fut une parenthèse passionnante de sa carrière, un moment d'engagement fort aussi, un tremplin peut-être. Pour lui, ce fut le début de la fin.

Cette rencontre eut pour toile de fond une étape décisive du développement monopolistique d'Intellect : la conquête du cerveau émotionnel. L'associé de Tarang, Raman, qui avait un don pour savoir tout monétiser, formula un jour une idée pour accélérer encore leur conquête : qu'Intellect proposât des applications pour s'adresser aux émotions ; qu'il influençât l'hypothalamus, le noyau accumbens, qu'il vînt tutoyer la conscience, le surmoi. Et qu'il s'en nourrit en retour, pour collecter des données émotionnelles, des angoisses, des désirs, les corriger, les susciter ou les étancher, les revendre. Atteindre les zones d'où partent certaines sensations, émotions, c'était la garantie d'applications à proprement parler infinies. Tout ça ressemblait à un fonds de commerce inépuisable.

Mais cette idée, livrer l'intimité de sa conscience, la société d'alors n'était pas encore prête à la recevoir. Raman et Tarang le comprirent en découvrant le tollé mondial que leurs propositions soulevèrent lorsqu'ils les dévoilèrent. Ils frôlèrent l'accident industriel. C'est à ce moment, dans ce contexte et pour cette raison, que Tarang rencontra Esther.

Tarang projeta l'instant de leur première poignée de main, ici même à Delhi. Esther eut un fou rire :

— Au secours ! Cette coupe de cheveux ! s'exclama-t-elle en passant sa main sur la coiffure crêpée de son double mémoriel.

Esther était alors une jeune star montante de la psychanalyse. De tous les métiers affectés par l'essor d'Intellect, ceux touchant à la compréhension, l'analyse, la curation des désordres et troubles mentaux furent en effet les plus sévèrement remis en cause. Et pour cause, dès lors qu'il devint possible pour tout un chacun de gérer directement ses fonctions végétatives, de modérer ses « hauts » et ses « bas », de programmer sa quantité de dopamine ou encore de pouvoir supprimer au fil de l'eau ses pires souvenirs, ses traumatismes petits ou grands, à quoi pouvaient bien servir les psychologues et psychanalystes dont c'était le fonds de commerce ? Mais à ce moment-là, tout cela n'existait pas encore. Esther s'était fait remarquer par un article visionnaire publié dans une revue scientifique de Harvard, à l'issue de sa thèse de doctorat, qui lui valut plusieurs distinctions ; article qui devint rapidement viral sur Internet avec son titre en forme de manifeste : « *Sanctuariser le cerveau émotionnel — ce que les implants du futur ne doivent pas nous prendre* ».

Quand il apparut, donc, à Raman et Tarang, qu'Intellect avait comme limite à son expansion les bornes que la société n'aurait de cesse de lui fixer, ils décidèrent de se faire aider et pour cela de s'entourer des meilleurs, dont Esther. Raman et Tarang mirent sur pied ce qu'ils nommèrent un Comité d'Éthique, constitué d'un panel de représentants d'un large éventail de disciplines : scientifiques, chercheurs en sciences sociales, philosophes, artistes.

Le Comité Il s'intéressa à des questions extrêmement diverses, tant cet ancien monde prenait peu à peu la mesure de son obsolescence : que serait la vie privée de demain si tout un chacun était capable de sauvegarder ce qu'il voyait ? Faire l'amour avec un Binaire n'impliquait-il pas l'acceptation tacite d'être, en même temps, enregistré durant l'acte ?

Quelle valeur donner à l'apprentissage et aux diplômes avec un outil permettant d'acquérir aisément et rapidement n'importe quelle forme de savoir ? Primaires et Binaires devaient -ils avoir les mêmes droits et obligations ?

Ce comité fut sans doute le plus incroyable laboratoire de philosophie appliquée jamais mis sur pied et en faire partie dut être, à n'en point douter, une expérience unique pour Esther. Mais il ne fallait pas se leurrer : cette assemblée d'experts rémunérés par un groupe privé pour réfléchir à la préservation de l'intérêt général fut avant tout une formidable antichambre pour anticiper les futures contestations, fournir à Cog-Net des éléments de langage pour mieux obtenir l'adhésion des masses et doter d'une indispensable caution morale les applications du futur, celles qui toucheraient à la conscience. Au fil de l'eau, en définitive, ce dévoiement de l'intention initiale qui avait vu naître le Comité, cette récupération mercantile de la réflexion sociétale, causèrent le départ de bon nombre de ses membres, refusant de se voir si ouvertement instrumentalisés par les dirigeants de Cog-Net — ou n'acceptant pas que leurs avis, toujours subtils et étayés, soient noyés dans un message global raccourci et simplifié.

Devant l'hologramme de leurs vies, les sourires d'Esther et Tarang s'estompèrent, les regards devinrent plus graves. Esther savait quel chapitre de la vie de Tarang s'ouvrait là. Elle s'étonna d'ailleurs qu'il voulût en revoir tous les moments, même les plus désagréables, comme son départ à elle, qu'elle sût être un coup de poignard.

— J'ai gardé la lettre, lui dit posément Tarang.

— Ma lettre de démission, vraiment ?

— Son souvenir, du moins.

Tarang n'osa lui révéler qu'il avait aussi gardé l'exemplaire papier et manuscrit, au fond d'un tiroir. Il se contenta donc de projeter le souvenir de sa lecture. On pouvait notamment y lire ceci :

« *Je m'offusque qu'au bout de neuf mois de débats sur l'impérieuse nécessité de protéger nos émotions des interactions offertes par Intellect, et d'éviter à tout prix que celles-ci fassent l'objet d'un partage social, votre groupe s'acharne à vouloir tirer profit de programmes qui, associés, ont la funeste prétention d'agir comme un sur-cerveau, une tour de contrôle de notre tour de contrôle. Et donc de piloter, d'une manière ou d'une autre, ce qui en l'état échappe à notre pilotage : nos émotions et nos faiblesses* ».

Après avoir édicté les conditions de son départ, la missive s'achevait en ces termes : « *J'ai fondé de grands espoirs dans ce Comité mais, désormais, je refuse qu'on puisse un jour m'associer, de près ou de loin, à une initiative qui aura pour conséquence inéluctable de créer un monde sans passion, sans déraison, sans timidité, sans folie, sans cruauté, sans perversité et, je le dis à bon escient, sans crime* ».

Ces tout derniers mots, Tarang n'eut pas besoin de recourir à sa mémoire additive pour s'en souvenir. Plus de deux décennies après ils résonnaient encore dans un coin de son esprit.

— J'ai vraiment écrit ça moi ? s'étonna-t-elle.

— Vous me l'avez également dit plusieurs fois, pas toujours de manière aussi policée d'ailleurs…

Esther feignait de l'avoir oublié. Ce moment la gênait. Quand elle claqua la porte du Comité — et dans son sillage plusieurs autres membres — Tarang sut, au fond de lui, que son tour arriverait. Ses divergences avec son associé allèrent croissant. Le départ d'Esther agit comme un déclencheur et provoqua entre eux des tensions qui atteignirent leur point d'orgue plus rapidement qu'il ne l'anticipa lui-même. Raman et Tarang finirent par s'écharper quasi quotidiennement. Bien évidemment leur amitié et leur association en prirent un coup, et Tarang ne savait plus très bien laquelle des deux il fallait sauver en priorité. Raman, lui, avait choisi : aucune.

Un sujet d'ailleurs allait les séparer définitivement, une nouvelle idée de Raman, qu'il dévoila au public sans même la soumettre à Tarang au préalable : l'éventualité d'une extension des fonctionnalités d'Intellect aux animaux, marché juteux et aux applications infinies. Monétiser des services touchant au contrôle de la conscience de l'Homme passait encore dès lors qu'un consentement l'autorisait. Mais placer un implant dans le crâne d'un animal pour le rendre obéissant au doigt et à l'œil, maîtriser son rythme biologique pour en attendre toujours plus d'efficacité, de rentabilité ou de docilité... C'était instrumentaliser encore un peu plus le monde du vivant. C'était aller à contre-courant de tout ce que la société d'alors demandait. L'indignation gagna les foules, le projet fut ajourné et la séparation, entre les deux associés, consommée. Et à la suite d'un putsch mené de main de maître par Raman, dans un retournement de situation presque inexplicable, c'est finalement Tarang qu'on débarquât du conseil d'administration…

Il y eut un long silence, un malaise palpable dans l'immensité du salon. Tarang le brisa et demanda :

— Esther, puis-je vous montrer quelque chose ?

— Quoi donc ?

— Un rêve. Ou plutôt un cauchemar.

— Un cauchemar ? De quoi parle-t-il ?

— De mon fils, celui qui ne veut plus me voir. Michael… Ce cauchemar est une drôle de construction de mon subconscient autour de son refus de me rencontrer, mais il y a certainement autre chose.

— C'est très intime, pourquoi voulez-vous me montrer une chose pareille ?

— Ce cauchemar, je le fais régulièrement, surtout ces derniers temps et même mon implant est inopérant. Vous êtes psychanalyste, peut-être que vous pourriez m'aider, sinon à le comprendre, à le chasser ?

— Je pensais que vous connaissiez mon métier mieux que ça. Je ne chasse pas les rêves.

Ce que Tarang voulait, c'était une séance de psychanalyse express. Obtenir quelques trucs pour dompter son cauchemar. Du Freud en *click & collect*. Esther s'en offusqua un peu : elle ne travaillait pas comme ça. Une analyse, c'était un travail de fond, de long terme. Et elle rappela qu'on ne pouvait étudier un rêve à partir d'un traducteur universel ou d'un dictionnaire des codes oniriques. C'était personnel. Mais Tarang insista. Elle songea alors à l'aide qu'il lui prodiguait depuis leurs retrouvailles et s'exécuta donc de bonne grâce, lui précisant, comme pour s'éviter toute réclamation ultérieure, que ça ne saurait constituer une séance. Tarang éteignit les souvenirs de leur passé commun et revint ainsi à la racine de son environnement mémoriel, le dévoilant de fait à Esther qui ne s'attendait pas à une immersion si soudaine dans l'intimité psychologique de son « patient ».

— Bienvenue chez moi ! s'amusa-t-il quand apparut devant eux sa bibliothèque mémorielle.

Là où Dolores, pour ordonnancer sa mémoire, avait opté pour un arbre, Tarang, lui, avait tout bonnement choisi l'intérieur de son propre appartement. La reproduction était parfaite, dans les moindres détails : chaque espace, chaque meuble, chaque élément de décoration. Esther en comprit immédiatement l'intérêt, son aspect pratique : il était ainsi possible pour Tarang d'archiver ses données mémorielles par pièce, par tiroir, d'en cacher dans un vase ou mieux, sous le tapis ; c'était sans doute la garantie de ne jamais se perdre dans son propre espace mémoriel puisque c'était la copie parfaite de l'environnement quotidien réel ; l'assurance, aussi, de pouvoir mettre au point une méthode de classement simple et facilement exploitable avec pléthore de moyens mnémotechniques.

Mais tout de même, pensa-t-elle, ce choix était des plus curieux. Pourquoi mettre en abyme sa vie réelle dans sa vie cognitive, emboîter ainsi sa conscience dans le clone de son espace physique, comme une matriochka cérébrale ? Esther se demanda alors si les déambulations de Tarang dans l'appartement, observées toute cette journée, n'étaient pas le miroir de ses errances dans son espace mémoriel. Peut-être cela expliquait-il pourquoi cet appartement fut si grand, eut tant de pièces ? L'aurait-il dimensionné pour pouvoir, non pas répondre à ses besoins quotidiens, son usage physique, mais à son usage mémoriel, ayant choisi le nombre de pièces en raison de l'arborescence qu'il souhaitât mettre en place ? Et puis, s'interrogea-t-elle, quels conflits d'usage cela pouvait-il créer ? Chercher une fourchette dans un tiroir et tomber sur un souvenir, et vice-versa… Ne plus oser ouvrir un placard parce qu'il contenait, dans l'espace virtuel, certains mauvais souvenirs : ouvrir le vrai eut immanquablement ravivé le contenu du factice. Enfin, elle s'interrogea aussi : quels souvenirs avait-il bien pu remiser dans les toilettes ? Elle fut profondément embarrassée par cette intrusion forcée dans l'intimité cognitive de Tarang. Elle aurait préféré ne pas en voir autant car un environnement mémoriel en disait davantage sur une personnalité que toutes les manifestations du subconscient qu'un patient pouvait révéler sur le divan de son thérapeute. Tarang, lui, ne s'en rendit même pas compte. Ce qu'il montra lui parut normal, sans doute était-il même fier d'exhiber un environnement mémoriel aussi propret et pratique.

Du regard, il pénétra d'ailleurs dans sa chambre virtuelle et souleva un oreiller de pixels. Une bibliothèque intitulée « Rêves » s'ouvrit au premier plan. Une liste d'une dizaine de dossiers, classés par ordre alphabétique, apparut. Esther eut le temps de lire quelques intitulés : un dossier « Copains », un dossier « Enfance » et même un dossier « Femmes ». Il avait sélectionné le dossier « Famille » puis le sous-dossier « Michael ». Une interminable liste de fichiers apparut. Le dernier datant de la nuit même.

Il pointa le fichier voulu, et les images du rêve apparurent devant eux, projetées en deux dimensions — les rêves ne pouvaient être reproduits en relief. Ces images étaient assez confuses, enveloppées dans une brume, mais suffisamment nettes pour révéler un décor magnifique de plage immaculée ; la mer turquoise à perte de vue, les cocotiers. Tarang était en train de jouer sur le sable humide, avec un enfant — « c'est Michael, quand il était petit », précisa-t-il.

Là, sur cette interface fluctuante entre terre et océan, Tarang prit une pelle et se mit à creuser un trou pour le plaisir de son fils, rejetant derrière lui un mélange de sable et d'eau de mer. Il creusait, creusait, mais le trou n'avait de cesse d'être comblé par le même mélange qu'il extrayait. Soudain Tarang releva la tête et se rendit compte de la disparition de Michael. Il se retourna et l'aperçut là-bas, debout, dans la mer. Mais adolescent. La mer s'était retirée, très loin. Michael n'avait d'eau que jusqu'aux mollets. Tarang fit signe à son fils qui lui répondit, mais rien n'était audible. C'est alors que surgit du lointain une vague si haute qu'elle emplit progressivement la voûte céleste et que sa crête d'écume se confondit avec les nuages. Elle avança, lentement mais implacablement, sans faiblir, montagne d'eau projetant au sol son ombre gigantesque, engloutissant sur son passage des nuées de mouettes. Une splendeur terrifiante. Tarang hurla — tout du moins essaya — enjoignant son fils de revenir sur le rivage : en vain. L'instant d'après, la vague était sur eux. Elle s'abattit, lentement, au-dessus de leurs corps de fourmis jusqu'à leur cacher le soleil puis le ciel tout entier. Tarang, tétanisé, incapable de produire le moindre son, essaya de courir vers son fils mais ne pouvait se mouvoir. Il n'eut que le temps de le voir se retourner et lui faire un sourire, avant de disparaître dans l'immensité bleue. Puis, dans le silence de son cri muet, Tarang fut à son tour submergé.

— Voilà, conclut-il. Je me réveille terrifié, en sueur. Ce rêve m'obsède, j'y repense souvent la journée. Je l'ai revisionné plusieurs fois pour mieux le comprendre mais je n'arrive pas à en saisir le sens ni la récurrence.

— Quel sens ? Ce rêve aura le sens que vous voudrez bien lui donner.

— Comment cela ?

— Demandez-vous à quoi il vous sert, plutôt que ce qu'il veut dire. Du sens, il n'y a qu'à se baisser pour en ramasser : la crainte de perdre un être cher, l'amour, l'impuissance, la culpabilité…

Esther s'interrompit un instant, ne lâchant pas Tarang du regard. Puis, s'extirpant du canapé, elle s'avança et lui demanda :

— Tarang, vous vous faites du mal avec un cauchemar, qui n'est qu'un exutoire à toutes vos pensées pour Michael. C'est bien de rêver de ça. C'est cathartique, vous le savez aussi bien que moi, je suis même surprise de devoir vous l'expliquer. C'est comme une purification et cela vous fait du bien.

Elle réfléchit et ajouta :

— Si on oublie les rêves aussitôt qu'on se réveille, c'est pour une raison. Ce que l'implant permet de faire — revisionner le produit de notre subconscient — est un vrai miracle sur le plan technologique et sans nul doute un outil formidable pour un psychanalyste. Mais ni les rêves ni les cauchemars ne sont faits pour être revus, revécus. Ils nous aident à évacuer ; les oublier c'est avancer. Les ressasser, c'est prendre le risque de les rendre traumatiques. Oubliez ce rêve ! Supprimez-le, même ! Parce que plus vous le verrez, plus vous le referez.

En fait de séance, Esther lança alors un débat. Ce que la projection de ce rêve avait réveillé était l'immense fossé qui les séparait encore et toujours quant à la reconnaissance des bienfaits supposés d'Intellect pour la psyché. Alors ils dérivèrent. Esther lui parla de ce monde sans émotion, sans passion qui avait supplanté l'ancien ; du lien social, en méticuleuse déconstruction ; de la dégénérescence du temps long, au profit de l'immédiateté de tout. Tarang, lui, rappela les découvertes scientifiques qui en découlèrent, la curation de pathologies profondes ; il lui parla des perspectives infinies qui s'ouvraient pour l'humanité : un cerveau de synthèse, l'encodage universel, la promesse d'une vie éternelle. Il s'en émerveillait, Esther s'en indignait. Le débat aurait pu durer et mordre sur la nuit, si Kaitarô ne venait d'appeler Tarang. Depuis son vieux téléphone, il s'était exclamé :

— J'ai découvert quelque chose ! Venez chez moi !

Ils rangèrent leurs arguments et partirent sur le champ.

7

Pantins

Kaitarô était avachi sur sa chaise, devant son écran d'ordinateur, qu'il n'avait pas quitté de la nuit. Des canettes de bière et une assiette sale traînaient à ses pieds. Sa fille semblait livrée à elle-même. Elle était prostrée au pied du canapé, tenant d'une main sa tablette sur laquelle étaient juchés ses compagnons de lumière et, de l'autre, un paquet de gâteaux dont elle avait englouti l'essentiel. Père et fille paraissaient déphasés, calés sur un rythme qui ne devait rien au cycle diurne ou à l'horloge biologique, mais tenaient d'une sorte de longue claustration. Esther sentit planer l'ombre de la dépression dans cette pièce où une fillette vraisemblablement déscolarisée dépendait d'un père qui avait renoncé à toute hygiène. À leur arrivée, Ayumi, intimidée ou effrayée, se déroba pour se cloîtrer, encore, dans sa chambre. Esther et Tarang prirent deux chaises et s'assirent face à Kaitarô, habillé comme la veille. Il exhalait un parfum âcre de sueur séchée. En bon Primaire, il avait pris des notes sur une feuille de papier. Il leur livra tout ce qu'il avait pu tirer de ses dernières heures de travail, jetant de temps à autre un regard rapide à ses notes, pour vérifier qu'il n'avait rien oublié. Il rendit d'abord grâce à Dolores car son environnement mémoriel, merveille d'ordonnancement, lui fit gagner beaucoup de temps dans l'analyse. Ensuite, il leur confirma ce qu'ils savaient déjà : Dolores n'était pas *addict* à son implant ni à ses paramétrages. Son tempérament, sa nature faisaient l'essentiel, les applications d'Intellect n'étaient qu'un petit coup de pouce. Ce qui signifiait qu'on aurait eu bien du mal à expliquer son passage à l'acte par de mauvaises habitudes ou l'usage excessif de l'outil.

S'agissant des dernières minutes de sa vie, il corrobora ensuite l'analyse de Tarang et du légiste mais leur apporta un élément majeur que tous deux n'avaient pu voir, avec le seul matériau à leur disposition : en arrière-plan, de drôles de *cogs*, une série d'interférences inexplicables mais qui correspondaient visiblement à des ordres contradictoires en rafale, venant de zones différentes du cerveau et affectant *in fine* certaines de ses fonctions de base. Il tira vers lui un écran sale fixé au plafond par un bras articulé. Il plaça l'écran à hauteur des yeux de ses interlocuteurs, l'alluma et poursuivit, avec une haleine de renfermé :

— J'ai effectué des recherches sur les vingt-cinq jours précédant le drame afin de savoir si Dolores avait pu rencontrer ce type d'interférences. Et j'ai trouvé trois occurrences. En outre, s'agissant d'épisodes vécus récemment, j'ai pu extraire assez facilement ce qu'elle vit de ses yeux à ces moments-là.

Kaitarô marqua une pause, regarda Esther et lui indiqua :

— Esther, à partir de maintenant, je vais vous montrer des images vues par elle, à travers ses yeux. Il n'y a aucune séquence choquante. Mais ça peut être une expérience déconcertante pour vous.

Esther le remercia pour sa sollicitude mais insista pour voir. Kaitarô lança alors une séquence vidéo, datant de douze jours avant la mort de Dolores, et correspondant, selon lui, à la toute première trace de ces interférences. Sur l'écran, l'image d'un livre ouvert apparut. L'ouvrage envahissait la plus grande partie du champ de vision : en effet, à ce moment-là, Dolores lisait. À l'arrière-plan, vague et vaporeux, Esther reconnut immédiatement l'intérieur spacieux de leur maison de Lincoln. La définition était tellement bonne qu'il fut possible, en calant son regard sur la zone la plus nette du champ de vision, de suivre le rythme exact de sa lecture en même temps qu'elle. En haut de l'écran, un grand nombre d'indicateurs chiffrés apparaissaient et variaient. Kaitarô n'en montra qu'un, qu'il transforma en graphique. Trois courbes apparurent qui, en un point, se croisaient : c'était là le signe visible de l'interférence. En principe ces courbes ne se coupaient jamais, affirma-t-il. Tarang acquiesça. Alors que la vidéo se poursuivait — toujours sur un livre ouvert, emplissant tout l'écran — il attira leur attention sur ce qui allait suivre au moment du croisement des courbes. Ils observèrent avec concentration cet instant. Puis il leur demanda :

— Alors ? Avez-vous vu ?

— Je ne suis pas très sûre, répliqua Esther. Le livre n'a pas bougé, ses doigts non plus. Il n'y a pas de bruit particulier. La définition en revanche est différente, non ?

— C'est ça ! fit-il en ramenant la vidéo quelques secondes en arrière. Regardez à nouveau.

Et il leur dévoila la subtilité : avant l'interférence, l'image du livre était nette, l'arrière-plan, flou. Pendant l'interférence, l'inverse se produisait. Il précisa :

— Cela signifie que, pendant un court laps de temps, elle ne lit plus : elle a été déconcentrée, elle pense à autre chose, son regard se perd. Ce que l'activité cognitive confirme. Cela dure huit ou neuf secondes puis, à nouveau, elle reprend sa lecture…

— Bon… Et alors ?

— Et alors, pendant ce laps de temps : rien ! Encéphalogramme plat. Un cerveau au repos total, ne contrôlant que les fonctions vitales. Comme un coma éveillé. C'est impossible en théorie d'atteindre cet état par soi-même.

— Qu'est-ce qui pourrait expliquer ça ?

— Je ne sais pas. Une possibilité tout de même, qui, selon moi, aurait pu induire une forte perte de concentration, c'est la nouvelle qu'elle avait apprise une heure plus tôt : un décès. On le voit ici dans le flux cognitif, elle reçoit un message prioritaire de décès : « *Implant d'Alejandro Esteban Bernal sans signal ce jour à 12h49. Décès. Cause probable : maladie dégénérative de Polstein* »

— Alejandro, son oncle… précisa Esther. Il est décédé de cette horrible maladie qui se répand à la frontière mexicaine. Vous savez, l'eau… Et en effet, c'était douze jours avant sa mort. Je l'avais oublié… La nouvelle n'était pas une surprise, je dirai plutôt une libération vu le calvaire qu'il avait enduré. Mais est-ce que ça a pu la perturber à ce point ?

Kaitarô expliqua ensuite que cet événement interférentiel se retrouvait à deux autres moments de son existence récente, mais dégageant une puissance bien supérieure. Ainsi, le jour même de la mort de Dolores, dans l'après-midi, se cachait une autre séquence dont la configuration était proche de la précédente mais la dépassait en violence.

— L'après-midi du 3 décembre ? demanda Esther. Ça s'est donc passé chez nous, avant que l'on parte pour New York ?

— Précisément. Et le plus troublant c'est ce qu'elle fait pendant cet épisode d'interférences. Regardez plutôt, dit-il en lançant une nouvelle séquence vidéo.

Sur l'écran, on vit alors, à travers ses yeux, Dolores gravir des marches. Esther reconnut instantanément l'escalier de leur grenier. Puis on la vit ouvrir la petite porte des combles ; y pénétrer enfin. Après quoi, plus d'image.

— À partir de ce moment, dit Kaitarô, elle traverse un vide mémoriel total, inexplicable. Et quand la mémoire revient…

Kaitarô s'interrompit et avança la séquence de deux bonnes minutes, pendant lesquelles aucune image n'apparaissait, sinon un grand fond noir. Et lorsqu'on vit à nouveau quelque chose, ce fut un vieux revolver posé à plat dans la main droite de Dolores. L'arme. Esther en frissonna. Puis Dolores la rangea dans la poche intérieure de sa veste. Et alors, à ce moment, une voix retentit, venant de loin : « *Dolores ! Dépêche-toi ! Le transport arrive et il fait vraiment très, très froid !* ».

— Esther, est-ce vous qu'on vient d'entendre ? demanda Tarang.

— Oui… En effet… répondit Esther la gorge serrée. Après ça, Dolores sort me rejoindre, sous la neige. N'est-ce pas ?

— C'est exact, dit Kaitarô en mettant fin à la séquence vidéo.

— Je m'en souviens comme si c'était hier…

Esther laissa s'écouler quelques secondes et essuya une larme qui perlait au coin de l'œil. Puis demanda :

— Et le troisième événement interférentiel ?

— J'allais y venir. Il s'agit des quelques secondes avant son suicide. Le processus m'a pris toute la nuit, il a fallu tout réencoder, sachant qu'une grande partie est totalement inexploitable. Mais j'ai réussi à extraire un enregistrement de ses pensées, visibles bien que de très mauvaise facture. Et, franchement Esther, celles-là, je ne pense pas qu'il soit opportun que vous les visionniez : elles sont abominables.

— Abominables ? demanda-t-elle, interloquée.

— A-t-elle déjà travaillé dans un abattoir ? demanda Kaitarô

— Un abattoir ? Non, non…

— Ou été en contact avec des associations de défense de la nature qui auraient pu lui montrer des images de sauvagerie et de torture envers des animaux ?

— Je l'aurais su !

— A-t-elle été sur des terrains de conflits armés, vu de ses yeux des charniers, des fosses communes ?

— Mais enfin, non ! Pourquoi donc ?

— C'est un peu tout ça qu'elle a vu avant de mourir : cadavres, carcasses, chair putréfiée, tripes, souillures en tout genre… j'ai encore la nausée en y repensant. Mais, ce qui m'embête le plus, c'est que ce sont des visions qui proviennent de la mémoire, la trace d'une expérience, d'un vécu…

Esther n'en démordait pas, il était impossible que ce fussent des souvenirs. Elle insista pour voir ces *mémoséquences*, mais Kaitarô refusa. Il n'y avait, selon lui, rien à en tirer sinon générer des traumatismes nouveaux. Il ajouta que c'était tout ce qu'il avait pu découvrir en si peu de temps, mais qu'avec des ressources plus importantes il serait sans doute possible d'aller plus loin.

Tarang, lui, avait écouté Kaitarô avec la plus grande attention. Tout le conforta dans ses propres intuitions, dans ce qu'il n'osa dire à Esther, la veille. Aux yeux de Tarang, une porte s'était ouverte et d'autres se refermaient. Comme il voulut en avoir le cœur net, il demanda à Kaitarô :

— Quel est ton avis sur le séquencement de ses ultimes minutes de vie, le positionnement de ces interférences ? C'est illogique, décousu ?

— Non. C'est progressif.

— Progressif comment ?

— Froidement progressif, avança-t-il d'abord puis, cherchant ses mots, il ajouta : mathématique. Plus encore, je dirai clinique.

— Ça ne peut donc pas être le fruit d'un hasard, selon toi ?

— Certainement pas.

— C'est bien ce qui me semblait, soupira Tarang.

— Que voulez-vous dire ? s'inquiéta Esther.

— Que si l'implant est bien pour quelque chose dans ce décès, ce dont je suis intimement convaincu, je ne crois désormais plus à un simple dysfonctionnement de sa part. Une erreur ne peut engendrer une mécanique aussi huilée.

— Vous voulez dire… Vous n'excluez pas qu'elle ait été, disons, poussée au suicide ? osa Esther.

— À partir du moment où c'est programmé et calculé, il y a préméditation et intentionnalité.

Il laissa passer un instant de réflexion puis conclut, le regard résolu :

— Esther, je pense qu'il ne faut désormais plus exclure la piste d'une forme d'assassinat.

Si cela pouvait en avoir la saveur, il ne s'agissait nullement d'un coup de théâtre. Tarang y pensait depuis qu'il avait vu l'autopsie cognitive, bien qu'il n'en dît rien à Esther. Quant à Esther, si elle se leva d'un bond et se prit la tête entre les mains, ce ne fut pas sous le coup de la surprise mais plutôt parce qu'elle réalisa que son intuition, qui l'avait conduite aux antipodes de chez elle, et sur laquelle

elle n'avait su, jusque-là, mettre de mots, fût la bonne. Mais elle n'en tira aucune satisfaction, bien au contraire, une douleur nouvelle, latente, se fit jour. Ce verdict, Esther l'attendait sans trop y croire. Voilà qui donnait maintenant une tout autre perspective à la disparition de celle qu'elle aimait. Et au travail de deuil. La piste du suicide, avec son cortège de questions intimes, s'envola d'un coup ; celle d'un assassinat ouvrait en revanche d'autres interrogations, tout aussi complexes et non moins douloureuses.

Elle posa d'abord les deux questions qui, dans son cheminement intellectuel, faisaient obstacle à la possibilité d'un meurtre : était-il simplement envisageable, sur le plan technique, que quelqu'un poussât Dolores au suicide en manipulant sa cognition à distance, par le truchement de son implant ? Si oui, était-il plausible qu'on allât jusqu'à la forcer à prononcer des mots et des idées qu'elle aurait abhorrés ? Bref, était-il concevable que quelqu'un prît le contrôle total de l'implant d'un autre au point de pouvoir lui faire faire et dire n'importe quoi ? Ces questions, elle n'aurait jamais osé les poser quelques jours auparavant. Elles étaient, au choix, celles de candides ignorants ou de bêtes complotistes. S'il y avait, dans Intellect, des failles aussi béantes, on l'aurait su depuis belle lurette. Mais cette fois elle osa les poser, considérant tout de même que Tarang et Kaitarô lui apporteraient, forcément, des démentis étayés.

À sa grande surprise, Kaitarô la prit à contrepied et lui parla spontanément de vidéos récentes qui avaient circulé sur Intellect, dérobées par des activistes écologistes. Il avait vu des animaux implantés, à qui l'on faisait faire des choses incroyables. Le contrôle exercé sur leur conscience fut si puissant qu'ils en oublièrent jusqu'à l'instinct de survie : il cita l'exemple de ce chien, un malinois crut-il se souvenir, pas des plus bêtes donc, que l'on avait placé sur des rails de chemin de fer et à qui l'on *cogmanda*, via son cerveau connecté, de rester là, sans bouger. Et quand face à lui, déboula un train, à grande vitesse, dans un bruit de furie métallique, il le regarda fixement jusqu'à l'impact… Il y eut aussi un troupeau de brebis, en Italie, qui s'était mis à courir vers une falaise et s'y jeta sans aucune autre menace que la suggestion, créée de toutes pièces, qu'un loup fût à ses trousses…

Tarang pondéra, comme elle l'espéra d'ailleurs : l'authenticité de ces documents n'avait jamais été totalement établie et le fait qu'ils aient été diffusés par des associations proches de la mouvance Nature Jihad, ces *najis* ultra-violents, jetait un voile sombre sur leur véracité. Et puis, rappela-t-il, de l'animal à l'homme il y avait des degrés de conscience à franchir et ces démonstrations ne prouvaient rien quant à leur réplicabilité sur l'espèce humaine. Mais enfin, dans l'histoire, on testa bien des fois sur l'animal des choses qui se montrèrent tout à fait efficaces chez l'homme…

Quant à la deuxième question, celle relative à la possibilité de distiller chez autrui des mots qu'on souhaitât lui faire dire, Kaitarô évoqua un événement récent : le référendum d'autodétermination ouïghour, trois ans avant ; la trahison du leader indépendantiste qui, à vingt-quatre heures du scrutin, renia sa cause pour se rallier à Pékin. Comment cet homme, qui passa sa vie à lutter pour la reconnaissance et la liberté de ce qu'il restait de son peuple put-il faire allégeance à son pire ennemi, à ce moment-là, si près du but ? Quarante ans de combat pour retourner sa veste à quelques heures d'inscrire son nom dans l'histoire ? Impensable ! Le monde l'avait d'ailleurs vilipendé, il devint sur Intellect l'archétype du traître absolu. Mais Kaitarô reprit à son compte des thèses complotistes qui fleurissaient depuis des mois. Avec moult précautions oratoires, il indiqua que, d'après diverses fuites des services de renseignements indiens, le revirement du général Qusmayin avait été le fruit d'une manipulation de son profil cognitif. Il aurait été littéralement transformé en pantin de Pékin, pendant quelques instants, le temps d'un discours qui fit basculer les votes — avant d'être lui-même éliminé. Bien sûr, crut bon de préciser Tarang, tout ça, c'était des on-dit ; mais il n'infirma pas non plus ces propos. Le fait que Tarang et Kaitarô en parlèrent si spontanément, eux qui furent certainement parmi les mieux informés des possibilités de détournement de la technologie liée à l'implant connecté, il y eut de quoi avoir peur.

C'en fut trop pour Esther qui alla s'asseoir dans le canapé. Elle était sonnée. Dès son origine, l'implant cérébral avait fait l'objet de toutes les critiques quant au potentiel manipulatoire qu'il pourrait offrir à des gouvernants mal inspirés ou à des escrocs aguerris. Elle-même s'en était ouverte auprès du Comité d'éthique. Toutes les garanties furent données pourtant, une myriade de lois furent votées, des protocoles testés et homologués, pour assurer aux utilisateurs l'inviolabilité et la neutralité de l'outil et de son usage. Si bien que les personnes qui s'en méfiaient encore passaient pour des conspirationnistes paranoïaques. Et pourtant… Pouvaient-elles avoir raison ?

Tarang modéra encore, forcément, la vérité ne pouvait être ni noire ni blanche. Bien sûr, Intellect avait été conçu pour être un espace de liberté inviolable et ça avait plutôt bien fonctionné sinon le réseau n'y aurait pas survécu. Mais la lutte contre le piratage était une guerre de tous les instants, elle l'avait toujours été, bien avant Intellect ; et, rappela-t-il, c'était une guerre de positions, défensive. Il fallait d'abord être victime d'une attaque pour inventer la riposte. Esther réfléchit longuement, en silence. C'est alors que, dans cette introspection, que ni Tarang ni Kaitarô n'osèrent interrompre, elle crut entendre soudain un vrombissement, au-dehors. À peine l'avait-elle analysé que Kaitarô chuchota :

— Merde, un rôdeur…

Il regarda par la lucarne et aperçut en effet, non loin de l'atelier, au-dessus des toits rougis par les ultimes rayons du soleil couchant, un engin oblong, noir comme la nuit, flottant dans l'air. Du zeppelin, le rôdeur n'avait pas que la forme, il tenait aussi cette façon de se mouvoir, lente et lourde, avec l'inertie d'un pachyderme. Kaitarô s'exclama alors :

— Il vient vers nous ! Cessez immédiatement d'utiliser votre implant, ne pensez qu'avec votre cerveau primaire !

Et il s'empressa de débrancher tout ce qui, chez lui, pouvait être connecté à un réseau d'ondes.

— Mais que se passe-t-il ? s'inquiéta Esther.

— Rien de bien grave, répondit Tarang. Faites ce que Kai vous dit et tout ira bien. Je vous expliquerai. S'il vous plaît, pour l'heure, pensez à un souvenir d'enfance, concentrez-vous dessus mais sans jamais passer par votre interface mémorielle.

Esther s'exécuta. Souvenirs d'enfance, vite. Instinctivement sa mémoire biologique l'emmena dans les rues de Chicago, avant la décade fatale, quand les arbres du grand parc avaient encore de vraies racines. Elle y revécut furtivement des moments d'insouciance pendant que le bourdonnement du rôdeur se faisait plus net. L'aérostat s'approchait lentement, à la lueur du crépuscule et, bientôt, projeta son ombre floue et inquiétante sur la devanture de l'atelier. Arrivé à l'aplomb de ce dernier, il s'y fixa quelques instants, inondant l'air de ses vibrations sourdes. En bas, dans l'atelier, plus personne ne parlait ni ne bougeait. Esther avait fermé les yeux pour mieux rester ancrée à son souvenir. Mais elle eut une sensation étrange et malsaine, comme si quelque chose essayait de pénétrer son esprit, comme une langue qui venait lui lécher les synapses et cherchait à provoquer une cognexion forcée. Puis, au bout d'une minute, aussi discrètement qu'elle était apparue, cette impression s'évanouit. Le rôdeur s'éloignait. Kaitarô monta à l'étage pour s'en assurer : l'engin était parti, renifler d'autres toits.

Kaitarô descendit et réactiva tous ses appareils. Esther demanda :

— C'était quoi, ce truc ?

— Une spécialité locale, répondit-il. Un rôdeur. J'aurais appelé ça un neurosuceur mais le nom a déjà été attribué à un gadget de *cortsex*.

— Un rôdeur ? Mais à quoi ça sert ?

— Certains Primaires accèdent à Intellect avec des implants dérobés ou piratés et pillent le contenu de la toile sans aucune contrepartie. Cog-Net traque les fraudes et nous balance ses saletés de droïdes volants au-dessus de nos têtes pour mieux capter ce qui s'en échappe. Ces engins reniflent les flux cognitifs d'Intellect, les aspirent, les dissèquent, les digèrent. S'ils ne sont pas capables de les rattacher à un utilisateur identifié, ils envoient l'information au serveur central et lui à la police.

— Mais alors pourquoi a-t-on peur ? Toi, tu n'es pas implanté, tu ne risques rien. Quant à nous, nous le sommes en toute légalité…

— Parce qu'ils avalent tout ! Ils ne se contentent pas de traquer les resquilleurs. Ils aspirent les données, toutes les données qui transitent dans l'air. Par exemple, toutes nos recherches en cours : vos pensées sont envoyées en permanence vers vos serveurs pour synchronisation ; ou mes recherches sur Internet via Wi-Fi. Officiellement ils n'en ont pas le droit, mais croyez-moi sur parole, ce sont des putains d'espions ! Une Gestapo volante !

Kaitarô souleva alors une question qui révéla son inquiétude, grandissante : et si ce mouchard était là pour eux ? Après tout, leurs investigations les rapprochaient d'une mise en cause d'Intellect. Qu'il s'agisse un défaut ou d'un détournement de la technologie développée par le groupe, il paraissait de plus en plus évident qu'il faudrait en définitive investiguer chez Cog-Net; tout avait dû, à un moment ou à un autre, transiter par leur serveur, être enregistré, déclencher une alerte… Est-ce que Cog-Net ne pouvait pas déjà être au courant de leurs recherches ? Kaitarô jeta :

— Tout ça commence à puer. Cette mort dont les causes nous dépassent ; ce rôdeur… Et j'ai désormais la terrible sensation qu'à ne pas la solliciter maintenant, la police va finir par se rameuter ici d'elle-même.

— Je comprends ton inquiétude, dit Tarang.

— Il vous faut trouver d'autres moyens d'investigation. Ce n'est plus possible de faire ça d'ici, en mode détective privé.

— Tu as raison et je sais qui aller voir, abonda Tarang. Je connais très bien le chef de la Neuro.

— La Neuro ? demanda Esther.

— La police neuro-scientifique de Delhi. Omkar Mittal

en est le patron. C'est un ami. Un des premiers à avoir compris le rôle que pourraient jouer les nouvelles technologies cognitives dans la résolution d'enquêtes de police. Ensemble nous avons mis en place bon nombre de protocoles qui ont été repris par toutes les polices du monde : perquisition cognitive, transfert mémoriel de prévenu, empreinte cognitive… Tout ça, nous l'avons bâti main dans la main, plusieurs années durant. Il en connaît un rayon et devrait être très réceptif à nos découvertes.

– 2 –

Tarang était sorti pour appeler son ami en toute sérénité, loin des rôdeurs, loin de l'atelier. La nuit consommait le ciel, charriant avec elle un souffle tiède bienfaiteur qui semblait purifier provisoirement l'air saturé des ruelles. Il s'éloigna autant qu'il le put pour être à l'écart des mendiants qui ne manquèrent pas de remarquer un Binaire parmi les Primaires. Pénétrant dans une impasse crasseuse et déserte, il s'adossa au rideau métallique d'une boutique, entre des tas d'ordures, et invita, par la conscience, son ami Omkar Mittal à un échange cognitif.

Ce dernier, si heureux d'avoir un appel de Tarang, lui *répensa* prestement. Cela faisait si longtemps. Ils échangèrent tous deux des nouvelles de leurs familles respectives. Il y eut les questions usuelles sur Michael, que Tarang éluda, et les éloges à propos de Sundar et de sa mission martienne, dont il fit peu de cas. Puis, Tarang en vint au fait :

— *Omkar, l'objet de ma sollicitation est très important. Peut-on se voir demain pour en parler ?*

— *Se voir ? Parler ? Toi, le chantre de l'échange à distance ?*

— *Sujet ultra-confidentiel.*

— Bien sûr ! Voilà des années qu'on ne fait que psy-causer ! Disponible au déjeuner. Où veux-tu qu'on se retrouve ?

— Il y a, face à l'accès n°1 de l'esplanade de la Jama Masjid, un petit restaurant à la devanture rouge.

— Jama Masjid ? Chez les musulmans ? Dans la saleté, vraiment ? Que fais-tu par-là ?

— C'est une longue histoire. Viens, s'il te plaît, je te raconterai !

– 3 –

La nuit venue, chez Tarang, Esther n'avait de cesse de se retourner dans son lit. Impossible de dormir. Son esprit avait rencontré la question la plus difficile et, faute de pouvoir y répondre, la ressassait : qui aurait pu vouloir la mort de Dolores ? Autrement dit, à travers son prisme d'analyse à elle : qui aurait pu mobiliser autant de moyens et d'énergie pour vouloir mettre un terme à cette vie qui lui était si chère ? Et, finalement, qu'est-ce qui aurait bien pu la rendre si « assassinable » ?

À vrai dire, bien que Dolores ne se soit probablement jamais créé d'inimitié létale dans sa vie, son poste, par sa nature même, pouvait attiser bien des convoitises ou créer bien des rancœurs. Esther en était convaincue, c'était nécessairement là, dans la sphère de sa profession, que la réponse se trouverait.

Les seuls moyens, certainement colossaux sur les plans technologiques et financiers, nécessaires pour accomplir ce meurtre à distance lui interdisaient d'imaginer un passage à l'acte isolé, un assassinat à mobile privé ou familial, un fou dans son coin.

Fixant le plafond de sa chambre, elle fabriqua dans sa tête des suspects. Et bien vite, au premier rang de ceux-ci, elle vit les putschistes potentiels, ceux qui briguaient la présidence de l'ISA — entendons les États qui soutenaient leurs candidats. Elle songea évidemment au nouvel élu, Bao Feng, celui à qui le crime profita directement — et la Chine qui le soutenait. Pourtant, quelque chose les disculpait : l'avènement de Bao Feng fut en réalité une évidence. Après un Indien puis une Américaine, voilà des années qu'on annonçait qu'un Chinois dirigerait l'ISA ; le principe de l'alternance était presque institutionnel. Sa route était tracée, en tête de tous les pronostics et le mandat de Dolores devait prendre fin dans moins de deux ans. La Chine aurait-elle pu mettre en œuvre un assassinat aussi complexe à la seule fin de gagner vingt-deux petits mois pour conquérir un siège qui lui était promis ? Ça paraissait tiré par les cheveux. Mais qu'en diraient les Ouïghours ?

Esther conçut ensuite dans l'obscurité une deuxième catégorie de suspects : ceux qui souhaitaient ardemment la disparition de l'ISA. Que ce fut parmi des pays membres usés par sa tutelle et qui avaient formé un courant séparatiste, ou parmi de la trentaine d'États non-membres — dont la puissante Nouvelle Russie — qui auraient souhaité la fin du monopole spatial de l'ISA, il y avait là, à n'en point douter, matière à trouver mobiles et armes pour un meurtre. Mais la mort d'un directeur général de l'ISA ne pouvait entraîner la fin de l'organisation : au mieux cela aurait-il pu l'affaiblir temporairement. Tuer Dolores, de cette manière, c'était prendre beaucoup de risques pour un résultat bien incertain. Alors elle reporta ses suspicions sur une troisième catégorie, composée de ceux qui auraient souhaité une autre politique que celle que Dolores s'apprêtait à annoncer. Certes, Dolores ne décidait en réalité rien toute seule ; mais, par ses prises de position et sa vision personnelle, elle influait puissamment sur la politique spatiale. Qu'elle actât la fin de l'exploitation d'un minerai, qu'elle fixât comme objectif un renouvellement de la flotte ou qu'elle mît fin à un programme de recherche spécifique, et des dizaines de consortiums, des milliers de sous-traitants, des États même pouvaient vaciller ; d'autres en bénéficier. Tous les ingrédients étaient réunis pour fomenter un assassinat. Contre toute attente, Dolores eut donc des ennemis, nombreux et puissants. Et Esther le réalisait seulement maintenant. Jamais, dans leur nid douillet de Lincoln, elles ne s'étaient posé une telle question. Mais voilà qu'en s'y arrêtant seulement quelques minutes, il était en fait possible de sortir une liste longue comme le bras d'assassins potentiels. Ce n'était pas par hasard que l'on suggéra à Dolores de s'entourer d'un sinon plusieurs gardes du corps. Elle refusa, toujours. Mais au bout du compte, en quoi une protection rapprochée aurait-elle pu changer le cours des choses, dès lors que Dolores brandit sa propre arme pour la retourner contre elle-même ? En repensant à tout ça, Esther butait néanmoins systématiquement sur la même interrogation : qu'est-ce qui aurait pu pousser un de ces criminels à mettre en scène son acte d'une telle façon ? Si jamais téléguider quelqu'un vers son suicide fût possible, pourquoi ne pas opérer en toute discrétion lorsque la victime se reposait chez elle ? Lui ordonner de se suicider dans salle de bains ? Pourquoi s'exposer ainsi dans une théâtralisation à grande échelle ? Attirer le regard au risque de mettre au jour le complot ? Pourquoi ce discours sans queue ni tête, pour une prétendue cause qu'on savait perdue ? Puis, une autre énigme, vertigineuse, s'ouvrait : si Dolores avait été assassinée, qu'en était-il des autres, ses « volontaires », que l'on comptait par centaines ou encore par milliers ?

8

Autolyse

Le lendemain, 16 décembre, au petit matin, alors que *l'euphyllia ancora* et le râle de Guam étaient officiellement déclarés disparus dans l'indifférence totale, et que les robots américains continuaient de tirer à vue sur les Mexicains qui venaient clandestinement puiser dans les nappes phréatiques du Sud du Texas, une autre bataille, celle des mots, faisait rage et occupait tout l'espace psycho-médiatique. En effet, tandis qu'on annonçait toujours plus de morts par suicide — deux mille dans la journée ? Davantage ? — les scientifiques de l'OMS dévoilèrent avec fierté leur dernière trouvaille : ils avaient emprunté aux politiques, pour le reprendre à leur compte, l'effet Werther. Il fallait le rendre plus scientifique, l'expurger de toute son essence littéraire et de sa puissance romantique. C'était important, dirent-ils. Le virage avait déjà été amorcé, depuis peu, avec le mot « suicide » qui, grâce à eux, devint « autolyse » ; manière de minorer la portée symbolique de l'acte pour se concentrer sur sa conséquence directe : la mort d'un organisme vivant par autodestruction. Le mot existait déjà, ils n'eurent qu'à le cueillir, l'extraire des limbes de vieux manuels médicaux pour lui redonner corps.

Puis ils décidèrent d'aller plus loin.

En ce jour, en effet, ils offrirent au monde une de leurs

contributions majeures, par la voie, une nouvelle fois, d'un *cogmuniqué* léché. Et c'est alors, au beau milieu de tout ce verbiage qui entourait un phénomène auquel personne, au fond, ne comprenait rien, que le fameux « effet Werther » se para des atours de la recherche scientifique et se fit désormais appeler : « Syndrome Autolytique Progressif », ou SAP — un acronyme, ça faisait encore plus sérieux. L'effet Werther avait rassuré les politiques, le SAP rassura la communauté scientifique : tout était sous contrôle, on savait désormais de quoi on parlait, chacun avec ses mots.

Malgré tout, c'était un réel progrès : on reconnaissait ainsi, de manière explicite, qu'il pût s'agir d'un phénomène pathologique dont la progression interrogeait autant qu'elle lui était consubstantielle. Avec ce « Syndrome », on n'était donc pas loin de la maladie, voire de l'épidémie, même si le flou était entretenu sur ses origines — était-ce un phénomène mimétique ? Une contagion par le moral ? Autre chose ? Si « Syndrome » et même « Progressif » avaient de quoi satisfaire, le choix de « l'Autolyse » interrogeait en revanche : car, au fond, ce n'était pas un simple substitut à un terme que tout le monde comprenait si bien — le suicide. Ce terme scientifique portait en lui la négation du suicide dans son entièreté, de ce qu'il pouvait signifier pour son auteur, ses proches, la société. Il le réduisait à son résultat, éludant ses causes. Ce succédané ne devait rien au hasard, il était conçu à l'image du monde d'alors, de la façon dont ce dernier affrontait la question complexe, intime et profonde du suicide : avec distance et apathie.

Dans le même temps, sans doute serait-il injuste de le reprocher à la communauté scientifique : cette petite partie du problème suicidaire, à la fois symbolique et sociétale, ce n'était pas la leur, elle échappait à leur périmètre, à leur responsabilité. C'était celle de la société, l'affaire de tous ; ou alors de personne — la part des anges en somme. Sans doute ne pouvait-on en vouloir au corps médical de ne poser, sur le suicide, qu'un regard clinique. En revanche, en ce qui concernait les politiques, c'était une autre affaire.

– 2 –

Loin de ces considérations qui la dépassaient, la bouillonnante Chandni Chowk affrontait la chaleur de forge de la mi-journée. La rue était comme un four, n'offrant aucune échappatoire, même à l'ombre. Il fallait ôter son masque pour avoir un peu d'air — mais pour cela accepter d'autres brûlures, dans la gorge, jusqu'au fond des poumons. Ce mois de décembre était décidément anormalement chaud. Mais on se disait ça chaque mois de décembre, depuis plusieurs décennies. Ça commençait à faire beaucoup. Le soleil venait de passer son zénith, l'heure était à l'*adhan*. Le muezzin fit résonner son appel à la prière et y parvint fort bien, réussissant à couvrir de son chant le tumulte de la vieille ville. On affluait de partout pour la prière. Tarang, lui, avait rendez-vous avec son ami de la Neuro et dans cette attente, il s'assit à une petite table bancale en terrasse du restaurant à la devanture rouge. L'instant d'après, il vit Omkar arriver de loin, d'un pas pressé.

Il avait encore grossi, se dit Tarang. Omkar eut toujours de l'embonpoint et ne fit jamais autre chose que l'aggraver. Il avait désormais accédé à l'obésité : à chaque pas, tout son corps, jusqu'aux joues, tremblotait comme de la gélatine, et lorsqu'il arriva à la table, il parut essoufflé comme s'il venait de courir un marathon.

— Je vais prendre une bière ! cria-t-il vers l'intérieur du commerce, sans prendre la peine de vérifier si quelqu'un l'avait entendu. Mon ami aussi !

Il serra vigoureusement la main de Tarang, s'assit en face de lui et s'exclama :

— J'avais oublié à quel point ce quartier est infernal ! J'ai marché quinze minutes, te rends-tu compte ? J'ai même failli me perdre… malgré l'assistance cognitive ! Non mais quel foutoir ! Et puis tous ces Primaires, tous ces musulmans, ces miséreux… Cette crasse partout…

— Bah… réjouis-toi : un des derniers quartiers vivants de Delhi…

— Mon Tarang ! Toujours prompt à s'émerveiller des laideurs de ce monde ! Pour un flic, ce lieu est ce qu'il y a de pire : impossible d'intervenir, des cachettes par millions, l'omerta, la défiance de ces bêtes envers nous autres… C'est là que se terrent les criminels, les pédophiles. Je suis bien content de ne plus être à la crim' sur ce secteur. Crois-moi, j'en ai chié à l'époque.

Il jeta un œil à l'intérieur du restaurant et réitéra sa commande, avec encore plus de force. Puis, s'épongeant le front et le cou avec un mouchoir répugnant, il demanda :

— Pourquoi donc voulais-tu me voir, de manière si pressée, toi qui es toujours plus enclin à la sociabilisation à distance ?

— Je te le dirai dès que tu seras en mode « Strictement confidentiel ».

— Tu es bien mystérieux… dit-il en s'exécutant. Alors ?

— Eh bien… Voilà, j'ai été contacté il y a quelques jours par Esther Myers. Tu vois qui c'est ?

— Esther Myers ? Ma foi oui. J'imagine que tu parles de… hum… Comment dire, celle qui vivait avec Dolores

Myers non ?

— Sa femme, oui.

— Sa femme… fit-il dans un rire contenu… Et que te veut-elle, sa « femme » ?

— Trouver des réponses à ses questions sur le drame de New York.

— Le suicide de cette folle ? En quoi peux-tu l'aider ?

— Figure-toi qu'elle est venue me voir parce qu'elle avait des doutes sur le fait qu'il s'agisse d'un suicide.

Un sourire plein de sous-entendus plissa ses grosses joues. Il répondit, d'un air narquois :

— Attends, attends… La fille monte sur scène, insulte le monde entier, sort un pistolet, invite tout un chacun à se suicider, puis se tire elle-même une balle dans le crâne, qui explose. Bien sûr elle meurt sur le coup et sous les yeux ébahis de deux ou trois milliards de personnes. Et ça serait quoi ? Un accident ?

— Plutôt un meurtre.

— Un meurtre ? s'étrangla Omkar. Non mais Tarang, tu n'y penses pas sérieusement ?

Tarang voulut entrer dans les détails de ses découvertes mais Omkar ne lui en laissa pas le loisir. Il lui dit pêle-mêle que les homosexuels se suicidaient beaucoup plus que les autres, que tout ça c'était statistique. Que l'idée même d'enquêter là-dessus était une hérésie, une perte de temps inouïe. Il conclut, sûr de lui, comme toujours :

— Si ce n'est pas un suicide, alors la mort de JFK en est un ! Écoute, tu vas finir par m'agacer. Figure-toi que depuis son petit discours prémortuaire, à cette Dolores, on en ramasse quelques-uns, des timbrés qui se font sauter la cervelle. Trente-sept hier, rien qu'à Delhi ! Et qui se les coltine à la fin ? Moi ! Tout ça à cause de ce putain d'effet Werner qu'elle a suscité !

— Werther.

— Peu importe. Aujourd'hui même, pour la première fois depuis que je suis à la tête de la Neuro, on ne pourra pas faire face à toutes les demandes d'autopsies cognitives. On en a soixante-douze en attente sur l'agglomération ! Pour douze *neurolégistes* en activité ! Alors, excuse-moi, mais Dolores Myers c'est le cadet de mes soucis. J'espère que tu avais autre chose à me dire !

C'est à ce moment précis que les bières demandées arrivèrent sur la table. Omkar saisit son verre avec ses doigts grassouillets. Avant qu'il ne le portât à ses lèvres, Tarang, d'un ton posé, lui dit :

— Omkar, la sagesse t'a toujours épargné mais je sais aussi que pour un ami tu remuerais ciel et terre… Alors commence par boire ta bière ; et écoute-moi.

Tarang put enfin démarrer son exposé, lui expliquer ses investigations, ses découvertes, ses questions. Omkar l'écouta posément tant qu'il sentait la mousse sur ses moustaches. Puis, ayant terminé son verre avec une efficacité redoutable, il intervint à nouveau :

— Ces visions horribles qu'elle a eues ne prouvent rien. Peut-être était-elle une passionnée de trucs macabres ? Tu n'imagines pas le nombre de gens, à l'apparence respectable, qui, sur Intellect, donnent libre cours à leurs pulsions abjectes. Peut-être aussi prenait-elle des substances déconseillées ? *Psychodrogues* ? Ça court les milieux gays et lesbiens.

— Arrête un peu avec ça, tu veux.

— As-tu des éléments concrets, des pièces pour étayer ce que tu me dis, en dehors de ton rapport de légiste aux conclusions vagues ?

— On a des milliers d'heures de séquences mémorielles détaillées, dont l'intégralité de son dernier mois de vie. Il suffit de venir voir.

— Qui a analysé ça ? Pas seulement toi et cette fille j'espère ?

— Je tiens à préserver l'anonymat de celui qui nous a aidés.

— *Neurolégiste* ? *Cog-expert* habilité par le parquet ?

— Disons plutôt un excellent concepteur d'*enviro-mémos*.

— Tarang ! tonna-t-il en reposant lourdement son verre vide sur la table en métal. Un *psyconcepteur* ? C'est tout ce que tu as pour étayer ça ? Tu déconnes ou quoi ?

— Omkar, si j'ai fait appel à toi c'est parce que le sujet nous dépasse nous aussi, je ne sais pas ce qui se cache derrière tout ça. Cog-Net détient peut-être des éléments susceptibles de déchiffrer les arcanes de ces décès : des mouvements suspects sur le réseau, des rapports d'erreurs, que sais -je. Je pense que la clé est chez eux. Mais tu imagines bien que si moi, Tarang Rajani, ancien associé et désormais *persona non grata*, débarque chez Cog-Net pour poser des questions, Raman Carter aura vite fait de me renvoyer chez moi. Est-ce que ton service enquête au sujet de cette recrudescence de suicides ?

— Enquêter ? Non, le terme n'est pas approprié. Il y a une enquête sanitaire, oui, diligentée par la Santé pour comprendre ce qui peut pousser autant de monde dans un tel état dépressif. Mais je ne dépends pas de la Santé, je ne t'apprends rien j'espère.

Tarang lui demanda ensuite si ses services ou d'autres à la Santé avaient déjà sollicité l'aide de Cog-Net à ce sujet.

Alors Omkar lui assura que, sur requête de la ministre de la Santé, le patron de Cog-Net, Raman Carter lui-même, collaborait étroitement pour identifier le problème et voir comment la programmation des implants pouvait être revue pour éviter l'amplification des états dépressifs à l'avenir. Tarang insista : ce n'était pas suffisant à ses yeux, car il ne s'agissait pas d'un dérèglement de l'implant ou d'un simple problème de paramétrage. Sans doute fallait-il enquêter directement chez Cog-Net. Omkar commanda un autre verre, et dit :

— Tarang, avec tout le respect que je te dois, ne t'attaque pas à Cog-Net avec pour seules preuves les intuitions d'un amateur ! Les enjeux sont trop importants. Tu imagines un instant, le démarrage d'une enquête judiciaire chez le plus gros employeur du pays pour élucider un potentiel meurtre ? Il faudra être sûr de ton coup. Tu risques gros. Pour toi. Pour le pays.

— J'entends. Que peux-tu faire pour m'aider ?

— Moi ? En l'état pas grand-chose, désolé : je ne suis pas autorisé à lancer, tout seul, une enquête contre le plus grand groupe privé du monde. Il faudra constituer un dossier, demander à un juge son aval. Ça prendra du temps. Mais à partir de là nous aurons les coudées franches. Si, dès maintenant, je demande à démarrer une enquête au motif qu'un de mes amis m'a dit avoir interprété qu'un suicide n'en était pas un, sans avis d'expert, sans preuve de première main… le tout sans mobile ni suspect potentiel, alors je vais droit à l'échafaud.

— À partir de quel moment pourras-tu m'aider ?

— Je t'aiderai, peut-être, quand tu me montreras quelque chose de concret qui ne laissera pas l'idée, quelque part dans un coin de ma tête, que tu es un vieux schnock en train de se faire balader par une jolie lesbienne.

— Je te remercie pour ce jugement subtil…

Omkar lui expliqua qu'il restait une possibilité : qu'Esther déposât une plainte. Ce qui lancerait automatiquement une procédure. Mais il l'avertit : cette plainte, déposée en Inde par une Américaine, aurait peu de chance d'être traitée avec diligence. Il lui faudrait la déposer aux États-Unis, avec l'appui des meilleurs avocats, pour espérer obtenir un écho favorable et des moyens adaptés. Ça resterait compliqué, car ça supposait de toute façon une coopération avec Delhi. Voyant le regard de dépit de Tarang, il ajouta :

— Il y a une chose que je peux faire pour toi, parce que tu es mon ami : demain après-midi nous avons une réunion de coordination avec le ministère de la Santé sur ce problème. Il y aura des experts et aussi des représentants de Cog-Net autour de la table. Si cette réunion nous apprend quelque chose, je te le dirai bien volontiers. Mais d'ici là, je…

Omkar s'interrompit. Il venait de recevoir un message prioritaire. Un de ses cousins avait mis fin à ses jours.

– 3 –

— **À quoi bon** avoir un implant si c'est pour rester aussi con ?

C'est en ces termes qu'Esther accueillit non pas Tarang mais le résumé qu'il fit des propos d'Omkar. Ce à quoi Kaitarô crut bon d'ajouter :

— Un lâche, comme toujours à la Neuro ! Ce n'est pas un implant cérébral qu'il lui faut, mais une bonne paire de couilles !

— Ça suffit ! tança Tarang en tapant sur la table. Mettez-vous à sa place, bon sang ! On débarque avec une histoire invraisemblable. Il a des responsabilités énormes, d'autres priorités à gérer. Ce n'est pas le type le plus subtil du monde, ni le plus courageux, j'en conviens, mais il faut écouter ce qu'il nous dit. Je comprends votre déception, mais c'est mieux que rien !

Ils étaient tous attablés et cet échange jeta un froid. Ils poursuivirent leur repas dans un silence si pesant qu'on entendit jusqu'à la petite Ayumi, cette ombre silencieuse dont la timide présence, pourtant, s'oubliait aussi doucement qu'on la remarquait. Elle ne souriait ni ne parlait et on ne lui avait pas vu, en trois journées, d'autre occupation qu'un écran ou des fantômes de poche. Mais là, dans ce moment embarrassé, tous les trois avaient tourné leurs regards vers elle et en avaient opportunément fait le point de convergence de leurs évitements.

Esther et Kaitarô étaient froissés de s'être fait rabrouer de la sorte par Tarang. Mais au-delà, tous les trois réalisèrent à cet instant la contradiction manifeste de leurs aspirations et intérêts dans cette affaire. Esther voulait trouver des réponses aux questions nouvelles et abyssales que leurs recherches avaient mises au jour ; et pour elle la quête ne prendrait fin qu'une fois la mémoire de Dolores lavée de tous les affronts qu'elle eut à subir — et le coupable identifié. Elle n'avait pas grand-chose à perdre ici : ce n'était pas son pays, sa réputation ne souffrirait pas de ses démarches, et celle de Cog-Net, ça ne lui faisait ni chaud ni froid.

Tout l'inverse de Tarang. Lui se plaisait sincèrement à l'aider et ne souhaitait pour rien au monde stopper le formidable élan qu'ils avaient pris ; mais en même temps il en saisit pour la première fois les risques et les limites :

qu'avait-il à y gagner ? Que pouvait-il y perdre ? En outre, tout ça avait la fâcheuse tendance à le rapprocher un peu plus d'une rencontre — sinon d'un affrontement — avec son ancien associé Raman, et il ne pouvait l'envisager sans immédiatement sentir cette boule dans son ventre, ce reflux acide, la rancune qui rongeait ses songes et ses tripes. Enfin, plus que tout, il ne voulait pas donner à son ancien associé une occasion supplémentaire de l'humilier, de l'écraser comme un simple moucheron. En aidant Esther, il en courait de plus en plus le risque. Et puis Cog-Net, c'était une partie de lui-même ; si Intellect était coupable de quelque chose, les projecteurs se braqueraient irrémédiablement aussi sur lui. Sa responsabilité était engagée, qu'il le voulût ou non.

Kaitarô, de son côté, n'aspirait qu'à la tranquillité et au secret. Il souhaitait plus que jamais se tenir à l'écart de ce qui les rapprochait d'une enquête criminelle. Pour autant, il savait aussi qu'à ce stade, tout reposait sur son analyse, et que seul lui, en l'état, était capable de leur apporter du neuf dans leur compréhension du problème. Sans conviction, il se résolut néanmoins à briser le silence et leur offrir une dernière fois ses services :

— Laissez-moi avancer cet après-midi. Et revenez demain. Je vais regarder ce que je peux trouver de plus chez Dolores pour vous donner une chance d'aller voir la Neuro avec quelque chose de concret. Mais je ne promets rien.

– 4 –

Les chiffres : plus ils enflaient, plus on parlait d'eux. À combien en était-on ? On évoquait maintenant plusieurs milliers de suicides dans la journée. Deux mille ? Trois mille peut-être ? C'est surtout qu'on venait d'atteindre une forme de vérité statistique historique et fort symbolique : le nombre de suicides quotidien avait officiellement égalé le nombre moyen de suicides avant l'apparition des implants et d'Intellect. Autrement dit, il y avait, à nouveau, au moins autant de morts quotidiennes par suicide qu'avant l'Intellect. De fait, sans aucune forme de prévention et sans qu'on n'en comprît les raisons, l'humanité était revenue à un état antérieur. Plus grave sur le plan symbolique, un des indicateurs de bien-être de la société ne tenait plus : pourtant mise en exergue à tout bout de champ, l'abolition de la mort volontaire venait d'un coup de s'évaporer comme une idée périmée. Toute la révolution d'Intellect avait été bâtie sur la promesse d'un monde meilleur, d'un esprit et d'une société rassérénés, de troubles personnels vaincus, d'un bonheur plus irradiant qu'avant. Et alors quoi ? Si on se suicidait autant qu'avant, c'était donc que l'humanité était aussi malheureuse ? À quoi bon, dans ce cas, subir tout cet attirail technologique ?

Par ailleurs, les chiffres étaient si gros et si proches de ce que l'humanité avait finalement toujours connu qu'on commençait à douter de la réalité d'un effet Werther. Et si le Syndrome Autolytique Progressif n'en était pas un ? Et si tout ça était bêtement normal ? La revanche simple de la psychologie humaine ? Le phénomène n'avait fait que croître dans la seule finalité de revenir à son niveau historique, à une réalité statistique que le monde avait préféré enfouir ; elle était plutôt là, l'explication. Werther n'y était pour rien, le SAP non plus. C'était tout simplement la résurgence de ce que l'Homme avait en lui, depuis la nuit des temps. On se préparait donc à l'idée que le suicide n'avait finalement pas été vaincu et qu'il faudrait sans doute faire avec lui dorénavant, comme autrefois. Au fond, tout ça n'était pas si terrible ; si le suicide reprenait la place qu'il avait occupée naguère, l'humanité s'en accommoderait bien à nouveau. C'était sans compter sur les interrogations, tout autres, que ce retour en grâce soulevait. Ainsi, pourquoi se suicidait-on autant, sinon parce que la société broyait les âmes, brisait les cœurs, rejetait, pressurisait ? Si la plupart des esprits, petits ou grands, commentèrent et actèrent ce *come-back* comme une évidence, ils ne manquèrent pas, pour faire contrepoids, de vilipender tout un système, une économie, une société qui tournaient en rond, sans aucun idéal.

Le retour du suicide fut donc aussi celui, inattendu, de la contestation.

9

Sissa

Le lendemain, c'était dimanche. Sans doute cela favorisa-t-il les importants rassemblements qui eurent lieu un peu partout dans les grandes métropoles du monde.

Cette journée du 17 décembre fut en effet marquée par des mouvements spontanés de grande ampleur, portés par cette flambée de suicides. Partout des foules envahirent les rues et places des centres-villes. De vraies manifestations, comme avant ; pas ces vaines *cognifestations* qui consistaient à faire la grève d'Intellect, chacun fermant temporairement son espace partagé et s'interdisant d'y consommer pendant une journée. Non, là, les gens s'étaient passé le mot pour se retrouver, dehors, en chair et en os, parfois en hologrammes. Exprimer ensemble leur colère, leurs craintes, à gorge déployée. Sur le plan comptable, ce fut une réussite, on n'avait plus vu autant de monde défiler depuis deux ou trois décennies. À Londres, malgré le froid et la pluie, Trafalgar Square s'emplit d'une foule mélangée de toutes générations et de toutes conditions, Binaires et Primaires main dans la main, pour demander des changements. Quels changements ? Répondre à cette question revient à expliquer pourquoi ces manifestations furent en réalité vouées à l'échec avant même leur commencement ; car si tout le monde s'accorda à dire que cette flambée de suicides traduisait des maux profonds de notre société, peu s'entendirent sur le diagnostic et les changements requis.

C'est ainsi qu'on put identifier dans ces manifestations des revendications très diverses. Il y avait ceux qui voyaient dans le SAP la trace profonde de la détérioration des niveaux de vie et qui, brocardant le patronat, demandaient des salaires revalorisés ou une diminution du temps de travail, voire les deux ; la frange écologiste pacifiste qui réclamait de nouveaux efforts, même s'il n'y avait plus rien à sauver, arguant que dans un environnement plus sain, avec plus de nature, les esprits se régénèreraient ; l'aile gauche sociale qui revendiquait plus de libertés et dans le même temps plus de lois pour protéger les minorités en souffrance ; l'aile droite libérale qui s'inquiétait de la détérioration des conditions de vie dans leurs quartiers, l'insécurité et la drogue faisant le lit du suicide ; la droite la plus réactionnaire, qui était parvenue à établir un lien entre l'explosion des mouvements migratoires et le drame en cours ; enfin, dans tout ça, compliquant encore ce maelström de suppliques, ceux qui jugèrent pertinent de se regrouper par communauté, par genre, par orientation sexuelle, par âge. Bref, ce 17 décembre exprima une sorte de grand ras-le-bol, le jour où le bouchon sauta, mais ce fut à peu près tout. La convergence des luttes avait toujours été la cause de grands échecs militants. À tout demander, on n'obtenait jamais rien.

Cette stratégie de la défaite ne fut pas le seul élément qui expliqua pourquoi ces manifestations passèrent, finalement, au second plan. C'est aussi qu'elles furent avalées par ce qui les avait, au départ, motivées. En effet, deux de ces rassemblements connurent des démonstrations werthériennes spectaculaires. À Londres justement, ainsi qu'au Caire, les cortèges furent endeuillés par les suicides de deux manifestants. Le saut de l'ange du premier, depuis la colonne Nelson jusqu'au pavé humide de la place ; le second se noyant dans le Nil après un plongeon depuis le pont du 6 Octobre ; comme tout fut enregistré de près, de loin, par des milliers d'esprits cognectés, et immédiatement partagé, on n'en vint à parler que de ça. Intellect, se repaissant du choc des images, acheva de digérer lentement le bruit fugace des revendications sociales.

À Chandni Chowk, on faisait beaucoup de bruit, mais on ne protestait guère. Esther et Tarang y arrivèrent tôt. Comme ils se l'étaient promis la veille, ils se retrouvèrent chez Kaitarô pour un dernier coup de collier, une sorte de réunion d'état-major de la dernière chance pour espérer collecter de quoi nourrir la Neuro et convaincre les autorités de poursuivre leurs investigations. Mais, en dépit de la bonne volonté de Kaitarô, leur journée fut à sens unique : rien, à partir du matériau de recherche à leur disposition, ne leur permit d'en savoir plus. Tout ce qu'ils apprirent de nouveau les ramena de façon circulaire à leurs interrogations du départ : comment établir que la mort de Dolores fut scénarisée, orchestrée ? Par qui ? Avec quels moyens ?

Kaitarô avait fouillé, tout fouillé, pourtant, jusque dans les endroits les plus occultes de la conscience de Dolores, ce dont il se garda bien de parler à Esther ; là où l'inavouable de l'intime se cache, où l'hôte de l'implant enfouit des songes, des mensonges et des pulsions qu'il préfère dissimuler à tous, voire à lui-même. Mais rien, dans les bas-fonds du subconscient de Dolores, ne lui permit de rassembler davantage d'éléments pour prouver qu'on la poussât au suicide. Esther et Tarang se rendirent alors à l'évidence : seuls, ils ne pourraient aller plus loin. Tarang espéra tout l'après-midi que son ami Omkar le contactât, lui parlât de sa réunion avec le ministère de la Santé ; ou le rappelât spontanément pour lui proposer de mettre des moyens humains et technologiques sur cette enquête qui n'en était pas encore une. Mais, naturellement, rien ne vint.

Et puis, toutes ces *e-dées* qui se diffusaient sur Intellect, le discours contestataire qui enflait, la mise au ban du système… C'était tellement loin de leurs découvertes et intuitions. Tarang et Kaitarô se sentaient d'un coup à contre-courant de la société, de ce qui commençait à poindre. Le monde était en train de tirer quelque chose de positif du drame en cours : cet esprit critique, une forme de remise en cause générale, des embryons de revendications qui ne demandaient qu'à puiser leurs forces auprès de chacun. Démontrer que tout ça reposait sur un fantasme, que la mort de Dolores fut le fruit d'une manipulation, c'était mettre à mal tout un mouvement. Chercher le coupable d'un meurtre, plutôt que le suspect idéal — le système — ressemblait à un pari à haut risque ; surtout s'ils se trompaient. Tarang et Kaitarô exprimèrent leurs craintes à ce sujet : le combat d'Esther, aussi légitime fut-il, rencontrait maintenant une autre réalité. L'opinion publique s'était approprié l'effet Werther et en avait fait le socle d'une concorde. Il fallait prendre garde à ne pas le fissurer en dénaturant sans preuves le symbole qu'était devenue la mort de Dolores.

Esther ne partageait pas cette crainte. À cet instant, la remise en cause naissante de la société, elle n'en avait cure. Que la mort de Dolores ait pu provoquer d'autres suicides pour parvenir à déboulonner le système, ça ne l'intéressait pas. Voilà des années pourtant qu'elle consacrait une bonne partie de son énergie intellectuelle à la dénonciation des injustices, mais elle n'imaginait pas laisser une cause prétendument supérieure s'intercaler entre elle et la vérité qu'elle s'était promise de percer, pour Dolores. Elle continuerait donc, coûte que coûte.

Prenant acte d'une forme de démotivation chez Tarang et Kaitarô et constatant que leurs recherches avaient atteint leurs limites, elle conclut qu'il ne lui restait plus que l'option suggérée par Omkar : le dépôt de plainte. Mais elle se dit aussi que cela mettrait Tarang dans une situation inconfortable. Inévitablement le nom de Rajani figurerait dans tous les documents, puis sur toutes les lèvres — et, enfin, dans tous les cortex en partage. Tarang à coup sûr, serait traîné dans la boue cognitive d'Intellect. Était-ce là une bonne façon de le remercier pour l'aide qu'il lui avait si généreusement prodiguée ?

Une idée germa alors : tout reprendre, mais de là-bas, aux États-Unis. Sans doute avait-elle assez d'éléments pour aller voir d'autres experts en neurosciences, se faire aider d'un ténor du barreau et monter un dossier solide avec l'espoir d'une enquête. Chez elle, personne ne craindrait de froisser le géant indien des neurotechnologies. Et puis, de toute façon, se dit-elle, l'affaire des suicides prenait une telle ampleur dans le monde que sa plainte en croiserait d'autres. Était-il incongru d'imaginer qu'à cette heure, d'autres personnes, ailleurs, se posaient les mêmes questions qu'elle ?

Partir… Voilà maintenant ce qui l'animait. Elle promena son regard dans cet atelier crasseux. Pas de doute, elle commençait à exécrer ; et que dire de l'odeur de Kaitarô ; ou encore cette petite fille dont la tristesse avait quelque chose de contaminant… Elle le sentait viscéralement, pour aller de l'avant il lui fallait sortir de cet environnement. Par dépit autant que par raison, elle ouvrit son application mentale de voyages et réserva un billet sur le premier vol Delhi-Chicago du lendemain matin. Elle annonça froidement sa décision à Kaitarô et Tarang. Ce dernier en fut retourné. Esther partait, sur une décision unilatérale. Encore.

– 2 –

Esther et Tarang avaient quitté Kaitarô et sa fille sans effusion mais avec reconnaissance et marchaient maintenant en direction de l'ange. Dans la moiteur de la nuit, ils avaient choisi un chemin à l'écart de l'animation usuelle du quartier, dont on entendait la rumeur lointaine. Ils remontaient une venelle déserte et éclairée par des lanternes crasseuses, dont le calme était seulement perturbé par quelques macaques fouillant dans les poubelles. Quand soudain Tarang s'immobilisa net. Il venait de recevoir une demande de cognexion étrange, émanant d'une personne qui lui était totalement inconnue ; et pour cause, cette cognexion, elle l'exigea en mode « Expéditeur Anonyme ». Il en informa immédiatement Esther et l'interrogea à ce sujet. Ses beaux yeux noirs avaient disparu dans l'obscurité mais sa voix se fit claire : il fallait accepter cette requête — bien que cela comportât un risque. Derrière un expéditeur anonyme se cachait bien souvent un Primaire détraqué officiant depuis Internet, ou des démarcheurs cérébraux ayant quelque chose à vendre. Mais , affirma-t-elle, la temporalité de ce mystérieux *cog* ne pouvait relever du hasard. Tarang se rangea à son avis, accepta l'invitation et reçut dans la nanoseconde un message, qu'il compulsa. Et comme ils s'y attendirent, il était en lien avec leurs investigations.

Il s'agissait d'une pensée accompagnée d'un hyperlien. Tarang prit tout d'abord connaissance du message mental, qu'il répéta à voix haute :

« *Voici qui apportera une partie des réponses aux questions que vous vous posez. Pour l'autre partie, voyons-nous demain matin, 9h, à l'Hexagone, face à la Porte de l'Inde, côté Ouest. Venez seul. N'évoquez à personne ce cog. Satya Kapoor* ».

Un message anonyme, mais signé. Ils n'avaient donc pas affaire à un monomaniaque, ni à un hacker ou à une tentative d'hameçonnage mental mais plutôt à quelqu'un qui voulait envoyer un message non traçable par le réseau tout en laissant à son récipiendaire un moyen de le retrouver. Tarang pointa du regard l'hyperlien qui brillait dans le coin supérieur gauche de son champ de vision, faisant soudain apparaître sur l'écran de sa rétine le contenu d'une base de données, sous la forme d'un tableur : des colonnes et des lignes, chaque cellule remplie par des chiffres ou des lettres. Les données qu'il contenait étaient rattachées à des personnes. Tarang comprit aussi qu'il s'agissait d'un fichier vivant, dynamique : l'horaire précis de la dernière mise à jour apparaissait en haut, et au moment même où il le remarqua, l'horaire se modifia et des données s'ajoutèrent, sous la forme de deux nouvelles lignes. Il transféra le fichier à Esther. Ils se regardèrent en silence. Il fallait retourner à l'atelier.

Kaitarô était en train d'abaisser son rideau métallique quand il vit ses deux compagnons revenir, d'un pas pressé. Dans le silence de la ruelle, on entendit alors le grincement du mécanisme roulant qui s'inversait pour se rouvrir. Et moins d'une minute plus tard, tous les trois reprirent position autour de l'ordinateur. Le tableur que Tarang avait reçu contenait l'identité d'une grande quantité de personnes. Une lecture plus attentive permit alors à Tarang d'en saisir la précieuse finalité : figuraient dans chaque ligne, empilés, par ordre chronologique, tous les Binaires morts par suicide. Une base de données des morts volontaires, en quelque sorte. Mais ce n'était pas un fichier de la police, de l'état-civil ou de l'assistance publique : non, ça venait tout droit du groupe Cog-Net. Tarang le sut immédiatement : comment aurait-il pu ne pas reconnaître sa propre création ? Il s'agissait d'un extrait du Registre, qu'il avait lui-même structuré des décennies auparavant.

Ces données-là relevaient du plus grand secret. Elles émanaient des entrailles de la Terre. Le Registre était hébergé dans le méta-serveur du groupe, ce colosse de trente tonnes qu'on avait enterré quelque part à vingt kilomètres de profondeur dans une immense chambre sécurisée et maintenue en permanence à une température de -273°C. Le hub profond et quantique de huit milliards de cerveaux. Le Registre compilait en temps réel tous les entrants et sortants du système. Dès que quelqu'un se faisait poser un implant et ajoutait sa signature cognitive au système, celle-ci était consignée dans ces enfers quantiques, dont émanait ce petit tableau à l'allure pourtant si élémentaire. Et quand un utilisateur quittait la communauté, il en allait de même, le fichier était automatiquement mis à jour. Se suicider, pour le groupe Cog-Net, c'était résilier son abonnement. Un client en moins. On vous radiait du Registre dans la seconde.

Là, quelqu'un — Satya Kapoor ? — leur avait mâché le travail. Le Registre, partiel, ne listait que les sortants du système et plus précisément les suicidés ; c'était écrit en toutes lettres dans une colonne. Figuraient aussi dans le tableau les dates, heures et lieux des décès ainsi que tout un tas d'autres données. Ils réalisèrent bien sûr l'aubaine que cela représentait pour leurs investigations, les croisements statistiques qui en résulteraient pour, peut-être, trouver à toutes ces lignes des caractéristiques communes, une suite logique. Faire émerger du chaos qui frappait le monde un peu de rationalité. Ils furent aussi happés par d'autres questions que soulevait cette découverte : qui était cette Satya Kapoor ? Comment sut-elle que ces informations pouvaient intéresser Tarang ? À la seule lueur de l'écran, ils échafaudèrent immédiatement un grand nombre de théories et débattirent ensemble. L'émulation intellectuelle était de retour. Tarang s'en réjouit, d'autant plus qu'Esther prit sur-le-champ la décision d'annuler son vol du lendemain.

Mais, alors qu'une certaine effervescence régnait dans l'atelier, le visage de Kaitarô se figea soudain :

— Avez-vous vu le nombre de lignes que contient ce tableau ?

En fait, aucun d'eux n'y avait encore prêté attention tant ils furent assaillis de questions.

— Combien ? demanda Esther.

— Seize mille ! s'exclama-t-il.

Seize mille ! C'était deux fois plus que les bilans avancés par l'OMS ! Qui avait raison, qui avait tort ? Tarang affirma qu'il était absolument impossible de disposer d'éléments plus précis et plus à jour que les données issues du méta-serveur. Le Registre disait toujours la vérité. C'était d'ailleurs pour récupérer ce type de données qu'il enjoignit l'autre jour à Omkar d'enquêter chez Cog-Net : la vérité sur ce fléau ne pouvait qu'être contenue dans les abîmes secrets du géant. Mais dans le même temps, Tarang douta : autant de morts en si peu de temps, c'était abasourdissant. Ce fichier était-il vraiment ce qu'il prétendait être ? Cherchait-on à les tromper avec un faux ? Esther demanda :

— Comment serait-on passé d'un seul suicide à seize mille en l'espace de quinze jours ?

— Je ne sais pas, répondit Tarang, dépité. Mais sans doute qu'une analyse plus approfondie de ce tableau nous le dira. Il va nous falloir oublier notre fatigue pour analyser tout ça rapidement. Le rendez-vous avec cette Satya Kapoor survient dans quelques heures. Kai, Esther, si cela vous convient, je vous laisse le soin d'explorer ces données. De mon côté je vais enquêter sur elle…

Tarang se dirigea vers le vieux canapé qui occupait l'espace sous l'escalier. Il lui donna de grands coups avec le plat de la main pour le débarrasser de sa poussière, puis s'y allongea. Il posa sa tête sur un des deux accoudoirs, les pieds sur l'autre et ôta négligemment ses chaussures en s'aidant de ses orteils pour les faire choir lourdement sur le sol. Il ferma alors les yeux pour mieux se concentrer et débuta ses recherches sur Intellect afin de mettre un visage et un parcours sur ce nom.

Avec Intellect on pouvait en théorie retrouver n'importe quoi sur n'importe qui. Accéder au réseau c'était accepter d'être visible pour toute la communauté. On ne pouvait se dissimuler, bénéficier de sa richesse d'informations sans offrir en retour une contribution personnelle, un peu de soi, de son savoir. Principe de réciprocité cognitive. Pour autant, retrouver la trace de Satya Kapoor rencontra un premier obstacle. Lorsqu'il déposa ce patronyme dans le moteur de recherche mental, plus de dix mille occurrences apparurent ! Comment trouver celle qu'il recherchait dans cette multitude ? Tarang procéda par filtres successifs et par logique : l'âge tout d'abord. Il avait affaire à une Binaire, c'est pourquoi elle ne pouvait avoir moins de seize ans. Il élimina aussi arbitrairement les personnes de plus de quatre-vingts ans. Il réduisit ainsi d'un quart les résultats. Le lieu de résidence ensuite : s'il fallait la retrouver dans moins de dix heures à l'Hexagone de New Delhi, sans doute vivait-elle dans l'agglomération, à tout le moins dans la région. Bien sûr, avec les moyens de transport actuels, quelqu'un vivant au Chili aurait pu être à Delhi sans problème dans les quelques heures qui suivaient. Mais il compta sur le bon sens de la mystérieuse messagère pour fixer un lieu de rendez-vous qu'elle put rallier aisément, et appliqua donc ce critère de sélection qui, immédiatement, fit la différence : il ne restait plus que deux cents possibilités. Il s'approchait.

Mais pour Tarang une évidence s'imposait : cet extrait du Registre ne pouvait provenir que d'un *insider*, quelqu'un qui avait ses entrées chez Cog-Net, y travaillait certainement avec un niveau d'habilitation élevé. Alors, il tenta de voir si, parmi les femmes qui restaient de sa sélection, une pouvait être salariée ou prestataire de Cog-Net. Et il eut sa réponse : il y en avait deux, dont une à Delhi, travaillant au siège du groupe, à la Direction de la sécurité informatique. Au cœur de l'infrastructure réseau d'Intellect. Ça ne pouvait être qu'elle.

Il entama alors des recherches sur son compte. En premier lieu, bien sûr, il explora le contenu partagé de son espace mémoriel. Mais elle n'y avait laissé que peu d'informations — sa note de partage était de 1 sur 10, Tarang avait rarement vu ça et se demanda à quoi elle pouvait bien avoir accès sur Intellect avec un aussi mauvais score. De fait, face à la frugalité d'informations de la partie publique de l'*enviro -mémo* de Satya Kapoor, Tarang ne recueillit que très peu d'éléments utiles. Sinon qu'elle était très jeune pour son niveau de responsabilité — trente et un ans — et avait réalisé un brillant parcours universitaire en Angleterre. Il devina aussi, sous les voiles et les étoles dont elle se couvrait, une femme d'une très grande beauté, ce qui ne manqua pas de le distraire de sa tâche. Elle disposait aussi d'un savoir conséquent dont elle avait partagé quelques jolies bribes : son mémoire de fin d'études, ses connaissances acquises en informatique quantique et beaucoup de ses lectures. Mais étrangement aucun souvenir d'enfance ; sur sa famille, rien.

Tarang enrageait : Intellect, ce devait être la vitrine d'une vie. Cette Satya n'en avait qu'un usage minimaliste, égoïste, de pique-assiette. Voilà qui allait à l'encontre de la raison d'être d'Intellect, où tout reposait sur la réciprocité. Mais Intellect offrait d'autres ressources. Ainsi, comme il ne trouva rien chez elle, il chercha ailleurs, chez les autres. Et nombre de ses relations se révélèrent, sur la toile, bien moins impénétrables qu'elle. Il fouilla dans le monceau d'informations tantôt utiles, souvent stériles dont regorgeaient les environnements mémoriels de ses relations et réussit tout de même à bâtir quelque chose de plus consistant. Il sut ainsi qu'elle vivait seule et, élément capital pour la compréhension de son profil psychologique, il apprit qu'elle était la dernière-née des trois enfants qu'avait eus sa mère.

Être la troisième, c'était la pire façon de démarrer son existence dans ce monde où partout il fallut prendre la douloureuse mais nécessaire décision de limiter les naissances à deux enfants par femme. Un troisième entraînait mathématiquement le franchissement du seuil de renouvellement des générations ; cela signifiait croître encore plus et aggraver une situation globale au bord de la désespérance. Un luxe que la planète ne pouvait plus se permettre. Naître d'une grossesse de fait illégale, c'était donc la garantie de traîner ce fardeau toute sa vie et d'avoir une cible tatouée sur le front. Être troisième, c'était incarner celui qui consommait votre oxygène et buvait votre eau. Une existence surabondante, superfétatoire.

Sans doute Satya Kapoor essuya-t-elle toute sa jeunesse les humiliations qu'Intellect savait si bien prodiguer à ses souffre-douleurs. Probablement en tira-t-elle une méfiance redoublée envers le réseau, souhaitant vivre aussi cachée que possible de la vindicte virtuelle, passer sous ses radars, quitte à enfouir profondément les caractéristiques de sa naissance. Du coup son parcours professionnel n'en était que plus exceptionnel : entrée chez Cog-Net huit ans auparavant comme simple stagiaire, elle avait désormais en charge la surveillance de tout un pan de la sécurité informatique du plus grand réseau mondial. Son poste en faisait une des administratrices du méta-serveur et donc lui donnait accès, entre autres, au Registre. Au fond, le choix d'une personne aussi discrète et prudente était sans aucun doute le meilleur possible pour un poste si sensible.

Tarang rechercha d'autres traces d'elle dans l'ensemble des échanges cognitifs partagés où elle figurait, en quête d'un indice sur ce qu'elle savait de toute cette affaire. Il explora sans relâche, mobilisant toute l'énergie de son cerveau pour fouiller ceux des autres, mais ne trouva essentiellement que des images d'elle, ne présentant pas d'autre intérêt que la confirmation de son éclat. La tâche, fastidieuse, acheva de l'assommer : au bout d'une heure, dans le silence studieux de l'atelier, il finit par s'endormir ; bien sûr, il rêva d'elle.

Pendant ce temps, à l'autre bout de la pièce, Esther et Kaitarô étaient plongés dans l'analyse du funeste tableau et ses indigestes seize mille trois cent quatre-vingt-quatre lignes de suicidés. Si le nombre leur parut si colossal, c'était aussi parce qu'il dépassait, de beaucoup, les derniers bilans communiqués par l'OMS. Mais cet écart avec les comptages officiels pouvait s'expliquer aisément. L'OMS disposait-elle de la moindre donnée sur les suicides au Bouthan ou au Lesotho, que le Registre était, lui, capable d'enregistrer ? Et puis, se demandèrent-ils, combien de morts par suicide avaient-elles été classées comme accidentelles par leurs autorités locales, alors qu'Intellect, lui, savait pertinemment l'intention finale qui avait présidé à ces disparitions ?

Un autre point les fascina : un respect scrupuleux de la proportionnalité. Si l'Inde était très touchée c'était bien évidemment à mettre en regard de son poids démographique. Et l'inverse était arithmétiquement tout aussi vrai pour le Luxembourg. En effectuant une vérification grossière sur une dizaine de pays, Kaitarô se rendit compte que tous étaient frappés par ce mal à proportion de leur population binaire. Il n'y avait pas de *cluster*, pas de pays plus malchanceux qu'un autre, non. Tout le monde en avait pour son grade. Le mal frappait également les Binaires de tous âges, toutes professions, de façon non discriminatoire. Cela paraissait, du coup, trop harmonieux pour être wertherien ou biologique. Le fichier contenait aussi et surtout des dates et des horaires : ceux de l'arrêt du fonctionnement des implants. En projetant tous ces décès sur un graphique, une courbe curieuse se formait, relativement douce sur les neuf premiers jours puis très fortement ascendante sur les trois jours suivants, comme s'il y eut une accélération au cours des dernières soixante-douze heures. Pour se figurer cette courbe, il fallait imaginer le décollage normal d'un avion qui progressivement se mettait à suivre la trajectoire d'une fusée. En regardant de plus près, il apparaissait que la progression n'était pas lisse d'une journée à l'autre : lundi, l'augmentation pouvait atteindre quatre-vingt-seize pour cent par rapport à la veille, mardi cent trente-deux pour cent, mercredi cinquante-deux… Il leur fut impossible de pouvoir dégager une logique arithmétique à ces données quotidiennes.

Kaitarô se mit néanmoins en quête d'une probable règle qui devait sous-tendre ces seize mille lignes. Adresse, âge, métier, heure du décès : il passa tous les paramètres au crible de son analyse, croisant des données sans lien apparent, afin de débusquer une possible corrélation là où l'œil humain ne pouvait voir qu'une succession grossière de nombres. En vain.

Pendant ce temps, Esther s'attelait à examiner la fiabilité de la liste. Utilisant un accès personnel aux données de l'état civil américain, elle compara une partie de la liste des quelque mille victimes vivant aux États-Unis, et répertoriées dans le Registre, avec les décès officiellement déclarés auprès de l'administration. Et le résultat ne laissa guère de place au doute : toutes les victimes recensées dans le tableau étaient effectivement décédées là-bas. Dans ce fichier des suicidés, il n'y avait bien que morts. Au cœur de la nuit, Esther était épuisée par tous ces chiffres macabres qui se détachaient d'un fond lumineux agressif. Ses yeux avaient perdu l'habitude des écrans depuis longtemps. Ils sollicitèrent donc un répit. Alors elle regarda au-dehors par une lucarne. La lune était pleine et haute dans le ciel, diffusant, malgré la *konisphère*, une lumière froide et une illusion de fraîcheur. L'agitation avait cessé, seuls les pas de quelques passants résonnaient dans la ruelle. Au rez-de-chaussée de la maison, un calme olympien régnait, seulement dérangé par le ronronnement de l'ordinateur. Un ronronnement ? Non, elle reconnut assez vite un autre son, caractéristique : celui d'un rôdeur.

Kaitarô, aguerri, avait déjà levé le nez et regarda Esther. Ils se comprirent en silence. Kaitarô s'empressa de débrancher tous ses appareils, même la cafetière connectée — sait-on jamais ? Esther quant à elle sortit la tête au-dehors. Le bourdonnement était maintenant fort et net et pourtant il était difficile d'en apercevoir la source. Tout juste devina-t-elle une silhouette noire volumineuse qui se détachait du ciel nocturne. La masse sombre avançait lentement puis se fixa, encore, au-dessus de l'atelier. Esther se retourna et observa Tarang qui dormait à poings fermés au fond de la pièce. Elle s'interrogea : le rôdeur pouvait-il aspirer les rêves des Binaires ? Si oui, il ne fallait pas que les songes de Tarang eussent un rapport avec leur enquête. Esther hésita à le réveiller. Mais c'était déjà trop tard. L'engin oblong reniflait l'atelier. Elle le sentit, dans sa chair, dans son esprit. Kaitarô avait tout éteint, le noir était maintenant complet ; elle ne voyait même plus ce dernier mais crut pouvoir sentir son inquiétude. Il est vrai qu'un rôdeur passait rarement deux fois au même endroit dans un intervalle de temps si court.

Oui, Kaitarô avait peur.

Il fallait maintenant faire le vide, oublier ses facultés de Binaire, n'utiliser que ses fonctions de base. Un jeu d'enfant pour elle. Et plutôt que de se concentrer sur un souvenir ancien, Esther choisit cette fois la contemplation du vide, une spécialité. Elle plongea alors son regard noir dans l'apaisante obscurité qui avait résulté de l'extinction des lumières et de tout appareillage. À mesure que ses yeux s'y habituèrent, ils lui révélèrent l'entrelacs des formes et des ombres du fatras de l'atelier. Et elle s'y perdit un instant, dans une saine contemplation. Comme elle aimait tant le faire à des moments choisis, elle imagina des silhouettes, des êtres ; et tout cet outrenoir se mit à vivre. Pendant ce temps l'air vrombissait tout autour d'elle, mais sans jamais l'inquiéter, même quand elle sentit à nouveau cette tentative d'effraction sensorielle, se manifestant sous la forme d'une étrange caresse sur son liquide rachidien.

Le rôdeur semblait déjà avoir renoncé. Esther sentit sa présence s'estomper. Elle ne s'était jamais détournée de son fond noir. Elle avait même atteint le seuil de l'hypnose. Mais ses yeux rencontrèrent soudain de petites formes, aussi imprécises qu'intrigantes. En se concentrant, elle put mieux les distinguer : il s'agissait des deux pièces de jeu d'échecs qu'Ayumi avait laissées sur une étagère l'autre jour. Alors, en attendant que le rôdeur daigne partir, elle les regarda toutes les deux fixement de longues secondes. Puis, d'un coup, au cœur de ces ténèbres, elle eut une illumination. Elle avait trouvé quelque chose ; quelque chose de capital. Le vrombissement s'était dissous dans la tiédeur de l'atmosphère. Le rôdeur était enfin parti. Pendant que Kaitarô rebranchait tout, Esther se précipita sur le vieil écran et se plongea à nouveau dans le Registre. Et à nouveau, elle regarda fiévreusement le début de la série de chiffres.

Grisée par sa découverte, elle s'empara prestement d'une feuille de papier et y griffonna des chiffres, des additions. Son implant aurait pu tout résoudre en une fraction de seconde mais elle avait besoin de se rassurer avec un calcul posé et résolu par ses bons vieux neurones. Kaitarô l'observait, amusé. Et au bout d'un moment, elle releva la tête et s'exclama, comme une délivrance :

— Putain de merde !

Kaitarô comprit. Ce « putain de merde » d'Esther, c'était l'eurêka d'Archimède. Se tournant vers elle, et avec une pointe d'ironie, il lui demanda :

— Tu as découvert quelque chose, peut-être ?

Alors, sur un ton exalté, elle lui demanda de procéder à une opération sur le tableur, simple a priori : qu'il regroupât les décès par journée de vingt-quatre heures, en sommant ces petits paquets quotidiens. Mais, et elle insista sur ce point précis : les plages de vingt-quatre heures devaient avoir minuit, heure de Delhi, comme point de départ. C'était important, dit-elle ; et, de fait, ça obligea Kaitarô à un retraitement car l'heure affichée dans le tableau était celle de Greenwich et les bilans quotidiens qu'il calcula jusqu'à présent débutaient tous à cette heure. Il fit une moue dubitative mais s'exécuta. Et à mesure qu'il avançait, tirait la série et que les sommes quotidiennes, s'affichaient les unes après les autres, il se mit à écarquiller les yeux. Puis soudain, il chuchota :

— Putain de bordel de merde…

Deuxième eurêka. Il regarda Esther, sans ajouter de mots. La consternation qu'on pouvait voir dans ses yeux voulait tout dire. Esther y lut une confirmation. Kaitarô se tourna en direction de Tarang qui ronflait. Il hurla :

— Tarang ! Réveille-toi ! Viens vite voir ça !

Tarang, sur le point d'être digéré par le canapé, fut soudainement tiré d'un rêve qu'il aurait souhaité prolonger davantage. Sans repères, émergeant dans un endroit inattendu, il lui fallut quelques secondes pour reprendre pleinement possession de son esprit.

— Tarang ! insista Kaitarô.

Esther et Kaitarô étaient tous les deux penchés sur l'écran. Leurs visages étaient luminescents, leurs yeux rivés sur un résultat auquel ils peinaient à croire. Tarang s'approcha en baillant et Esther l'invita à regarder la série mathématique que sa manipulation avait révélée. Et ce qu'il vit alors dépassait l'entendement : une série mathématique parfaite. Le premier jour : un mort ; le deuxième jour : deux ; le troisième jour : quatre ; le quatrième jour : huit ; le cinquième : seize ; puis ainsi de suite : trente-deux, soixante-quatre… le tout jusqu'à huit-mille-cent-quatre-vingt-douze, triste total de cette seule dernière journée. Chaque nouveau décès s'additionnant aux trépas de la veille, cela faisait bien, cumulé depuis deux semaines, environ seize mille personnes décédées dans le monde.

Il y eut donc un troisième eurêka. La segmentation en plages égales avec un point de départ précis révélait une implacable rythmique mathématique mortuaire. Chaque nouveau jour voyait le nombre de suicidés doubler, exactement, par rapport à la veille. Avec une précision et une régularité telles que le hasard ne pouvait en être la cause.

— Comment avez-vous découvert ça ? demanda-t-il à Esther.

— Avez-vous entendu parler du problème mathématique de l'échiquier de Sissa ? les questionna-t-elle.

Ils lui répondirent que non. Alors Esther prit dans sa main les deux pièces du jeu d'échecs et ne résista pas à l'idée de leur résumer cette légende, célèbre, selon laquelle un roi, indien d'ailleurs, accablé par son oisiveté, demanda qu'on lui inventât un jeu pour le distraire en échange d'une récompense, au libre choix du vainqueur. Ce fut un sage, Sissa, qui gagna ce concours en inventant, pour le roi, le jeu des échecs. Le roi joua et adora. Quand le roi le félicita pour sa trouvaille et lui demanda de choisir sa récompense, Sissa lui dit : « Je voudrais du riz, pour mon peuple ». Quant à la quantité, il voulut qu'on plaçât un grain de riz sur la première case, deux sur la deuxième, quatre sur la troisième et ainsi de suite, jusqu'à la soixante-quatrième case. Exactement, donc, comme le tableur qu'ils avaient tous les trois devant les yeux.

À ce point de la fable, n'importe qui penserait, à l'instar du roi, que le choix de cette récompense fut bien maigre ; que le pauvre Sissa aurait à la fin de quoi se faire un bon bol pour dîner, mais pas plus. Or le modèle mathématique qui en découlait avait, dans son extrême simplicité, quelque chose de diaboliquement puissant. Même pour une âme particulièrement aguerrie aux chiffres, il conservait une part de magie et d'abstraction. Esther insista sur ce point : si le mal qui frappait le monde suivait le modèle de Sissa, ce qu'elle intuitait, les conséquences seraient catastrophiques à très court terme. En effet, demanda-t-elle, en partant d'un seul grain de riz, sur la base d'un doublement à chaque case, à combien de grains de riz arriverait-on soixante-quatre petites cases plus loin ? Kaitarô osa, un peu au hasard, plusieurs millions. Qu'il fut loin du compte ! La légende disait la vérité de ce calcul, que le roi apprit bien à ses dépens : car Sissa alla chercher son riz. Et le royaume n'en avait pas assez pour lui. À la soixante-quatrième case, c'était environ dix milliards de milliards de grains de riz dont le roi était redevable ! Soit l'équivalent de mille ans de production mondiale de riz. Kaitarô, incrédule, posa l'opération, à l'écran. Le chiffre qui apparut fut une abstraction totale : 9,22337 E+18. Qu'il traduisît, comme pour le rendre plus concret, par 9,3 trillions, soit autant de milliards de milliards. Mais cela restait inaccessible pour la conscience d'un homme. Il était si confondant qu'en seulement soixante-quatre étapes et avec un multiplicateur aussi petit que deux, le chiffre 1 puisse devenir un nombre si grand que l'esprit ne pouvait se le figurer. Et pourtant…

Le modèle de Sissa s'appliquait-il bien dans ce tableau des suicidés, sur toute sa durée ? Tarang eut quand même un doute. Il voulut vérifier. Il reprit le calcul de chacune de ces quinze dernières journées, à la main. Il s'arrêta, revint en arrière plusieurs fois. Puis arrivé à un certain point, il rendit les armes. Tout ceci était désespérément arithmétique ; il n'y avait pas, il n'y avait jamais eu d'effet Werther, ni de SAP. Tarang nomma ce mal : « un algorithme assassin… ». Le monde croyait lutter contre un phénomène sociétal alors qu'il aurait dû se mobiliser pour trouver une parade à un tueur froid, un virus implacable ; mais pas issu d'un germe pathogène, plutôt de souche informatique et capable de s'attaquer au cerveau émotionnel, celui-là même qu'Esther avait naguère appelé de ses vœux à sanctuariser. Les cerveaux connectés des hommes étaient la cible d'un programme malveillant dont la force de frappe dépassait l'entendement.

Bref, le monde était attaqué.

10

Politique

Un profond silence enveloppa le petit atelier obscur de Chandni Chowk. D'habitude, même à cette heure tardive on entendait encore un peu d'animation venant de l'extérieur. Mais pour une fois un calme total régna, comme si le choc de leur découverte avait mis l'univers au diapason. En ce soir du quinzième jour suivant le décès de Dolores Myers, ils comprirent tous les trois que les chiffres qui les avaient tant choqués quelques heures auparavant, les seize mille suicidés, étaient un bien moindre mal face à ce qui se présentait. Alors qu'ils avaient passé la soirée à se focaliser sur les seize mille premières lignes du tableau, celles des jours passés, ils pouvaient désormais, grâce au modèle mathématique, projeter facilement des lignes qui n'existaient pas encore. Ils commencèrent par se poser la question du lendemain, qui était simple à résoudre : il y avait eu environ huit mille décès dans la journée écoulée, pour constituer un total cumulé de seize mille. Demain, donc, en principe, plus de seize mille nouveaux suicides devraient avoir lieu, portant le total à trente-deux mille. C'était déjà vertigineux. Puis, ils avancèrent dans le calendrier et les chiffres furent si abyssaux qu'ils en devinrent abstraits : à Noël, dans une semaine, le modèle portait le total à quatre millions de morts potentiels en une seule journée, pour un total de huit millions. Et au-delà ? Kaitarô y répondit froidement :

— S'il y a bien huit milliards de Binaires sur Terre, alors le 4 janvier, théoriquement, le compte est bon…

— Invraisemblable… fit Esther. Il est théoriquement possible qu'au cours des dix-huit prochains jours, nous y passions tous ?

— Que vous y passiez tous, corrigea Kaitarô. Jusqu'à preuve du contraire, ça ne concerne que les Binaires.

Esther se dirigea vers le canapé et s'y laissa choir ; son regard était vague, son corps figé. Sans détourner ses yeux du vide dans lequel ils avaient sombré, elle demanda à Tarang, sur un ton quasi mécanique :

— Tarang, pouvez-vous me retirer mon implant ? Je veux l'ôter immédiatement…

— Allons Esther, lui dit-il, il ne faut pas paniquer, on ne sait pas si cet algorithme est fait pour durer, s'il en a les moyens. Pour l'instant il faut s'incliner devant la perfection du modèle, mais après ? Et puis, sachant tout ça, il doit être possible de trouver une parade rapidement.

Décontenancée par la légèreté de sa réponse et sa décontraction apparente, Esther le fixa un instant pendant que se préparait en elle une éruption, consécutive de la fusion de sa fatigue, de son amertume et de sa peur panique de mourir. S'installa d'abord un court silence, de ceux qui précèdent les plus grandes déflagrations. Puis, les yeux embués et soudain pleins d'énergie vitale et de reproches, la gorge déployée, le visage dévasté, Esther tempêta :

— Enlevez-moi ce truc que j'ai dans le crâne, putain ! Je veux vivre ! C'est à vous de résoudre ce merdier ! C'est votre faute !

Tarang reçut ces mots comme autant de coups de poignard. Il argua que demain la probabilité serait infime de mourir de cette manière et qu'on comptabiliserait dans la journée sans doute davantage de décès dus à la grippe. Esther détesta bien sûr cette manière infantilisante de la ramener sur terre ; elle lui jeta un regard froid comme une tombe mais elle prit sur elle, consciente que leur équipe, bonne ou mauvaise, était encore ce qu'il restait de plus tangible pour sortir de cette nasse. Tarang lui expliqua ensuite qu'elle ne pourrait pas ôter son implant aussi facilement qu'elle semblait le penser. Il rappela qu'il n'était pas envisageable de se le retirer soi-même ou de le faire de façon sauvage avec des outils qu'on aurait sous la main : même en s'y prenant le plus précautionneusement du monde, tirer sur un implant pour le déloger signifiait tirer en même temps le cerveau, auquel il était physiquement relié par des centaines de connexions, fines mais robustes ; c'eût été prendre le risque de déchirer irrémédiablement des liaisons synaptiques, abîmant certaines parties de l'encéphale, déformant un cortex, détériorant profondément les capacités intellectuelles et motrices de l'hôte. On ne pouvait ôter un implant qu'avec des appareils homologués et des praticiens spécialisés. On avait tout prévu pour cela, bien sûr. Trop peut-être : les protocoles mis en place, lourds et fastidieux, étaient conçus pour protéger juridiquement le consommateur, et remplissaient d'ailleurs parfaitement leur office, mais n'avaient pas été pensés pour parer aux urgences de ce type.

C'est ainsi qu'avant d'espérer extraire son implant, il fallait honorer un rendez-vous préparatoire avec un neurochirurgien agréé. Il n'était légalement pas possible de déroger à cette première étape, au cours de laquelle le patient se voyait expliquer les risques inhérents à l'opération, les pertes potentielles occasionnées par le retrait. En toute logique, du rendez-vous préparatoire découlait donc un délai de réflexion, légal et universel, fixé à dix jours, qu'aucun chirurgien ne pouvait ignorer faute de perdre la couverture de son assurance professionnelle. Passé ce délai, un rendez-vous, opératoire celui-là, pouvait être pris pour retrouver une vie de Primaire. Et c'était, naturellement, sans compter le délai post-opératoire, car un cerveau habitué à fonctionner avec un implant, ça ne redémarrait pas comme ça. Il fallait des jours pour retrouver la plénitude de ses facultés intellectuelles et psychomotrices. Bref, si Esther s'y prenait dès le lendemain matin, elle pourrait au mieux espérer un retrait de son implant sous quinze à vingt jours. Elle s'insurgea :

— Mais Kaitarô vient de dire que dans dix-huit jours c'est foutu !

— C'est pourquoi, tempéra Tarang, j'ai peut-être une autre solution à vous proposer. Mais il faut que ça reste entre nous.

Il lui expliqua alors qu'il détenait, dans un stock personnel, à l'université de ses débuts, là où il avait conçu Intellect avec Raman, un appareil permettant de poser ou extraire un implant, de sa propre fabrication, ce qu'on appelait un marcotteur. L'appareil avait plus de vingt ans, datait des balbutiements d'Intellect, mais était régulièrement entretenu, bichonné comme un objet de collection, sorti de sa boîte telle une relique tous les ans à l'occasion d'un événement avec les étudiants. Il n'avait pas servi depuis des années mais il devait parfaitement fonctionner. Tarang lui promit donc de l'aider, mais pour l'heure, il insista : il aurait besoin d'elle et de ses capacités intellectuelles. Se faire opérer maintenant la mettrait sur la touche durablement, il lui faudrait plusieurs jours pour s'en remettre. C'était un luxe qu'ils ne pouvaient pas se payer maintenant, si près du but. La quête de la vérité et tous les efforts accomplis pour Dolores depuis quinze jours impliquaient désormais une prise de risque. Elle acquiesça.

L'orage était passé. Tarang fixa leur cap : avant de retourner voir Omkar et espérer que la Neuro prît enfin les choses en main, il fallait s'assurer que leur source fût fiable, faute de quoi leurs découvertes seraient immanquablement déconsidérées. Cela impliquait de rencontrer Satya Kapoor, obtenir d'elle des réponses voire sa collaboration. Que savait-elle ? Quelles étaient ses intentions ? Pouvait-elle garantir sous une forme ou une autre la traçabilité de l'extrait du Registre ? Il avait hâte d'avoir ses réponses. Mais pour l'heure il fallait aussi dormir ; le rendez-vous était dans moins de sept heures et tous étaient exténués. Esther et Tarang passeraient donc la nuit dans l'atelier, elle sur le canapé, lui sur un matelas crasseux posé à même le sol que Kaitarô lui céda, ce dernier partageant le lit de sa fille. Kaitarô s'apprêtait à éteindre son ordinateur ; il jeta un dernier coup d'œil à ce tableur qui hantait son esprit. Il remarqua qu'il n'avait cessé d'évoluer au fil des heures. Les seize mille lignes étaient déjà, quelques heures après, dix-huit mille. Le doigt sur l'interrupteur de son écran, prêt à le relâcher, il parcourut en diagonale une dernière fois les données relatives aux nouvelles lignes ; sans trop savoir d'ailleurs ce qu'il pourrait y dénicher. Et pourtant il trouva quelque chose. Son regard se figea soudain. Il s'approcha au plus près de l'écran pour vérifier puis s'écria :

— Tarang ! Notre Satya a-t-elle un deuxième prénom ?

— Oui.

— Ça ne serait pas Danam par hasard ?

— Si. Pourquoi ?

— Parce qu'elle est désormais ici ! répondit Kaitarô en pointant du doigt la ligne numéro dix-sept mille, six cent quatre-vingt-neuf.

Satya Kapoor s'était suicidée quelques minutes avant, pendant qu'ils parlaient d'elle…

– 2 –

Au petit matin du seizième jour suivant la mort de Dolores Myers, l'OMS lança une alerte mondiale. Depuis le début de la crise, l'institution s'était contentée d'inventer un nom à ce phénomène et de compter ses morts — un savoir-faire jalousement gardé. Mais cette fois, elle frappa un grand coup. Elle dégaina l'arme absolue, son produit d'appel, la Grosse Bertha : *pandémie*. Le vocable à la puissance de feu nucléaire venait d'être lâché. En préambule, comme pour préparer le terrain, l'OMS rappela des chiffres que tout le monde avait maintenant en tête : avant que les implants connectés ne fissent leur apparition, à l'époque où tout le monde était Primaire, une personne sur Terre se donnait la mort toutes les quarante secondes, soit environ deux mille-deux-cents suicides par jour, soit huit cent-mille par an. C'était un minimum. Cet indicateur, utilisé pour étalonner le mal qui frappait, était d'ailleurs scruté de près par tous les observateurs depuis des jours. Or, alertait l'Organisation, ce chiffre était désormais dépassé quotidiennement depuis deux, peut-être trois jours. Pis, selon leurs projections, sur les prochaines vingt-quatre heures, ce plafond quotidien théorique risquerait d'être multiplié par trois, peut-être même par quatre, alarma-t-elle. En réalité, ce serait huit. Quoiqu'il en fût, dès le deuxième paragraphe du communiqué apparut, en guise d'amuse-gueule, le mot « épidémie ». Oui, une épidémie de suicide. Plutôt d'autolyse, bien sûr, ce fameux SAP. Mais quand même, quel sacré coup de pied dans la fourmilière que ce vocable-là ! Et ce ne fut pas tout. Seulement trente-quatre mots plus loin, un autre terme était lâché, fulgurant : « pandémie ». C'était la première fois dans l'histoire de l'OMS qu'une infection fut classée comme épidémie et, dans le même moment, révisée en pandémie. L'explication tint pour l'essentiel au fait que l'OMS n'avait que trop tardé à déclarer la première et se retrouvait dans l'obligation, vu la portée mondiale du phénomène, de déclarer la deuxième simultanément. Un aveu, en même temps qu'un acte courageux : alors que tous les gouvernements jouaient la carte tranquille du mimétisme werthérien, du retour à une normalité d'antan, évoquer une pandémie rebattait complètement les cartes.

Mais après : une pandémie de suicides ? Vraiment ? Qui pouvait croire ça ? Pourtant, la thèse n'était peut-être pas aussi incongrue qu'elle semblait au premier abord : dès lors qu'une épidémie ne signifiait rien d'autre que la propagation d'une maladie, rapide, et que la pandémie caractérisait l'échelon supérieur, mondial, et hors de contrôle de celle-ci, alors on pouvait catégoriser le phénomène en pandémie, ça tenait plutôt bien la route. La dépression était une maladie, après tout, dès lors sa transmission était-elle inenvisageable ? Ne pouvait-on pas contaminer quelqu'un avec ses idées sombres ? À bien y réfléchir, fit remarquer un intellectuel de renom, que représentait une campagne électorale ou une campagne publicitaire sinon une tentative de propagation à grande échelle d'une idée, une volonté de contaminer des masses non immunisées ? Et que traduisaient un sondage, une élection, le résultat de ventes sinon les bilans chiffrés de cette contagion ?

Alors, comme toujours, il y eut débat, entre experts, entre écoles, entre égos. On argua qu'une épidémie, a fortiori une pandémie, impliquait la mise en évidence d'un agent infectieux, une chaîne de contagion… Des éléments encore non diagnostiqués dans le phénomène observé — et c'était vrai, on ne savait rien du processus de contamination, qu'il fût psychologique ou biologique. Des épidémiologistes, parmi les plus éminents, crièrent même au scandale : une hausse spectaculaire des meurtres en ferait-elle une épidémie de meurtres ? Et quid du chômage ? Et de la dette publique ?

L'OMS inféra que l'agent pathogène serait probablement trouvé sous peu, mais que l'urgence du moment consistait aussi à interpeller les services sanitaires de tous les pays pour préparer une riposte justement dimensionnée. En attendant, il fallait se convaincre qu'une forme de transmission, autre, psychologique ou suggestive peut-être, fût possible. Somme toute, une maladie qui se véhiculerait d'esprit à esprit, par contagion morale, ne pouvait-elle pas être considérée aussi sérieusement qu'une pathologie progressant au gré des poignées de main ou des éternuements ?

En définitive, le communiqué de l'OMS atteignit son objectif et créa un léger vent de panique, tant le terme « pandémie » raviva de souvenirs et inquiéta politiques et économistes. Des pandémies, ce siècle en connut plusieurs. Et s'il fut relativement simple d'affronter les virus du passé — il demeura toujours possible de les isoler, d'en comprendre les modalités de développement, de trouver un vaccin le cas échéant — là, on touchait du doigt le libre arbitre d'un individu préférant la mort à la vie ; les autorités ne pouvaient qu'être démunies. C'était une chose de recommander à une population de se laver les mains ou de rester chez elle, de mettre des préservatifs ou un masque, c'en était une autre de lui demander de bien vouloir être moins déprimée et de ne pas se donner la mort. De ce point de vue, le

SAP, ce n'était pas une petite peste ou un sida. On ne savait tout simplement pas comment s'y prendre.

Alors l'OMS sortit sa boîte à idées — d'aucuns auraient dit son couteau suisse — pour aider les gouvernants pris au dépourvu. Elle compléta donc son communiqué par une série de préconisations. Elle invita notamment les utilisateurs d'implants connectés à supprimer totalement de leur mémoire les images et le manifeste de Dolores et, plus important mais non suivi d'effets, demanda à Cog-Net d'en supprimer tous les contenus sur Intellect. Entre autres choses, elle recommanda aussi aux utilisateurs d'Intellect de réaliser un auto-bilan psychologique et, en fonction du résultat, soit d'aller voir un spécialiste — mais il en restait bien peu — soit d'agir sur leurs neurotransmetteurs (par exemple, favoriser la sécrétion de dopamine). Enfin elle intima — trop poliment sans doute mais était-ce à elle de le faire ? — de bien vouloir se débarrasser des éventuelles armes à feu, couteaux de commando ou tout objet potentiellement létal. Mais quel objet ne l'était pas, au fond ? Qui aurait voulu se suicider avec une cuillère à café y serait probablement parvenu.

Tarang, savourant son café à lentes gorgées, ne sut trop quoi penser en découvrant l'initiative de l'OMS. D'une certaine manière, il aimait bien l'idée de la pandémie, plutôt que celle d'un effet Werther : ça mobiliserait davantage face à un mal qu'il savait sous-estimé. Et puis, c'était important de pouvoir dès maintenant mettre en place des mesures pour contenir le bilan, même si le fléau dissimulait encore tout de ses origines. Mais quand même : le communiqué transpirait l'ignorance crasse de ses rédacteurs ; et il s'en agaça ouvertement. Il fallait vraiment que cette institution eût été phagocytée par une clique de tartuffes et de sganarelles pour en arriver à un tel niveau d'inconséquence. Il le savait, lui, le problème n'était pas psychologique ou biologique, mais informatique. Il y avait bien un virus, mais il ne se propageait pas dans l'air ou les postillons, n'imprégnait ni le sang ni la salive et il ne voyageait pas davantage dans les mots ou les idées : il utilisait un réseau dense d'ondes et de fibre optique, voilà tout.

Son premier réflexe, après cette annonce et sachant ce qu'il savait, fut de vouloir contacter ses proches. La nuit avait porté conseil : il fallait maintenant, sans répandre de rumeurs ni provoquer une panique, informer les êtres qui leur étaient les plus chers et espérer qu'ils purent accorder un peu de crédit à leurs allégations. En ce sens, la communication de l'OMS tombait à point : la veille, sans doute qu'on leur aurait ri au nez. Mais là, leurs interlocuteurs y prêteraient sans doute une oreille plus attentive. Ses fils, Tarang ne parvint pas à les joindre. Sur Mars, la tempête empêchait toujours toute communication avec Sundar. Et dans le Colorado, Michael n'avait pas plus de raison de répondre à son père que les mille fois précédentes. Tarang contacta aussi ses parents, devenus Binaires par ses soins. Tous les deux se prélassaient dans un magnifique hôtel de Jaipur, et prirent l'affaire avec beaucoup de légèreté. Il les somma de revenir à Delhi afin qu'il leur ôtât lui-même leur implant. Mais mettre fin à leur séjour, pour eux, ne représentait pas une option. Le climat était si agréable et l'air parfaitement pur au-dessus d'eux grâce aux rayons ionisants que leur hôtel balançait dans le ciel sans interruption ; les oiseaux en mourraient mais il fallait bien ça pour avoir le privilège rare de respirer, en plein centre-ville, une atmosphère digne des premiers temps. Et puis, ils avaient un programme chargé d'excursions dans la région et attendaient l'arrivée d'un couple d'amis. La pandémie attendrait bien un peu. D'ailleurs ajoutèrent-ils, ils n'avaient pas du tout envie de se tuer. Il ne put que les convaincre du strict minimum, c'est-à-dire de contacter immédiatement leur neurochirurgien, pour décrocher au plus vite un rendez-vous préparatoire. Ils lui promirent de le faire. Mais Tarang devina que, dès la fin de leur *cogmunication*, cette promesse se diluerait dans le ciel bleu. Il contacta ensuite sa sœur qui, depuis Manille, lui tint à peu près le même langage.

Pour Esther, les choses étaient encore plus simples. Sa mère et ses grands-parents étaient restés Primaires, idem du côté de la belle famille, c'est pourquoi elle ne vit que son frère à contacter, dans l'immédiat. Le reste de la famille, proche ou éloignée, pleine de Binaires, les amis, aussi, elle verrait plus tard ce qu'elle dirait et à qui. Esther n'oubliait rien, son cœur avait la mémoire plus dure encore que son cerveau. Elle avait toujours en travers de la gorge la trop petite poignée de gens qui firent le déplacement pour les funérailles. Ce jour-là, de la famille, de ceux avec qui elle partageait un lien de sang, des amis avec qui elle vécut tant de choses, il manqua sans doute les trois quarts. De fait, ils s'étaient mis hors de son chemin. Alors, puisqu'elle n'avait plus que lui, elle prit le temps d'expliquer à son frère la situation et finit par lui enjoindre également de se faire retirer son implant. Mais il ne voulut rien entendre. Sans son implant, sans Intellect, il ne serait plus rien professionnellement et socialement. Il ne le ferait qu'en dernier recours, quand les autorités sanitaires, et non sa sœur, lui diraient de le faire. L'ôter maintenant, ce serait la ruine, mondaine et financière. Une autre forme de suicide en somme. Il lui dit surtout qu'il fallait qu'elle arrêtât de paniquer. Il se demanda d'ailleurs si l'air vicié de l'Inde ne lui faisait pas un peu tourner la tête et l'invita à rentrer à Chicago dès que possible. Mais elle n'en avait pas fini avec Delhi. Comme Esther et Tarang se trouvèrent bien impuissants à sauver la petite escouade que constituait leur entourage proche, ils se dirent qu'à ce stade ils seraient tous deux, et fort paradoxalement, plus efficaces pour secourir les légions d'anonymes porteurs d'un implant dans le crâne. Peut-être avaient-ils la clé de tout ça, ou allaient-ils sous peu la découvrir. Mais, comme ils se l'étaient dit la veille : plus question d'avancer seuls. Satya Kapoor morte juste après avoir donné son premier signe de vie, ils avaient irrémédiablement échoué à pouvoir fiabiliser leur source. Tarang, s'en tenant au plan, se résolut donc à recontacter Omkar, bien qu'à l'évidence ce dernier lui réserverait un accueil tiède, faute d'éléments plus tangibles à lui montrer qu'un extrait supposé du Registre. Pris au saut du lit, celui-ci se montra en effet peu disposé à se déplacer jusqu'à Chandni Chowk. Mais quand Tarang lui fit miroiter d'importantes révélations, il accepta. Ils s'étaient donné rendez-vous au même endroit, en milieu de matinée.

– 3 –

En arrivant devant la petite terrasse du café, tout essoufflé et déjà dégoulinant, Omkar dévisagea Tarang.

— Tu as dormi dans une poubelle ou quoi ? lui demanda-t-il en observant son ami pas rasé, la queue-de-cheval mal ajustée, les vêtements froissés et constellés des poussières du canapé.

— J'aime tes bonjours, ils me rappellent mon ex-femme, répondit Tarang.

Omkar commanda deux cafés, avec la même amabilité que la fois précédente. Puis il jeta un regard de dégoût sur un attroupement de mendiants qui s'était formé autour des restes du marché matinal. Il lâcha, plein de morgue :

— Ce matin ils ont annoncé la disparition de Bapu, notre dernier rhinocéros indien… Le crois-tu ça ? On n'arrive pas à se débarrasser de ces kystes de la société, lança-t-il en désignant la nuée de miséreux. Mais notre rhinocéros, qu'on protège avec toute notre énergie, lui a été éradiqué. Sais-tu comment est mort Bapu ?

— Non…

— Tué par des gueux de leur espèce ! Sa corne, la dernière au monde, valait plus dix-huit millions de neuros. De quoi faire vivre tout leur clan pendant mille générations. Ça me fait gerber.

Les cafés arrivèrent. Tarang expliqua alors ses découvertes de la nuit. Et il lui fallut s'y reprendre à plusieurs fois, tant Omkar parut incrédule.

— Tarang, vraiment, ce n'est pas possible, ta source t'a trompé ! Ce fichier est une invention ! Redis-moi : combien de jours pour arriver à huit milliards ?

— Dix-sept !

— Tu déconnes, mon vieux !

— Non ! je vais t'envoyer l'accès au fichier source, mais sache que normalement Cog-Net aurait déjà dû vous le communiquer.

— Ça me dépasse… nous dépasse, tous les deux. Tarang, il faut que tu fasses attention maintenant.

— Attention ?

— Oui. Tu touches à des intérêts colossaux et le gouvernement ne souhaite pas qu'il y ait de communication hâtive sur ce sujet. C'est tout ce que je retiens de la réunion qui a eu lieu hier soir, et dont je t'avais parlé. Ils sont effrayés à l'idée d'une fuite. Ou d'une théorie trop catastrophiste qui pénaliserait inutilement le pays, notre économie, créerait une panique. Pour toi, pour Esther Myers : il faut que tu passes la main, maintenant.

— J'y compte bien, c'est pour ça que je voulais te voir ! Il n'est pas dans mon ambition de mettre fin à une hécatombe mondiale tout seul. Comment s'y prendre, selon toi ?

— Forcément via un canal officiel. Pas de journaliste, par pitié. J'imagine déjà la panique si tout ça était étalé sur Intellect. Le carnage des retraits sauvages d'implants, à coups de pinces rouillées. Non, vise directement l'échelon du dessus. Politique. Tu sais qui.

— Tu penses à Iresh Dahni ?

— Oui, si tu as toujours de bons rapports avec lui, appelle-le sans plus tarder. Le ministre de la Sécurité Intérieure, c'est aussi mon chef… En voyant tes éléments il nous demandera forcément d'enquêter, il nous donnera tous les moyens nécessaires. Pour l'instant, vois-tu, le sujet est phagocyté par le ministère de la Santé. Il faut qu'il soit dépaysé, mis sous l'égide de l'Intérieur. Tout sera plus simple ensuite, pour toi, pour moi, pour la résolution du problème.

— Tu ne peux pas le faire toi-même, par la voie hiérarchique ? Dire tout ce que je t'ai dit ?

— Merde, tu fais l'idiot ou quoi ? J'ai accepté de te voir et de t'écouter par amitié, mais je ne veux pas être celui qui aura jeté Cog-Net en pâture aux faiseurs d'opinion ou à la justice. Peux-tu comprendre ça ? Si tu t'es trompé, ils me broieront !

— Et moi ?

— Toi, t'as rien à perdre.

— Sympa.

— Tu vois très bien ce que je veux dire... Appelle le ministre, appelle Dahni. Maintenant. Ça devient une affaire d'État. Après ça, s'il le veut, je t'aiderai.

Obtenir un rendez-vous avec le ministre de la Sécurité Intérieure n'était pas chose aisée pour le commun des mortels, même pour un journaliste bien infiltré ou un lobbyiste véreux. Mais Tarang possédait un coupe-file : Iresh Dahni et lui étaient amis depuis plus de trente ans. Enfin, amis… Quand, au début d'Intellect, il fallut obtenir certains agréments notamment en matière de cybersécurité, Raman présenta à Tarang un jeune loup aux dents longues qui sut profiter de sa situation privilégiée au sein de la Direction de la Sécurité Informatique. Il fallait donner de l'argent, Raman et Tarang s'exécutèrent. Iresh Dahni en ponctionna naturellement une part pour que tout aille plus vite. Il fit l'intermédiaire à d'autres reprises par la suite et facilita grandement le développement de Cog-Net. Tarang et lui restèrent assez proches toutes ces années ; mais ils ne s'étaient pas parlé depuis très longtemps. Alors quand ils se cognectèrent, il y eut de brèves effusions, puis la gravité s'installa :

— *Iresh, je dois m'entretenir avec toi de toute urgence d'un sujet grave, en lien avec cette vague de suicides que nous rencontrons.*

— *Ne m'en parle pas, répensa*-t-il dans un soupir mental. *On commence vraiment à s'inquiéter. Le sujet est devenu politique et social, ça manifeste dehors. Tout ça n'est pas bon à quelques mois des élections. Je suis désolé mais j'ai cinq minutes à t'accorder, pas une de plus ; dis-moi tout.*

Tarang lui fit le récit de ce qui l'avait amené à l'appeler. Dolores, Esther, l'autopsie cognitive, les interférences, les anomalies, Satya Kapoor. Avant qu'il eût le temps de lui évoquer la dimension mathématique du phénomène, cette maladie dont il fut possible de connaître le bilan par avance comme on apprenait une table de multiplication, le ministre le coupa, sans feindre une certaine gêne :

— Mon ami permets-moi de te dire que le gouvernement a mis en place des commissions d'experts, a réquisitionné un certain nombre de spécialistes ; tout est fait pour trouver la clé du problème. Mais, vois-tu, je n'ai pas la main. C'est un sujet sanitaire, donc piloté par la Santé. Si tu as des éléments susceptibles de faire avancer la cause, je peux essayer de les remonter, mais n'attends rien d'autre de moi.

— Attendre ? Mais, moi, je n'attends rien ! Nous avons découvert des éléments capitaux, qui intéressent et concernent tout le monde. Je veux juste les donner !

— Sois factuel.

Tarang lui expliqua la partie la plus spectaculaire et inquiétante de ses découvertes, le doublement du nombre de victimes tous les jours. Le ministre écouta. Un échange cognitif rendait difficilement palpable les manifestations les plus exaltées d'un discours mais Tarang sentit sourdre une forme de colère noire chez le ministre quand ce dernier reprit la main :

— Je ne sais pas si je dois demander ton internement immédiat pour délire psychotique ou si je dois te croire, auquel cas je ne sais pas non plus ce que je dois faire. L'OMS nous parle de pandémie, d'autres du fameux effet Wagner…

— Werther, coupa Tarang. *Une ineptie.*

— Peu importe. Et on nous dit que dans le pire des cas, il n'y a pas de population éligible au-delà d'environ huit cent-mille suicides sur une année pleine pour toute la planète. Il s'agit de notre taux de suicides d'avant, avec lequel nous avons bien vécu pendant des siècles. Puisque tu me dis que ce soir on en sera à trente-deux mille, eh bien soit ! Ça nous laisse pas mal de marge avant d'atteindre huit cent mille, non ? Tarang, ce n'est pas à toi que je vais l'apprendre : les arbres ne montent pas jusqu'au ciel. Le phénomène va né-

cessairement atteindre un pic, et disparaîtra ou s'aplanira progressivement de lui-même. Nous n'allons pas tous nous suicider, n'est-ce pas ?

Tarang n'en revenait pas : les politiques attendraient donc tranquillement que le bilan atteignît huit cent mille morts, ce qui semblait correspondre dans leur esprit bureaucratique au seuil de l'immunité de groupe, pour commencer à prendre la pleine mesure du problème et s'affoler un peu ? En réalité, ce que Tarang ne sut pas immédiatement lire dans les réponses d'Iresh Dahni, fut sa peur. Sa peur panique de devoir affronter une crise si grave qu'elle le dépasserait, l'obligerait, à moins d'un an d'élections capitales pour son parti et sa fin de carrière, à dévoiler sa véritable nature : procrastinatrice et pleutre. Et face à la catastrophe qu'il voyait poindre, il préférait en cet instant la politique de l'autruche. En vérité Iresh envisageait encore cette pandémie sous un registre médical et sociétal, il ne pouvait ou ne voulait en voir la composante informatique. Tarang utilisa sa dernière cartouche :

— *Et justement, si nous étions tous concernés, Iresh ? Même toi, pour qui le suicide est une aberration... si on y allait tout droit ?*

— *Mais enfin qu'est-ce qui pourrait à ce point nous rendre fous ?*

— *Un virus, Iresh. Un bête virus. Informatique, j'entends. Que personne n'aurait su détecter.*

Un virus, mais informatique, ça changeait tout pour le ministre. À partir de là, le problème des suicides, ce boulet que traînait derrière elle la ministre de la Santé devenait son affaire. La sécurité informatique, le cyber-terrorisme, c'étaient dans son escarcelle. Tarang enfonça le clou :

— Iresh, comprends bien mon message : c'est à toi d'agir, ce n'est pas un problème sanitaire ! Et pour trouver les réponses, pas besoin d'experts, il suffit de frapper à la porte de Cog-Net. Ils en savent forcément plus que vous ! Ce virus, ils l'ont vu passer ! Les solutions pour le contrer, elles seront chez eux, c'est leur réseau après tout. Va voir Raman Carter, bon sang !

Depuis qu'il était ministre, Iresh Dahni s'était convaincu d'une chose : on ne lui donnait pas d'ordre. Il tacla :

— Je suis très, très peiné que deux esprits aussi grands que les vôtres soient entrés en conflit autrefois. Vous deux avez tant fait pour l'image et l'économie de notre pays... Mais, Tarang, quand vas-tu passer à autre chose ? Oublier Cog-Net, ton éviction, ta rancœur vis-à-vis de Carter ? Vois où tu en es rendu !

— Mais enfin, reprit Tarang, décontenancé, *rien de ce que je t'ai dit n'est lié à mon passif avec lui ! J'espère que tu as saisi l'ampleur de la menace que je viens de te révéler et que tu vas agir en conséquence !*

— Te rends-tu compte que tu viens me parler de ça à six mois des législatives ? Tu voudrais que là, maintenant, moi, j'aille alerter le Premier ministre, la presse, je ne sais qui en expliquant qu'un virus a contaminé le réseau sur lequel repose près de vingt pour cent de notre PIB ? Alors que mes informations reposent sur des ouï-dire d'un vieil ami et que je n'ai absolument aucun commencement de preuve à apporter !

La messe était dite. Tarang ne chercha même plus à le convaincre D'ailleurs ce n'était pas son ami qui parlait, c'était le ministre, l'animal politique ; et Tarang le subodorait, celui-là, il n'y avait rien à en tirer. Et comme un agenda de Ministre fut depuis toujours la meilleure excuse possible pour esquiver un problème, ils en restèrent là. Décognexion.

Omkar, lui, était toujours assis en face de Tarang et finissait tranquillement son café. Son front ruisselait sous l'effet du soleil qui s'était hissé au-dessus des toits et le frappait de face. Il avait observé son ami pendant sa *cogmunication* et avait deviné au roulement de ses yeux et à la chorégraphie de ses sourcils que ça ne se passait pas bien. Il s'épongea le front et demanda, avec un ton empreint d'une fausse candeur :

— Alors ?

— La politique, la vraie, vient officiellement de faire son entrée…

— Est-ce qu'au moins il te croit ?

— Il aimerait tellement que j'aie tort, qu'il est prêt à se laisser convaincre par n'importe quelle autre théorie.

— Il te faut des preuves.

— Des preuves, des preuves ! Avant même d'enquêter ! Vous tous n'avez que ça en tête, alors ! Faut-il qu'en Inde, désormais, on lance une enquête une fois qu'elle est résolue ? Mais, enfin, Cog-Net vous fait tous peur à ce point ? Au point de proférer de telles inepties ? Ça ne suffit pas, ce que je t'ai donné ?

— Des preuves… Disons des indices, des pistes si tu préfères, mais des vraies, du solide, authentifié, traçable. Pas ça ! Pas toute cette bouillie que tu nous balances depuis quelques jours.

— Bouillie ? Les bras m'en tombent…

— Il faut que tu comprennes le jeu politique. La peur, oui, je le reconnais, elle est présente, ils ont peur là-haut, j'ai peur. On a peur de ce SAP, peur de Cog-Net certainement ; peur de faire une connerie pour le pays, peur d'être vilipendés, lynchés par la foule, que sais-je ? Tant que tu n'auras pas un commencement de dossier, la peur dominera tes interlocuteurs.

— Alors j'ai besoin de ton aide.

— Je n'aime pas cette phrase.

— Je sais comment trouver des preuves : ma source a découvert quelque chose. Elle a sans doute des documents qui vont nous permettre d'éclaircir cette situation.

— Parfait. Interroge-la.

— Compliqué. Elle est morte.

Omkar manqua de s'étouffer avec la touillette en bois qu'il mâchouillait. Une source morte, fit-il remarquer, c'était une source tarie. Adieu l'interrogatoire. Mais Tarang lui dit que non ; et il lui fit part de son idée :

— Peux-tu demander une autopsie cognitive ?

— Non. Ça, je ne peux pas. Il me faudrait un neurolégiste et comme je te l'ai dit, ils sont surchargés. Je pense que quand nous aurons réussi à autopsier tous ceux qui doivent déjà l'être, ta source, elle, aura desséché. Pas d'autopsie pour elle avant au moins quatre jours, et il n'y aura pas de passe-droit, pas tant que je n'ai pas de nouveau légiste.

— Mais Omkar : tu l'as ton nouveau légiste ! C'est moi. Je suis inscrit à l'ordre des neuro-chirurgiens. Extraire un implant, ça, je sais faire. J'ai obtenu toutes les certifications en la matière, je les ai même inventées. Il faut juste qu'un document officiel m'y autorise…

— J'en étais sûr ! éructa Omkar, faisant vibrer ses grosses joues sous l'énervement. Je n'aurais pas dû venir ! Merde ! Tu sais ce que ça me coûterait si tu étais pris en possession d'un tel document avec mon empreinte cognitive ?

— Qui pourra te reprocher d'avoir accepté le renfort d'un légiste bénévole dans ce contexte ?

Omkar réfléchit un instant, puis, affectant une forme d'exaspération, entra dans ce qui aurait pu paraître pour un moment d'introspection contrariée. Mais en observant la gymnastique rapide de ses yeux à ce moment-là, Tarang comprit qu'Omkar était en train de chercher le sésame, sur le serveur de la police de Delhi : l'autorisation pour effectuer une autopsie cognitive. Avant même qu'il lui remît le document, Tarang lui dit :

— Merci Omkar. Ce que tu fais compte beaucoup à mes yeux.

— Je risque gros, très gros ! fulmina Omkar. Peux-tu au moins me dire qui est ta source ? Que je mette son nom sur l'autorisation.

— Madame Satya Danam Kapoor.

— Comment ? Satya Kapoor ? La Satya Kapoor de Cog-Net ? C'est ta source ?

— Oui… Tu la connaissais ?

— Pas franchement mais je l'ai vue pas plus tard qu'hier : elle participait à notre réunion interministérielle et représentait Cog-Net ! Elle était bien vivante !

— Je peux te certifier qu'elle est morte peu après, dans la nuit.

Omkar vérifia sur un répertoire ; la confirmation tomba. Il se recula et laissa son corps gros et gras heurter le dossier de sa chaise. Il resta là médusé, les bras ballants, naufragé, plusieurs secondes, réalisant soudain combien la mort rôdait, frappant au hasard. Une autre peur s'empara de lui.

– 4 –

Au même moment, à l'autre bout du monde, Hugo Benedetti, sa femme et ses deux enfants étaient sur le point de prendre leur petit-déjeuner. De l'avis de tous ceux qui le côtoyaient, Hugo Benedetti était un être joyeux, optimiste, empathique. Épicurien aussi : la bonne chère, les bons vins, les bonnes femmes, dans l'ordre que vous voudrez. Il aimait les escapades en famille, également. Justement : la journée s'annonçait magnifique. C'était le cœur de l'été en Uruguay, il allait faire chaud et toute la famille Benedetti avait prévu de passer la journée sur les plages immaculées d'El Pinar. La mer scintillait au loin. Mais, soudain, Hugo ressentit un terrible mal de crâne. Des maux de tête, il en avait eu la veille, aussi. Mais là, c'était sans commune mesure. C'est au moment d'installer son dernier-né dans sa chaise haute que, sans crier gare, une avalanche de mauvais souvenirs vint l'accaparer. Un brouillard gris d'idées sombres et confuses fusionna en lui sans qu'il pût y échapper. Sa femme remarqua un changement de comportement et lui demanda ce qu'il avait. Mais il ne répondit pas. Voyant qu'il restait debout, le regard perdu dans les ténèbres, avec l'enfant dans les bras, elle prit le petit et l'installa elle-même. Puis, elle lui redemanda ce qui n'allait pas ; en réalité Hugo ne pouvait même plus l'entendre. Son cerveau tout entier était mobilisé par l'orage qui déferlait. Se télescopaient et se superposaient, sans aucune logique, de nombreux souvenirs, et même, chose curieuse, beaucoup de ceux qu'il avait pourtant pris soin de supprimer ; pêle-mêle des moments de grande douleur et de gravité s'entrechoquaient avec de mauvaises histoires sans conséquence, petites humiliations du quotidien, actions peu glorieuses.

Puis s'accumulèrent, soudain, sous forme de flashs, toutes ses petites dérogations à l'éthique familiale, ses coups de canif au contrat social, ses tricheries, ses tromperies, ses moments de faiblesse, de cruauté, qui jalonnèrent son existence d'homme. Tout s'amalgama très vite créant dans son esprit une sorte de grosseur que rien ne pouvait recouvrir ou diminuer. En l'espace de quelques secondes, une avalanche de songes négatifs lui révéla la noirceur profonde de son âme, lui que pourtant l'on disait volontiers solaire et généreux, le sourire incarné. Son champ mémoriel et sensoriel s'assombrit, devint moribond sous les coups de boutoir de ces réminiscences incontrôlées. C'était comme de petites métastases cognitives qui s'aggloméraient brutalement et unissaient leurs forces pour former un cancer généralisé de la pensée. Sur cette couche brute de matière dépressive se déversèrent alors d'autres visions, qui ne devaient rien aux souvenirs d'Hugo mais qui pourtant lui semblèrent familières. Il vit des dizaines, des centaines d'animaux subclaquants ou morts, entassés, des veaux, bœufs, poulets, agneaux ; certains agonisaient dans des flaques noires et épaisses, pendant que d'autres avaient déjà été colonisés par des nuées de mouches et d'asticots. Puis il vit les rivages d'une mer vomissant des montagnes de viscères de poissons. Et tout ça se mélangea.

Ce bestiaire avarié et putride était celui dont la chair l'avait naguère repu et qui aujourd'hui se rappelait à son bon souvenir. Il observa ensuite le monticule de déchets non organiques qu'il avait engendrés dans une vie de consommateur, puis la montagne d'arbres qu'il avait contribué à tuer ou brûler, le volume d'eau gaspillée, la quantité d'air vicié. Le tout s'entassa dans ses pensées pour former une monstrueuse pyramide de mort, au sommet de laquelle il vit alors ses deux bambins jouer, saisissant de leurs mains la matière fusionnée et visqueuse de ses crimes. Au milieu de ces visions d'horreur, son esprit fut submergé par des cris de bêtes, le craquement de la forêt qui brûle, des émanations pestilentielles, le son des os que l'on rompt, le bourdonnement des mouches grouillant dans des entrailles pourries : tous ses sens furent irrémédiablement saturés.

Les premiers instants, il essaya tant bien que mal de batailler contre cette attaque coordonnée de son « moi » négatif. Mais il fut bientôt groggy, sonné par les coups entremêlés de ces souvenirs noirs et de ces visions malsaines. Ses yeux se vidèrent de toute leur âme sous le déferlement des chimères. Et puis, lentement mais sûrement, envahissant tout son champ décisionnel, une voix intérieure lui intima de mettre fin à cette piteuse existence, au plus vite. Cela avait trop duré. Il ne fut bientôt même plus capable de décider du mouvement de ses mains ; il fallait disparaître, pour son salut et celui de la planète ; pour ses propres enfants. Il fallait mettre fin à ces visions. Succomber à cette volonté extérieure apparut comme un soulagement, une délivrance. S'abandonner. Mourir, enfin !

Sous les hurlements imperceptibles de sa femme, qui avait compris ce qui était en train de se jouer et sut alors que son mari allait bientôt rejoindre la cohorte des « volontaires », il s'avança vers la porte-fenêtre donnant sur leur balcon du sixième étage. Il l'ouvrit calmement et, alors que sa femme tenta de l'agripper et de l'extirper du cadre de la porte, il s'en défit d'une main ferme. Libéré, il avança sur le balcon, s'immobilisa très brièvement, regardant au loin devant lui, vers les flots — les vit-il vraiment ? Mais au moment où, sans aucun regard pour sa femme ni ses enfants, il voulut enjamber la balustrade et se laisser avaler par les vingt et un mètres de vide, il reçut sur le crâne un coup violent qui le fit tomber immédiatement de tout son poids sur les jardinières du balcon. Sa femme venait, dans un geste désespéré, de l'assommer avec un pot de fleurs en terre cuite. Elle resta un instant debout, au-dessus du corps inerte de son mari. Il lui fallut plusieurs secondes pour réaliser la portée de son geste et elle voulut d'abord s'assurer qu'il fut toujours en vie car un filet de sang coulait abondamment depuis le haut du crâne et se mélangeait à la terre et aux débris ocre du pot réduit en miettes. Elle constata qu'il respirait. Alors seulement elle prit conscience qu'elle venait de lui sauver la vie et, considérant que cette situation n'était sans doute que temporaire, elle décida de la rendre définitive. Elle se rua dans la cuisine. Au cœur des pleurs de ses enfants, toujours attablés et qui virent tout de cette scène dont ils ne comprirent rien, elle fouilla nerveusement plusieurs tiroirs pour en extraire un petit couteau et une pince. Elle courut dans la salle de bains chercher un antiseptique et des compresses, puis retourna auprès de son mari qui gisait toujours dans les géraniums.

Elle essuya ses larmes avec ses poignets, s'agenouilla auprès de lui et se lança dans une opération à laquelle elle n'avait guère été préparée : après avoir grossièrement nettoyé la nuque de son mari, les mains tremblantes, elle pratiqua une incision sur la tête de l'implant. Puis saisit ce dernier avec sa pince ; elle le tira, aussi doucement et lentement qu'elle le put, progressant millimètre par millimètre, jusqu'à ce que toutes ses racines soient dégagées. Elle les sectionna. Hugo était sauvé. Maria ne le saurait que plus tard, il en conserverait jusqu'à la fin de ses jours de graves séquelles mentales et motrices. Elle y gagnerait aussi un titre : elle fut la première personne à tenter cette folle opération ; et Hugo fut le seul Binaire à échapper à son sort en ce dix-septième jour de la pandémie, où plus de trente-deux mille femmes et hommes allaient rejoindre le contingent des suicidés. L'histoire d'Hugo, Tarang en prendrait connaissance plusieurs jours après.

11

Satya

Le lendemain matin, Esther devina certains signes de tension chez Tarang, lui dont le tempérament était pourtant sans cesse pondéré par toute une machinerie de paramètres et d'applications. Il était sujet à un stress important, et son implant semblait impuissant à le faire totalement disparaître. Et pour cause : pour la première fois de sa vie, il allait, intentionnellement, commettre un acte non seulement délictueux mais aussi passible de sanctions pénales lourdes. Il avait passé une bonne partie de la nuit à disséquer tous les chefs d'inculpation auxquels il s'exposait en allant extraire l'implant de Satya Kapoor : complicité de faux administratif pour l'autorisation d'autopsie qui n'avait pas suivi le processus normal de validation ; atteinte à l'intégrité physique d'un cadavre ; pratique illégale de la médecine ; vol d'implant et de *psycho-données*, propriété d'une tierce personne décédée ; utilisation de données mémorielles d'un tiers sans son autorisation ; violation de la vie privée, etc. Les peines encourues lui parurent abyssales : cinq à dix années de tutelle cognitive (ce qui voulait dire que son implant serait contrôlé et bridé tous les jours par un algorithme à même d'identifier et donc de prévenir toute nouvelle idée au potentiel illicite avéré) ; une ablation mémorielle sélective (la justice pourrait ainsi décider d'ôter de sa mémoire tout ou partie des agissements et raisonnements qui auraient pu le mener à commettre des actes illégaux) ; le cas échéant un reparamétrage neurotransmissif (pour empêcher tout futur passage à l'acte) ; et, enfin, une assignation à résidence plus ou moins longue, sous surveillance perpétuelle de nanocapteurs. Il y aurait de l'argent à verser aussi, bien évidemment, mais ça, ce n'était pas un problème.

Tarang avait amené avec lui une petite mallette garnie des outils basiques de chirurgie — qui n'avaient pas servi depuis des années et qu'il prit donc la peine de nettoyer et désinfecter méticuleusement. On put sentir chez lui un certain plaisir à l'idée de ressortir ces instruments, qui firent par ailleurs une très forte impression sur la fille de Kaitarô qui, enfin sortie de sa réserve, voulut absolument les voir et les manipuler. Alors que Tarang astiquait soigneusement une paire de ciseaux fins et pointus, Kaitarô déposa devant lui une boîte en carton.

— Puisqu'on en est à exhumer des vieilleries, en voilà une pour toi ! lui dit-il.

— Qu'est-ce que c'est ?

— Ouvre, tu verras bien !

Tarang plongea sa main dans la boîte et en sortit un objet plat et rectangulaire. Pas si plat, à bien le regarder, et plutôt lourd.

— Un téléphone ? s'étonna-t-il. À quoi bon ? Je peux te contacter via mon implant directement sur ta ligne. Même si tu ne réponds pas toujours…

— Je te réponds le moins possible parce que sinon on peut me tracer au centimètre près et retrouver, via ta signature cognitive et ta mémoire, l'intégralité de notre conversation. Et je ne le souhaite pas. Avec un bon vieux téléphone je suis bien mieux protégé, même si ça n'est pas parfait. C'est une sécurité, mais c'est surtout une condition pour que je vous aide à partir de maintenant.

— Bien. Il faudra juste que tu me remontres comment ça marche... Je n'en ai plus utilisé depuis vingt ou trente ans...

— Ça ne s'oublie pas, tu vas voir.

— Ça capte partout ? demanda Esther.

— Partout non, mais il y a encore beaucoup d'usagers dans le monde, la plupart des adultes Primaires, ça fait tout de même un marché de plus de trois milliards d'utilisateurs. Ici, à Delhi, on pourra communiquer où que l'on soit.

Et il remit aussi un téléphone à Esther. Elle l'alluma et fut d'abord stupéfiée par l'extrême lenteur de son démarrage. Puis, il y eut une vibration. Elle posa son index sur l'écran. Et voilà qu'en quelques mouvements simples, ses doigts reprirent le contrôle qu'ils avaient cédé aux yeux depuis l'arrivée Intellect. Elle retrouva certaines sensations enfouies. Réminiscences d'un âge matérialiste à l'extrême dans lequel l'homme s'était entouré d'une multitude d'objets connectés qu'il se devait d'avoir tout près de lui en permanence et dont il se rendit lourdement tributaire.

Esther n'avait opté pour l'implant connecté qu'à l'âge de trente-trois ans et elle se souvenait comme si c'était hier cette grande libération qu'Intellect avait apportée d'abord : fini le stress d'avoir oublié son téléphone, son ordinateur, ou son chargeur de batterie ; l'horreur de découvrir son écran brisé ; l'agacement de n'avoir que trois barres sur cinq de réseau ; l'angoisse d'un bug d'application ou une mise à jour interminable du système, au mauvais moment. Intellect avait balayé tout ça.

Alors, son vieil objet connecté entre les mains, elle se demanda comment elle avait bien pu vivre si longtemps en symbiose avec cette technologie archaïque dont elle ne voyait plus désormais que les désagréments. Cette question — Mais comment faisait-on avant ? — l'Homme se la posait en fait depuis des siècles, invention après invention, et ne savait y répondre qu'aveuglé par une conviction intime, celle de l'avantage inégalable des temps présents. Il préférait éluder la douloureuse question de la balance entre les libertés gagnées et celles irrémédiablement perdues.

– 2 –

Tarang était parti seul à la grande morgue de Mandawali, là où reposait le corps de Satya Kapoor. Si la morgue paraissait neuve, pimpante même, elle était surtout colossale. Elle avait été construite sur un morceau de ville, populaire et traditionnel, partiellement rasé pour l'accueillir. À terme, tout le quartier autour serait pulvérisé pour y développer le plus grand complexe sanitaire du monde, avec notamment l'immense hôpital Ramanuja prévu à horizon dix ans. Mais pour l'instant, la morgue, pionnière, attendait seule au cœur du vieux quartier en sursis qui l'encerclait.

Le bâtiment avait la forme d'une gigantesque boîte cubique blanche, sans aucune fenêtre, haute d'une centaine de mètres. Il était difficile d'envisager rupture plus radicale avec le paysage urbain traditionnel du coin. Le cube immaculé et hors d'échelle écrasait un tapis dense et incohérent de petites constructions brinquebalantes. En l'approchant par le ciel, il donnait la même impression visuelle que la Kaaba de la Mecque, la foule des bicoques qui s'agglutinaient jusqu'à ses pieds en guise de pèlerins opérant les sept rondes voulues par le rite. La morgue abritait la plus grande chambre froide du monde, à même de contenir dans un unique espace jusqu'à vingt mille corps. Un tiers des cadavres quotidiens de la mégalopole y transitait, à un rythme d'environ quatre cent par jour en temps normal. La durée moyenne du séjour excédait rarement les trois nuitées, ce qui faisait de la morgue un lieu très largement sous-occupé ; mais elle avait été dimensionnée pour le pire, et le pire, dans l'histoire récente, avait été l'effondrement du quartier de Ram Nagar qui vit les morgues de l'agglomération si saturées qu'on dut refuser la moitié des arrivages de corps. Elle cumulait les fonctions d'hébergement des cadavres avec celle d'institut médico-légal : elle accueillait toutes les dépouilles, même celles issues de morts accidentelles, violentes ou suspectes, à des fins d'autopsie ou d'identification.

Un vent du sud s'était levé et contribuait à offrir un ciel proche du bleu. Le soleil tapait plus fort qu'à l'accoutumée mais on respirait mieux. La lumière était vive, accentuée par la blancheur du cube qui réverbérait partout, si bien qu'en sortant de son ange, Tarang fut aveuglé.

Il y avait beaucoup d'activité au pied du bâtiment. Le va-et-vient des véhicules transportant des dépouilles était im pressionnant. Tarang marcha jusqu'à l'entrée de l'établissement, une large ouverture carrée découpée dans ce gigantesque monolithe calcaire. À l'intérieur, beaucoup de monde patientait, en rangs immobiles. Dans le grand hall immaculé, Tarang s'annonça à un petit nuage blanc qui était descendu du plafond pour s'avancer jusqu'à lui. Sans émettre le moindre son, le cumulus de données l'identifia. Il lui souhaita la bienvenue, lui posa quelques questions sur les motifs de sa venue et, à la lecture de l'autorisation d'autopsie que Tarang lui avait transférée, l'invita à poursuivre son parcours dans un espace qui s'ouvrit au fond du hall. Et il retourna au plafond. Tarang emprunta la direction indiquée, traversant cette nef immense où attendaient, dans des files, sur des bancs, des gens portant sur eux toute la peine du monde. S'il y avait bien un lieu où l'on ne pouvait escompter ressortir avec de bonnes nouvelles, ce fut sans doute celui-ci. Sauf peut-être pour Tarang, qui finalement y pénétrait avec un espoir.

Fut-ce cela que l'on put lire sur son visage ? Toujours est -il qu'on le regarda, on le fixa même avec insistance. Gêné, il accéléra. Chacun de ses pas résonnait et on n'entendit que lui dans ce grand hall, car ici les gens souffraient en silence, comme s'ils étaient tous en prière. Il s'engouffra alors dans l'ouverture créée dans une des cloisons virtuelles, laquelle se referma immédiatement derrière lui, et se retrouva dans un espace plus modeste mais dont la blancheur et la pureté des lignes n'avaient rien à envier au précédent ; et il était désert, ce qui l'apaisa. En réalité, il découvrit, à demi caché derrière un comptoir, un petit homme malingre à larges lunettes et dont les yeux presque imperceptibles se perdaient dans leurs cavités ridées. Il revêtait un teint pâle mais pas celui des Indiens qui avaient choisi de changer leur couleur de peau ; non, plutôt celui d'un légume blème ayant poussé hors sol, hors saison, dans une cave. Il était vêtu d'une blouse blanche bien trop ample. Il resta droit et impassible jusqu'à ce que Tarang se présentât exactement face à lui. Alors seulement, l'homme s'exclama :

— Monsieur Rajani ! C'est un honneur de vous voir ici !

Un large sourire illumina tout d'un coup son visage terne et figé et ses petits yeux ronds apparurent, jaillissant plein de vie de leurs renfoncements.

— Je vous savais neurochirurgien, poursuivit-il, mais je

ne savais pas que vous pratiquiez toujours ; encore moins la médecine légale !

— Vous avez bien raison, ce n'est pas mon activité principale, mais je pratique de temps à autre, répondit Tarang d'un air nonchalant. Puis s'approchant davantage de son interlocuteur, il ajouta : Et voyez-vous, par ces temps compliqués, face à la pénurie de légistes, j'ai accepté de prêter main-forte à la police neuroscientifique. Mais je tiens à ce que cela reste discret, je ne veux pas en faire de publicité.

— C'est tout à votre honneur, on ne désemplit pas. On a même beaucoup de retard. Mais on ne vous a jamais vu ici, n'est-ce pas ? Dans quel dépôt mortuaire êtes-vous déjà intervenu ?

— Chandni Chowk, répondit-il avec assurance. C'est en effet la première fois que je viens ici.

— Bien. Un préposé va vous faire découvrir les lieux et vous conduire jusqu'à cette Madame… Euh Kapoor, c'est bien cela ?

— Oui, merci.

Le petit homme fit venir un employé de la morgue, une montagne d'obésité comme l'Inde avait appris à en produire à la chaîne, la blouse blanche prête à exploser sous la pression. Il lui indiqua :

— Vous pouvez emmener Monsieur Rajani à la glacière pour intervention de type 4. Tout est en règle.

Puis se tournant vers Tarang :

— L'implant doit nous être restitué au plus tard dans soixante-douze heures ; à défaut il vous faudra une autorisation émanant d'un juge, opposable à la famille de la défunte.

— C'est entendu, fit simplement Tarang, pour qui la restitution éventuelle de l'implant ne faisait pas partie du projet.

L'énorme préposé se mit en route en traînant des pieds, ouvrant le chemin vers la glacière, c'est-à-dire la grande chambre froide ; là où la dépouille de Satya attendait son départ vers une crémation. Ils empruntèrent un long couloir blanc, aseptisé, débouchant sur une grande porte métallique — blanche comme tout le reste. Le préposé tendit à Tarang une blouse, une charlotte, un masque, des gants et des protections pour ses chaussures. Il s'en équipa. Puis le jeune homme, d'un geste malaisé de son bras adipeux, entravé par sa propre graisse, actionna un levier déclenchant l'ouverture de l'immense porte métallique, qui coulissa lentement vers le haut, révélant alors un spectacle saisissant : face à eux, sur près de quatre-vingts mètres de hauteur, des centaines, des milliers de boîtes rectangulaires blanches, chacune d'entre elles renfermant un corps, étaient empilées. À dire vrai, les bières étaient plutôt séparées les unes des autres par un système complexe de rails leur permettant de coulisser au gré des arrivages. En hauteur, il devait y avoir une cinquantaine de ces conditionnements métalliques ; une cinquantaine également était disposée côte à côte, et huit à dix en profondeur. Le tout formait un bloc à proprement parler monumental.

Il y avait de l'activité, un peu comme aux halles à l'aube. On se hèlait d'un bout à l'autre, on apportait de la marchandise, on en enlevait. À une extrémité de la salle, on rangeait soigneusement plusieurs corps dans leur écrin, tandis que d'autres étaient sur le point de quitter les lieux pour leur dernier voyage. Un petit groupe, là-bas, était penché sur une boîte, ouverte, et en observait attentivement le contenu, comme pour en vérifier la qualité. Partout on déchargeait, on enregistrait, on entreposait, on rangeait. Une logistique obituaire merveilleusement huilée était à l'œuvre, dont on pouvait imaginer le strict protocole présidant à sa réussite, dans cet atelier de la mort où le stock, fait de corps inertes mais précieux à leurs proches, devait quitter les lieux un état de parfaite conservation. Une sorte d'usine dans laquelle le produit fini qui en sortait devait être strictement identique à la matière première qui y entrait.

Tarang et son guide s'avancèrent vers le cœur de cet espace géant et s'arrêtèrent au pied du bloc. Le gros préposé lança alors, d'une voix haute et claire :

— Satya Danam Kapoor !

Les mots se répercutèrent plusieurs fois sur le mur de cercueils. Et tout le dispositif se mit en branle. Chaque boîte se décala, vers le haut ou vers le bas, dans un mouvement qui put paraître chaotique mais fut en réalité mathématique et ordonné, comme dans un immense casse-tête. Soudain, au bénéfice d'une percée que ce jeu de chaises musicales avait créée dans le dispositif, une boîte apparut d'une des rangées arrière et s'avança en première ligne. Un long, très long bras articulé se déploya depuis le sol, se fixa comme un aimant à la façade de ladite boîte, qu'il tira vers lui pour la faire sortir du bloc. Puis, la tenant ainsi suspendue à environ quatre mètres du sol, le bras se mit en mouvement, lentement, pour la déposer. Elle toucha terre dans un bruit de porte de prison et son couvercle de métal s'ouvrit d'un coup.

— Elle est à vous ! fit le préposé.

Tarang s'approcha de la boîte. Il y découvrit, sans surprise, un corps de femme, avec pour seul vêtement une étiquette nouée sur le gros orteil. Et Tarang fut immédiatement saisi par cette vision, celle d'une beauté, froide cela va sans dire, mais terriblement magnétique. Le visage était d'une grande pâleur mais gracieux, harmonieux, sensuel même. Et puis il y avait le reste, tout le reste de ce corps, intact et superbe, que Satya cachait d'habitude aux yeux de tous derrière des vêtements amples et des voiles, mais qu'il avait lui tout le loisir d'observer maintenant. Et il fut surpris de pouvoir contempler sa beauté de manière aussi crue. Son corps, à la teinte claire — conséquence cumulée de son trépas et du choix qu'elle fit de changer sa couleur de peau — était d'une plastique si parfaite que Tarang en fut gêné. Son malaise ne provenait pas tant de la nudité mais plutôt du fait que ce corps était tout simplement désirable et qu'il n'avait pas vraiment envisagé de pouvoir éprouver de telles sensations dans ce genre d'endroit. Mais c'était plus fort que tout, il regarda, il contempla. Il s'absorba dans l'observation de ces seins qui semblaient s'adresser au ciel et de ce sexe lisse dont la teinte encore légèrement rosée avait assailli une partie de son esprit. Ces détails firent un instant de Tarang un pantin hypnotisé, sourd à son environnement extérieur, entièrement dédié à la découverte d'un objet froid dont il n'avait pas à craindre le regard. Le préposé le remarqua, laissant poindre un petit sourire amusé.

En réalité, le corps de Satya, soudain impudique, opéra en Tarang la résurgence de sensations perdues, celles d'une sexualité d'avant Intellect, qu'il avait, comme beaucoup, oubliée. Le réseau, aurait pu, sur le plan sexuel, rassasier n'importe quel affamé, blaser l'être le plus libidinal du monde par la profusion d'expériences sensuelles et sexuelles qu'il offrait. Combien de couples binaires avaient encore une sexualité traditionnelle, c'est-à-dire faite de contacts physiques à l'occasion d'un vrai coït, lui préférant la rapidité et l'efficacité du sexe mental — ce qu'on avait affreusement baptisé un *coïg* ? Combien pouvaient, en toute honnêteté, affirmer que leur épanouissement sexuel fût possible sans l'aide d'Intellect, sans recourir à toutes les occasions de rencontres, de plaisirs, de fantasmes, de dopage et de tricheries ainsi offertes ? Tarang était d'une génération qui avait connu les deux mondes, mais qui s'était laissé avaler par le nouveau, et il se surprit à s'en rappeler ici, à la morgue de Mandawali. Sa sexualité d'avant Intellect, il l'avait oubliée. Et le réseau avait fait de tels dégâts dans sa libido qu'il fallut qu'elle ressurgît d'un coup à la vue d'un cadavre.

L'écran de contrôle sur le côté de la bière s'alluma et émit un son, tirant Tarang de son envoûtement. Tout un tas de données biométriques s'affichèrent ainsi que l'état civil de son occupante. Une information, en rouge, clignotait comme pour attirer le regard : « *Suicide par asphyxie* ». Le mode opératoire expliquait certainement l'état parfait de ce corps. Et donc, se dit Tarang, de l'implant qui s'y trouvait.

— Belle femme, hein ? fit le préposé, toujours le sourire en coin.

— C'est l'implant qui m'intéresse, coupa sèchement Tarang. Pourriez-vous, s'il vous plaît, m'aider à retourner ce corps que je puisse opérer ?

Après avoir ajusté leurs gants, les deux hommes se penchèrent vers le cercueil, saisirent diverses parties du corps froid et rigide de Satya Kapoor : le préposé les pieds et les jambes, Tarang le tronc. Ils firent mouvement ensemble pour pivoter prudemment le corps et le positionner sur le ventre. Il se retourna comme un morceau de bois, dans un bruit sourd. La manipulation mit au jour une autre facette de ce corps et le Tarang Binaire dut lutter pour ne pas laisser son regard de Primaire se perdre dans ces entrelacs de courbes. Il lui fallait se défaire des appels d'une sensualité que la mort n'avait décidément pas réussi à tuer. Il ferma les yeux un instant. Puis il remercia le préposé, lui laissant entendre par là qu'il n'avait pas besoin de lui pour effectuer son intervention. Le gros bonhomme, amusé, s'éloigna et se posta devant la porte principale de la chambre froide, laissant Tarang opérer.

Tarang s'agenouilla, respira profondément et se concentra sur sa tâche. Il dégagea la nuque de la jeune femme en rabattant de chaque côté ses longs cheveux noirs. L'implant était bien là, logé entre l'atlas et l'occipital, dans cette fine interface entre la colonne vertébrale et le crâne. Il sortit de son petit étui le vieux scalpel et deux pinces. Après avoir palpé et massé du bout des doigts le pourtour de l'implant pour essayer de ramollir la chair nécrosée, il appliqua le scalpel sur la peau et commença à pratiquer une incision profonde en forme de croix dont le centre était l'implant. Puis, se servant d'une des pinces, il saisit la tête de l'implant qui émergeait de la chair découpée et la tira très doucement, suffisamment pour la déloger sans risquer d'emporter des fragments de cerveau. Il utilisa la deuxième pince pour couper à leur base la multitude de petits fils translucides. Avec une compresse humide, Tarang nettoya l'implant, puis le rangea dans la petite boîte à l'intérieur molletonné prévue à cet effet. Il posa le tout par terre à côté de lui. Et, alors que n'importe quel légiste se serait contenté de deux piètres agrafes, il prit ensuite soin de recoudre l'incision à l'ancienne mode, avec du fil et une aiguille. Comme pour s'excuser de son acte — ou de ses regards ? — et témoigner à ce corps une marque ultime de respect.

Lorsqu'il eut fini, Tarang rappela le préposé pour remettre le corps dans sa position initiale. Lorsqu'ils la rebasculèrent, les yeux de Satya s'ouvrirent sous le choc ; ce n'est qu'en croisant ce regard vitreux, légèrement désaxé et figé, que Tarang sembla comprendre qu'il n'avait devant lui rien d'autre qu'un cadavre en proie aux premiers signes d'une décomposition promise. Tarang lui referma délicatement les yeux du bout des doigts et enterra du même coup tous ses fantasmes naissants. Le cercueil se referma. S'apprêtant à partir, Tarang se baissa pour ramasser la petite boîte contenant l'implant. Mais il constata qu'elle n'était plus là. Il regarda autour : rien. Il se releva et, en se retournant, à sa grande surprise, il trouva face à lui le petit homme de l'accueil, cet être chétif et délavé. Il arborait le même sourire. Le regard levé vers Tarang qui le dominait d'une bonne tête, il demanda, sûr de son effet :

— Est-ce cela que vous cherchez, M. Rajani ?

Et il présenta devant lui la boîte contenant l'implant. Elle était posée sur la paume de sa main.

— En effet, je vous remercie, répondit Tarang en voulant la reprendre la boîte.

Mais avant qu'il pût achever son geste, le petit homme recula prestement sa main et mit la boîte dans la poche de sa blouse.

— Monsieur Rajani, est-il vraiment possible qu'un homme dont le patrimoine avoisine les quinze milliards de neuros vienne ici pratiquer des autopsies cognitives pour arrondir ses fins de mois ou rendre service à la communauté ?

— En quoi cela vous regarde-t-il ? répondit Tarang, fronçant les sourcils et baissant les yeux vers son petit interlocuteur.

— J'ai échangé avec mon alter ego de Chandni Chowk…

— Et ?

— Vous a jamais vu.

— On vous a mal renseigné, vitupéra Tarang. Je n'ai pas à motiver ma présence ici, seule l'autorisation que je vous ai remise vous regarde ; aussi je vous demande de me rendre le produit de cette autopsie, faute de quoi je serai contraint d'en référer à la Neuro, qui m'a mandaté.

— Ne vous privez pas. Avec votre fausse autorisation, je suis sûr que vous aurez plein de choses à leur raconter. Je me demande d'ailleurs bien pourquoi un vieux type comme vous veut, à ce point, extraire l'implant de cette belle jeune femme. Que lui avez-vous donc fait pour prendre autant de risques et venir ici lui ôter tout ce qu'il peut lui rester comme souvenirs de vous ? La crainte d'être mis en cause dans une affaire de mœurs peut-être ? Ou bien est-ce plutôt un désir morbide qu'il vous faut assouvir à tout prix, profiter en cachette, en voyeur, d'un corps que vous avez désiré sans jamais parvenir à séduire cette femme ? Ou alors vous extasier en regardant de façon libidineuse les souvenirs enregistrés de ses ébats avec d'autres ?

Tarang resta un instant bouche bée. Il lui fallut analyser, et vite, le rapport de force qui venait d'un coup de s'instaurer : Tarang aurait pu protester, se fâcher, lui mettre son poing dans la figure, l'écraser avec le talon, il n'avait en réalité pas d'autre choix que de l'écouter. Reprendre l'implant par la force aboutirait invariablement à une intervention de la police ; et partir sans l'implant serait un non-sens. Il fallait donc récupérer l'implant sans faire de vagues. Il ne vit qu'un moyen pour cela. Il le fixa longuement du regard puis, à voix basse, mais sans masquer son extrême agacement, il lui tendit une perche :

— Et vous mon petit Monsieur ? Qu'espérez-vous en obtenir ?

— Un implant qui disparaît, ça fait mauvais effet pour

l'institution, pour ses employés aussi. Je risque gros si je vous laisse filer avec…

— Combien ?

— Cinq cent mille *neurocoins*. Et immédiatement, répliqua calmement le petit homme, les yeux plissés de joie.

Dans la seconde qui suivit, Tarang reçut une identité autobancaire. Cinq cent mille neuros étaient bien peu de chose pour lui. Il n'y avait que cela à faire : accepter. Toute autre solution l'aurait nécessairement conduit à un échec. Il lança son application de gestion autobancaire. Par la pensée, il remplit à la va-vite les trois champs requis pour effectuer un virement *neurobancaire* express :

Montant : 500 000 ₦
Modalités : Immédiat
Objet : Gros connard

Avant que sa pupille ne pointât le bouton « valider », il exigea :

— L'implant, maintenant, si vous voulez le virement !

L'homme lui offrit son plus beau sourire de serpent et sortit de sa poche la boîte qu'il plaqua sèchement contre la poitrine de Tarang. Au moment où ce dernier s'en saisit, le petit homme lui indiqua doucement :

— Pas d'entourloupe, Monsieur Rajani ! N'oubliez pas que j'ai des enregistrements sous tous les angles de votre passage ici. Alors effectuez ce virement immédiatement.

Tarang ouvrit la boîte, en vérifia le contenu et s'exécuta. Puis il ramassa ses affaires et se dirigea promptement vers la sortie. En passant devant la porte de la chambre froide, il croisa l'énorme préposé, qui l'arrêta par le bras et lui dit à voix basse :

— M. Rajani, si cela vous intéresse, j'ai quelques im-

plants à vous proposer. Des vierges, des pas vierges…
— Allez au diable !

Il quitta la morgue, furibond. La mission était une réussite totale mais il ne songeait qu'à son échec à lui : cette grappe de parasites qui s'accrochait à Intellect, le détournant de sa fonction première pour en tirer des profits faciles et immoraux. En créant Intellect, il avait aussi engendré une cohorte de délinquants dépassant en horreur la cybercriminalité d'antan. Coupable ?

– 3 –

Pour pouvoir fonctionner et émettre, un implant avait besoin d'un courant électrique, faible mais ininterrompu. Ça tombait bien, le cerveau humain était le générateur parfait pour cela. Réactiver un implant hors du cerveau était donc techniquement simple d'autant plus que, fort heureusement, on pouvait compter sur le marché noir. Kaitarô se saisit d'un petit appareil cubique en métal, doté d'un orifice cylindrique dans lequel il logea la tête de l'implant de Satya Kapoor. Le tout était très semblable à un gros taille-crayon. Mais ça s'appelait un *neurocopieur*. L'outil permettait non seulement de réactiver l'implant en lui fournissant l'exacte quantité d'énergie électrique stable dont il avait besoin, mais en plus, offrait la possibilité d'accéder à tout son contenu, ses sauvegardes sur serveurs, les copier, les transférer, les effacer, etc.

Bref, s'il ne s'échangeait que sur le marché noir, c'est parce que la détention d'un *neurocopieur* fut parfaitement illégale. En effet, cet objet n'était rien d'autre que l'outil de base du trafic d'implants et de *psycho-données*, le *neurotrafic*.

Bien qu'immorale, voilà une économie parallèle florissante et ô combien lucrative. Parfaitement illégale, elle était administrée par une pègre structurée et diplômée. Ce marché parallèle reposait pour l'essentiel sur le recel d'implants, le plus souvent dérobés sur des cadavres, mais pas uniquement : parfois, les implants étaient mis sur le marché par des Binaires eux-mêmes, en grande difficulté financière, en quête d'un peu de trésorerie, et souhaitant éviter les frais d'intermédiation du marché d'occasion officiel ; parfois aussi par des héritiers indélicats ; plus rarement, mais le fait restait notoire, les implants étaient-ils arrachés brutalement à leur propriétaire dans d'horribles conditions. Dans tous les cas, l'implant était revendu soit à prix décoté par rapport au neuf, lorsque l'implant était vidé de son contenu et reparamétré pour un nouvel usage — un implant d'occasion en somme ; soit à un prix très élevé si son contenu était recherché — l'acquérir pouvait alors permettre d'accéder au savoir, aux souvenirs et données privées de leur hôte.

Esther s'amusa à deviner quelle pourrait être la valeur de l'implant de Satya Kapoor. Assis devant son bureau crasseux, Kaitarô lui expliqua qu'il valait certainement cinq à six fois le prix d'un implant neuf, car elle avait, par sa fonction, accès à beaucoup d'informations confidentielles ; et puis, par ses diplômes, sans doute y avait-elle stocké beaucoup de savoir. Mais avant de donner un prix, il voulait d'abord en explorer le contenu.

Son installation rudimentaire étant prête — le *neurocopieur* avait été relié à un gros disque dur par un câble à demi dénudé — Kaitarô se saisit d'une véritable antiquité informatique, un ordinateur portable à écran rabattable. Il le posa sur le bureau et invita Tarang et Esther à s'asseoir à côté de lui, ajoutant qu'ils seraient vite fixés. Il tapa sur son clavier une série de commandes auxquelles ni Esther ni Tarang ne comprirent grand-chose puis, au bout de quelques secondes, le miracle s'accomplit : une mélodie désuète signifia qu'il avait établi le contact avec l'implant. L'écran de l'ordinateur s'emplit de chiffres, puis une image apparut progressivement. L'environnement mémoriel de Satya.

Étrange vision que celle-ci : un panorama sous-marin avec, en son centre, un récif corallien magnifique, opulent et coloré, comme il n'en existait plus nulle part depuis longtemps, dans une eau limpide, parsemée de dizaines de poissons bigarrés, pour la plupart disparus, tournant autour, entrant et sortant de l'écran.
— Ça, c'est un coup bas ! protesta Kaitarô.
— Qu'y a-t-il ? lui demanda Esther.
— Regardez : un environnement mémoriel dynamique !
— Ça change quoi ?
— Tout ! répondit Tarang.

Il expliqua : à la différence d'un environnement mémoriel statique, le plus communément utilisé, un environnement mémoriel dynamique était animé, changeant et aléatoire. Il rappela que chez Dolores, dans son arbre, les souvenirs étaient rangés en fonction d'une structure stable ; le modèle ne bougeait pas, ou peu — les branches pouvaient croître ou le feuillage se multiplier ou tomber, mais tout cela se faisait sur le temps long. Là, c'était totalement différent : le poisson bleu qui venait de passer au premier plan recelait un savoir particulier, mais il fila et disparut immédiatement du champ de vision. Ce même savoir, dont il était porteur, résidait donc désormais, et temporairement, dans un autre élément de l'image, mais lequel ? Tout était rafraîchi en permanence, selon des modalités qui avaient été définies par l'utilisateur lui-même, ce qui rendait le modèle particulièrement difficile à percer.

— Quand on protège ses données comme ça, c'est qu'on a terriblement peur de se les faire voler, conclut Tarang.

Alors Kaitarô enfila une nouvelle fois son casque et entama avec les bras et les mains une chorégraphie étonnante qui dura de longues minutes. Après qu'il eut aboyé « Putain de poissons ! » à trois reprises, il indiqua soudain :

— Cet implant vaut bien plus que ce que j'ai pu vous dire !

Kaitarô avait réussi à ouvrir le profil Intellect de Satya Kapoor et sur l'écran éclata sa grande beauté. Esther feignit de découvrir que le physique d'une personne pût donner de la valeur à ses données et s'en indigna. Kaitarô la ramena sur terre : un actif mémoriel c'était avant toute chose un réservoir d'images à caractère sexuel. Même avec ce système d'archivage dynamique, un *hacker* motivé serait sans doute à même d'y retrouver tous les souvenirs des ébats de Satya, ses essayages de lingerie, ses moments d'intimité dans la salle de bains, ou dans une autre pièce : il y en aurait pour tous les goûts.

C'était ainsi : avec les données amassées au cours d'une vie, même la personne la plus chaste au monde détenait en elle le potentiel matériau pornographique pour abreuver la meute de lubriques mais plus encore de frustrés qui erraient sur Intellect. Le *neuro-trafic*, c'était aussi et avant tout un recel à finalité sexuelle.

Cherchant à revenir au plus essentiel à ses yeux, Tarang demanda :

— Comment vois-tu les choses Kai? Peut-on t'aider ?

— Oui, en me préparant une réserve de café et de biscuits pour la nuit… C'est un des environnements mémoriels les plus complexes que j'ai eu l'occasion de voir. C'est une œuvre d'art. J'en ai pour un bon moment.

Kaitarô avait l'air tout à la fois fasciné et dépité. Le travail qui l'attendait semblait titanesque. Il laissa échapper un long soupir et conclut :

— Vous avez l'habitude maintenant : repassez demain.

– 4 –

Le soleil s'était couché et Intellect crachait à tout bout de champ les derniers bilans, qui ne cessaient de s'alourdir. La terreur gagnait le monde. Plus de cinquante mille morts pour cette seule journée selon l'OMS. Sans doute plus en observant le Registre. C'était implacable et puissant. Et avec Sissa constamment aux manettes, le modèle était parfaitement respecté. Chaque journée s'achevait désormais par une avalanche de vidéos de suicides, saisies sur le vif. Tout cela circulait librement, sans aucun contrôle — et pour cause, il s'agissait de ce que des gens voyaient de leurs yeux et se contentaient de mettre en partage instantanément. C'était à qui aurait la plus belle prise. Ces vidéos furent en définitive un excellent médium pour pouvoir étudier, sous un angle technique, la façon dont s'opéraient ces autolyses.

« On meurt comme on a vécu » : cette assertion, un brin péremptoire, ne pouvait être mieux démentie que par le mode opératoire choisi par ces gens qui se donnaient la mort. En réalité, on mourait surtout grâce aux expédients disponibles au moment de passer à l'acte : un bus, l'eau, une lame tranchante… Et curieusement, la plus prisée et la plus absolue des armes fut le vide. On eut beau avoir mis au point l'arsenal le plus sophistiqué qui fût, rien n'était plus létal que lui. Dans l'ensemble, l'esprit semblait improviser son dernier geste avec les moyens du bord, sans autre but que la recherche de la meilleure efficacité. Ainsi, il n'y avait pas vraiment de mort dont le mode opératoire pût être interprété à l'aune de la vie de leurs auteurs, de la même manière qu'il n'y avait pas, dans le comportement de tous ces pauvres gens, de lien évident avec leur caractère ou leur façon d'agir au quotidien. Une vie intense et généreuse pouvait accoucher d'une petite agonie mesquine, une vie routinière d'une mort spectaculaire et inventive, une existence emplie de spiritualité d'un dénouement bête et trivial.

Esther, elle, n'en pouvait plus de cette gabegie d'images. Et plus encore que les images, les sons qui en émanaient : toujours des cris, des bruits sourds de chute, des détonations, des craquements d'os. Elle avait beau essayer de ne pas trop s'aventurer sur Intellect, il était compliqué d'en réchapper totalement quand le cerveau y était, par nature, relié. Prise malgré elle dans la nasse d'Intellect, elle put au moins constater que les insultes et les menaces à son encontre avaient cessé ; on ne parlait presque plus de Dolores, ni du complot juif. C'était déjà ça.

Mais elle s'impatientait : quand Tarang pourrait-il lui enlever son implant ? Elle avait pris rendez-vous avec un neurochirurgien, histoire de voir. Elle devrait attendre une semaine, après quoi il faudrait ajouter les dix jours de réflexion. Bref, ça ne collait pas avec le calendrier sisséen qu'ils avaient modélisé. Et chaque jour qui passait, elle doublait son risque d'être atteinte par le virus. L'arithmétique de ce fléau avait le mérite d'être simple. Prise dans le tourment de ses peurs et de ses questions, et ne souhaitant pas user des facultés de son implant, comme pour en amorcer le sevrage, Esther eut du mal à trouver le sommeil. À côté d'elle, Ayumi dormait à poings fermés. Son petit corps se perdait dans l'épaisseur des couettes de l'immense lit qu'elle partageait avec elle. Trois minuscules *luminals* étaient blottis dans son cou et la caressaient de leurs ondes de plasma. La petite fille avait changé de visage. Même son sommeil paraissait enveloppé de bonheur.

La veille, avant de quitter l'atelier, Esther avait proposé à Kaitarô de la prendre pour une nuit, afin qu'il pût se concentrer plus facilement sur l'environnement intérieur complexe de Satya Kapoor. Mais, bizarrement, Kaitarô s'y était d'abord refusé. Il avait trouvé tous les prétextes pour que sa fille ne sortît pas du quartier. Esther avait tant insisté qu'il céda, ce qui provoqua chez Ayumi son premier vrai sourire depuis des jours. Esther posait maintenant sur elle le regard d'une mère, un rôle qu'elle n'avait joué dans sa vie que pour dépanner les autres, la nature lui ayant jusque-là refusé ce don. Elle passa délicatement sa main dans ses cheveux. Elle souleva la couette pour jeter à nouveau un œil aux bleus qu'elle avait vus sur le torse de la fillette, tout à l'heure, pendant le bain. Il faudrait absolument qu'elle en parle à Kaitarô, cette histoire de chute sonnait bizarre.

Esther pensa ensuite à Dolores, à leurs découvertes de ces derniers jours. À son frère aussi, qui s'obstinait à vouloir garder toutes ses facultés de cognexion, comme si son existence, sa survie dépendaient du fait d'être Binaire. Enfin elle pensa à elle-même, sa vie sans implant, sans Intellect. Peut-être pour demain, après-demain, si Tarang tenait parole.

Sans doute faudrait-il qu'elle se réinvente totalement, professionnellement, socialement, pour trouver sa place dans un monde qu'elle avait quitté dix-sept ans auparavant. Et puis elle pensa à toutes les contraintes administratives et logistiques que cela impliquerait. Une montagne de formalités l'attendait. Ce tourbillon de songes entêtants nourrit son insomnie, si bien qu'elle se leva pour essayer, plutôt que de rabâcher, de trouver quelque chose à manger.

En arrivant dans la cuisine, elle aperçut à travers les baies vitrées, au loin, la silhouette lumineuse de Gandhi, qui arpentait la mégalopole, suivi de sa procession de logos. Puis elle regarda vers le salon d'où émanait une autre lueur, bleu pâle et faible. Esther s'avança sur la pointe des pieds et vit, dans le noir de l'immense pièce, Tarang, affalé dans son canapé. Il avait projeté devant lui les images de rêves passés. Il avait aussi eu son insomnie, mais préféra la noyer ainsi. Elle comprit alors qu'il était incurable : jamais il ne pourrait, lui, revenir à un état antérieur.

12

Raman

« ***Vous avez un visiteur.*** *Vous avez un visiteur. Vous avez un visiteur. Vous avez un visiteur. Vous avez un visiteur. Vous avez un visiteur. Vous avez un visiteur. Vous avez un...* » Tarang se réveilla, difficilement, et coupa net ce message qui tournait en boucle dans sa tête, signalant que quelqu'un s'était présenté dans le hall de la tour et sollicitait l'accès aux étages. Au même moment, on frappa à la porte de sa chambre. Esther passa la tête et, voyant Tarang éveillé, lui dit en chuchotant :

— Je suis désolée si je vous réveille mais je crois que vous avez un visiteur, il y a un carillon qui résonne dans le salon mais je ne sais pas comment l'arrêter.

— Oui, oui... Je sais, dit-il la bouche pâteuse. Je vais regarder qui c'est.

Tarang se cognecta au système de surveillance. C'était Kaitarô. Qu'il sortît de sa tanière, ça relevait de l'exceptionnel. Tarang fit ouvrir la porte du hall et demanda à Esther d'accueillir Kaitarô dans l'appartement, le temps pour lui d'enfiler quelque chose — une chemisette jaune, encore. Tarang se rendit alors compte qu'il était treize heures. Il ne s'était pas réveillé à cette heure-là depuis... il ne savait plus. S'il dormit autant, ce fut cependant par intermittence, en raison de son insomnie, la première depuis bien longtemps. Il ne pouvait que constater comme son sommeil se déréglait et combien son implant se révélait de plus en plus impuissant face à ses chimères et ses tourments. Quelques minutes plus tard, Tarang arriva dans le salon, ébouriffé. Katairô était déjà là. Il lança :

— J'ai essayé de vous joindre sur le téléphone, tous les deux, mais ça ne répondait pas… Je me suis inquiété, dit-il en regardant sa fille, blottie entre les jambes d'Esther.

Kaitarô semblait livide, le visage décomposé, les yeux cernés, les habits fripés. Il avait noyé ses exhalaisons de sueurs sous une couche épaisse de désinfectant hormonal. Lui non plus n'avait presque pas dormi, se consacrant à sa tâche, essayant de déjouer les multiples préventions disséminées par Satya Kapoor dans son environnement. Et puis il avait dû interrompre son travail à deux reprises : le rôdeur, encore. Tarang les invita à s'installer sur le grand canapé et se proposa de préparer du café et du thé pour tout le monde. Pendant que Kaitarô sortait de son étui le vieil ordinateur portable, Esther demanda :

— Selon toi, est-ce que notre Satya va nous permettre de régler cette situation ?

— Sans doute, se voulut-il rassurant. Mais autant te dire que je n'en suis pas encore là. J'ai eu le plus grand mal à comprendre la clé de son arborescence dynamique. J'y suis arrivé partiellement avant l'aube, en me documentant sur les poissons comme jamais je n'aurai cru le faire. Par quoi commencer ?

— Les dernières minutes de sa vie, par exemple. Sont-elles comparables à celles de Dolores ?

— Absolument. Le même orage psychique, sans commune mesure. Ses visions étaient différentes, pas de charnier d'animaux chez elle — est-ce parce qu'elle était végétarienne ? Mais également d'autres images, aussi violentes et déprimantes, d'un environnement en décomposition, d'une terre en souffrance, d'animaux morts de soif ou de maladies horribles. Les mêmes interférences aussi, quelques jours avant. Les points communs sont trop nombreux pour tenir du hasard.

— Quoi d'autre ?

— J'ai relevé que la notion de suicide l'accaparait. Toutefois le terme « suicide » en lui-même est systématiquement rattaché à son métier ou à d'autres personnes. Oui, le suicide la préoccupait, mais pas le sien.

L'ordinateur avait enfin démarré, dans un son de soufflerie. Kaitarô avait ouvert un programme. Un graphique en nuage de points apparut. Il précisa :

— Voici la modélisation statistique de ses pensées en lien avec le suicide, dans ses vingt-quatre dernières heures de vie. Parmi les séquences que j'ai pu retrouver, il y en a une que je trouve très intéressante. Elle est vieille de trois jours ; c'était juste avant que l'OMS n'évoque une pandémie. Elle va vous plaire à cause de ses protagonistes. Et aussi parce que, pour la trouver, j'ai croisé deux mots-clés : « suicide » et « Rajani », cela afin de déterminer à quel moment elle avait entendu parler de nos démarches pour la première fois. C'était donc ce jour-là.

Il sélectionna un point au sein du graphique, ce qui eut pour effet d'ouvrir une séquence mémorielle de dix minutes. Apparurent alors à l'écran les images de ce que Satya Kapoor vit avec ses yeux, à ce moment précis. Elle était dans une salle de réunion, majestueuse, ors et moulures, occupant une place excentrée d'une grande table. Face à elle se trouvaient plusieurs personnes présentes physiquement ainsi que deux spectres. La table devait probablement accueillir une vingtaine de participants — impossible d'en être sûr à ce moment, la moitié de la table étant hors du champ de vision de Satya Kapoor. Il faudrait attendre qu'elle tournât la tête pour en voir l'entièreté. Au centre de l'assemblée se tenait la ministre de la Santé, dont la présence dévorait tout le reste : de son corps, tout dépassait, les seins, les bras, les poignets, même le menton, prognathe et volontaire débordait du cadre ; quant à son regard il avait avalé l'espace devant elle pour le remplir de sa détermination. Si bien que tout le monde était tourné vers elle, aimanté. Tarang reconnut aussi le jeune directeur de cabinet du ministre de la Sécurité Intérieure, qui se tenait à côté d'elle, et, à l'autre bout de la table, il vit Omkar, qui écoutait paisiblement, les mains posées sur son gros ventre. Tarang supposa que ce devait être la fameuse réunion dont Omkar lui parla et qui précéda de peu la mort de Satya Kapoor.

La séquence démarrait au beau milieu d'un échange, au cours duquel la ministre de la Santé avait la parole. Elle demanda, coudes sur la table, menton en avant :

— … Mais a-t-on l'absolue certitude que seuls les Binaires sont concernés ?

— Madame la ministre, nous la tenons pour acquise. L'échantillon statistique est suffisamment grand maintenant pour l'affirmer. Chez les Primaires, on se suicide comme on l'a toujours fait, au même rythme. La surmortalité constatée ne concerne que les Binaires. C'est pourquoi, Madame la ministre, notre groupe d'étude estime maintenant hautement probable que la vague de suicides observée soit directement occasionnée par l'implant lui-même, ou par des défaillances logicielles d'Intellect.

Il y eut un bref silence dans la salle. Quelqu'un se racla la gorge. Tous les regards se tournèrent vers lui. Celui-ci énonça, avec calme :

— Nous ne sommes pas d'accord, mais j'y reviendrai.

Satya Kapoor tourna la tête pour observer celui qui avait pris la parole et était assis juste à côté d'elle. Mais Tarang, avant même de voir l'image, l'avait déjà reconnu au son de sa voix : c'était Raman. Raman Carter, inchangé et fidèle à lui-même, détendu, sûr de lui, costume saillant, barbe de trois jours, cheveux gominés. Seule sa peau avait encore éclairci. Pourquoi Omkar ne lui avait-il pas dit que Raman fut convié à cette réunion ? La ministre de la Santé reprit :

— Développez, Monsieur Carter.

— Affirmer, parce que cette épidémie de suicides ne touche que les Binaires, qu'elle est causée par l'implant ou Intellect, est un raccourci auquel je ne me serai pas livré. Premièrement, je voudrais rappeler que jamais nous n'avons affirmé que nos protocoles et protections antidépression et antisuicide étaient inviolables. Des suicides de Binaires, ça existe aussi : une centaine par an. C'est rarissime, certes, mais certains dépressifs particulièrement lourds n'auront jamais assez de leur implant pour aller mieux. C'est pourquoi on pourrait déjà se demander s'il n'y a pas une hausse de ce type de cas. Deuxièmement, je voudrais également mettre en exergue le fait qu'une part importante des utilisateurs d'Intellect n'est pas aguerrie au bon usage de certains paramètres. En particulier nous estimons que près de dix pour cent des utilisateurs ne maîtrisent pas correctement leurs leviers d'action sur les neurotransmetteurs, surtout depuis les dernières mises à jour logicielles qui semblent trop complexes pour certains. Des surdosages, ou leur inverse, sont donc envisageables ; voilà alors une autre piste à investiguer, qui peut se cumuler avec la première. Troisièmement, enfin, l'usage de certaines drogues peut annihiler toutes les protections de l'implant le mieux réglé qui soit. Or nous savons que circulent depuis le début de cette année certaines molécules extrêmement complexes, qui ne font pas bon ménage avec notre technologie. J'aimerais donc aussi, sans vous commander, qu'avant de tirer des conclusions hâtives, l'on s'interroge sur l'usage potentiel de certains stupéfiants.

La ministre prit acte de ces remarques, puis relança son interlocuteur précédent, lui demandant :

— Doit-on définitivement écarter le fameux effet Wepler ?

— Werther, Madame.

— C'est pareil. D'ailleurs il faudra un jour m'expliquer pourquoi on a donné à ce mal le nom d'une friandise…

Il y eut un bref silence. Puis la réponse à sa question première :

— Écarter l'effet Werther… Oui et non. Oui, parce que toutes nos analyses tendent vers cela. Non, car rien n'est totalement et irréfutablement établi.

— On n'est donc pas plus avancés, fit-elle dans un soupir. Mais dois-je comprendre que la piste d'une vraie maladie est écartée ?

— Qu'appelez-vous une vraie maladie, Madame la ministre ?

— Une maladie qu'on attrape, en entrant en contact avec un agent pathogène. Pas une dépression qui ne s'abattrait que sur des esprits affaiblis.

— Madame la ministre, répliqua une femme située face à elle, nous n'avons pour l'heure aucune indication concernant un agent pathogène. Mais j'aimerais remettre les choses à leur place ; en particulier rappeler que le suicide n'est pas une maladie affectant une minorité de faibles gens. Ni plus que le suicide soit nécessairement l'aboutissement d'une dépression. En réalité, c'est plus complexe que ça : le suicide, c'est aussi une faculté. Une faculté exceptionnelle, essentielle sans doute. La faculté qu'a notre cerveau de mettre fin à tout. C'est grâce à cette capacité que peut prendre corps, par exemple, le sacrifice de sa propre vie. Sans doute, donc, et paradoxalement, à l'échelle du corps social, le suicide remplit-il une fonction vitale. Et ce qu'il faut retenir c'est que tout le monde est capable de ce geste volontaire. Simplement, très peu de gens passent à l'acte. Mais nous sommes tous dotés de cette faculté ; quelque part dans notre cerveau un centre de commande est prêt, à tout moment. Et c'est bien ce qui m'inquiète dans ce que nous rencontrons : ce serait une erreur de croire que seuls les faibles ou les dépressifs sont concernés. Je suis convaincue que nous sommes tous des malades potentiels, surtout si nous avons affaire à un agent infectieux qui aurait trouvé, chez l'homme, ce point faible et s'y attaquerait de manière ciblée et méticuleuse. Aussi, pour répondre à votre question de façon précise, je vous dirai que la possibilité d'une maladie n'est pas écartée, nous y travaillons, mais que pour l'instant rien, absolument rien ne l'établit et nous ne savons pas comment elle se transmet.

— Mais que sait-on alors ? s'impatienta-t-elle.

Là-dessus, le premier expert reprit la parole et tenta, avec pédagogie, de faire part de leurs avancées. Il expliqua que trois pistes principales étaient alors en cours d'exploration : premièrement, un problème de paramétrage ; deuxièmement une défaillance logicielle ; et enfin une défaillance technique. En premier lieu donc, rejoignant ainsi la remarque de

Raman Carter, l'expert indiqua qu'il restait très probable qu'un simple problème de paramétrage de l'implant et en particulier des neurotransmetteurs put être la cause. Cette piste avait l'avantage de rassurer tout le monde car, si elle se révélait être la bonne, il serait alors assez simple de remédier au problème.

La deuxième piste, une éventuelle défaillance logicielle, était plausible à leurs yeux mais plus épineuse : si, d'une manière ou d'une autre, le système d'exploitation de l'implant ou certains des programmes gratuits ou payants déployés par Intellect provoquaient des conflits capables de conduire au suicide, alors il faudrait tester tout le monde, développer un correctif, l'administrer, vérifier. Ça serait long et complexe.

Quant à la troisième piste, la défaillance matérielle, elle parut encore plus problématique : elle supposerait à un moment donné une intervention physique — retrait ou réparation de l'implant — sur un nombre aujourd'hui imprévisible de personnes. Ça pourrait prendre des mois, des années. Sur ce point, Raman Carter intervint, précisant, comme le ferait une notice de garantie, qu'en cas d'avarie purement matérielle, Cog-Net ne pouvait être mis en cause. En effet, Cog-Net ne fabriquait pas d'implant, se contentant de fournir aux implants un système d'exploitation et des solutions logicielles aux normes et compatibles avec l'infrastructure d'Intellect. Dans un tel cas de figure, il faudrait donc se rapprocher des fabricants d'implants — et il en existait des centaines, ce qui compliquerait encore la tâche.

La ministre en vint à évoquer les moyens à déployer. Un homme assis en face de Satya Kapoor indiqua qu'il fallait autopsier à tour de bras pour collecter le maximum d'informations. Tout partait de là. À l'autre bout de la table, Omkar abonda, profitant de l'occasion pour faire valoir qu'il manquait des neurolégistes ainsi que des analystes. Alors la ministre leur indiqua que les moyens ne devaient plus être un problème : le Premier ministre avait décidé de faire de cette crise la préoccupation prioritaire de son gouvernement. Elle posa d'ailleurs la question des médecins : en manquait-il, fallait-il en réquisitionner ? Une femme hors champ répondit laconiquement :

— Madame la ministre, j'ai bien peur que les médecins ne vous servent à rien.

Elle disait vrai. Le plus étrange phénomène de cette tragédie fut en effet l'absence notable du corps médical. Dans une épidémie, en principe, on consultait, on diagnostiquait, on soignait. Tout ça, de manière habituelle, était le fait d'une armée de blouses blanches. Ils constituaient la première ligne, on s'y était habitué. Et tant qu'on les voyait en action, on pouvait ressentir une forme d'urgence, percevoir l'ampleur du drame. Mais, là, les docteurs étaient au chômage technique ; personne n'alla consulter car il n'y avait rien à ausculter, aucun symptôme, et encore moins de soins à prodiguer, puisqu'on mourait sans prévenir.

— Doit-on alors mettre en place des mesures prophylactiques ? demanda la ministre.

— La question est aujourd'hui de savoir si on agit contre une épidémie ou un problème technique. En tout cas, dans l'immédiat, nous en serons réduits à essayer d'endiguer les conséquences, mais pas la cause.

— Précisez.

— Selon nos informations, l'OMS s'apprêterait à lancer dans les prochaines heures une alerte à l'épidémie. Qui dit épidémie dit transmission ; et qui dit transmission dit, en termes de lutte, faire barrage aux moyens de cette transmission, mettre en place des mesures prophylactiques. Or, vous aurez noté qu'à ce stade nous ne savons pas s'il y a une problématique de transmission. Donc, bien qu'il soit à prévoir qu'à très brève échéance le terme « épidémie » s'installe dans tous les esprits, il conviendra de mettre en place des moyens de lutte non pas sur la chaîne épidémique en amont, dont nous ignorons tout, mais sur ses conséquences en aval. Ça signifiera : sensibiliser les gens pour repérer les symptômes et leur donner quelques recommandations pour éviter autant que possible le passage à l'acte.

— Concrètement ?

— Dans une épidémie classique on peut préconiser de se laver les mains, de porter un masque, d'éviter certains aliments ou de fréquenter certains endroits. C'est simple. Là, on aura plutôt tendance, par exemple, à faire appel à l'empathie de la population et à son sens des responsabilités : prendre des nouvelles des proches, s'assurer que personne dans son entourage ne présente de signes avant-coureurs d'une déprime passagère ; leur recommander dans ce cas de se tourner vers une plateforme qu'il faudrait mettre en place, avec des praticiens qualifiés en psychologie — ce qui ne sera pas simple à trouver, la filière est sinistrée ; suggérer également de ne pas laisser les personnes à risque seules ; inciter aux regroupements familiaux ; et de manière plus concrète, mettre hors de portée de toute personne a priori fragile les objets tranchants, armes et si possible sceller les fenêtres. Ce genre de recommandations, à ce stade, pourrait sauver quelques vies. Sans doute faudrait-il aussi envisager un confinement.

— Un confinement ? Encore ? s'insurgea la ministre.

— Ça me parait inévitable si le bilan croît à ce rythme.

— Vous n'y pensez pas, j'en ai déjà connu dix-sept au cours de mon existence, il n'y a rien de plus pénible. Pourquoi donc faudrait-il mettre le pays à l'arrêt... ?

— Si vous laissez les gens libres d'aller et de venir, les secours devront faire face à des opérations périlleuses qui les conduiront à récupérer des cadavres au fond des fleuves, des restes sur des rails et d'intervenir en urgence dans d'autres lieux inaccessibles. Sans compter tous ceux qu'on ne retrouvera jamais. Enfin, n'omettons pas le risque d'avoir des suicides qui pourraient tourner au carnage, provoquer d'autres morts accidentelles ou volontaires, comme des tueries de masse, qui sait ? Si tout le monde est chez soi, c'est beaucoup plus simple et plus sûr.

— Nous verrons. Il est bien trop tôt.

Un énorme bonhomme à la moustache épaisse qui, jusque-là avait suivi les échanges en s'arrachant méthodiquement les sourcils, intervint soudain, avec gravité :

— Si je peux me permettre, Madame la ministre, il serait bon que la communication du ministère prenne garde à ne pas mettre en cause Intellect ou les implants. Rien ne serait pire que la panique qui pourrait en résulter : des milliers de personnes qui essaieraient de se le faire enlever — et on peut supposer que beaucoup le feraient eux-mêmes. Là, oui, vous auriez une grande catastrophe. Et puis, dois-je le rappeler, l'activité économique directe et indirecte liée à Intellect représente quinze à seize pour cent de notre PIB. Quitte à être provocateur, je pose la question : que valent vingt, trente ou cinquante mille vies indiennes face à l'effondrement de toute l'industrie et du leadership de notre pays ?

Il y eut un grand silence. La séquence d'ailleurs touchait à sa fin. Le chef de cabinet d'Iresh Dahni intervint pour faire part des préoccupations du ministère de l'Intérieur :

— Madame la ministre, nous portons à votre connaissance que certaines personnes, dont Monsieur Tarang Rajani, sont en train de conduire des sortes d'enquêtes. Notre crainte est que des informations non maîtrisées puissent fuiter auprès du grand public. Par lui, par d'autres. Et provoquer le chaos.

— Il est capital que votre ministère garde un œil là-dessus, répondit la ministre.

— Vous devinez sans doute tous mon avis sur Tarang Rajani, intervint Carter.

— Dites toujours…

— Je ne livrerai pas ici le fond de ma pensée mais je rappelle qu'en quittant Cog-Net, il nous a tous souhaité le pire : la faillite. « Après moi, l'apocalypse », c'était ça, son credo. Le voilà, Rajani. Alors, je vous prierai de bien vouloir considérer avec la plus grande attention ses éventuelles démarches. Je le dis clairement : sans doute pourrait-il trouver là une forme de revanche et chercher à nous nuire. Pour notre tranquillité à tous, je recommande de le faire surveiller. Avec ce que l'on traverse, je pense que c'est même une question de sécurité nationale.

— Monsieur Carter, répondit Omkar à l'autre extrémité de la table, ne vous inquiétez pas outre mesure. Tarang Rajani est un citoyen responsable et il fera tout pour respecter la voie officielle. Il tient quand même à son image. Nous utiliserons ce qu'il découvrira mais nous ne lui fournirons aucune aide. Si son action présente un risque de fuite nous n'hésiterons pas à le stopper. Mais pour l'heure laissons-le patauger dans ses recherches, elles sont sans danger.

Kaitarô coupa alors la séquence car le reste ne leur serait d'aucune utilité. Tarang se servit un café. Il croisa le regard d'Esther et balança, dans un style qu'elle ne lui connaissait pas encore :

— Quel ramassis de conneries, non ?

— Voyons le verre à moitié plein, dit-elle : ça date d'il y a trois jours et le sujet paraissait enfin pris à bras-le-corps... J'imagine l'état d'urgence dans lequel ils doivent être maintenant.

— Pour une fois je vous trouve bien indulgente : autant de personnes autour de la table et pas un n'évoque la possibilité d'une action malveillante, d'un virus informatique ?

— Au moment où l'on se parle, ils ont sûrement évolué dans leur réflexion, tout comme nous. La semaine dernière, l'aurions-nous imaginé nous-mêmes ?

Kaitarô leur montra ensuite une deuxième séquence, courte, qui suivait celle-ci de quelques minutes. Satya Kapoor remontait à marche forcée un grand couloir, probablement toujours au ministère de la Santé. Raman marchait à ses côtés. Et il se félicitait d'avoir gagné du temps : le gouvernement renonçait pour le moment à évoquer publiquement une défaillance technique ou logicielle quelconque. Cette victoire semblait l'avoir galvanisé. Il parlait avec énergie, enjoignant Satya Kapoor à passer au crible tous les scénarios envisageables de dysfonctionnement, lui donnant carte blanche pour avancer, du moment qu'elle allait plus vite que le gouvernement. Il voulait une longueur d'avance permanente, être la locomotive et pas le wagon. Alors, quand Satya lui demanda si elle pouvait en premier lieu approfondir ce qu'elle avait découvert « concernant les messages prioritaires », Raman parut gêné et lui répondit de n'en parler à personne ; et l'invita à se concentrer sur les seules pistes soulevées par les experts du gouvernement : défaut de paramétrage, défaut logiciel, défaut matériel. C'était ainsi que Raman pensait répondre au mieux à son urgence à lui : car si le ministère de la Santé voulait sauver des vies, lui voulait sauver son empire.

— Qu'est-ce que Satya a découvert ? demanda Tarang. Sais-tu quelle est cette histoire de messages prioritaires ?

— Eh bien… Elle aurait compilé un nombre considérable de données aberrantes dans leur système, dont la trace mène jusqu'au méta-serveur. De ses recherches, elle a rédigé ce qu'elle a nommé un « mémo ». Elle ne cesse d'y penser, elle en parle même à Raman Carter avant leur réunion au ministère de la Santé ; puis, après encore, elle y repense, jusqu'au moment de mourir même. Ce truc doit être une bombe, pour qu'elle l'ait à ce point caché et que Raman lui demande de ne pas en parler.

— As-tu pu le voir, y accéder ?

— On ne peut en connaitre le contenu à distance : elle a systématiquement supprimé de sa mémoire tout ce qui s'y rapportait, et notamment les moments où elle le rédige. Si bien qu'il n'y a aucune trace de ce document dans sa mémoire. Et bien sûr elle l'a enregistré sur un serveur accessible uniquement en local, chez Cog-Net. Pour en connaitre le contenu, il faudra donc aller le chercher.

— Sais-tu au moins où il est rangé sur ce serveur ?

— Elle a tout fait pour que ça me soit impossible, dit-il d'abord avec dépit. Mais je l'ai eue ! s'illumina-t-il ensuite. Peu avant sa mort, alors qu'elle avait travaillé sur sa note, l'avait enregistrée et fermée — puis avait supprimé de sa mémoire tout ce qui s'y rapportait — elle eut besoin, un peu plus tard, de récupérer un tout autre fichier sur son serveur. Par mégarde, ou plutôt par fatigue, instinctivement sans doute, elle s'est rendue à l'emplacement de son mémo. Elle n'a pas ouvert le document, elle s'est immédiatement aperçue de son erreur et a basculé sans plus attendre vers un autre dossier. Mais ça, ce cheminement involontaire vers son mémo, c'est resté dans sa mémoire, elle ne l'a pas effacé ; je l'ai vu ! Je pourrai maintenant guider, les yeux fermés, l'un d'entre vous depuis ce salon jusqu'au répertoire où est classé ce document, chez Cog-Net. D'autant plus que son habilitation est toujours active, j'ai encore essayé ce matin.

— Es-tu en train de nous expliquer qu'il va maintenant falloir que nous allions au siège de Cog-Net et accéder manuellement à ce serveur local, depuis son bureau ?

— Nous ? TU iras.

Esther les interrompit : était-ce vraiment à eux, à lui, d'aller récupérer ce document ? Avec ce qu'ils savaient, sans doute la Neuro ou le ministère pourraient-ils enfin être motivés pour investiguer par eux-mêmes. Mais Tarang n'y crut pas un instant. D'abord, les questionna-t-il, est-ce que Cog-Net jouerait le jeu et remettrait le rapport attendu, sans le maquiller ou le tronquer ? Il faudrait que la Neuro pût le récupérer par surprise, c'est-à-dire à l'issue d'une perquisition. Cela impliquait de bénéficier de la puissance de la justice. Or pour obtenir une perquisition, il les entendait d'ici : il leur faudrait des preuves ! Tangibles ! Tarang insista : il leur fallait ce mémo, extrait directement depuis son lieu d'hébergement. Le document porterait en lui la preuve de son origine et, espérait-il, un contenu probant. Tarang venait donc de se faire à l'idée d'aller, seul, récupérer ce mémo. À condition qu'on lui permît de le faire sans finir avec des menottes aux poignets.

– 2 –

Kaitarô et Tarang combinaient à eux deux une bonne connaissance du terrain : Kaitarô, de son côté, fréquenta plusieurs fois le siège de Cog-Net quand il en fut prestataire. Il y tint quelques réunions, vint présenter certaines de ses créations environnementales à des hologrammes morfondus. Tarang aussi connaissait bien le bâtiment mais sous un angle différent. Il n'y mit jamais les pieds car il fut débarqué du comité de direction avant que l'immeuble fût livré. Pour autant il participa de près au concours arhitectural que le groupe lança pour sa réalisation ; il s'intéressa à la passation des marchés et en avait vu et mémorisé les plans. Justement, ceux du rez-de-chaussée et du trente-quatrième étage — celui de Satya Kapoor — étaient projetés devant eux, audessus de la table basse. Tous les trois affairés autour de l'hologramme, tel un gang sur le point de réaliser un casse, ils échafaudèrent les bases d'une stratégie pour dérober le mémo. Et en moins de deux heures, les principes de leur action furent arrêtés, autour de trois séquences : entrer, récupérer le fichier, sortir.

Entrer, c'était le plus simple : avoir avec soi l'implant actif d'une personne décédée, c'était à proprement parler le sésame. Avec Satya Kapoor dans la poche, les contrôles d'accès seraient ouverts à tous les vents, Tarang n'aurait qu'à se présenter devant une porte pour qu'elle s'ouvrît. Bien que décédée depuis peu, les accréditations de la jeune femme étaient toujours actives et le seraient sans doute jusqu'à la prochaine mise à jour ou « jusqu'à ce que quelqu'un s'en rende compte, ce qui pourrait ne jamais se produire », précisa Kaitarô, citant à profusion les exemples de sociétés où allaient et venaient des fantômes en permanence. Pour faciliter encore plus leur tâche, il y avait belle lurette que plus aucune personne physique ne contrôlait les accès aux bâtiments de bureaux. Ensuite Tarang accéderait au trente-quatrième étage de la tour, qui en comptait cent trente et un, et se dirigerait vers le bureau de Satya, facilement repérable sur le plan. Le plateau serait désert, comme tous les immeubles de bureaux, sinon peuplé de quelques hologrammes qu'il n'aurait qu'à éviter. Récupérer le fichier : là ça se compliquait. En effet, sur le plan de la sécurité informatique, le siège de Cog-Net était une forteresse. Il faudrait contourner une double contrainte : d'une part l'interdiction par le système de tout téléchargement de fichiers hébergés localement chez Cog-Net vers un implant ou Intellect. D'autre part il faudrait composer avec l'impossibilité de pouvoir transférer le fichier sur un appareil amené de l'extérieur (un ordinateur comme ceux de Kaitarô ou un disque dur, même nano) car toutes les issues du bâtiment étaient dotées de portiques capables de déceler des composants mémoriels de la taille d'un grain de riz. Chez Cog-Net, on ne pouvait entrer et sortir qu'avec son implant, rien d'autre. Dès lors comment emporter ce fichier hors du bâtiment ?

C'est Kaitarô qui eut l'idée la plus machiavélique de leur après-midi : sa proposition consista à acheminer un disque dur depuis l'extérieur, « par les airs » avait-il d'abord énigmatiquement lâché. S'ils étaient capables — et nul doute que Kaitarô le fût — de pouvoir déposer sur les bords larges des fenêtres du bâtiment un ange de poche par exemple, embarquant un disque dur sur lui, Tarang pourrait, arrivé dans le bureau de Satya Kapoor, ouvrir la fenêtre, récupérer l'ange et surtout le disque dur qui se trouvait dessus et y copier le fichier. Et ensuite le replacer sur l'ange pour le vol du retour. Quand Kaitarô eut fini d'exposer son idée, et qu'elle fut rapidement approuvée, Tarang s'enquit naturellement :

— Et moi ? Qu'est-ce que je deviens dans tout ça ?

— Simple, répondit Kaitarô : tu quittes tranquillement les lieux, comme tu es venu, avec Satya dans la poche en guise de passe-partout.

La stratégie était donc ficelée dans ses grandes lignes et l'opération paraissait tout à fait à leur portée. Esther posa alors la question la plus pertinente de l'après-midi : à laquelle de toutes ces étapes le plan allait-il capoter ? Sa question était animée par une crainte légitime. À ce moment, Esther ne s'inquiétait pas tant pour la bonne récupération du fichier, que pour elle-même. Si le plan échouait et que Tarang était arrêté, qui pourrait lui ôter son implant ? Quand ? Par la voie officielle, elle en connaissait les délais. Elle avait peur et Tarang était son seul espoir de pouvoir agir vite.

– 3 –

L'après-midi touchait à sa fin. Kaitarô bâilla. Comme il s'apprêtait à rentrer, il avait envoyé sa fille chercher ses affaires. Esther en profita pour s'approcher de lui et demander, discrètement :

— Hier, lors de son bain, j'ai remarqué des traces sur son corps. Des ecchymoses. Comment s'est-elle fait ça ?

— Tu lui as donc donné un bain ? lui jeta-t-il avec dans un regard noir. Il me semblait pourtant t'en avoir défendu.

— Si tu avais vu ses yeux en pénétrant dans la salle de bains, immense et immaculée, tu n'aurais pas pu lui dire non !

Il marqua autant qu'il le put sa désapprobation et mit entre eux une distance dont elle sut immédiatement qu'elle serait irréductible :

— Si c'est ta manière de me rappeler que chez moi c'est petit et sale, merci. Pour le reste, Ayumi a eu des problèmes à l'école, c'est d'ailleurs pour ça qu'elle reste à la maison. Tu me connais, je n'aime pas qu'on mette son nez dans mes affaires. Et je n'aime pas non plus tes insinuations. Ne recommence pas.

Ayumi apparut et vint tout contre Esther. Elle lui enlaça les jambes et posa tendrement sa tête contre sa hanche. Kaitarô, lui, avait déjà ouvert la porte et sortit de l'appartement. Il fit un signe sec de la tête et la fillette le suivit sur-le-champ, renouant instantanément avec le petit nuage gris qui jusque-là ne l'avait jamais quittée ; sauf pour une nuit.

– 4 –

Avec ce virus qui tuait sans distinction, Tarang s'inquiétait de plus en plus pour ses deux fils. Cela faisait plusieurs jours qu'il essayait de joindre Sundar, sur la base de Victoria, sans pouvoir établir de connexion via le serveur sécurisé de l'ISA. Il mettait naturellement ça sur le dos de la tempête qui sévissait depuis plus de quinze jours et semblait ne pas vouloir s'arrêter. Mais aux dernières nouvelles des prévisionnistes basés sur Terre, tout devait rentrer dans l'ordre très prochainement. Alors il insista, mais sans succès. Vu l'urgence de la situation, Tarang se décida donc, à défaut d'espérer une *cogmunication*, à déposer un message détaillé dans l'espace mémoriel de son fils pour le tenir informé de ce qu'il se passait sur Terre et de son inquiétude à son sujet. Mais à peine l'eut-il envoyé qu'il reçut, en retour, un avertissement du serveur de l'ISA lui indiquant que son message contenait *« des mots, des pensées ou des images susceptibles d'avoir une incidence sur le bon déroulement de mission martienne et sur la vie au sein de la base Victoria ».* Et l'invitait à réessayer, en veillant à reformuler son contenu afin que son destinataire pût le recevoir.

Par le passé, Tarang avait toujours réussi à communiquer avec son fils sans ressentir la contrainte de la censure, dont il était averti. Cela faisait en effet partie des règles à accepter : la vie sur Mars était dure, exigeante, la mission ne pouvait pas tolérer que son équipage pût être connecté en permanence et au fait des nouvelles, bonnes ou mauvaises, de la Terre, sans aucun contrôle préalable. L'ISA ne pouvait prendre le risque que des *cogmunications* avec des proches purent engendrer une quelconque forme de démotivation, d'angoisse ou de regret. Les nouvelles transitaient donc d'abord par le central de commandement de la mission, qui était chargé de juger de l'opportunité de les communiquer. Donc il était entendu, aussi bien pour les volontaires sur Mars que pour leurs proches sur Terre que toute *cogmunication* passait invariablement au crible d'un système d'analyse capable de protéger les intérêts de la mission. Dans la mesure où près de cinq cents personnes vivaient sur Mars, occasionnant des milliers de possibilités d'échanges par jour, le contrôle et l'homologation de ces échanges ne pouvaient être opérés que par une intelligence artificielle. Et, pour la première fois, il y était confronté. Au moins, elle fonctionnait. Tarang réfléchit un instant et reformula son message en épelant ses mots plutôt qu'en les disant, espérant qu'il franchirait toutes les barrières de l'intelligence qui se dressait face à lui de cette manière. Ce fut aussi astucieux que dérisoire : un nouvel avertissement lui vint en retour, précisant cette fois que son message contenait « *des pensées ou des images indéchiffrables ou susceptibles de contenir un code* ». Il tenta donc une dernière approche, consistant à communiquer sous une autre forme, plus épurée, un texte plus neutre, moins précis, sans information catastrophiste ni mot épelé ou tronqué mais en jouant davantage sur les intonations, graves, alarmistes, de sa pensée afin d'attirer l'attention de son fils. Mais cette fois l'intelligence artificielle lui reprocha « *une charge émotionnelle négative supérieure à la moyenne autorisée ».* Le programme de censure se montrait intraitable. Tarang se mit à le maudire. Au bout du compte, il envoya un banal bonjour, espérant qu'en retour son fils pût avoir le loisir de lui répondre. Il attendit huit minutes, le temps du décalage, puis dix, puis vingt. Peut-être Sundar dormait-il, ou était-il accaparé par son travail ? Dans la foulée, il laissa aussi un message à Michael. En théorie, il jouissait là d'une liberté totale : aucune pensée n'était prohibée. Et pourtant. Les rapports avec son fils en étaient arrivés à un tel degré de défiance qu'il dut réfléchir à chacun de ses mots, s'interdisant lui-même l'emploi de certains, devenant son propre algorithme censeur afin de laisser à son message une petite chance d'être lu jusqu'au bout :

« *Michael,*

Je reste sans nouvelles de toi et je vis dans l'inquiétude : ce qui se passe avec le SAP est grave, plus grave qu'on veut bien le dire sur les réseaux. J'ai de bonnes raisons de penser que tout le monde binaire est menacé. Alors, par la force des choses, je pense à toi. Je pense à cet implant qui est en toi et que je t'ai offert pour tes seize ans. Je l'ai fait pour ton bien, pour te donner accès à tout mon savoir, mon expérience. J'espère que cela t'a servi. Mais malheureusement ce cadeau est empoisonné. Il est porteur de grands malheurs, j'en ai acquis la certitude. Je ne veux que ton bien, crois-le, et j'ai aujourd'hui peur pour toi. Je pourrai peut-être venir bientôt aux États-Unis pour te retirer cet implant moi-même, mais je doute que tu acceptes. Si tu y es disposé, dis-le moi. S'il te plaît, fais-moi signe, un simple signe, pour savoir que tu vas bien.

Ton père qui pense à toi. »

Il attendit, cette fois sans trop y croire. Et, comme si son deuxième fils était lui aussi sur une planète lointaine, rien n'arriva en retour.

13

Spectres

Tandis qu'à Delhi, il faisait nuit noire, au Brésil, c'était Fla-Flu. Fla-Flu n'était pas le nom d'un oiseau exotique, pas plus qu'un sobriquet d'amoureux, mais plutôt le terme qui désignait le *momentum* de la saison de football binaire à Rio de Janeiro, l'affrontement des deux clubs historiques de la ville, Flamengo et Fluminense ; une rivalité presque bicentenaire. Il fallait l'avoir vécu pour en saisir toute l'importance, vitale. Dans le plus grand stade du monde, le plus grand public du monde était venu assister à l'affrontement — le plus grand au monde — du sport le plus important qui soit. C'était aussi simple que ça. On s'apprêtait à jouer l'ultime match du championnat qui là-bas, depuis la nuit des temps, se terminait en décembre ; les deux clubs se trouvaient à égalité parfaite, en tête du classement, au terme de la trente-septième journée. C'était donc à qui vivrait, qui mourrait, probablement sur un détail. Cent quarante-mille spectateurs avaient rempli le Maracana, véritable volcan de béton ; tous étaient bien là, en chair et en os, sauf quelques pâles *spectrateurs* dans les tribunes VIP ; et tous scandaient, chantaient, vibraient à l'unisson, accompagnant chaque remontée de balle, chaque geste, chaque faux pas. Le stade était entré en éruption, crachant dans le ciel, sous une chaleur insoutenable, la passion brûlante d'une ville coupée en deux.

Rio n'était alors plus qu'une gigantesque gangrène urbaine surpeuplée, à proprement parler invivable puisqu'on y mourrait partout et tout le temps des maux qu'elle engendrait ; mais son cœur, lui, battait toujours pour le football, pour ce moment-là. Les vingt-deux joueurs sur le terrain devaient prodiguer, dans les quatre-vingt-dix prochaines minutes, à l'une ou l'autre moitié des Cariocas, l'honneur ou le déshonneur, le bonheur ou le malheur, la vie ou la mort. Le match fut haletant, épique. Il touchait à son terme, deux partout, l'égalité perdurait. Pour la première fois le championnat se jouerait peut-être sur des prolongations. Le gardien de but de Flamengo, une légende vivante, Ginaldo, « la muraille du Corcovado », un des meilleurs du monde à son poste, venait de dégager le ballon très loin dans le camp adverse, lançant du même coup une offensive pour son équipe. Sur l'aile gauche, le ballon remonta à vive allure vers le but adverse, en direction duquel toute une ville tourna son regard, entre espoir et peur.

Pendant que cette attaque se déroulait, Ginaldo s'accroupit soudain devant son but, prenant appui de ses mains sur la pelouse, au niveau du point de penalty. Et dans cette position, il se mit à vomir. Personne ne le releva — bien sûr, le jeu était ailleurs. Puis, sans crier gare, le gardien se leva, fit demi-tour et se dirigea d'un pas décidé vers ses propres buts. Il en saisit le poteau droit avec ses deux mains et commença à le heurter de sa tête avec toutes ses forces. Une fois. Deux fois. Et encore, sans vouloir s'arrêter. Une partie du virage sud, derrière ses buts, le remarqua. Une rumeur monta des travées. Pendant ce temps, à l'autre bout du terrain, l'attaquant Redinson, entré dans la surface de réparation, rata son tir, pourtant facile à en croire la majorité des supporters ; mais il est vrai qu'un joueur binaire incapable de cadrer sa frappe ne pouvait que mériter des sifflets. Alors, profitant de son erreur, la défense de Fluminense récupéra la balle et amorça une contre-attaque fulgurante.

À ce moment, naturellement, comme le ballon y allait tout droit, tous les regards se tournèrent vers le but de Ginaldo. Et cette fois le stade entier fut pris de stupeur. La clameur se mua en effroi. On entendit des cris aigus prendre le pas sur les chants gutturaux qui, partout, avaient cessé : Ginaldo se frappait violemment le front et avait maculé le poteau de son sang. Délaissant le ballon qui roulait, les joueurs des deux camps affluèrent vers lui, pour arrêter la folie de l'homme cramponné à son but. Il fallut quatre joueurs pour l'en extraire, quatre autres pour le maîtriser. Il y avait du sang partout. L'arbitre siffla, trois fois. Le match fut définitivement interrompu. Le commentateur brésilien cria son désespoir, priant Dieu de venir en aide au gardien vedette de la sélection nationale. Mais Dieu avait déjà tout écrit : le gardien périt peu de temps après, lors de son transfert à l'hôpital.

Ce Fla-Flu-là fut sans vainqueur, mais il s'ensuivit une polémique qui n'en finirait plus, car dans ce moment de confusion, on ne savait trop comment, le ballon avait filé au fond de la cage abandonnée. On réclama un but, mais l'arbitre le refusa. La fédération déclara l'interruption définitive de la saison de football, laissant les deux équipes sur un score de parité et plongeant tout le pays dans le désarroi de n'avoir, au terme d'une année d'âpres combats, ni vainqueur ni vaincu. Il fallut cet épisode tragique pour que le Brésil prît toute la mesure de l'ennemi qu'il affrontait. Ailleurs dans le monde, aux derniers sceptiques qui pensaient que rien de grave ne se passait, les récents chiffres de l'OMS venaient apporter un démenti brutal : c'en était bientôt fait des ultimes espoirs d'une normalité statistique. Encore une fois, les morts de la veille avaient été deux fois plus nombreux que l'avant-veille, soit cent trente mille, et finalement, portèrent le total à plus de deux cent soixante mille. Derrière ce bilan digne d'une bataille de la guerre de Sécession se cachait ce que les politiques redoutaient tant : dans moins de quarante-huit heures, la vague de suicides dépasserait tout ce que les prévisionnistes avaient annoncé. À ce rythme-là en effet, leur fameux plafond de verre, les huit cent-mille morts annuels, serait crevé. En quelques semaines seulement, les bilans annuels d'antan allaient donc être explosés. La grande idée, celle d'un suicide qui aurait repris dans la société la place qui fut la sienne naguère, tomberait d'elle-même. Il fallait, donc, et en urgence, trouver un autre récit pour les foules inquiètes.

D'autant que les complotistes de tout poil, qu'on laissa faire, répandirent leur névrose à tout bout de champ. Et leurs théories gagnaient du terrain ; au sommet de celles-ci, naquit et se déversa l'*e-dée* que cette pandémie était le dernier coup d'une conspiration mondiale anti-armes ou anti-libertés fondamentales. Obliger les gens à remiser leurs pistolets et leurs fusils ou à sceller leurs fenêtres, leur intimer de rester chez eux pour épier l'état moral de leurs proches, ça ressemblait davantage à une manière progressive de les parquer, de les contrôler et les rendre inoffensifs plutôt que de les sauver.

Alors, en signe de protestation, dans de nombreux pays, on vit des gens sortir dans les rues, exhibant fièrement leurs armes, ou laissant grandes ouvertes leurs fenêtres, dans un acte de défiance absolu. L'objectif consistait à faire l'exact contraire de ce que leurs gouvernants leur avaient intimé : ils se baignaient dans les mers, les lacs, les rivières, pique-niquaient près des voies ferrées, au bord des falaises, déjeunaient sur leurs balcons, dressaient la table avec leurs plus beaux couteaux à viande… Tout ça pour montrer qu'ils résistaient, eux. Qu'on leur eût dit qu'il fallait mettre un caleçon pour se protéger du fléau et ils se seraient baladés cul nu. Cette misérable résistance en disait long sur l'état psychologique d'une société où beaucoup d'âmes tournaient en rond dans le cercle fermé de leur entourage cognitif, à la merci des gourous d'Intellect et des conjurations absurdes, s'alimentant les uns les autres de leur folie crasse et des scories d'informations non vérifiées qui, à leurs yeux, formaient un monde cohérent mais façonné contre eux. La vérité c'est que la pandémie offrit à leurs cortex sabotés l'opportunité de laisser libre cours à leurs obsessions. Elle leur donna un motif de croire qu'ils avaient raison. Ils prétextèrent dès lors la défense de soi-disant libertés pour mieux se laisser avaler par leur aliénation, totale, à des schémas manichéens et fantasmés.

Toutefois, pendant que certains cultivaient une paranoïa qu'ils avaient érigée au rang de résistance, d'autres cherchaient des solutions. Partout, dans tous les pays, des milliers d'experts s'y attelèrent, avec plus ou moins de talent, mais avec l'énergie d'une armée assaillie dans sa capitale. Ce fut le début de l'organisation d'une riposte internationale : efforts coordonnés, moyens mutualisés, communication accrue. Un commandement quasi-militaire commença à se structurer, sous l'égide de l'Organisation des Nations Unies, qui y vit une occasion de briller à nouveau. On avait compris qu'il serait impossible de s'en sortir seul alors on avait joué la carte du multilatéralisme et décidé de créer, aussi vite que possible, une formidable armada de spécialistes et de se doter d'un arsenal technologique hors pair.

Des victimes, une armée, des « résistants » : en ce dix-huitième jour suivant la mort de Dolores, le monde était enfin entré en guerre.

– 2 –

À l'aube, à Delhi, il avait plu. Près des quelques haillons de verdure qui persistaient dans la ville, on pouvait humer une odeur tiède d'herbe mouillée. Sur le plan strictement climatique, ce fut un soulagement, même s'il en subsistait une certaine moiteur ; le ciel virait au jaune mais l'air était plus frais et on respirait un peu mieux. Sur le plan opérationnel, en revanche, cela faillit compromettre la stratégie échafaudée par Esther, Tarang et Kaitarô, et cela dès la première étape. En effet, les anges de poche détestaient la pluie.

Mais Kaitarô et Esther étaient bel et bien postés là, côte à côte mais sans s'adresser la moindre parole, à quelques centaines de mètres de la tour Cog-Net. Depuis ce square à l'abandon, entre lambeaux de gazon et détritus, ils guetteraient bientôt et piloteraient le petit ange pour son chemin de retour. Pour l'heure, l'aller s'était bien déroulé, en dépit de la pluie : à l'aube, Kaitarô était venu là, avait envoyé son engin de poche à plus de cent mètres de hauteur, lesté d'un disque dur externe fixé sur le dos. Et, malgré les grosses gouttes qui tombaient et le vent qui s'était levé, l'engin avait réussi à se poser délicatement sur le rebord extérieur de la fenêtre identifiée comme étant celle du bureau de Satya Kapoor. C'était donc à Tarang de jouer, maintenant ; eux deux l'attendraient ici et resteraient en contact avec lui tout au long de son infiltration. Tarang traversa le grand parvis et se dirigea vers l'entrée principale de la tour. Il avait mis une veste sombre et une chemise blanche, pour coller un peu plus à ce qu'il imaginait être encore la réalité du monde du travail. Il arriva dans l'ombre de l'édifice et leva les yeux au ciel. Cette tour immense, mais qui avait été dépassée depuis longtemps par d'autres, faisait partie du paysage ; et c'était un peu la sienne. Il lui vouait donc une certaine admiration. Tarang s'arrêta devant l'immense entrée, flanquée d'un logo hors d'échelle, figurant un petit N englobé dans un énorme C. Étrange sensation en vérité que de se rendre dans ces locaux, ceux d'une société qu'il contribua à créer, à développer, mais dans laquelle il était aujourd'hui indésirable sinon inconnu.

L'instant de vérité arriva plus vite qu'il ne le crut : à peine avait-il franchi la grande baie vitrée du hall et un solide portique de sécurité qu'une voix féminine, venue de nulle part et presque suave, l'accueillit avec ces trois petits mots qui lui procurèrent un grand soulagement : « Bonjour Madame Kapoor ». Si, jusqu'à cet instant, Tarang avait pu douter que l'implant de la pauvre jeune femme fonctionnât comme avant, il fut d'un coup rassuré et fixé.

Dans le hall désert, le silence n'était brisé que par le son du roulis d'un robot de service, passablement désœuvré, qui arpentait l'espace sans relâche, en quête d'une tâche à accomplir ou à effacer. Tarang se dirigea vers l'accès aux ascenseurs, sans se poser plus de questions puisqu'il avait avec lui son sésame. Là un écran lui demanda — ou plutôt Satya Kapoor — s'il/elle voulait bien prendre le temps d'enregistrer son invité, Tarang Rajani. Ubuesque. Il s'arrêta ensuite devant un deuxième portique de contrôle d'accès.

Il fut scanné de haut en bas et une petite porte battante de verre s'ouvrit. Il la franchit et, à nouveau, une voix lui servit du « Bonjour Madame Kapoor ». Et le voilà à l'ascenseur. En réalité, dès lors qu'on avait sous la main un mort, on rentrait là-dedans comme dans un moulin.

Les portes de l'ascenseur se refermèrent, et il s'éleva. Tarang tâtonna avec son paramétrage neurotransmissif pour évacuer le stress qui le gagnait. Cognecté à Esther, il savait qu'elle pouvait voir tout ce qu'il voyait — de même que Kaitarô depuis l'écran de son téléphone mobile. Leur présence le rassura, même s'il avait bien mesuré la défiance qui s'était installée entre eux depuis la veille.

Trente-quatrième étage. Les portes s'ouvrirent. L'immeuble avait l'air abandonné et pourtant il grouillait comme une ruche : chacun œuvrait de son côté, mais à distance. C'était ainsi avec Intellect, bien plus qu'avec Internet. Le télétravail céda la place à l'*intelliwork*. La plupart des métiers non manuels purent vraiment s'exercer de partout, tout le temps, sans aucun support particulier : improviser une réunion aux toilettes ou sous sa douche était normal, sans aucun désagrément puisqu'on échangeait uniquement des pensées. Rédiger un rapport, faire des calculs, concevoir un plan : tout cela était possible, mentalement. On pouvait travailler en achetant ses courses, en pratiquant un sport, en faisant l'amour. Dans ces conditions, à quoi bon se rendre au bureau ?

Quelques collaborateurs, espérant sans doute une meilleure reconnaissance de leur hiérarchie, avaient fait le choix de signaler leur présence et leur implication totale dans le travail en diffusant leur hologramme. Il était ainsi possible d'aller trouver un de ces fantômes et d'engager la conversation ou collaborer avec lui. Dans le grand espace de travail qui s'ouvrit devant lui, Tarang put voir quelques-uns de ces spectres lumineux, assis à leurs postes, concentrés. Tarang le savait, eux ne pourraient pas le voir ni l'entendre, du moins tant qu'il conserverait une distance d'au moins deux mètres avec eux. C'est de la sorte qu'il remonta l'immense *open space* par son couloir central, prenant soin de toujours rester à l'écart de ces ectoplasmes du tertiaire. À mesure qu'il progressait, Tarang sentit son appréhension augmenter. Son cœur battait plus vite, et son implant ne put rien y faire. Il avait peur. Peur d'échouer, peur d'être pris là, maintenant, repéré et dénoncé par un fantôme présentéiste ; pourquoi pas ce gros-là, dont l'énorme postérieur ne pouvait être représenté intégralement tant il débordait du cône de projection holographique ? Il pensa soudain au tollé que provoquerait son interpellation à lui, ex-fondateur du groupe, en flagrant délit d'effraction, ici. Ce qu'on dirait de lui, comment Raman tirerait profit de la situation pour l'humilier, encore.

Enfin, il arriva devant l'espace de travail alloué à Satya Kapoor. Ce n'était pas un bureau à proprement parler, ça n'existait plus. L'endroit était totalement ouvert, sans aucune cloison ou porte, et seulement meublé d'un fauteuil rouge. Lorsqu'il s'en approcha, un plan de travail en lumière -dure apparut juste devant le siège. Une voix lui souhaita la bienvenue et une liste longue comme le bras de notifications et de suggestions diverses s'afficha dans l'espace vide, comme projetées sur un écran invisible. Tarang jeta un rapide coup d'œil au-travers du texte lumineux pour voir, posé sur le bord humide de la fenêtre, l'ange bleu de Kaitarô. Tout avait l'air d'aller pour le mieux, il pouvait passer à l'action. Mais d'abord, il avait besoin d'intimité.

En réalité, cet espace était sécable à volonté. Il suffisait pour cela de passer sa main sous des capteurs lumineux situés au plafond, et de tracer tout autour de soi l'espace que l'on souhaitait isoler. Immédiatement, des cloisons virtuelles apparaissaient, suivant scrupuleusement le dessin effectué, même le plus biscornu. Ainsi se formait avec l'extérieur une barrière visuelle et acoustique aussi étanche que souhaité, bien qu'immatérielle. Sur les instructions d'Esther et Kaitarô, Tarang s'empressa donc de dessiner d'un geste ample une zone d'intimité, englobant le bureau et les fenêtres. La barrière apparut, du néant. Il était maintenant parfaitement isolé de l'extérieur, dont il ne voyait que de vagues formes. La première chose à faire étant de récupérer le disque dur sur l'ange, il se dirigea vers la fenêtre pour l'ouvrir. Un plan ne se déroulant jamais comme prévu, l'imprévu, en l'occurrence, prit la forme d'une bête fenêtre, qui en réalité ne s'ouvrait pas. Tarang essaya la commande mentale, puis visuelle et enfin manuelle ; rien à faire. Il testa d'autres baies vitrées, hors de son « bureau » puis, bientôt, entama la tournée de toutes les ouvertures du plateau, en vain.

— *La fenêtre ne s'ouvre pas ! Aucune fenêtre ne s'ouvre ici !*

— *Elles se sont toujours ouvertes ! Je ne comprends pas !* répliqua Kaitarô depuis son téléphone.

— *Nous sommes des imbéciles !* pesta mentalement Tarang. *Oui, les fenêtres sont censées s'ouvrir, sinon il n'y aurait pas tous ces systèmes d'ouverture. Mais Cog-Net a tout simplement suivi les recommandations de l'OMS et du ministère, qui ont incité chaque foyer, chaque entreprise à sceller ses fenêtres pour éviter des suicides !*

— *Il faut changer de plan, répensa* Esther. *Nous ferons sans ange, tant pis, vous n'avez qu'à ouvrir le fichier, le lire à voix haute, l'enregistrer et vous partez.*

— Non ! Je suis venu ici pour ramener un document de première main ! Pas une lecture d'un rapport. Si on n'a que ça, personne ne nous écoutera. On aura bien perdu notre temps !

— Tarang, nous n'avons pas de solution à te donner, ajouta Kaitarô. *Ou alors… Essaye de casser une des vitres ? Avec ta cloison virtuelle, aucun son ne passe normalement…*

— Merde ! Plan de merde! fulmina Tarang.

Regardant partout autour de lui, il se saisit de l'objet le plus lourd à sa disposition, en l'occurrence la chaise car dans ce monde de travail virtuel, il n'y avait plus grand-chose qui pût servir à casser une fenêtre. De toutes ses forces, il la projeta contre une des baies. Bang ! Un bruit clair et fort, mais pas une éraflure. Un deuxième jet… toujours rien. Alors qu'il s'apprêtait à balancer une troisième fois la chaise, Tarang se souvint alors du contexte de la conception de cette tour. C'était juste après les « Actentats », cette année noire où l'écoterrorisme mena sa grande bataille. Depuis des positions si distantes qu'on ne les trouvât jamais, des centaines de snipers invisibles tiraient sur les employés de bureau des grandes compagnies qu'ils avaient jugées complices des crimes de l'économie thermo-industrielle et financière. Un horrible ball-trap, qui dura des mois et frappa toutes les grandes villes. Ce mode opératoire se répéta partout dans les grandes métropoles du monde, au nom d'un changement de système qui ne viendrait jamais. Il mit un pan considérable de l'économie à terre. En conséquence, tout le vitrage de la tour avait été blindé. C'était même lui, Tarang, qui l'avait réclamé. Alors Tarang, replongeant dans cette phase de conception du bâtiment, eut un autre souvenir. Il le vérifia. Il compulsa le plan de l'étage et s'exclama :

— *Les gaines de ventilation ! Elles font quatre-vingts centimètres de diamètre. Si je peux m'y glisser et en ouvrir une à son embouchure, Kai, saurais-tu y faire atterrir ton ange ?*

— *Ça se tente.*

Remotivé, Tarang se précipita hors de sa zone de confidentialité, traversa un segment du plateau, évitant soigneusement les quelques spectres qui travaillaient, et alla vérifier l'emplacement de l'entrée de la gaine de ventilation de l'étage.

— *Ok, je vois la grille. Elle est à deux mètres du sol mais parait assez large. Maintenant il faut la dévisser.... Comment faire ?*

— *Vous devriez bien trouver un objet qui puisse faire office de tournevis,* lui dit Esther. *Je ne sais pas moi... des ciseaux ?*

— *Des ciseaux ? Mais dans quel siècle vivez-vous, tous les deux ?*

Sur le fond, Tarang avait raison : de la même manière que la disparition des gazelles et des zèbres entraîna dans son sillage la fin des guépards qui s'en repaissaient, dans un monde sans papier, les ciseaux avaient quasiment disparu. Mais il fallait trouver quelque outil, et vite ; Tarang retraversa donc le couloir désert, franchit la barrière virtuelle et fouilla le bureau de Satya à la recherche d'un outil qui pût faire un bon tournevis. Mais il n'y avait pas grand-chose à examiner. Il ne vit qu'une improbable boîte en carton, au sol, dans un coin. Il l'ouvrit et y trouva miraculeusement l'objet qui le sauverait :

— *Des ciseaux !* s'exclama-t-il

— *Ah ! Vous voyez !* répliqua Esther.

Tarang ôta la veste de son costume et retourna sur le palier d'étage, traînant derrière lui une chaise sur roulettes. Il la positionna sous la grille, se jucha dessus et il se mit à l'œuvre. Péniblement, il parvint à dévisser puis détacher la grille, révélant un conduit, qu'il jugea praticable. Le boyau carré avançait tout droit sur trois à quatre mètres ; au-delà il lui était difficile de voir. Tarang se hissa, péniblement. L'effort lui rappela son véritable âge biologique. Il réussit malgré tout à se soulever assez haut pour passer le tronc puis les jambes dans la gaine. Il reprit son souffle un instant, allongé sur le métal froid, puis il se faufila dans le conduit, qui était assez large pour évoluer à quatre pattes. Il avança dans l'obscurité. Mèche après mèche, l'air soufflé défaisait sa petite queue-de-cheval, qu'il avait pourtant pris grand soin de nouer avant de venir au bureau.

Le conduit formait un coude, qu'il emprunta. Le courant d'air se fit plus puissant. Il aperçut alors, à quelques mètres devant lui, la sortie de la bouche d'aération, obstruée par un nouveau grillage. Au-delà, c'était l'extérieur et cent mètres de vide. Parvenu à la grille, il voulut la démonter mais les vis n'étaient accessibles que depuis l'extérieur. Alors, au prix d'une gymnastique impressionnante étant donné sa grande taille, se disloquant presque tout le squelette, il se contorsionna pour se retrouver sur le dos, les pieds devant. Dans cette position, les pieds joints, il commença à asséner de violents coups contre la grille. Au bout d'une douzaine d'impacts, celle-ci commença à jouer, se déformer sous les chocs répétés, jusqu'à ce qu'une vis cédât, puis une deuxième. Tarang redressa la tête pour voir la grille sur le point de lâcher, avec en arrière-plan les tours du quartier d'affaires. Il se dit qu'il valait mieux éviter de faire choir la grille dans le vide, c'eût été le meilleur moyen de se faire repérer. Alors il fit la manœuvre inverse, pour parvenir, en pantin désarticulé, à se retrouver à nouveau la tête devant, sur le ventre. Il tira la grille dans tous les sens jusqu'à ce qu'elle lâchât définitivement, et l'évacua derrière lui.

— *Allez-y, envoyez l'ange !* lâcha-t-il, victorieux.

La fenêtre du bureau de Satya Kapoor ne devait être qu'à une vingtaine de mètres de là. Si bien que quelques secondes plus tard, Tarang vit l'ange passer devant l'ouverture de la gaine. Il guida Kaitarô qui manœuvra avec prudence et dextérité. Le pilotage n'était pas aisé eu égard aux vents tourbillonnants autour du gratte-ciel. Mais le petit appareil se posa finalement comme une feuille à l'entrée de la gaine. Tarang s'en saisit et fit demi-tour. Quelques instants plus tard, il était de retour dans son espace de travail. En sueur, il va sans dire.

— *Dites-moi ce que je dois faire pour récupérer le mémo.*

— *Mets-toi face au bureau et tends l'implant de Satya devant toi,* indiqua Kaitarô. *Sur le plan de travail, tu verras une petite lentille lumineuse rouge. Attends qu'elle devienne verte — ça voudra dire que tu auras été reconnu par le système en tant que Satya Kapoor.*

À peine avait-il accompli sa tâche que la lentille devint verte et que se développa, devant lui, à hauteur de son regard, l'image tridimensionnelle d'un globe lumineux bleu.

— *Et maintenant ?*

— *Ce que tu as devant toi, ce globe, c'est le serveur interne de Cog-Net. Le chemin est le suivant : S 6-bleu, puis S 15-bleu turquoise, puis C 4-rubis. Et enfin tu vas sur le répertoire « S.D. Kapoor ».*

Tarang approcha sa main du globe et le fit tourner d'un léger mouvement, puis l'arrêta lorsque la section 6 fut en face de lui ; et il la tapota du bout des doigts le segment bleu. Le globe s'estompa quelques instants pendant qu'apparut brièvement un message au premier plan « *Authentification niveau 3 en cours* ». La première étape franchie, il suivit pas à pas les instructions de Kaitarô jusqu'au dernier compartiment qui lui permit d'être authentifié niveau 1. Alors il vit le répertoire de Satya et l'ouvrit. Tarang ne put retenir un petit cri mental de contentement :

— *On est chez elle !*, se *cortexclama*-t-il.

Oui, ils y étaient. Et, au sein d'une liste interminable, à l'endroit exact indiqué par Kaitarô, apparut même un fichier dénommé : « *KS_Mémo_analyse_Registre* » ; il était suivi de la date de sa dernière modification, le 17 décembre, à 22h31, moins de deux heures avant la mort de Satya. Tarang ne résista pas à l'idée de l'ouvrir mais un code d'accès lui fut demandé.

— *Laisse tomber,* lui conseilla Kaitarô. *Je trouverai le moyen de l'ouvrir plus tard. Copions ça et partons.*

Tarang alluma le disque dur, un objet assez encombrant au regard de ce que la technologie du moment savait produire. Il plaça le cube mémoriel sur la lentille verte et un deuxième petit globe apparut. Il n'eut qu'à faire glisser, de la main, le fichier vers ce globe pour que la copie s'effectue instantanément.

— *C'est parfait ! Tu n'as plus qu'à nous renvoyer ça et partir !*

Il fallait donc retourner dans la gaine. À ce moment précis, Tarang devina une forme derrière la cloison virtuelle.

Comme quelqu'un ou plutôt quelque chose qui attendait de l'autre côté, statique. Il patienta pendant une minute, puis deux, mais comme la forme ne bougeait pas et qu'il ne pouvait, lui, rester sur place indéfiniment, Tarang se décida à sortir de sa bulle. Et de l'autre côté, il tomba nez à nez avec un modèle ancien de robot de service d'étage. Une sorte de planche de métal noir, avec deux bras articulés, juché sur des pneumatiques grossiers. Le haut de la planche était doté d'un écran figurant le visage caricatural d'un majordome anglais avec une moustache en guidon. Le robot lui demanda, avec un accent *british :*

— Pardon de vous importuner, Monsieur. N'avez-vous pas entendu des bruits anormaux sur le plateau ?

— Anormaux ? Non, répondit Tarang avec un air peu concerné.

— Monsieur, puis-je vous demander votre identité ? Je ne vois pas de trace de vous dans le registre des employés.

Tarang répondit, avec un certain aplomb :

— Mais, enfin, vous voyez bien que je suis avec Madame Kapoor qui, elle, est parfaitement habilitée à me faire venir ici. Vérifiez donc le registre des invités.

Le robot eut comme un bug. Quelques secondes s'écoulèrent puis, sortant de son silence, il répondit soudain, avec un air enjoué :

— Pardon Madame Kapoor, je ne vous avais pas vue. Je ne vous dérange pas plus longtemps, travaillez bien avec votre invité et n'hésitez pas à faire appel à moi au moindre besoin.

Et il s'en alla, dans un couinement ridicule. Tarang attendit quelques instants puis retourna à l'entrée de la gaine d'aération. Il monta sur la chaise et se hissa quand, derrière lui, il entendit une porte s'ouvrir. Il s'immobilisa net. La porte se referma. Il regarda par-dessus son épaule et vit l'hologramme d'un employé grassouillet qui s'éloignait. Tarang l'aurait alors juré, cet hologramme venait de sortir des toilettes… Tarang se remit en mouvement et pénétra dans la gaine. Il avança aussi vite qu'il le put vers son embouchure. Là, il attacha le cube mémoire sur l'ange et le posa juste au bord du vide. Kaitarô lui indiqua :

— *Autant l'atterrissage était facile, autant le décollage sera plus dur. Si on le fait partir de là, il va taper le haut de la gaine. Il faut le faire décoller à l'air libre !*

— *À l'air libre ? Ça veut dire quoi ?*

— *Il faut que tu le prennes et que tu tendes le bras, à une bonne distance de la façade !*

Tarang fit ce qu'on lui demanda : il s'avança au bord de la gaine, avec l'ange en main.

— *Encore un peu,* demanda Kaitarô.

Sa tête et ses épaules étaient maintenant au-dessus du vide, fouettées par les vents ascendants, défaisant toujours plus sa coiffure. La hauteur, il en avait l'habitude, mais sentir le vide sous lui provoqua un irrépressible vertige. Son long bras était étiré à son maximum. Il ferma les yeux et pria Kaitarô de se dépêcher. Il sentit une vibration sur sa paume, puis sa main fut libérée du poids de l'ange. Reculant légèrement, il rouvrit les yeux pour voir le petit appareil plonger en contrebas, vers le square où Tarang et Esther attendaient leur colis. En moins d'une minute, l'ange était arrivé. À peine avait-il poussé un ouf ! de soulagement que, de là-haut, il constata que ses deux amis étaient affairés à tout autre chose que la récupération du disque dur : ils venaient en effet d'entamer une sorte de corps à corps. Kaitarô avait saisi fermement les bras d'Esther, qui semblait se débattre. En étaient-ils arrivés à un tel point de détestation ? Fallait-il donc que leur différend se réglât de la sorte, et maintenant ? Tarang s'agaça :

— *Bon sang mais que se passe-t-il ?*

— *Putain !* s'exclama Kaitarô. *Je crois qu'Esther a une crise !*

— *Une crise ? De quoi ?*

— *Mais de suicide, merde !*

Le cœur de Tarang s'emballa immédiatement. Il observait de loin l'étrange mêlée dans le square abandonné. Kaitarô avait ceinturé Esther et celle-ci, comme possédée, essayait de se défaire de cette étreinte avec de grands gestes désordonnés. À leurs pieds, l'ange, arrivé à destination, attendait sagement sur une motte d'herbe sale.

— *Esther !* appela Tarang, sans obtenir la moindre *répense*.

De là où il se trouvait, il ne pouvait rien pour elle. Tarang se décida donc à sortir au plus vite pour aider Kaitarô.

— *J'arrive Kai ! Tiens bon !*

Mais Kaitarô non plus ne pouvait plus lui répondre. Au cœur de la lutte, Esther lui avait arraché son oreillette. Dépourvu de toute faculté de communiquer avec l'un ou l'autre, Tarang rebroussa chemin à toute hâte. Il progressa à reculons dans le boyau et arriva bientôt à son extrémité. Mais à peine ses pieds cherchaient-ils la chaise qu'il avait posée sous la gaine qu'il comprit qu'elle n'était plus là. Il jeta un œil derrière lui et découvrit, en contrebas, en lieu et place de la chaise, la planche qui servait de majordome. Il se laissa glisser pour se réceptionner sur la moquette moelleuse. L'Anglais de synthèse regarda Tarang se relever et lui dit, mécaniquement :

— Madame Kapoor, ce que vous faites dans ce conduit avec ce monsieur est totalement illégal. Je vous demande de rester ici.

Dès lors, dans ce monde où tout était connecté — même les synapses — fuir ne servait plus à rien. Où qu'il s'en fût allé, tant qu'il avait son implant, quelqu'un ou quelque chose l'aurait retrouvé. Mais face à l'urgence de la situation, celle d'Esther, Tarang ne pouvait envisager qu'une fuite, quitte à se faire arrêter plus tard. Il se mit donc à courir en direction des ascenseurs, de l'autre côté du plateau.

Hélas !

Il perçut un petit bourdonnement de mauvais augure et distingua bientôt quatre mouches qui venaient du couloir pour se déployer autour de lui. Instantanément, il comprit qu'il lui serait impossible de s'en défaire. « *Arrêtez-vous immédiatement. Arrêtez-vous immédiatement* ». Aucun son ne sortait de ces machines miniatures mais la phrase tournait fort et en boucle dans l'esprit de Tarang. Il bifurqua pour se diriger vers une cage d'escalier, espérant pouvoir empêcher les mouches de le suivre.

Comme il n'obtempérait pas et s'apprêtait à entrer dans la cage d'escalier, une des mouches s'approcha de la nuque de Tarang. Elle se posa sur la petite émergence de son implant. Il voulut l'en chasser mais il était trop tard. Il fut instantanément envahi par une sonnerie si stridente qu'il lui sembla qu'on sciait l'os de son crâne. Et d'un coup, son corps entier fut tétanisé. Il s'effondra, inanimé, sur le palier.

14

Décognectés

*« **Message prioritaire.** Implant d'Omkar Pradesh Mittal sans signal ce jour à 11:13 heure locale GMT +05:30. Décès. Cause probable : suicide »* Le message sortit Tarang de sa léthargie. Son esprit était embrumé, totalement désorienté : il n'eut pas immédiatement la pleine conscience de l'annonce de la mort de son ami Omkar. Où était-il ? La lumière blanche que ses paupières lourdes laissaient filtrer ne lui rappela rien de familier ; puis, à mesure que ses yeux s'ouvrirent, par à-coups, il devina un plafond, une pièce, et enfin sa position dans celle-ci. Il était alité, sur un matelas mou, tout contre un mur. Alors lui revint en mémoire la fin de son incursion chez Cog-Net : la planche britannique, les mouches… un vague retour à la conscience ensuite, au commissariat de Maidan Garhi, crut-il se souvenir. Un vague interrogatoire. Et puis plus rien.

Au prix d'un effort considérable, il parvint enfin à ouvrir grand ses yeux et à redresser la tête. Il regarda autour de lui, à mesure que sa vision devenait plus nette. Quelle heure pouvait-il bien être ? Impossible de le savoir, son esprit ne se cognectait plus à rien. Et la pièce était dépourvue de fenêtre. Quatre murs blancs sous une lumière crue servaient d'écrin à une morne porte en métal noir, qui avait tout d'une porte de prison. Oui, Tarang était dans une cellule, cela lui était maintenant évident — et logique puisqu'il avait été arrêté. Mais il n'eut aucun souvenir de la façon précise dont il était arrivé là. Quant à l'heure, il ne put se fier à rien d'autre qu'à son corps et à ses sensations car son cerveau semblait ne plus pouvoir accéder à Intellect : son implant avait très probablement été bridé et mis sous contrôle. Peut-être son espace mémoriel était-il perquisitionné en ce moment même ? Il avait été réveillé par un message prioritaire mais c'était tout ce que son implant lui permettait de recevoir. Ce message, d'ailleurs, avait bien annoncé une heure, quelle était-elle ? Il n'en avait plus souvenir ; et il était impossible de le consulter à nouveau. Soudain, comme un flash, lui en revint des bribes de son contenu : était-ce la mort d'Omkar qui lui avait été annoncée ? Incertitude ; trop de flou. Mais quelqu'un était mort et ça l'avait réveillé. Il ne s'agissait pas d'Esther en tout cas.

Esther… Comment allait-elle ?

Le corps de Tarang, engourdi, le sommait tout entier de rester allongé ; mais son esprit prit le dessus. Il se leva.. Il remarqua alors que les vêtements qu'il portait n'étaient pas les siens. Il se dirigea vers la porte, difficilement, tenta vainement de l'ouvrir. Une voix grave retentit, d'au-dessus :

— Monsieur Rajani, une collation va vous être servie. Veuillez-vous asseoir sur le lit dans cette attente.

— Où suis-je ? demanda-t-il en s'adressant au plafond.

Mais, dudit plafond, il n'obtint rien d'autre que de l'indifférence. Alors Tarang obtempéra sagement à l'ordre qui lui avait été donné. Il resta assis sur ce matelas quelques minutes, à réfléchir à sa situation, avec son seul cerveau biologique comme ressource. Il pensa à Esther. Pouvait-il demander de ses nouvelles sans la compromettre ? Peut-être était-elle sauve, quelque part, au secret et en train d'analyser les données du mémo avec Kaitarô ? Soudain un bruit se fit entendre de l'extérieur. La partie basse de la porte coulissa, découvrant un espace d'une trentaine de centimètres de haut duquel apparut un plateau-repas. Celui-ci fila sur le sol de la cellule et se positionna devant Tarang, pendant que la trappe se refermait. Il se saisit du plateau et le posa sur ses genoux, en ôta le couvercle et entama la maigre pitance qui s'y trouvait, froide et sans saveur, bien loin de ce que son réfrigérateur lui prodiguait chaque jour. À mesure qu'il mâchait, mastiquait plutôt, il se sentit envahir par un immense sentiment de solitude, comme jamais il n'en avait expérimenté. Vivre sans aucune connexion possible, sans savoir ce qui se passait derrière cette porte, sans pouvoir contacter quelqu'un. Voilà qui était nouveau ou, au mieux, le ramenait à sa prime enfance. Il avala son repas, mollement, la tête basse, essayant de rassembler ses esprits et de se souvenir.

Un peu plus tard, la porte s'ouvrit à nouveau, complètement cette fois. D'un coup d'œil fugace, il put apercevoir l'arrière-plan et deviner un couloir, avec d'autres portes de l'autre côté. Un homme s'avança, et se posta sur le seuil. Il était grand, fort, la mine sévère et vêtu d'un uniforme ; mais pas celui de la police, d'une autre unité qu'il ne put reconnaître.

— Monsieur Rajani, lui dit l'uniforme, si vous avez fini votre repas, veuillez me suivre, vous êtes attendu.

— Attendu ? Mais par qui ? Où suis-je ?

— À la section anti-terroriste de Delhi.

— Comment ? Mais qu'est-ce que c'est que cette histoire ? Que me reproche-t-on ?

— Ce n'est pas à moi qu'il faut le demander, Monsieur, je n'en sais rien. Tout ce que je sais c'est que vous êtes attendu à l'étage du dessus, salle 303.

— Mais, enfin, j'étais au commissariat tout à l'heure, que m'avez-vous fait pour me transférer ici sans que je m'en rende compte ?

— Je ne suis pas autorisé à vous le dire. Si vous êtes prêt, suivez-moi.

— Pourriez-vous au moins me dire l'heure qu'il est ?

— Il est un peu plus de midi, Monsieur.

— J'ai dormi tout ce temps ? Qu'ai-je fait le reste de la journée hier, après mon arrestation ? Quand suis-je arrivé ici ?

— Je ne suis pas autorisé à vous le dire, Monsieur.

Tarang soupira bruyamment, posa le plateau à ses pieds puis marqua une pause, se prenant la tête entre les mains. Il appuya énergiquement ses paumes sur ses yeux et demanda, sans masquer son immense lassitude :

— Aurai-je au moins le droit de prendre une douche… ?

— On vous en a déjà donné une, monsieur.

L'homme se retourna, sortit de la cellule et attendit à l'extérieur que Tarang le rejoignît. Ce dernier resta coi quelques instants. Puis, hagard, se mit debout et sortit à son tour d'un pas lent, tenant d'une main son pantalon qui, trop large, lui tombait de la taille. À l'étage du dessus, donc, on fit entrer Tarang dans une salle baignée d'un clair-obscur, cube aveugle à l'agencement des plus dépouillés. En plein milieu, une simple table et deux chaises vides constituaient le seul mobilier. Une des deux chaises était éclairée par une lumière zénithale, unique source lumineuse de la pièce, qui formait un cône pâle au cœur de la pénombre. L'autre chaise, qui lui faisait face, restait dans l'obscurité. Sur la table, un verre d'eau, un crayon et un petit carnet en papier, accessoires d'un autre temps.

— Veuillez vous asseoir, lui enjoignit le garde en désignant la chaise éclairée.

À peine s'était-il assis que, dans un halo de lumière bleutée, l'hologramme d'une femme apparut sur la chaise face à lui. Elle avait une soixantaine d'années et une apparence fluette, des cheveux blancs et longs tirés en arrière et des yeux clairs qui illuminaient son visage, d'un brun soutenu.

— Bonjour, Monsieur Rajani. Je suis Chandra Shankar, directrice de la section anti-terroriste de Delhi.

— Vous voudrez bien m'expliquer, Madame, ce que je fais ici ? interrogea Tarang sans feindre son exaspération.

— La police vous a arrêté dans les locaux de Cog-Net à la suite d'un vol de données que vous avez commis. Vous en souvenez-vous ?

— Si c'est un interrogatoire, je veux être assisté de mon avocat.

— Ce n'est pas un interrogatoire. Nous avons procédé à une perquisition cognitive — comme vous devez vous en douter. Nous avons collecté toutes les informations qui prouvent votre forfait, nous n'avons pas besoin d'aveux.

— Alors que fais-je là ? Dans une section antiterrorriste ?

— Il est possible que vos recherches, votre intervention, votre vol, puissent entraver — ou au contraire faciliter, tout dépend de votre attitude — une enquête que nous menons sur des faits pouvant avoir un motif terroriste.

— Vous voulez parler des suicides ? La « pandémie » ?

— Précisément.

— Terroriste ? Qui est derrière ça ?

Un autre hologramme se substitua alors à celui de Chandra Shankar : un petit homme tout rabougri, le visage tapissé de rides et de crevasses, un minuscule nez surmonté d'énormes lunettes rondes et de gros sourcils blancs. Il semblait avoir un siècle et n'avait sans doute jamais bénéficié de la moindre modification génétique : en somme un vieillard comme autrefois, mais avec un regard vif, plein de malice, qui disait tout de sa sagacité.

— Monsieur Rajani, dit-il avec une petite voix cassée, je voudrais être très clair : la perquisition de votre mémoire, si elle s'est révélée fort intéressante pour savoir ce qu'il s'est passé dans les locaux de Cog-Net — ce dont je me moque comme de ma première brassière — ne nous est en revanche d'aucune aide immédiate pour ce qui nous préoccuppe vraiment. Nous savons que vous enquêtez au sujet de cette prétendue pandémie, que vous avez certainement fait des avancées remarquables et que vous détenez peut-être des informations que nous n'avons pas encore vues. Mais si nos experts doivent, pour les découvrir dans les limbes de votre esprit, analyser des millions et des millions de données cognitives, ils y passeront des semaines, des mois, et nous ne disposons pas de ce temps-là. Donc j'aimerais, si Madame Shankar n'y voit pas offense, replacer cet échange dans son contexte et dans sa finalité : nous voulons parler de vos découvertes, vos intuitions, vos convictions, pour nous faire gagner du temps. Ce n'est pas un interrogatoire ou une mise en accusation, rien de tout cela ne peut vous nuire. J'aimerais, Madame Shankar, que vous puissiez rassurer ce jeune homme s'il vous plaît.

— Très bien, fit Tarang, dans ce cas qu'est-ce que je fais ici, dans cette pièce qui m'a tout l'air de servir à recueillir des aveux ! Quand serai-je libéré ? Vous n'avez aucune raison de me retenir ici, je ne suis un danger pour personne.

À nouveau, l'hologramme de Chandra Shankar prit place, effaçant le vieil homme, et répondit :

— Au commencement, il y a eu votre intrusion chez Cog -Net. Et surtout un vol. Voilà pour l'arrestation, totalement légitime. Ensuite, pour la rétention — plutôt que détention — nous pensons que vous avez en votre possession des informations importantes pour notre pays et nous souhaitons que vous puissiez nous les donner de votre plein gré afin de contribuer au processus d'enquête en cours. Je suis désolée, mais nous sommes obligés de maintenir à cet effet un minimum de coercition. La situation est suffisamment grave.

— Je serais mieux disposé avec mon avocat à mes côtés.

— Nous n'y sommes pas tenus, l'état d'urgence et les mesures spéciales qui ont été mises en place nous donnent davantage de latitude.

— L'état d'urgence ? Mais quand a-t-il été décrété ?

— Depuis trois jours.

— Trois jours ? Mais je n'ai jamais entendu parler de ça !

— Dans ce cadre nous avons la possibilité de garder dans nos locaux toute personne pouvant présenter un caractère de dangerosité par rapport à la situation. À notre libre arbitre.

— Dangerosité ? Mais avez-vous perdu la tête ? Ça fait une semaine que je sacrifie tout mon temps, mon énergie, pour nous sortir de ce merdier, quand l'État, lui, avance à pas feutrés ! Et vous me trouvez dangereux ?

— Ce qui est dangereux, Monsieur Rajani, ce n'est pas vous mais vos informations. Si on vous laisse libre, avec tout ce que vous savez, c'est la sécurité publique qui serait en risque.

— C'est absurde. Je ne collaborerai pas sans mon avocat, et si votre refus est tout ce que vous avez à m'accorder, eh bien restons-en là. Torturez-moi si vous pensez que ça fera avancer la cause. J'ai assez donné pour être remercié de cette manière.

— Nous craignons, Monsieur, que la présence d'un avocat ne vienne juridiciser nos échanges et, de fait, les ralentir ou les empêcher d'être efficaces...et...

— Donnez-lui son avocat ! coupa le vieil homme qui, à nouveau, avait pris place dans le siège en face. Sinon on n'arrivera à rien.

— Si cela peut vous intéresser, il s'agit de Maître Offenbach, du cabinet Offenbach & Kraus, à Dresde. Malheureusement, sans implant actif, je n'ai aucun moyen de le contacter...

— Nous allons le faire pour vous, Monsieur. Détendez-vous, buvez donc un peu d'eau, suggéra le vieillard.

L'hologramme disparut. À nouveau le silence et la pénombre. Tarang imagina les explications qui devaient avoir lieu en coulisses, entre remontrances et haussements de ton. Une dizaine de minutes plus tard, alors qu'il était toujours seul dans cette pièce, Tarang vit entrer un garde avec une chaise, qu'il posa à côté de la sienne. Et l'instant d'après, sur cette même chaise, son avocat apparut, ou plutôt son spectre, en T-shirt et blue-jeans.

— Désolé pour ma tenue, commença-t-il, mais en Allemagne, le dimanche, c'est repos et à cette heure-là c'est l'aube.

— Merci de vous être mobilisé... Je suis confus de vous contacter ainsi mais je vis une situation tout à fait exceptionnelle.

— J'ai cru comprendre. Racontez-moi.

Tarang s'apprêtait à lui refaire toute l'histoire quand il s'interrompit et écarquilla les yeux :

— Attendez, qu'est-ce que vous venez de dire ? demanda-t-il, éberlué. Dimanche ? Nous sommes dimanche ?

— Oui, nous sommes dimanche, c'est pareil en Inde, non ?

— Mais ce n'est pas possible ! Ne me dites pas ça ! J'ai été arrêté jeudi !

— Êtes-vous sûr ?

— Oui, il a raison, dit Chandra Shankar qui réapparut soudain. Nous sommes dimanche et Monsieur Rajani a été arrêté jeudi au siège de Cog-Net, en train de voler des données.

— Mon client a-t-il été maintenu pendant toute cette période, de jeudi à dimanche, en tutelle cognitive et plongé dans un état végétatif ? Le droit international a fixé le délai légal à quarante-huit heures !

— Pas en situation d'état d'urgence Maître ; dans ce cas précis, nous sommes souverains et défaits de certaines obligations. Par ailleurs, ne comptez pas sur nous pour entrer dans une bataille juridique maintenant. L'heure est grave. Vous le savez. Si vous avez des requêtes, déposez-les par le canal officiel. Maintenant, nous avons besoin de discuter avec votre client, il en va de la vie de millions de personnes.

— Mais c'est une catastrophe… chuchota Tarang, se prenant la tête à deux mains. C'est une catastrophe…

— Qu'est-ce qui est une catastrophe ? demanda son avocat.

— Au rythme où vont les décès… Perdre trois jours… Quelle bêtise ! Quelle erreur ! Puis il s'adressa à son interlocutrice : pouvez-vous me dire combien de décès ont été recensés ces dernières vingt-quatre heures ?

— Eh bien malheureusement, dit le vieil homme qui était réapparu, le compteur en est à plus d'un million quarante-huit mille morts en vingt-quatre heures, Monsieur Rajani. Ce qui porte le total à un peu plus de…

— … Deux millions quatre-vingt-dix-sept mille… poursuivit Tarang, les yeux hagards.

— C'est exact, Monsieur Rajani. Voilà qui confirme le

fait que vous avez plein de choses à nous dire… Puis, s'adressant à l'avocat : nous devons avancer, pas batailler sur des questions de droit ! S'il vous plaît !

— Donnez-moi des garanties et un accès au dossier et nous serons coopératifs autant que vous le voudrez.

Sur sa requête, l'avocat reçut dans les secondes qui suivirent, par adjonction cognitive, l'ensemble de la procédure en cours, les motifs de l'interpellation de Tarang et le cadre juridique dans lequel tout cela prenait place. Il put ainsi en cerner la globalité sans avoir à en prendre réellement connaissance. Tout s'était implémenté dans sa mémoire instantanément, comme s'il avait suivi l'affaire depuis des jours. Au bout d'une poignée de minutes, l'avocat dit à Tarang, sur un ton assuré :

— Allez-y, parlez librement, vous ne risquez rien sur le plan pénal ; je viens de recevoir une attestation en ce sens. En contrepartie, je dois accepter un scellé mémoriel. Sachez que notre échange est classé Secret-défense.

Alors Tarang se tourna vers le vieil homme et, d'un signe de la tête, lui fit comprendre qu'il pouvait poser ses questions. Ce dernier disparut et une troisième personne prit place, dont l'hologramme, moins net, laissait deviner un homme jeune, barbu et enturbanné, d'une corpulence si forte que le champ de projection holographique n'était pas assez large pour restituer la totalité de son corps. Il demanda, d'une voix grave :

— Monsieur Rajani, comment pouvez-vous savoir, avec une telle précision, le bilan global de cette hécatombe alors que vous ne pouviez en connaître le décompte des trois jours précédents, étant donné votre rétention ici ?

— Ça fait quelques jours que j'ai connaissance de la programmation de cette horreur. Qu'il y a un algorithme derrière. Vous ne l'ignorez pas j'espère ?

— Non, en effet.

— Cette maudite série mathématique, je l'ai apprise par cœur, sans l'aide de mon implant. Elle me hante, voyez-vous. C'est la raison pour laquelle j'enrage du temps que vous m'avez fait perdre en me neutralisant trois longues journées. C'est lamentable, criminel !

— Depuis quand et comment savez-vous cela ?

— Satya Kapoor, directrice de la sécurité chez Cog-Net, nous a donné accès au répertoire source d'Intellect, il y a six ou sept jours, je ne me souviens plus.

Un nouveau spectre supplanta l'homme, une jeune femme portant un foulard rouge, le visage sévère avec un bindi carmin entre ses deux yeux verts :

— Quand vous dites « nous » vous parlez bien sûr de vous-même, Esther Myers et Kaitarô Ando ? demanda la jeune femme.

— Esther… Comment va-t-elle ? demanda-t-il avec empressement.

— Elle va bien monsieur.

— Elle a vaincu le virus ?

— Elle ne l'a pas vaincu, elle a échappé à un de ses assauts. Malheureusement on sait désormais que cela n'empêche pas de succomber à la deuxième vague.

— La deuxième vague ?

— Oui. Toute tentative avortée est suivie d'une réplique plusieurs jours après. Mais revenons à ce qui nous préoccupe. Ma question est : d'autres personnes vous ont-elles assisté ?

— Non, nous avons travaillé tous les trois, en équipe. Esther Myers est venue me voir pour l'aider à lever ses doutes sur la mort de sa femme. Quant à Kaitarô, il n'a fait que me rendre service, comme il le faisait du temps de notre longue collaboration professionnelle. Laissons-les hors de ça.

— Ça sera compliqué, ils sont dans ce bâtiment en ce moment, et viennent de répondre aux mêmes questions. Vous nous certifiez donc que personne d'autre n'était au courant ? Nous avons retrouvé dans votre mémoire des échanges détaillés avec Monsieur Mittal.

— Omkar… Je… je crois avoir été réveillé ce matin par un message m'annonçant son décès, mais c'est flou…

— J'ai le regret de vous le confirmer. Monsieur Mittal nous a quittés ce matin. Suicide. Personne d'autre alors ?

— Omkar… mon ami…

— Répondez s'il vous plaît.

— Cessez immédiatement ce ton et ces manières ! intervint l'avocat. Ce ne saurait être un interrogatoire. À quoi bon cette question, vous avez fouillé sa mémoire, non ?

— Certains sont particulièrement doués pour dissimuler des souvenirs. Nous n'avons pas le temps de jouer à cache-cache.

— Non… Personne d'autre, conclut Tarang avec dépit.

Un fantôme en chassa un autre : une cinquième personne prit place. Mais avant même que l'hologramme pût se stabiliser pour poser sa question, l'avocat de Tarang tança :

— Mais enfin à combien de personnes avons-nous affaire ? Est-il possible de connaître l'identité de chacun ? Ou bien désignez un porte-parole, bon sang !

Chandra Shankar revint :

— Vous avez en face de vous des inspecteurs et analystes de la cellule antiterroriste ainsi qu'une vingtaine de représentants du collège d'experts que Monsieur le Premier ministre a nommés. Nous sommes une quarantaine en tout ; tous sont présents, vous écoutent attentivement et sont susceptibles d'intervenir.

— À raison de deux ou trois questions par expert, nous allons finir par passer quatre heures ici ! s'emporta Tarang. Et quatre heures perdues, au rythme d'aujourd'hui, c'est plus de trois cent mille personnes que l'on condamne par notre inertie !

— Il a raison, dit le vieil homme, dont le spectre réapparut. Je veux bien faire office de secrétaire ou de porte-parole. Je demanderai à mes collègues de bien vouloir me transmettre leurs questions par la pensée. Je comprends l'exaspération de Monsieur Rajani et celle de son conseil, essayons d'être efficaces. Pour ma part, je me présente, je suis le professeur Avninder Kumar, expert en criminalité cognitive et chercheur à l'Université George Orwell de Mumbai. Poursuivons, maintenant. Et venons-en au vif du sujet. Monsieur Rajani : êtes-vous surpris de cette situation ? L'aviez-vous imaginée un jour ?

— Surpris ? Et comment ! Jamais je n'aurais cru possible qu'un implant puisse servir de cheval de Troie à des intentions criminelles de masse !

— Terroristes, pas criminelles, utilisons le bon terme s'il vous plaît. Mais est-ce que cela vous semble aujourd'hui plausible, je veux dire sur le plan technique ? Comment faudrait-il s'y prendre pour pousser un homme, une femme à se donner la mort ?

— Je dois dire que je ne sais pas… J'y ai beaucoup pensé ces jours-ci… à la rigueur, créer un programme capable d'influer sur le cortex préfrontal ventral et le cortex préfrontal dorsal, ceux qui sont impliqués dans les suicides… je dirai que c'est de l'ordre du possible aujourd'hui. Mais tout de même prodigieux à une telle échelle et avec une telle efficacité. Mais…

— Mais ?

— …Il faut que ce programme puisse infecter l'implant de millions de personnes, sans provoquer d'alerte. Et c'est là que je perds pied. Comment ont-ils fait ? Le réseau Intellect, à la différence d'Internet, possède un centre névralgique. Pour qu'un virus passe d'un cerveau à l'autre, il faut d'abord qu'il transite par le hub — Cog-Net. Avec Internet, c'était plus simple pour les virus, ils pouvaient attaquer une myriade de systèmes mal défendus. Là, ce n'est pas le cas. La promesse d'Intellect, c'est que chaque cerveau est protégé par le cœur du système, le plus sûr du monde. Or aucun virus, surtout aussi complexe, n'a jamais et ne pourra jamais passer au travers ; je ne peux pas y croire. Sinon tout le réseau serait tombé depuis longtemps. Le virus a dû transiter des millions de fois pour occasionner autant de victimes. On l'aurait vu ! Ça dépasse mes compétences, je ne suis pas expert en sécurité informatique. Mais je pense que c'est là qu'il s'est passé quelque chose. Nous espérions que l'explication soit contenue dans le rapport que nous avons dérobé chez Cog-Net…

— …Mais elle l'est, Monsieur Rajani. Elle l'est. Votre assistant, M. Ando, a découvert une donnée essentielle que nous avons pu corroborer. À partir des informations que vous avez « récupérées » sur le poste de travail de Madame Kapoor, nous savons désormais que le virus s'est propagé directement depuis le serveur principal d'Intellect, ici même à Delhi.

— Depuis Delhi ? Le méta-serveur ? Je ne comprends pas…

— Il faut savoir que pour des raisons stratégiques, le méta-serveur a été rapatrié dans le plus grand secret à Delhi il y a cinq ans ; il est enfoui sous la ville, à plusieurs dizaines de kilomètres. Pile sous le quartier de Ram Nagar ; ça vous dit quelque chose ?

— Le cratère…

— Oui. Dommage collatéral, dû aux travaux. Et ce que Satya Kapoor a découvert c'est que le problème se situe là-dessous. Pas à l'extérieur. Ce virus n'est pas un programme venant d'un ordinateur ou d'un cerveau et transmis à un autre après avoir franchi la muraille de Cog-Net. Non, il part tout simplement d'elle : de la muraille.

— Mais comment ? Le méta-serveur ne produit aucun contenu, il n'envoie rien !

— Vous vous trompez… Les messages prioritaires.

— Les messages prioritaires ?

— Une personne décède ; et tous les gens faisant partie de son réseau reçoivent un message émanant du méta-serveur d'Intellect leur annonçant ce décès ; et sont obligés d'en prendre connaissance. C'est arrivé à chacun de nous depuis quinze jours. Parfois plusieurs fois pour certains. Imaginez maintenant que ces messages soient tous porteurs d'un virus…

— …alors la contamination se fait à chaque décès… Lorsque quelqu'un se tue, un nouveau message part, infectant tout son cercle relationnel, et ainsi de suite.

— C'est cela. Et en vérité, Monsieur Rajani, vous comprenez qu'il n'y a pas de contamination de personne à personne : l'agent infectieux part du serveur central. À chaque décès, c'est le serveur qui envoie une nouvelle série de messages prioritaires, comme autant de postillons contaminants.

Tarang réalisait progressivement l'ampleur de la faille qu'il avait lui-même contribué à créer. Il s'en émerveilla presque :

— En s'immisçant dans un message prioritaire, le virus a un véhicule parfait… Il est indétectable car il est envoyé par le système qui garantit la sécurité du réseau. Et il atteint toutes ses cibles, aucun risque d'échec.

— Cela explique pourquoi, au début de l'épidémie, il a été possible de faire le lien entre certaines victimes. Dolores Myers étant la première d'entre elles, la deuxième faisait nécessairement partie de son réseau, contaminée par le premier message prioritaire. Son ex-beau-frère, vous vous souvenez ? Ainsi, les victimes suivantes pouvaient aussi l'être, ou faire partie du réseau de la deuxième victime. On pourrait à partir de là, bâtir un arbre, dans lequel, à la fin, nous figurerions tous. Mais nous avons autre chose à faire.

— Avez-vous une idée du nombre de personnes infectées ?

— Comment le dire sans tourner autour du pot : tous les Binaires sont infectés. À partir du moment où, en moyenne, un mort avertit une centaine de personnes, imaginez à quelle vitesse, en combien de jours nous y sommes tous passés. Il n'est pas à exclure qu'il reste encore un ou deux miraculés sur Terre, mais il faut nous rendre à l'évidence : nous sommes tous contaminés, depuis au moins une semaine.

— Est-on sûr que tous les messages prioritaires sont pathogènes ?

— On le tient pour quasi certain. Nous avons pu mettre fin à l'envoi de messages prioritaires contaminants ; tous ceux qui partent du méta-serveur sont désormais sains. Malheureusement ça ne sert plus à rien.

Tarang se recula dans sa chaise, fixant l'arrière-plan obscur de la pièce. Le professeur Kumar lui posa une question mais il ne l'entendit même pas. Il la répéta, plus fort :

— Monsieur Rajani ? Quand vous avez conçu la première version du réseau connecté, aviez-vous imaginé ce type de faille ?

— Non ! Jamais. Nous avions pensé à tous types de virus, d'attaques extérieures, on s'était dit qu'il faudrait une protection évolutive, un effort de recherche permanent ; mais jamais nous n'aurions conçu l'idée d'une attaque générée par nous-même, par le méta-serveur. Ça présupposait une intentionnalité criminelle de notre propre chef…

— Monsieur Rajani, que savez-vous du méta-serveur d'Intellect ? Qui peut y accéder ?

— Physiquement ? Dans ce trou ? Une poignée de gens ; trois personnes ont les codes à ma connaissance.

— Oui en effet, abonda le professeur. Le directeur technique du groupe, le directeur financier du groupe…

— …Et Raman Carter.

— Oui. Et des trois, c'est le seul à avoir accédé au méta-serveur, à deux reprises, au cours des deux derniers mois. Quels sont vos rapports avec lui ?

— Raman ? On ne se parle plus depuis des années. C'est de notoriété publique.

— Vous qui l'avez connu et fréquenté si longtemps, y a-t -il quelque chose chez lui qui pourrait vous laisser penser qu'il puisse être complice — sinon organisateur — de tout ça ?

— Non… Non ! Raman est un homme avec un ego surdimensionné, que la cupidité a sans doute détourné de son chemin initial. Mais ce n'est pas une graine d'assassin. Il a tout à perdre dans cette affaire !

— A-t-il été proche des *najis* ?

— Raman ? Certainement pas !

— Il a pourtant manifesté avec vous, dans votre jeunesse ; il a notamment participé au grand rassemblement contre la loi Relance, qui avait fini dans un bain de sang. Il a signé des pétitions, certaines propagées par l'Armée Verte.

— Nous avions vingt ans ! Nous sommes en train de parler de Raman Carter, l'homme qui a voulu généraliser l'implant connecté aux vaches, aux cochons et aux chats ! Qui a fait se dresser contre lui tout ce que l'humanité compte de soutiens au monde animal. Les manifs, tout ça, c'était il y a longtemps, c'était pour les filles, il n'a jamais eu la moindre conviction en la matière. Croyez-moi. Pourquoi l'écoterrorisme d'ailleurs ? Y a-t-il eu une revendication ces derniers jours ?

— Non, aucune. Sinon le discours de Dolores Myers, qui ne contenait pas moins de soixante-cinq pour cent de corrélation avec la charte de l'Arme Verte. Ça ne peut pas être un hasard.

— Mais l'Armée Verte n'existe plus. C'était il y a trente ans…

— Qu'en disait Raman Carter ?

— Je ne l'ai jamais entendu tenir un propos susceptible de constituer une quelconque forme d'approbation, voire de simple tolérance. Il a toujours détesté la violence, bien qu'il en fût capable sur le plan psychologique. La piste de Raman Carter me semble une erreur, du moins pour ce que j'en connais. Je ne l'imagine pas un instant se risquer dans un complot, un plan dangereux étalé sur plusieurs années. Pour moi c'est un fils à papa qui a bénéficié de son réseau, de son argent et qui pense avant tout à lui-même. Se battre pour la planète ? Risquer la prison, la mort ? Non, ce n'est pas lui…

— Dans l'histoire, bon nombre de terroristes ont trompé leur monde en cachant leurs intentions, jusqu'au sein de leur foyer…

— Mais alors, l'avez-vous interrogé ? Qu'en dit-il ?

Le vieillard poussa un soupir et indiqua sur un ton désabusé :

— Malheureusement Monsieur Rajani, si nous en

sommes rendus à collecter des informations sur Raman Carter auprès de ses proches, c'est qu'il a disparu.

— Comment ça ?

— Il est introuvable depuis plusieurs jours. Un message prioritaire a annoncé la décognection de son implant et, depuis, personne ne l'a revu ni ne sait où il se trouve.

— Se serait-il donné la mort ?

— Non, le message prioritaire évoque un retrait d'implant.

— Repenti ?

— Sauf qu'il est également sorti du monde physique. Envolé. Évanoui. À votre connaissance, y a-t-il un endroit où il aurait pu essayer de trouver refuge et que nous n'aurions pas fouillé ? Un lieu de retraite, plus ou moins secret… ?

— Je sais qu'il avait acheté aux Maldives des îles englouties. Il voulait en faire un refuge sous-marin, peut-être ressusciter des atolls à grand renfort de sable du Sahara…

— Nous avons investigué là-bas : pas la moindre trace. Mais le territoire submergé est vaste, nous poursuivons.

— Il a des résidences partout, de New York à Paris… Que vous dire ? Je ne lui ai pas parlé depuis des années…

— Nous avons exploré tous ces endroits, avec l'aide des polices du monde entier. Monsieur Rajani, je sais que ce que l'on vous demande est difficile, mais réfléchissez-y bien, car retrouver Raman Carter est sans doute la clé. Nous avons la conviction qu'il détient toutes les informations qui doivent nous permettre de résoudre cette crise. Sa disparition signe peut-être son acte.

Tarang chercha mais ne trouva pas de réponse qui fût plus pertinente. Il y eut après cela beaucoup d'autres questions, mais aucune réponse ne permit d'avancée majeure. Lorsque le vieil homme annonça être arrivé au bout de leur audition, l'avocat demanda la libération immédiate de Tarang. Chandra Shankar réapparut :

— Malheureusement, Maître, nous allons encore garder votre client ; nous sommes au bord du chaos, à la veille d'un grand combat décisif. Monsieur Rajani détient suffisamment d'informations et connaissances sur le sujet, le risque de fuite est trop important. Qu'il délivre une partie infime de ce qu'il sait autour de lui, et nous nous exposons à un mouvement de panique dantesque. C'est un risque que nous ne pouvons pas prendre.

— Mais alors, jusqu'à quand envisagez-vous de me retenir ? demanda Tarang, effaré.

— Jusqu'à ce que le Premier ministre ait fait une déclaration détaillée à notre peuple, pour rendre public l'ensemble de nos informations.

— Bon… fit Tarang, dépité. Et à quelle heure cette intervention doit-elle avoir lieu ?

— Heure ? Mais, Monsieur Rajani, pour l'instant il n'en est pas question. Le collège d'experts et l'antiterrorisme doivent d'abord rédiger leurs rapports complets sur la situation, les transmettre aux politiques, qui en débattront en réunions interministérielles, puis échangeront avec le cabinet du Premier ministre. Il faut qu'un plan d'action global soit mis en place, sans compter, très vraisemblablement, une concertation avec nos partenaires internationaux. Nous n'avons donc pas de date pour cette déclaration, c'est bien trop prématuré.

— Pas de date ? Prématuré ? s'insurgea Tarang, qui frappa violemment la table avec le plat de sa main. Mais êtes-vous devenus fous ? Ou juste suicidaires, comme tous les autres ? Il y a urgence ! L'inertie et le déni ont fait plus de morts depuis vingt-quatre heures sur notre sol que toutes les guerres auxquelles nous avons participé depuis cent cinquante ans !

Mais il parlait dans le vide. Avant que l'hologramme de son interlocutrice ne disparût, il formula une requête : qu'on se renseignât sur son fils, sur Michael. Il voulait savoir s'il était toujours en vie. Elle prit note de sa demande après quoi il implora :

— Par pitié, faites attention à ce que vous mettez sur mes plateaux-repas. Un verre ça se casse et c'est très efficace pour se couper les veines… Et je ne parle pas des couteaux. Je n'ai pas envie de mourir ici. Je préfère donc manger avec mes doigts.

Le spectre de Chandra Shankar s'évanouit alors dans l'obscurité. Tarang remercia son avocat, qui s'évapora à son tour. Puis il se leva et se dirigea vers la sortie de la salle, la tête basse. Maintenant qu'il se savait infecté de façon certaine, et cela depuis le tout premier jour et la mort de Dolores, il fut assailli de pensées négatives : son fils aîné Sundar qu'il ne reverrait peut-être jamais ; Michael qui était à portée de main mais si loin finalement. C'est à ce moment, sur le chemin de sa cellule, que Tarang se dit qu'il avait une dernière chose à accomplir sur cette Terre : sauver son fils Michael, le seul des deux qu'il pouvait encore atteindre et, peut-être, le délivrer de son implant. La soirée s'écoula sur cette pensée. La nuit fut peuplée de spectres, pas ceux qui l'avaient interviewé, ceux qu'il nourrissait secrètement chaque jour et depuis des années. Il n'en dormirait pas.

– 2 –

Tandis qu'en Inde ce n'était rien d'autre que le 25 décembre, dans d'autres parties du monde, c'était Noël. Et cette année, peu de gens auraient le cœur à la célébrer, sinon les Primaires. Mais ce serait de façon inavouable, rongés par la culpabilité. Pourtant, le cadre était parfait pour les fêtes : le vortex polaire était toujours ancré de Terre-Neuve à Chicago ; offrant un: paysage de villes figées par la neige et de campagnes enveloppées d'un apaisant duvet blanc. Mais un virus en décida autrement. On avait tout de même laissé les décorations allumées dans les maisons, dans les rues, comme pour conjurer le sort, épargner les enfants, préserver ce qui pouvait l'être. En réalité il n'y aurait pas de grande communion, ces fêtes-là seraient célébrées en catimini et dans une forme de réclusion. Les Primaires avaient fermé leurs volets, afin que l'on ne pût assister de l'extérieur à leurs joyeuses agapes. Et les Binaires avaient fait de même, afin de s'épargner la vision cruelle de l'allégresse des autres, à laquelle ils n'avaient pas droit. Dans la solitude de sa cellule dont il regardait fixement le plafond, Tarang y songea, tout comme il songea à Esther. Comment allait-elle ? Pensait -elle à sa famille ? Pensait-elle un peu à lui ?

Tarang essaya d'avoir de ses nouvelles auprès d'un gardien un peu mieux disposé mais en vain. En revanche il put en obtenir quelques-unes du dehors. Le gardien lui fit part du décompte morbide qui se poursuivait, impitoyable. La pandémie était entrée dans les grands nombres : il n'avait fallu que dix jours pour passer de mille victimes quotidiennes à un million. Aujourd'hui ça serait quatre. Il lui raconta la panique, l'impuissance, la peur. Tout le monde priait pour un reflux miraculeux, l'arrivée du pic tant espéré de cette courbe infernale, qu'une main divine viendrait briser et contraindre. En ce jour sacré, Dieu leur accorderait-il sa grâce ? Au fond d'ailleurs, tout cela ressemblait trop à une épreuve divine, à un moment de vérité entre Dieu et les hommes, pour que ces derniers ne trouvent, dans la religion, un refuge propice, voire un fonds de commerce fort lucratif. Des prédicateurs s'agitaient sur Intellect, conviant des milliers, des millions de cerveaux en détresse. On y vendait toutes sortes de bondieuseries virtuelles et de cyber grigris, on déposait des cierges imaginaires sur le *cloud*, on empilait les *Pater* et les *Agnus-Dei* cognitifs. Certains se rendaient même dans les églises, les vraies, quitte à accepter de couper leur cognexion — car l'Eglise l'avait partout imposé, bien que ça lui coûtât la désertion de nombreux fidèles. Bref, on se préparait au mieux à l'apocalypse qu'on annonçait. On avait ressorti les Bibles, les Torahs et Corans, tous les textes sacrés et les tenues qui vont avec. C'était sérieux, il fallait donc renouer avec ces divinités qui avaient été supplantées par divers réseaux et qu'on avait délaissées depuis. On remisa le dieu Intellect et on revint, temporairement et dans l'urgence, aux dieux des pères.

S'il y avait de la place pour la religion, il y en avait aussi, beaucoup, pour les théories et rumeurs en tout genre. Forcément, puisqu'on ne pensait qu'à cette crise sur Intellect, chacun venait y partager ses hypothèses et spéculations. Les *e-dées*, même les plus farfelues, circulaient librement, s'entassaient pour former un agglomérat informe dans lequel certains trouvèrent une cohérence. Il y avait des théories complexes impliquant des extraterrestres, des voyages dans le temps. On entendit dire que les Indiens d'Amérique du Nord étant épargnés par le mal — et pour cause, il n'y avait dans ces populations misérables que peu d'individus disposant des moyens pour être Binaire. Mais il fallait y voir la conséquence d'une de leurs danses, une forme de revanche d'un quelconque totem ou d'un dieu bison.

Ce fut aussi l'heure de gloire de tous les effondristes ou collapsologues de service, ceux qui avaient décrété depuis des décennies que la civilisation thermo-industrielle était sur le point de s'écrouler. Chose qui n'arriva jamais, non pas qu'ils aient eu tort mais ils avaient sous-estimé l'endurance du système, sa capacité à rester debout comme par miracle. Il fut préservé, vaille que vaille, les intérêts étant trop importants ; jusqu'à ce jour tout avait tenu avec des rustines. Si bien que l'effondrement n'eut en effet jamais lieu. Mais qu'il dût être jouissif pour eux, après toutes ces années à pronostiquer cette chute, de la voir enfin se concrétiser ! Ils avaient donc vu juste et certains accueillirent le drame avec une forme de soulagement, sinon d'accomplissement.

Que cet effondrement fût la résultante des hommes ou d'un dieu, et si beaucoup de théories baroques circulaient à ce sujet, il n'en restait pas moins une idée commune, un fait incontestable qui réunissait tout ce monde-là : la responsabilité d'Intellect et de ces maudits implants. Aucune communication officielle n'avait encore été faite à ce sujet, mais peu de monde désormais croyait encore aux explications wertheriennes ou à d'autres contagions morales ; même l'agitation sociale avait cessé, on ne blâmait plus les édiles ou la société ; non, tout ça, on en était désormais sûr, était technologique.

Ce fut donc, en toute logique, le début d'une ruée chez les neurochirurgiens et les diverses officines homologuées par Cog-Net. Mais il n'y en avait pas assez et les délais ne répondaient pas à l'urgence de la situation. Alors fatalement, face aux engorgements observés dans tous les centres agréés de neurochirurgie, certains tentèrent de s'enlever eux-mêmes l'implant ou de le faire en dehors des circuits officiels, c'est-à-dire la plupart du temps chez des charlatans. De ce fait, au carnage du virus s'en adjoignit un autre, celui des « désimplantés » sauvages, ces femmes et ces hommes diminués pour toujours, les cerveaux durablement endommagés. Mais, il est vrai, saufs.

La panique avait enfin fait son nid. Elle s'empara de tous les esprits et leur commanda d'autres gestes, immémoriaux, automatismes traumatiques transmis de génération en génération au fil des pandémies ou des conflits armés. On vit en effet des scènes déjà vues tant de fois par le passé : files interminables dans les magasins d'alimentation et stockage machinal de denrées de consommation courante. Face à la menace d'une mort prochaine, on achetait du papier toilette ou des bouteilles de soda, le tout à profusion. Il ne pouvait y avoir de plus grande discordance entre un problème et sa résolution mais ce réflexe pavlovien semblait faire du bien à une population livrée à elle-même et à la dérive. La panique fit aussi dérailler les marchés financiers, c'était à celui qui enregistrerait la plus forte baisse ; bientôt d'ailleurs toute l'économie se referma comme une huître.

Bref, si le virus tueur avait accouché d'une crise hors normes, à partir de ce moment, celle-ci s'était en définitive totalement normalisée, reprenant presque tous les ingrédients d'une bonne vieille recette pandémique comme le monde en avait déjà connu. Tout paraissait de plus en plus familier et, au fond, c'était rassurant. On pouvait se raccrocher au fait d'avoir déjà vu ou vécu une crise similaire et donc se dire que, par le passé, on s'en était toujours sorti. Ce fut à peu près tout ce que Tarang sut des événements extérieurs grâce au bon vouloir de ce gardien. Ce dernier ajouta aussi qu'on avait annoncé la disparation du dernier couple de kangourous gris et qu'il faudrait désormais se contenter de leurs avatars synthétiques ou captifs. Bagatelle.

Paradoxalement, même si toutes ces nouvelles étaient pour le moins catastrophiques, elles firent du bien à Tarang. Il vivait de plus en plus difficilement l'absence de toute cognexion. Il n'avait pour seul lien avec le dehors que les funestes messages prioritaires ; et il en reçut deux dans la matinée. Des proches ; enfin, pas vraiment, mais des gens qu'il connaissait et appréciait. Il se rendit compte cependant qu'il n'était pas totalement coupé de l'extérieur. Comme si la neutralisation de son implant avait décuplé ses sens, en se concentrant il pouvait désormais entendre au loin, presque imperceptible de prime abord, le chant des sirènes. Pas celles d'Ulysse, plutôt celles des ambulances et de la police. Allongé sur son lit, les yeux fermés, il était capable de sentir ce qui se passait au-dehors : des services d'urgence débordés, des véhicules terrestres ou aériens chargés à plein, effectuant allers et retours sans aucun répit.

Un peu avant midi, on vint lui proposer de la lecture. « Bibliothèque ! » avait dit le plafond. Lire, s'évader. Il s'agissait de vrais livres, stockés dans une sorte de desserte automatisée. Il fouilla, ne trouva d'abord rien qui vaille la peine. Puis son regard fut attiré par un ouvrage, « *Petite histoire du Grand changement climatique — XXe et XXIe siècles* ». Alors, il le lut.

Comme son cerveau le remercia de cette offrande ! Dès les premiers mots, cette lecture eut un effet immédiat, une sorte de catharsis cognitive : son intellect à lui put enfin reprendre la main, sans la tutelle écrasante de son supplétif de synthèse. La lecture pouvait se faire sans risquer d'être interrompu par une des insupportables immixtions de la toile ; rien ne pouvait être enregistré sinon l'important, le remarquable. Et puis, tourner les pages, avec ses doigts… Ce livre lui ouvrit des perspectives nouvelles, des clés de compréhension quant aux événements en cours.

À ceux qui se demandèrent un jour pourquoi les femmes et les hommes qui dirigeaient ce monde avaient attendu près d'un siècle pour essayer de sauver vraiment ce qu'il restait des écosystèmes terrestres, la manière dont avait été gérée la pandémie de suicides pouvait apporter un début de réponse. Un subtil mélange de conflits d'intérêts, de gestion douteuse des priorités, de couardise, de lourdeur technocratique, de communication léchée et de cynisme agissait comme un philtre suffisamment puissant pour faire perdre à tous les gouvernants leur empathie devant un spectacle aussi misérable et leur faire croire que peut-être, le lendemain, tout se calmerait.

À mesure qu'il avançait dans cet ouvrage, Tarang se demanda combien de fois, dans son histoire, l'humanité subit-elle les assauts de l'impassibilité, de la cupidité, du carriérisme et des calculs froids. Combien de morts décompterait-on si l'on additionnait toutes celles occasionnées par le temps décisionnel d'un état-major déconnecté du terrain, par le temps rédactionnel de communicants en quête des bons mots pour pondérer la portée d'un drame en train de se jouer, par le temps bureaucratique des réunions et des validations nécessaires pour décider ou enfin, par le temps qui coûte de l'argent, celui qui retarda tant de résolutions urgentes pour préserver les petits gains du moment. Ce livre lui permit de comprendre qu'au cours des siècles, la vraie hécatombe, ce fut celle-là. Pas celle des batailles, ni celle du virus. Son cerveau avait tourné en boucle toute la journée sur cette thématique. Il se rendit compte à quel point l'implant lui donnait l'illusion d'une activité cérébrale intense ;

comment Intellect avait pris le pas sur son propre intellect. Voilà bien longtemps qu'il était en pensée assistée permanente, en perfusion cognitive : une question ? Intellect lui apportait la réponse. Une pensée sombre ? Une application s'en chargeait. La solitude, l'ennui, être face à face avec lui-même ? Tout était fait pour l'en distraire, éviter à son cerveau d'inutiles efforts d'introspection.

Il se surprit alors à se ronger les ongles. Lui revint en mémoire les réprimandes de sa mère à ce sujet. Et puis toutes ces pensées qui l'agitaient sans cesse, c'était nouveau, mais pas tant que ça. En définitive, Tarang se rappela soudainement qu'il était, par nature, un grand angoissé. L'implant cérébral lui permit de l'oublier depuis longtemps, mais tous ces réglages qu'il effectuait mécaniquement et vérifiait régulièrement, dopamine, cortisol, adrénaline, il se souvint que c'était une manière de canaliser sa nature profonde.

Près de trois décennies de réflexes cognitifs et de facilités procurées grâce à une technologie s'étaient effacées d'un coup. Alors qu'il retrouvait une certaine dextérité, des facultés cérébrales enfouies, des raisonnements qui le surprirent, qu'il prit un certain plaisir à réfléchir à des questions de fond et à mener dans sa tête son propre débat d'idées pour y répondre, à affronter ses propres doutes, il se demanda à nouveau, comme il l'avait fait en début de journée, à quoi pouvait bien penser Esther à ce moment-là.

– 3 –

À quelques dizaines de mètres de là, précisément à douze cloisons d'écart, Esther se laissa tomber sur le lit dès qu'elle pénétra dans sa cellule. Elle fut étreinte par une émotion si vive qu'elle ne pouvait plus respirer. Sa gorge était serrée au point de l'étouffer, son cœur battait si fort qu'elle n'entendait plus que lui. Elle ne sut comment évacuer ces sentiments mêlés qui l'avaient soudain envahie. Hurler dans l'oreiller, elle ne vit que ça. Alors elle hurla, jusqu'aux larmes, jusqu'à l'épuisement total.

Dolores et elle eurent trois rêves.

En premier lieu : tout plaquer et faire un tour du monde en voilier, précision faite qu'elles n'avaient jamais navigué. Ça faisait partie de ces projets dont on se parlait dans un couple, tout en sachant qu'ils ne se réaliseraient certainement jamais. Y songer suffisait — ce n'est pas pour rien qu'on appelait ça des rêves. Leur deuxième vœu releva autant du consumérisme que du plaisir contemplatif : passer un week-end sur la Lune pour admirer un clair de Terre, depuis leur lit. Ce fut largement à leur portée, il ne leur manqua que le temps. Enfin, en troisième position — mais il aurait fallu le mettre en premier, tant ce désir, par sa nature et sa force, emportait tout le reste — elles souhaitèrent avoir un enfant. Ce que leurs corps s'étaient inlassablement refusés à leur offrir depuis dix ans.

De ces trois rêves, un allait, contre toute attente, prendre corps. Maintenant qu'elle était seule, veuve même, sa propre vie en sursis, voilà que le destin lui jouait un tour. Un vilain ou un joli tour ? Elle n'était plus sûre de rien. Être enceinte maintenant, pourquoi ?

Après son malaise à l'issue de son interrogatoire la veille, le médecin-chef avait préconisé une analyse sanguine. Et le sang avait parlé : une graine de vie poussait en elle. Là, maintenant, après dix ans de tentatives en tout genre et autant d'échecs, alors que l'adoption semblait être la seule possibilité, et au moment où le monde s'effondrait, une petite vie s'était fixée sur une paroi de ses tissus et ne pensait plus maintenant qu'à croître et s'affirmer. Esther criait encore dans son oreiller, évacuant un mélange de désespoir et de joie ; cette joie pour laquelle elle avait tant œuvré mais que jamais elle n'eut souhaité vivre seule ; ce désespoir de n'avoir qu'un linceul pour envelopper ce cadeau.

Quand elle eut hurlé tout son soûl, elle releva la tête. Quelque chose de nouveau prit place dans son esprit et ne la lâcherait plus. Un espoir, une détermination. Elle allait s'agripper à cette petite vie, cette poussière de vie, comme à une bouée. S'y accrocher et en même temps la protéger. En premier lieu il fallait sauver sa peau à elle, pour se sauver toutes les deux et donc extraire cet implant de malheur car elle le savait, on lui avait dit, tant qu'il serait là, il y aurait des répliques au séisme psychologique qu'elle avait subi en bas de la tour. Elle n'était pas miraculée, juste en sursis.

Elle pensa à Tarang ; lui saurait l'aider. Pour cela, il fallait qu'ils sortent d'ici, vite. Mais ça ne serait pas pour aujourd'hui : les politiques prenaient leur temps pour annoncer la grande catastrophe. On se concertait, on négociait, on réfléchissait, on relisait, on « mark-upait » des documents, des *e-dées*, sans jamais rien décider.

Il faudrait attendre encore une nuit.

15

Apoptose

26 décembre. L'horreur, partout. Un autre cap venait d'être franchi. Acté officiellement. Le suicide était devenu, en l'espace de trois semaines, la première cause de mortalité dans le monde — pour ce qui concerne l'espèce humaine, bien entendu, car dans le cas de l'aigrette sacrée et de l'apogon de Kaudern, officiellement disparus ce jour, il fallait plutôt chercher les causes de leur trépas du côté des radionucléides du Pacifique Ouest.

En ce vingt-quatrième jour après la mort de Dolores Myers, le suicide dépassait désormais toutes les pathologies cardiaques ou autres infections des voies respiratoires. Il avait également battu le record de la pandémie la plus fulgurante, détenu jusque-là par la terrible macroophtalmopathie, la maladie des gros yeux, qui tua quatre millions de personnes en six mois en Amérique du Sud — mais fut très rapidement éradiquée. On en était à seize millions de morts. La panique se répandait partout, les cadavres aussi.

Ces chiffres, Tarang les connaissait sans avoir accès à Intellect ; il tenait les comptes, dans sa tête. Il commençait d'ailleurs à être blasé de ces grands nombres. Plus ils grossissaient, plus ils devenaient une abstraction. Ce qu'il ne pouvait voir, en revanche, c'était la peur dans tous les foyers binaires, les ambulances, l'armée, les pompiers débordés, les taxis et bus réquisitionnés, les commerces et les trottoirs de Delhi transformés en supplétifs des morgues saturées.

Sans aucune cognexion possible, les questions se bousculaient en lui. Il en perdait la raison. Comment autant de gens purent-ils se donner la mort ? Pourquoi les consciences de ces hommes et femmes ne trouvaient-elles pas les ressources suffisantes pour se rebeller face à ce virus ? Fallait-il y voir une caractéristique de la faiblesse de l'âme humaine, à la fois capable des plus beaux actes de courage et de la plus grande endurance face à des épreuves et, dans le même temps, disposée à écouter les messages grossièrement mensongers de la publicité, des politiques, à capituler devant une idée plus forte qu'elle ? Allait-il mourir, lui aussi ? Quel modus operandi choisirait-il, au dernier moment ? Aurait-il la possibilité de se noyer dans ce qu'il restait du Gange ?

Il venait d'achever un déjeuner insipide et chagrin et sentait l'assoupissement l'envahir quand soudain quelqu'un ouvrit la porte de sa cellule, l'extirpant de ses songes. Le gardien déposa au sol une pile de vêtements. Tarang reconnut ce costume sombre qu'il portait lors de son arrestation chez Cog-Net.

— Monsieur Rajani, quand vous serez habillé, veuillez me suivre. Vous êtes attendu. Prenez toutes vos affaires, vérifiez à ne rien oublier.

Tarang se prépara en toute hâte ; puis il sortit de sa cellule.

En traversant le grand couloir, il constata une certaine agitation dans une des cours intérieures : un drôle de manège s'y déroulait, qui prit tout son sens lorsqu'il vit un brancard robotisé chargé d'un corps, enveloppé dans une housse. Un suicide venait d'avoir lieu, dont il apprendrait plus tard qu'il s'agissait d'un très proche collaborateur d'Iresh Dahni, son ami ministre. Ce dernier était en effet présent dans les locaux et l'attendait dans une des pièces du dernier étage, surveillée par deux gardes du corps. Le ministre, le visage grave et le crâne luisant, était assis derrière une table, ses gros coudes épandus. Il ne semblait rien attendre d'autre que Tarang. Il se leva :

— Tarang, je suis tellement désolé que l'on se croise dans ces circonstances, désolé qu'il ait été jugé nécessaire de te garder ici aussi longtemps. Ça va prendre fin très vite, dès aujourd'hui.

— Enfin… dit Tarang avec dépit. Que va-t-il se passer alors ?

— Le Premier ministre va prendre la parole.

— Pourquoi tout ce temps perdu ? C'est insensé, criminel !

— Depuis deux jours le gouvernement a entamé des tractations extrêmement sensibles avec nos partenaires internationaux. Les États-Unis et la Chine nous ont mis une pression terrible. Je crois qu'on n'a même jamais été aussi proche d'une guerre ; on nous a accusés de tous les maux, toutes les intentions, même les pires. On évitera la guerre mais pas les sanctions.

— Comment en est-on arrivé là ? demanda Tarang, le regard perdu. Ces journées gâchées à jamais ? Est-ce le déni, la peur, la lâcheté, la cupidité ?

— Rien de tout ça, voyons. Il s'agit d'une attaque terroriste, d'une violence inouïe ; il faut du temps pour mettre en place une réponse adaptée.

Il y eut un silence. Tarang chercha ses mots. Puis d'un ton calme, presque détaché, il raconta :

— En 1975, il y a plus d'un siècle, un type dont on a oublié le nom a décrit ce qu'il a appelé le « réchauffement global ». Quatre ans plus tard, d'autres ont écrit, preuves à l'appui, que ce phénomène était lié à l'activité humaine. Et que tout ça allait être exponentiel. Et quelle fut la réaction des politiques ?

Le ministre ne répondit pas.

— La même que celle que tu m'as jetée au visage. Qu'il fallait d'autres preuves, plus tangibles. Des preuves que les preuves étaient bien des preuves. Et que, pour cela, d'autres études s'imposaient. Que prendre la responsabilité de ralentir l'activité humaine sur cette seule base serait suicidaire pour l'économie, l'emploi… Au final, il n'a pas fallu six mois, un an ou même dix ans pour qu'on accorde à ces études tout le crédit qu'elles auraient mérité dès l'origine, et pour qu'on prenne les décisions qui s'imposaient alors. Non, ce petit jeu, porté par des politiques, comme toi, a duré près de soixante ans. Soixante ans pour qu'une sorte d'alignement international, à peu près sincère, permette de prendre des mesures vraiment drastiques. Mais naturellement, pendant ces soixante années, ce qui avait été décrit et documenté s'est tranquillement réalisé. Si bien qu'on a décidé et agi quand ça ne servait plus à rien. Résultat : depuis des décennies, nous demandons aux nouvelles générations d'accomplir des efforts toujours plus importants et qui pourtant n'auront plus aucun impact.

— Pourquoi me racontes-tu ça ? demanda le ministre en feignant de ne pas l'avoir compris.

— Nous vivons aujourd'hui, de façon accélérée, et comme à travers un miroir grossissant, le même processus de déni et de procrastination, non par paresse, quoique, mais sans doute pour préserver des intérêts particuliers et le confort du très court terme. Et nous voilà au même point : maintenant que nous sommes prêts à agir, il nous faut en même temps nous rendre compte que c'est trop tard. C'est une expérience fascinante au fond : dites-leur qu'ils vont tous mourir sauf à agir prestement et ils trouveront les motifs d'une inaction raisonnée.

— Tu es en colère. Tu caricatures. Mais je comprends. Sache que nous avons pris des décisions fortes et mettons tout en œuvre pour sortir de la crise : une coopération internationale totale ; la mise sous tutelle administrative de Cog-Net qui nous donne des moyens décuplés ; la mise en place d'un groupe de recherche gigantesque en vue de la conception d'un antivirus — j'ai entendu dire que plus de dix mille programmistes et experts en neuro-informatique étaient déjà à pied d'œuvre à travers le monde. Tout ça devrait être annoncé ce soir.

— Ce soir ? Pourquoi m'avoir fait venir maintenant alors ?

— Je souhaite, au préalable, que tu puisses assister, à distance, à la dernière réunion de travail interministérielle, qui va débuter sous peu. C'est une réunion capitale, le collège d'experts a rendu ses ultimes conclusions ce matin et nous devons finaliser les modalités de leur mise en œuvre.

— En quoi est-ce que cela me regarde ?

— Il faut que tu saches : ces derniers jours, ton nom a été sali.

— Sali ? Par qui ? Pourquoi ?

— Je ne sais pas d'où ça vient mais ton arrestation et celle d'Esther Myers ont fuité. Ça a alimenté les fantasmes de beaucoup de gens. Et puis, on a commencé à parler de toi, de ta part de responsabilité dans cette crise. Ton lien avec Esther, tout ça a alimenté des théories… Sur Intellect fleurissent des pensées peu amènes à ton sujet. Or je sais mieux que quiconque que tu as beaucoup œuvré pour nous sortir de cette crise ; et tu n'as pas toujours été aidé. Tes actes doivent être connus. J'ai proposé que tu puisses être présent lors de cette réunion décisive et cité comme tel, en tant que contributeur. J'ai également demandé que tes efforts soient portés à la connaissance du Premier ministre ; je lui en toucherai personnellement un mot.

— Sali… Est-ce que c'est dangereux pour moi dehors ?

— Je ne sais pas te dire. Si tu veux une protection, je peux organiser ça. Mais je voulais dans un premier temps faire le nécessaire pour te réhabiliter.

— C'est le comble. Me réhabiliter ? On croit rêver. Et vous ? Votre lenteur, votre inertie, vos doutes, vos intérêts, vos amitiés douteuses, tout ça a contribué à la mort de millions de personnes, soyez-en sûrs. Mon honneur ou mon déshonneur… Ma postérité… L'Histoire y pourvoira — ou pas. Je ne veux pas de ta protection. Je n'ai rien à me reprocher. Et après tout, c'est la mort qui nous attend tous dehors.

— J'entends ta colère et je n'en attendais pas moins de toi. Mais nous allons nous sortir de cette crise. Maintenant, je te prie de m'excuser, je dois me rendre au 7 LKM pour assister à la réunion. Toi, tu pourras le faire d'ici, sur cet écran.

Le ministre s'avança, serra chaleureusement la main que Tarang lui tendit fort mollement. Il se dirigea vers la porte, quand Tarang remarqua un petit détail : une cicatrice en haut de la nuque du ministre. À l'endroit où, sur un crâne dégarni comme le sien, l'on devait voir une petite bosse sous-cutanée, correspondant à la tête de l'implant, se trouvait désormais une croix fraîchement suturée. Oui, le ministre venait de se faire retirer son implant.

— L'opération s'est bien passée visiblement… fit remarquer Tarang avec une pointe d'ironie. Il n'y a plus de pansement, ça doit remonter à au moins trois jours, n'est-ce pas ?

Le ministre ne répondit pas.

— Ce que tu as fait pour toi, tu aurais dû le recommander à toute la population au même moment. De quel bois êtes-vous donc faits, les politiques ? Au fond ça vous arrange bien que tous ces pauvres gens se précipitent pour acheter du papier toilette plutôt que de vous foutre tous dehors !

— Calme-toi Tarang ! tonna le ministre dont le visage avait changé de couleur. Personne ne me parle comme ça, ici ! Tu es dans nos locaux, sous mon autorité. Si tu veux sortir d'ici, évite de te comporter de manière séditieuse ! J'ai autre chose à faire que remettre en liberté des rebelles. Pour mon opération, c'est simple et mathématique, tu le sais mieux que moi : même en faisant tourner tous les marcotteurs à plein régime, en réquisitionnant les dentistes et les chirurgiens esthétiques, en les forçant à travailler la nuit, il faudrait des mois, peut-être des années pour parvenir à un résultat satisfaisant !

— Autant se servir en premier, tu as raison. Dans la finance ça s'appelle un délit d'initié. Je peux aussi ajouter la non-assistance à personne en danger. Alors profite bien de ta nouvelle vie.

— Ça suffit Tarang ! Épargne-moi ta morale ! Si on en est là, c'est bien à cause de toi ! On éponge tes conneries en ce moment ! Ton invention, ta révolution ! Tu parles ! Tu n'as qu'à faire comme moi. Et puis, crois-moi, ce n'est pas simple non plus de se sentir diminué comme cela. Depuis deux jours je suis incapable de me souvenir de tout ce que je fais, incapable de réfléchir vite. On m'a même activé un téléphone ! Non, ce n'est pas un cadeau que je me suis offert là ! Juste une chance de pouvoir tenir mon poste pour affronter cette calamité, assurer aux citoyens qu'ils auront toujours un ministre aux commandes pendant la tempête qui s'annonce !

— Bientôt il faudra te remercier. Je me demande comment l'Histoire analysera ces dernières journées… Y aura-t-il un jour quelqu'un de sensé pour écrire que le gouvernement indien a été réactif et efficace dans sa réponse ? Trouverez-vous des juges suffisamment cléments pour ne pas vous envoyer en prison ?

Sans mot dire, Iresh Dahni sortit en claquant la porte derrière lui.

– 2 –

L'ultime réunion fut présidée par le Premier ministre lui -même, qui, à la lumière d'une analyse du plan d'action qui lui avait été remis, passa sous le feu roulant de ses questions ses interlocuteurs : ses ministres, le collège d'experts et les membres de la commission interministérielle d'urgence. Une quarantaine d'intervenants avaient été invités à cette réunion et rangée en deux cercles autour d'une immense table de lumière. Chacun put prendre la parole à un moment ou à un autre pour répondre directement, les yeux dans les yeux, au chef du gouvernement. Et aucune question ne fut éludée, aucune mesure écartée. Tarang assistait aux débats à distance depuis l'écran de la salle et pour la première fois — mais avec quel retard ! — il lui sembla entendre des hommes et des femmes résolus à contrer un mal dont ils avaient enfin estimé la juste puissance destructrice. Le Premier ministre lui fit une forte impression, bien loin de l'appréciation qu'il avait portée sur les politiques jusque-là.

La réunion démarra quand le Premier ministre prit place en bout de table. En préambule, entre autres choses, on annonça la présence de Tarang à distance, bien que son image ne fût pas projetée. Mais le ministre Dahni ne prononça pas le moindre mot sur son action. Voilà pour la réhabilitation : pas un commentaire, pas un remerciement. La réunion démarra ensuite par un constat, implacable : à cette date, tous les experts réunis confirmèrent, modélisations à l'appui, que cent pour cent des Binaires à travers le monde étaient désormais infectés. La question centrale ne fut donc pas, comme dans une pandémie « classique », de se battre pour endiguer une progression fulgurante, mais de savoir comment il serait possible de sauver un maximum de vies parmi une population déjà contaminée. Ce point d'entrée fut fondamental pour la définition de la stratégie à suivre.

Il plut à Tarang de constater à quel point l'approche fut globale : de très nombreux sujets furent traités, des plus cruciaux à ceux qui purent paraître, à tort, plus futiles. La crise avait mis en exergue l'énorme château de cartes qu'était alors notre monde. Par exemple, le Premier ministre s'arrêta un bon quart d'heure sur l'efficacité de la filière bois : a priori, elle aurait dû être le cadet des soucis d'un gouvernement confronté à un tel fléau. Mais elle s'avéra capitale. Car le juste dimensionnement et le bon acheminement des stocks de bois dans les grands centres urbains n'avaient pas pour seule finalité de pourvoir au chauffage des logements ou à la cuisson des aliments. En Inde, le bois était essentiel pour permettre les crémations. Pour qu'un corps brûlât, il fallait en général trois fois son poids en bois, ce qui pouvait représenter l'équivalent d'un petit arbre. Or la capacité de production de la filière avait ses limites et des tensions se faisaient sentir. Sans bois, pas de crémation traditionnelle ; les morgues étant toutes saturées, le risque de voir des dépouilles s'entasser à l'air libre était réel, et avec lui le danger de développement de maladies comme le choléra, ajoutant à la catastrophe en cours une crise sanitaire de grande ampleur pouvant affecter la population primaire, qu'il fallait aussi protéger. On décida donc de détourner tous les flux de bois destinés à la construction ou à la consommation des industries et des foyers : la crémation devint le débouché prioritaire.

On ne parla évidemment pas que de ça. Le Premier ministre souhaita vite connaître l'éventail des moyens à disposition pour combattre le virus et sauver un maximum de vies. L'hypothèse d'une fermeture globale d'Intellect, un *shutdown* mondial, évoquée un temps, fut balayée d'un revers de la main : on savait désormais que le virus avait sa propre horloge, qu'il se déclenchait à l'heure de sa programmation, indépendamment du réseau Intellect. Couper le réseau Intellect aurait pu être fort utile, mais quinze jours plus tôt, pour empêcher les contaminations par les messages prioritaires. Désormais, cela ne servait plus à rien.

On évoqua aussi le rôle des antidépresseurs, dont la production et la consommation étaient reparties à la hausse depuis la pandémie. Mais leur efficacité pour combattre le virus fut malheureusement jugée nulle. Personne ne savait vraiment l'expliquer, mais les tests étaient sans appel. La question était plutôt de savoir s'il fallait dissuader les gens d'en prendre ; on conclut néanmoins que la population allait être soumise à tellement d'interdictions dans les prochains jours que la prise d'antidépresseurs pouvait être considérée comme un moindre mal, au mieux un placebo. On laisserait faire.

Et puis arriva sur la table l'épineuse question du retrait de l'implant. Sur ce point, les chiffres exposés parlèrent d'eux-mêmes : même en doublant le nombre d'opérateurs homologués — avec des moyens qui restaient à démontrer — il aurait fallu deux à trois années à l'Inde pour désimplanter tous ses utilisateurs. Dans d'autres pays, d'Afrique notamment, ce délai passerait à cinq ans. Bref, il apparut aux yeux de tous que conseiller aux gens de se faire ôter leur implant équivaudrait à semer une gigantesque pagaille et à ne satisfaire, sur la semaine à venir, qu'un petit pour cent de la demande. Il faudrait désimplanter, oui, mais en bon ordre, sous le pilotage de l'État, avec un système juste et incontournable et en prévenant la population qu'il y aurait très peu d'élus à court terme. Mais plus que tout, les pouvoirs publics craignirent à ce moment que beaucoup de gens ne cherchent à ôter eux-mêmes leur implant ou celui de leurs proches, phénomène qui était déjà assez largement observé avec les conséquences que l'on sait.

La discussion avait été illustrée par l'enregistrement de la tentative de suicide d'un Uruguayen, Hugo Benedetti. Madame Benedetti avait accepté de faire don de l'implant de son mari à des fins de recherche, puis le gouvernement uruguayen avait décidé le partage mondial de cet enregistrement qui constituait un support de réflexion majeur. On projeta dans la salle de réunion les images de ce que vécut et ressentit cet homme avant de passer à l'acte. Elles provoquèrent l'effroi autour de la table. Chacun put se rendre compte de la violence du blitz cognitif auquel fut soumis cet homme, de la cruauté de l'horreur infligée à un Binaire sur le point de mettre fin à ses jours. Après lui avoir ôté son implant, effrayée par l'hémorragie générée, sa femme avait appelé les urgences. Mais le sang qui s'était répandu était bien peu de chose à côté des lésions irréversibles qu'occasionna le retrait du dispositif. Hugo Benedetti était sauvé sur le plan médical, la menace virale n'existait plus mais, aux dernières nouvelles, il avait perdu une part importante de ses facultés mentales et d'élocution, ainsi que la coordination des mouvements de ses mains.

Le ministère de la Santé compléta avec des chiffres récents : depuis quarante-huit heures, les hôpitaux indiens ne comptabilisaient pas moins de cent mille cas de retraits sauvages d'implants, tous soldés par d'irréversibles lésions que les services hospitaliers n'étaient absolument pas en capacité de gérer. Il y eut aussi d'autres exemples similaires à celui d'Hugo Benedetti, qui permirent de comprendre que les visions, les voix, n'étaient pas les mêmes d'une personne à l'autre. On n'avait pas affaire à un programme type, tout était méticuleusement personnalisé : on pensa alors que, pendant sa période d'incubation, très variable, allant d'un à quinze jours, le virus examinait, retournait, fouillait le terreau des souvenirs enfouis, des fautes, des hontes et des abus inavouables que chacun, même le plus exemplaire des Hommes, expérimenta dans sa vie. C'était à partir de cette matière première que le virus déclenchait son attaque, la rendant si puissante car tellement imprégnée de vérité.

Mais étonnamment, si le cas Benedetti fit beaucoup parler de lui lors de cette réunion, ce fut en définitive pour une tout autre raison. Pour les experts, l'intervention de Madame Benedetti fut en effet exemplaire parce qu'à leurs yeux, elle illustra ce qui demeurait probablement le meilleur moyen de sauver des vies : l'entraide. Ou plus précisément la surveillance réciproque. C'était la clé : si chacun pouvait être veillé par une autre personne à tout moment, alors le passage à l'acte devenait quasi impossible.

L'idée générale qui se dégagea et fit consensus à l'issue de la réunion fut que, s'inspirant du cas Benedetti, il devenait indispensable de demander à chaque Binaire dans le pays d'en surveiller un autre, et vice versa. Ça ne résoudrait pas tout mais, selon certaines estimations, sur la base d'une surveillance mutuelle active et efficace pendant douze heures par jour de deux personnes distantes de quinze mètres au maximum, il serait possible de réduire les passages à l'acte de cinquante pour cent. Sur le papier, la solution paraissait séduisante — mais elle reposait sur le strict respect de certaines règles.

La recherche de l'antivirus occupa, aussi, une large place dans les débats, mais une amère déception l'emporta. Rien de concret n'était à attendre à très brève échéance. Les États -Unis, l'Europe, la Chine, l'Inde bien sûr, et des dizaines d'autres pays avaient uni leurs forces et réquisitionné tous ceux dont le savoir-faire en la matière était reconnu, allant jusqu'à recruter grassement sur fonds publics des hackers réputés. Du virus, on analysait la charge utile, on décryptait l'exécution de l'action prédéterminée qui lui avait été assignée. Mais pour l'instant en vain.

Le déclenchement de ce que les experts appelaient la « bombe logique » du virus, restait un mystère total alors que plusieurs milliers d'ingénieurs s'y attelaient. Un des spécialistes en sécurité neuro-informatique rappela que, cinquante ans plus tôt, il fallut plus de trois mois pour éradiquer le fameux « Sida des réseaux », ce virus qui s'était attaqué sournoisement aux défenses immunitaires des machines, les antivirus, les rendant inopérants et provoquant dans son sillage une crise économique et politique sans précédent. Tout le monde autour de la table s'en souvint et admit que l'espoir d'un antivirus à très court terme n'était que spéculation.

C'est alors qu'intervint dans le deuxième cercle un petit homme chétif et ridé, au crâne poli, mais dont la prise de parole le fut moins puisqu'il intervint sans qu'on le lui demandât — rompant ainsi avec le protocole des réunions interministérielles. L'échange qui s'ensuivit marqua profondément Tarang.

— Nous n'avons pas parlé de la possibilité d'une apoptose, lança opportunément, au cœur d'un silence, ce petit homme dont on ne voyait que le crâne.

— Je vous demande pardon ? s'offusqua le Premier ministre. Je n'ai pas eu l'honneur de vous donner la parole, pourriez-vous au moins me faire celui de décliner votre identité ?

— Professeur Shantar, École supérieure de neurosciences Marvin Minsky, spécialisé dans les liaisons synaptiques.

— Reformulez votre question professeur, s'il vous plaît.

— Ce n'était pas une question mais davantage un constat : depuis une heure que nous évoquons tous les aspects de cette crise, les moyens d'y remédier, ses causes, jamais nous n'avons abordé la question de sa finalité et de son dépassement ; d'où ma thèse de l'apoptose, qui recueille peu de succès depuis que je la soulève dans ce collège... Mais que j'aimerais, si vous m'en laissez le loisir, vous présenter, sommairement.

Quelques sourires s'échangèrent de part et d'autre de la salle. Le Premier ministre n'y prêta guère attention et lui demanda :

— Quelle est cette chose ?

— L'apoptose ? C'est une mort cellulaire programmée. Un processus parfaitement naturel qui permet à un corps de poursuivre sa croissance en éliminant une partie de lui-même, devenue inutile ou encombrante. Vos mains par exemple. Au départ, quand vous n'étiez pas plus grand qu'un gros œuf, elles étaient palmées. Par apoptose, les cellules entre vos doigts ont été éliminées, ou plutôt elles se sont éliminées d'elles-mêmes ; cela, pour permettre à vos mains d'être fonctionnelles. Sans cette apoptose, vos mains seraient totalement inefficientes, en tout cas tellement moins efficaces qu'on pourrait se demander si l'Homme serait devenu ce qu'il est aujourd'hui. Aurait-il pu par exemple domestiquer le feu, fabriquer des outils ou inventer l'écriture ? Notre cerveau aussi se construit par apoptose : certaines liaisons synaptiques inutiles meurent d'elles-mêmes pour permettre aux autres leur plein rendement.

— Merci pour ce cours magistral, reprit le Premier ministre, mais je ne vois pas le rapport. Soit vous avez un point à soulever en lien avec la gestion actuelle de la crise, soit vous n'avez rien à apporter au débat et, le temps nous étant infiniment précieux, nous allons passer à autre chose.

Piqué au vif, le petit homme reprit :

— Si l'humanité était un corps, et chaque individu une des cellules qui le composent, alors nous aurions deux manières d'envisager ce qui arrive : soit considérer que ce corps est atteint de nécrose, c'est-à-dire que nombre de ses cellules sont en train de mourir prématurément, les unes après les autres, et que tout ça risque de mener au mieux à une amputation lourde, au pire au trépas de l'ensemble ; soit estimer que nous sommes entrés en apoptose, c'est-à-dire que tout ceci est programmé, non létal et positif. Le corps — l'humanité — n'en mourra pas, bien au contraire, il pourra atteindre un stade de développement différent, nouveau. Ce sont deux manières totalement opposées d'aborder la même question. L'une porte en elle le germe d'une mort totale du corps, l'autre d'une renaissance. C'est une simple question de point de vue, mais à l'échelle de l'histoire de notre espèce, ce choix est aujourd'hui capital.

— Essayez-vous d'instiller une dose d'optimisme poétique dans ce marasme ?

— Pas du tout, je veux dire que nous consacrons en ce moment toute notre énergie à sauver ce qui peut l'être ; mais si nous n'y parvenions pas ? Ce qui semble aujourd'hui une possibilité crédible au regard des interventions précédentes. Si nous nous arrêtions un instant à l'idée que cette attaque, d'où qu'elle vienne et quelle qu'en soit la finalité, agisse pour l'humanité non pas comme une nécrose généralisée mais comme une apoptose ? Que toutes ces morts aient, au bout du compte, une vertu pour ceux qui vont rester ?

— Mais bon sang, où voulez-vous en venir ?

— Mais au fait que personne, ici, ne parle des Primaires ! De ceux qui vont survivre ! Ils forment pourtant près d'un tiers de l'humanité ! Pas un mot sur eux.

— Développez, je vous laisse encore deux minutes.

— Les Primaires vont tous nous survivre. Et pourtant, depuis plus de deux décennies, ils ont été mis au ban de la société. Les postes clés, le savoir scientifique, l'industrie, la finance, la richesse, l'espérance de vie… Tout est tenu, géré, exécuté ou capté par des Binaires. Si nous, Binaires, venions tous à disparaître, ne devrions-nous pas consacrer le temps qu'il nous reste à leur passer le flambeau ? Monsieur le Premier ministre, je crois savoir que vous avez trois enfants.

— Oui, enfin, de deux femmes différentes, faut-il que je le rappelle encore. Je n'ai enfreint aucune loi…

— Bien. Si deux d'entre eux étaient mourants et vous aussi, imagineriez-vous un instant ne pas avoir le moindre mot pour préparer l'avenir du dernier, du seul survivant ? Lui expliquer comment s'en sortir, comment gérer les affaires courantes de la maison, évoquer son héritage ? Lui dire d'autres choses plus intimes, qui vous tiennent à cœur ? Alors la même question doit se poser face aux événements en cours. Il est impensable par exemple que nous ne nous préoccupions pas des millions d'orphelins à venir. Si toute cette folle mécanique va jusqu'au bout, qu'adviendra-t-il des enfants des Binaires ? Comment ces gamins vont-ils se nourrir ? Ils sont pourtant l'avenir du monde…

— Ce que vous proposez, c'est de baisser les bras, en sorte. De nous préparer, nous autres, à notre fin, de nous soumettre à cette prétendue « apoptose » pour le bien-être futur des survivants.

— Non, je me suis mal fait comprendre. L'apoptose,

c'est une opportunité ; c'est un choix, et il nous revient de le faire, ou pas. C'est peut-être le salut de l'humanité. Ou son destin, qui sait ? Il nous reste quelques semaines ou quelques jours pour faire en sorte que nous ne vivions pas une nécrose sans espoir, mais que nous fassions de cette crise une apoptose. L'apoptose est ce qu'il peut nous arriver de mieux à ce stade. Permettre aux survivants de poursuivre l'œuvre de l'humanité. Mais différemment.

— Et concrètement, qu'imagineriez-vous ?

— Je ne sais pas exactement, mais peut-être que l'on pourrait profiter de votre discours à venir pour préparer les esprits, non pas à la mort, mais à la transmission ? Nous pourrions offrir aux gens du temps libre pour préparer le passage de témoin, organiser la suite pour leurs ayants droit, leurs proches qui vont survivre, les millions d'enfants de parents binaires qui vont se retrouver livrés à eux-mêmes à brève échéance ; voter en urgence des lois pour l'avenir ; éviter ainsi que tout s'effondre d'un coup ; et éviter au dernier tiers de notre corps d'une condamnation à l'errance dans un monde qui n'était plus organisé pour lui ni par lui. Qui fera voler les navettes suborbitales demain, puisque tous les concepteurs, aiguilleurs, et pilotes sont Binaires ? Qui aura les clés de nos banques, puisque cette profession a réglementé sa pratique en faisant de l'implant connecté une obligation professionnelle ? Qui saura profiter des dernières découvertes des chercheurs quand tout est consigné dans des mémoires additives et partagé sur un réseau auquel plus personne n'aura accès — et qu'aucun ne saura même faire fonctionner ? Qui saura soigner ? Opérer ? Mais plus que tout ; l'apoptose signifie tirer un bilan de notre rapport au monde et esquisser celui de demain. Nous n'avons pas su le faire en un siècle, je doute du résultat auquel nous pourrions parvenir avec le peu de jours qu'il nous reste. Mais l'histoire nous y oblige… Ce que je dis de l'apoptose, c'est qu'elle exprime la manière dont nous devons désormais prendre les choses, il s'agit du seul moyen de transformer ce drame afin de lui donner une résonance positive. Sans cela, la suite des événements, je le crains, ça sera des cohortes d'orphelins et de vieillards sans ressource, la famine, le choléra, la peste, qui sait ? Bref, à choisir, plutôt qu'une nécrose, j'opte pour une apoptose.

— Merci Professeur. Je crois vous avoir entendu. Néanmoins, vous me demandez là l'impossible : préparer une population à sa mort prochaine, quand rien encore n'est écrit. Nous n'avons pas l'assurance que ce virus ira au terme de sa funeste mécanique arithmétique. Si toute cette hécatombe s'arrêtait demain, comment nos concitoyens jugeraient-ils notre attitude en les préparant tous dès ce soir à leur propre trépas ? Le peuple ne m'a pas élu pour baisser les bras, mais pour me battre.

De l'apoptose, on ne parla plus…

Ensuite, le Premier ministre interrogea son auditoire au sujet des auteurs de cette attaque programmée. L'assistance se réfugia alors dans un lourd silence. Le ministre Dahni, qui subodora que cette question lui incombait, sembla s'enfoncer dans son siège, comme pour y disparaître. Mais les regards se tournèrent irrémédiablement vers lui. Alors il prit la parole et balbutia ce qu'il put sur ce thème. Son élocution était si hésitante que Tarang ne sut si c'était imputable à son incompétence crasse quant aux affaires en cours ou si le retrait, encore frais, de son implant, ne générait pas des effets secondaires résiduels.

Les recherches étaient au point mort, expliqua-t-il, en dépit de perquisitions et d'arrestations de soi-disant suspects vite relâchés. Raman Carter était toujours porté disparu. On ne savait pas son rôle exact dans cette crise mais on en avait fait le principal responsable, faute de mieux. Pour autant on n'écartait rien : un État cherchant à renverser l'ordre mondial, une résurgence d'écoterrorisme, l'attaque d'un groupuscule *naji*, une conspiration primaire, un acte apocalyptique sur fond religieux ou sectaire... Tout semblait ouvert. Une seule certitude : tout cela était trop complexe pour être le fait d'une initiative individuelle, d'un petit génie maudit de l'informatique, à l'œuvre dans son coin. À la décharge d'Iresh Dahni, aucun autre pays ne fut plus avancé dans ses recherches. Sur ce point donc, le Premier ministre serait obligé de mentir à son peuple qui ne saurait souffrir toutes ces morts sans le commencement d'une piste et la désignation de coupables présumés.

La question de la sécurité prit alors une tout autre tournure, avec l'intervention de la ministre de la Défense. Elle expliqua combien la crise affectait l'armée : les troupes mécanisées étaient *cogmandées* par des officiers exclusivement Binaires, dont environ un quart avait déjà disparu avec le virus. L'infanterie et la marine, qui comptabilisaient désormais plus de cinquante pour cent de Binaires, étaient également en souffrance ; quant à l'aérospatiale, elle rappela qu'il fut impossible d'intégrer ce corps d'armée sans implant : dans ses rangs, c'était un carnage. La situation, en seulement quelques jours, était devenue critique puisque les militaires mouraient, sans combattre. Une Bérézina en pantoufles. On en vint à regretter le choix de suivre les États-Unis dans leur stratégie de développement d'une armée entièrement binarisée — là où les Russes, par exemple, avaient considéré la défense nationale comme relevant d'un acte patriotique, l'affaire de tous.

La ministre s'inquiéta aussi de mouvements de troupes pakistanaises, à la frontière. L'armée du Pakistan, rappela-t-elle, était essentiellement composée de Primaires. À dire vrai, la situation de l'Inde fut à ce moment plutôt enviable au regard de la débâcle que connaissaient les armées américaines et européennes, littéralement sur le point d'être décimées, sans aucun échange de coups de feu. C'était là le talon d'Achille, inimaginable, d'armées réputées irréductibles.

Pour parer à d'éventuelles attitudes bellicistes de leurs pires voisins, la ministre proposa donc une loi d'urgence nationale, pour appeler sous les drapeaux les jeunes Primaires, en remplacement des Binaires disparus. Le Premier Ministre conclut néanmoins que les annonces qu'il ferait ce soir impliqueraient de nombreux sacrifices ; il ne pouvait en ajouter d'autres.

On en vint enfin aux questions d'économie et de géopolitique. Le problème fut d'emblée mal posé : si le monde venait à apprendre que le virus était parti d'une défaillance du serveur central d'Intellect, en Inde, qu'en serait-il de l'image du pays ? Le secteur des neuro-technologies, dont l'Inde était le fer de lance, n'allait-il pas s'effondrer ? Des États pourraient-ils demander réparation ? Ce fut, de tous les débats, celui qui irrita le plus Tarang car il comprit que, là où les sujets techniques, sanitaires, logistiques furent appréhendés sans arrière-pensée et dans le sens de l'intérêt général, à présent on touchait du doigt des considérations susceptibles de réveiller des réflexes ancestraux, comme la défense d'intérêts privés, l'entre-soi des élites économiques ou encore le lobbying.

Certains experts avaient d'ailleurs partagé des simulations de ce que serait l'économie indienne six mois, un an après en fonction d'hypothèses pour le moins macabres : décès de dix millions d'Indiens, cent millions, huit cents millions. Avec des sous-variantes, « conflit armé », « pas de conflit armé », « avec demandes de réparations de la part des grandes puissances », « sans demande », etc. Tarang compris que s'il avait fallu autant de temps pour que cette réunion décisive se tînt, ce fut en grande partie parce que les politiques attendirent de disposer de ces simulations. Évaluer l'impact économique, trouver les bons éléments de langage pour sauver la face et les meubles : le kit de survie du politique était sorti, la machine à mentir pouvait tourner à plein régime. Un consultant avait commencé à s'engouffrer dans la brèche en proposant un *storytelling* d'une grande qualité narrative, débouchant sur l'exonération quasi-totale de l'Inde et son gouvernement. Mais le Premier Ministre indien n'entendait pas échapper à sa responsabilité. Il se leva, prit appui de ses deux mains sur la table de lumière-dure, et tonna :

— Je ne mentirai pas à nos partenaires ! Nous avons trop attendu pour nous compromettre maintenant en travestissant la réalité. Si l'Inde est jugée responsable par ses pairs, eh bien soit, nous l'assumerons.

Il marqua ensuite un long silence durant lequel il scruta l'assistance, s'arrêtant avec insistance sur son ministre de l'Intérieur. Puis il se lança dans une diatribe que personne ne vit arriver, choisissant avec soin certains des participants et les fusillant du regard :

— Je vous le dis : certains parmi vous forment l'opprobre de l'Inde ! Il y a encore trois jours de cela, quelques-uns, ici présents, sur la foi d'aucune information fiable, m'affirmaient que la décrue était proche, qu'un pic avait été atteint. Vous m'avez menti pour que je mente à mon tour. Je ne l'oublierai pas. Nous avons perdu un temps précieux, dont le coût humain dépasse l'entendement. J'apprends également que des initiatives individuelles, qui auraient permis des avancées rapides, ont été étouffées, voire stoppées pour des raisons qui m'échappent encore. Je saurai qui a fauté. Entendez-moi bien : nous allons mettre toute notre énergie pour sauver ce qui peut l'être. Je veux qu'à partir de maintenant, si ce n'est pas déjà le cas, rien ne vienne vous détourner de la tâche immense qui nous incombe à tous. Dites-vous que l'heure du bilan arrivera et que rien ne nous sera pardonné. Ceux qui ont commis des erreurs de jugement essuieront nécessairement des reproches, ne vous faites pas d'illusion. Quant à ceux qui auraient œuvré contre l'intérêt général, ils le paieront ; j'en ferai une affaire personnelle. Mais il leur reste une chance, celle d'agir, maintenant, efficacement. De tout donner pour notre pays, pour notre peuple. Je vous demande donc de tous vous remettre immédiatement au travail et de n'arrêter que le jour où nous pourrons nous regarder dans le miroir et nous dire que nous avons été à la hauteur des Pères de notre Nation. Maintenant, nous avons assez perdu de temps avec les mots, place à l'action !

– 3 –

Tarang était assis dans la même salle, depuis deux heures, sans aucune nouvelle, quand la porte s'ouvrit. Alors Esther apparut. Et leurs visages s'illuminèrent. Tarang se leva et instinctivement Esther s'avança jusqu'à lui et le serra dans ses bras. Il en fut bouleversé. La porte claqua. Le verrou se referma.

— Esther… Comment allez-vous ? lui demanda-t-il en scrutant son visage marqué par la fatigue et la peine.

— J'ai cru mourir ! Au pied de la tour l'autre jour, d'abord, puis dans cette cellule, en sachant tout ce qui se passait au-dehors. Avec cette menace rampante, permanente.

— Que s'est-il passé pour vous ? J'ai pensé vous avoir perdue !

— Là-bas je ne saurai vous dire, je m'en souviens à

peine. Un grondement sourd en moi… Un orage… Comme si ma conscience se… Se mutinait. Je ne sais pas quoi dire d'autre. Il paraît que j'ai ramassé une bouteille de verre brisée au sol que j'ai voulu me planter dans la gorge. Sans Kaitarô je ne serai pas là pour vous en parler. Il lui a fallu de longues minutes pour me calmer. Peu après on vous a vu sortir du bâtiment, entravé. Et le soir ils ont débarqué chez Kai. Cette arrestation, ça a été l'horreur. Ils se sont jetés sur lui, Kai hurlait pour qu'on le laisse avec sa fille. Je ne lui connaissais pas encore ce tempérament. Il gesticulait, cassait, insultait, crachait. Il vous a insulté d'ailleurs, je tiens à vous prévenir.

— Moi ?

— Il en veut à tous les Binaires ; il vous en veut d'être venu le voir. Et depuis quatre jours que je suis ici, je ne sais rien de votre sort à tous les deux. Que vous ont-ils fait ?

— Ils ont investigué chaque recoin de ma mémoire, l'ont profanée autant que possible, puis ils m'ont interrogé. Comme vous, j'imagine.

— Oui. Nous allons être libérés n'est-ce pas ?

— Le Premier ministre va intervenir, c'est imminent. Après ça, nous serons libres. J'ai assisté à leur dernière réunion.

— Alors, où en sont-ils ?

Il la regarda longuement.

— Ils ont pris du retard… Trop. Je crains vraiment pour nos vies maintenant. Je me rends compte qu'à ce rythme-là, nous y passerons tous sous peu.

— Combien de temps nous reste-t-il ?

Il fixa les yeux d'Esther, qui s'étaient embués et paraissaient prêts à verser un torrent de larmes. Il lui dit, doucement :

— Moi je ne sais pas, ça peut être dans dix jours, dans

dix minutes. Vous, si j'ai bien compris, allez être soumise à une réplique. En général elle survient sept jours après. Rarement avant, rarement au-delà.

— Je sais… Dans trois jours… Je suis terrifiée ! Je veux juste vivre ! lâcha-t-elle dans un soupir.

Une larme perla sur sa joue. Tarang marqua un temps de réflexion et reprit, presque gêné :

— Je dois réunir pas mal de conditions pour pouvoir extraire votre implant sans risque, en particulier le bon état de fonctionnement de cette machine, ce marcotteur ; je ne voudrais pas créer un espoir inutilement.

— Au point où nous en sommes… Chaque minute d'espoir est une minute gagnée. Je prends.

— S'ils nous libèrent ce soir, nous irons à l'université demain matin.

Tarang s'interrompit à nouveau et fixa les grands yeux noirs d'Esther, embués larmes. Il ajouta, d'un ton grave :

— Avez-vous conscience du monde dans lequel il vous faudra vivre ? Le chaos qui va régner ici dans quelques jours ? Renoncer à l'implant, habiter ce monde tout en étant Primaire… Survivre dans ce charnier. S'ils trouvent une solution dans les prochains jours, ceux qui resteront là avec leur implant auront un avantage considérable. Et puis avez-vous pensé à ce que signifiera la perte de votre implant ? La quantité de souvenirs et d'expériences auxquels vous n'aurez plus accès, la perte de faculté mentale que cela occasionnera immédiatement ?

— Tarang, je dois me faire ôter cet implant de malheur. Je n'y mettrai qu'une condition : que cette opération soit compatible avec une grossesse.

— Une grossesse ?

Tarang en définitive n'avait pas besoin de confirmation. Les larmes d'Esther, qui roulaient encore le long de ses joues, lui semblèrent d'un coup d'une tout autre nature. Elle poursuivit :

— Vivre seule dans le monde qui s'annonce, je ne sais pas si je l'aurais voulu. Mais maintenant, s'il faut le rebâtir, avec elle, avec lui, je veux en être.

Tarang était bouleversé. Il ne sut que répondre :

— Esther, je vais vous retirer cet implant. Nous allons réussir.

– 4 –

Il était dix-neuf heures. Leur échange fut interrompu par l'écran de la salle qui s'alluma soudain. Le Premier ministre allait enfin s'exprimer. Tout un pays l'attendait.

Le Premier ministre avait choisi de faire son allocution debout, dans un décor dépouillé, simplement agrémenté, à l'arrière-plan, d'un grand drapeau et d'un portrait du Mahatma. Il regarda droit devant lui et entama son discours avec dignité et énergie :

« Mes chers compatriotes,

Je m'adresse à vous ce soir avec gravité et conscient du poids immense des responsabilités qui m'incombent ; avec confiance aussi, car je fais le pari que vous saurez recevoir mes propos avec sagesse et sang-froid.

Nous sommes un grand peuple, face à un grand défi.

Nous affrontons, depuis trois semaines, un mal d'une puissance inédite… Nous luttons contre un phénomène massif et, surtout, extrêmement rapide : ce soir, à minuit heure de Delhi, nous devrions dénombrer au moins cinq cent mille nouveaux morts dans notre seul pays. Soit un total d'un million et demi de compatriotes disparus à ce jour. Et je n'ose vous dire les prévisions à l'échelle mondiale…

Ces chiffres sont abasourdissants, vertigineux.

Or, souvenez-vous, le premier cas n'a été recensé qu'au début du mois ; il y a seulement quinze jours nous dénombrions à peine mille décès dans le monde, moins d'une centaine chez nous. Je ne cherche nullement à nous dédouaner… Mais n'oublions jamais qu'il aura fallu faire face, en moins de quinze jours, à une contagion d'une ampleur jamais vue, exponentielle et implacable. Là où toutes les plus grandes pandémies du passé ont effectué leur funeste tâche sur des mois, des années, des décennies parfois.

Oui, c'est une catastrophe historique sur le plan humain. Aujourd'hui encore il faudra que nos services sanitaires et de secours, l'armée aussi qui a été appelée en renfort, affrontent vingt-quatre heures d'apocalypse. Le bilan humain d'une guerre, en une seule journée… Voilà… Voilà ce qui nous attend. Nous mettons en œuvre tous les moyens possibles pour réagir efficacement, mais je ne peux vous dire que tout ira pour le mieux, que tout est sous contrôle. Police, pompiers, hôpitaux, morgues : tous vont être débordés, une nouvelle fois. Il faut nous préparer à des heures très difficiles, les plus dures peut-être de notre histoire ; mais rester forts et dignes. Notre plus grand ennemi, je le nomme, c'est la panique.

Il se dit, sur les réseaux, dans la rue, que cette série est sans fin et touchera tout le monde, sans qu'on en connaisse les raisons…

Je voulais, sur ces points, vous apporter l'éclairage nécessaire dans un souci de transparence totale car notre devoir et notre priorité sont de vous protéger, tous ; et le meilleur moyen d'y arriver est de vous informer du mieux possible.

J'ai échangé ces derniers jours, ces dernières heures, avec mes homologues chinois, européens et américains notamment. En ce moment même, ou dans les prochaines heures, ils font ou feront, eux aussi, des déclarations semblables à la mienne. Les éléments que je vais vous communiquer sont le fruit d'une concertation mondiale inédite, d'un effort multilatéral pour sortir de cette crise. Nous ne sommes pas seuls face à la pandémie, la solidarité internationale est sans faille et nous avons mis sur pied ces derniers jours la plus formidable armada qu'il soit possible pour trouver les réponses qui nous manquent. Et nous avons déjà avancé à pas de géant. Mais… La route est encore parsemée d'embûches.

Tout d'abord en ce qui concerne l'origine de la pandémie. Je peux vous l'affirmer, elle est aujourd'hui connue. Du moins avons-nous percé son mécanisme infectieux, ce qui est un point essentiel quant à notre capacité à éradiquer ce fléau. Cette origine est virale. Mais pas du genre de virus auxquels l'humanité a dû faire face dans son histoire et dont on se protège par des mesures sanitaires simples. Non… Cette pandémie… ou plutôt cette attaque — car c'est le mot qu'il faut utiliser désormais — affecte nos implants cérébraux, et uniquement eux. Je peux donc vous confirmer aujourd'hui que tous les porteurs d'implants dans le monde sont infectés.

J'ai bien dit : tous. Et seulement eux.

Cette attaque est donc assurément, vous l'aurez compris, d'origine humaine. Elle n'a pas été revendiquée, mais un faisceau d'indices indique qu'elle a été orchestrée et pensée par des individus dont les motivations semblent dépasser tous les clivages religieux ou culturels usuels et ne pas avoir de frontières. Tous les pays, tous les peuples, tous les courants idéologiques en sont victimes. Je ne peux en dire plus… Une enquête internationale est en cours. Nous sommes en train de nous occuper des auteurs de cette abomination, et croyez-moi, nous serons au rendez-vous du châtiment exemplaire qui leur sera infligé.

Néanmoins je dois être franc : vous dire que la menace est sous contrôle serait un mensonge. À cette heure nous n'avons pas de solution testée et opérationnelle pour mettre fin à cette catastrophe. Mais… Nous avons réussi à identifier le virus, à l'isoler et saisir quel point faible de nos systèmes a été utilisé pour le répandre. Enfin, maintenant que nous savons qu'il s'agit d'un virus informatique et que nous sommes capables de l'analyser, nous savons aussi qu'il sera, par définition, possible d'y remédier avec un antivirus. C'est pourquoi nous avons, avec tous nos partenaires internationaux, mis sur pied la plus formidable puissance de recherche qui ait jamais existé pour trouver, très rapidement, le correctif qui permettra à notre réseau Intellect et à ses milliards d'utilisateurs de retrouver la sécurité à laquelle ils ont toujours été habitués.

Dès qu'une solution sera trouvée, ce qui devrait être imminent, vous en serez informés de manière officielle. Je m'adresserai à vous. D'ici là… Tous nos experts recommandent de ne surtout pas céder à la tentation de télécharger la multitude de soi-disant antivirus, correctifs, solutions magiques qui ne manqueront pas de fleurir sur Intellect. Nos services en ont déjà repéré un bon nombre, tous n'ont qu'une vocation : voler vos données cognitives pour en faire un usage frauduleux. Quand nous aurons une solution, je vous le dirai. Pour l'heure… Considérez qu'il n'y a pas de remède mais que des escroqueries.

Dans cette attente, j'insiste sur le message le plus important de cette prise de parole : ne cédez pas à la panique ! En particulier, si vous ne deviez retenir qu'une phrase de mon discours, que ce soit celle-ci : n'essayez sous aucun prétexte de retirer votre implant par vous-même. Vous endommageriez de manière irrémédiable votre cerveau, vos fonctions cognitives et motrices. Il y a déjà eu trop de victimes… Avec des handicaps lourds et irréversibles… Trop d'agonies…

Pour autant, la débinarisation de notre société semble inéluctable, pour sa propre survie. C'est pourquoi l'État va organiser et prendre à sa charge une campagne globale de retrait d'implants, dès demain matin.

Une date de rendez-vous sera proposée à chacun d'entre vous dans la soirée. Mais autant se dire les choses : au moment où l'on se parle, l'Inde dispose d'un peu moins de cinquante mille machines opératoires pour le retrait d'implant, pilotées par autant d'opérateurs agréés en neurochirurgie. Sachez qu'un même opérateur traitera huit à dix patients par jour et que nous sommes un milliard à disposer d'un implant. Même si l'on parvenait à doubler notre force de frappe, il faudrait compter au moins trois années pour désimplanter toute l'Inde…

Nous n'avons pas ce temps-là… Tout au plus disposons-nous de quelques semaines. Nous n'avons donc d'autre choix que de procéder par tirage au sort. Les plus chanceux pourront être opérés dans les prochaines heures, les prochains jours. Les autres, c'est-à-dire 99,99%, devront attendre leur tour. Votre rendez-vous vous sera communiqué dès ce soir.

Il n'y aura aucun passe-droit ! J'ai demandé au ministre de la Sécurité Intérieure et à la ministre de la Défense de déployer, devant chaque point de retrait, des forces en nombre suffisant pour empêcher tout débordement. J'ai requis la plus grande fermeté à l'égard de ceux qui tenteraient d'outrepasser le protocole.

Alors… À l'immense majorité dont le rendez-vous sera prévu dans plusieurs semaines ou mois, je demanderai de respecter les consignes sanitaires qui vous ont déjà été énoncées. Je les rappelle, elles sont simples, mais peuvent sans doute permettre d'échapper à un sort funeste : calfeutrez vos intérieurs, scellez, si vous le pouvez, vos fenêtres, condamnez vos balcons, débarrassez-vous de vos médicaments inutiles, objets tranchants, allumettes, briquets. Et vos armes à feu bien évidemment. Privilégiez les déplacements à pied, évitez de passer à proximité de points d'eau. Notez, enfin, que le gaz sera coupé dans tout le pays à compter de ce soir.

À ces mesures, nous en ajouterons deux nouvelles, qui bouleverseront votre quotidien, mais comprenez bien que nous n'avons plus le choix…

Premièrement, une loi de confinement vient d'être adoptée en procédure accélérée. Elle prendra effet ce soir, à 20h. Les modalités précises vous seront communiquées juste après mon allocution mais retenez ceci : restez chez vous. Ne sortez pas ! Ce confinement ne vise pas à enrayer une quelconque propagation du virus, mais tout simplement à sauver plus facilement des vies : chez vous, vous serez moins exposés, il y aura moins de possibilités de passage à l'acte, et les secours sauront vous trouver plus rapidement. À partir de ce soir, vingt heures, il ne sera possible de sortir que pour motif impérieux ou pour se ravitailler, en une seule fois et dans la limite de deux heures par jour. Notez bien que ce confinement ne s'applique évidemment pas aux personnes non implantées… Donc si, dans votre foyer, quelqu'un ne porte pas d'implant et est en âge de pouvoir vous aider, essayez autant que possible de lui déléguer les tâches qui nécessiteraient un déplacement de votre part…

Deuxièmement, la mesure la plus forte : toute personne implantée devra désormais, et jusqu'à nouvel ordre, vivre et se déplacer en binôme… Plus que le confinement, c'est la protection permanente d'une autre personne qui apparaît comme la meilleure barrière à tout geste funeste.

Cela signifie que vous avez tous jusqu'à demain midi au plus tard pour choisir et indiquer au ministère de la Sécurité Intérieure votre partenaire, avec qui, comprenez-le bien, vous vivrez la période à venir vingt-quatre heures sur vingt-quatre, pour une durée indéterminée. À défaut de choix… Un algorithme vous proposera une solution en fonction de votre localisation, âge et sexe. Cette mesure ne sera efficace sans des contrôles drastiques. Ainsi vous ne pourrez vous éloigner de votre binôme de plus de quinze mètres… Faute de quoi votre implant générera une alerte. Si votre partenaire de binôme est non implanté, tout reposera sur la confiance que vous pourrez placer en lui ou en elle, et nous en vous. Je tiens à être aussi clair que possible : toute personne implantée qui serait trouvée seule, que ce soit dans un espace public ou privé, fera l'objet de très lourdes sanctions financières voire d'un éventuel placement en détention.

Je me suis d'abord beaucoup interrogé quant au bien-fondé de cette mesure… Mais je vous demanderai désormais d'en faire une véritable éthique de vie. Peut-être même pourrons-nous en tirer quelques bénéfices ? À l'heure où partout le modèle du couple est moribond, le binôme nous en rappellera l'essence. Peut-être nous aidera-t-il à puiser, dans cette horreur, un peu de sens social et familial, et remettra-t-il l'entraide et la confiance réciproque au cœur de nos vies. C'est en tout cas mon vœu… Mon espoir…

Des instructions détaillées seront envoyées dans les prochaines minutes à tous les utilisateurs d'Intellect. Celle que je vous saurai gré d'observer, je la réitère : c'est de rester calme, de ne pas sombrer dans la folie des gestes égoïstes, irréfléchis et définitifs, comme l'auto-retrait de l'implant ou l'acquisition de soi-disant solutions antivirales qui détruiront vos vies. Pour l'heure, faites confiance à vos gouvernants pour vous sortir de cette crise.

Mes chers compatriotes… Au moment de conclure cette allocution, je me tourne vers les Pères de notre Nation. Ce faisant, j'en retiens qu'il nous faut rester ce peuple qui « *regarde le monde avec des yeux limpides et amicaux, et l'avenir avec espoir et confiance* », comme l'énonçait notre illustre Premier ministre, Jawaharlal Nehru. Ces mots datent de 1947 et de son discours lors de l'accession de notre pays à l'indépendance. Et je ne peux m'empêcher de vous livrer le dernier passage de ce texte lumineux qui résonne toujours en moi… Comment ne pas penser que Nehru l'a écrit pour nous aujourd'hui ? Voici ce qu'il nous disait, en guise de conclusion :

« *Notre allégeance commune est pour l'Inde. Dans les jours à venir, nos forces et nos experts seront appelés à jouer un rôle vital pour elle* ».

Près de cent cinquante ans plus tard, l'Histoire est à nouveau au rendez-vous. Les mêmes mots. La même exigence… L'Inde fait face à son plus grand défi ! Inspirons-nous de nos aïeux, montrons-nous à leur hauteur ! Je compte sur vous, pour le salut de l'Inde.

Nous vaincrons, ensemble. »

– 5 –

À peine l'allocution avait-elle pris fin que la directrice de la section antiterroriste, Chandra Shankar — non plus son hologramme mais tout son être — fit irruption dans la salle, suivie d'un autre homme. La petite femme paraissait encore plus fluette que son image. Elle avait détaché ses longs cheveux gris, qui se fondaient dans la couleur de son uniforme. Son visage était défait, ses yeux rougis. Elle venait de pleurer. Sans autre forme de politesse, elle s'adressa à Esther et Tarang :

— Monsieur le Premier ministre s'étant exprimé, vous pouvez maintenant retrouver la pleine possession de vos moyens cognitifs.

L'homme qui l'accompagnait s'approcha d'Esther et sortit de sa poche un petit appareil cylindrique noir. Il lui fit signe de se retourner et passa l'appareil derrière sa nuque. Celui-ci émit une courte sonnerie. Puis l'homme fit la même chose avec Tarang. La directrice reprit, mécaniquement :

— Vous voilà recognectés au monde. Vous serez raccompagnés à la consigne par mon collègue, pour récupérer quelques effets personnels confisqués au moment de votre interpellation. Après quoi vous pourrez partir. Bonne chance. Nous en aurons tous besoin.

Tarang demanda alors, circonspect :

— C'est tout ? Et notre ami ? Et Kaitarô ?

— M. Ando ? Il n'est plus ici, répondit-elle avec lassitude.

— Mais où est-il ?

— Il a été transféré à Tihar.

— En prison ? s'insurgea-t-il. Mais enfin, pourquoi ? Il n'a rien fait.

— Malheureusement, ce qui a été découvert sur ses disques durs lors de la perquisition ne va pas dans le sens de vos propos. Un juge a décidé de sa détention provisoire.

— Mais de quoi parlez-vous ?

— Pédopornographie.

Tarang et Esther se regardèrent, pétrifiés.

— Comment ? s'étrangla Tarang. Êtes-vous sûre ? Parlons-nous bien de Kaitarô Ando ?

— Écoutez… Ce dossier a été dépaysé, c'est la police criminelle qui en a la charge désormais. Nous, on a d'autres chats à fouetter. Tout ce que j'en sais, c'est ce qu'on m'a communiqué au moment de son bref interrogatoire ici. Et ses rapides aveux devant nous.

— Ayumi… soupira Esther, dévastée.

Ils insistèrent. Alors la directrice relata les quelques faits dont elle avait connaissance. Et ils n'étaient pas du tout préparés à les entendre. La police recherchait Kaitarô, avec d'autres. Depuis un moment, des rôdeurs tournaient régulièrement pour essayer de démanteler un réseau de pédocriminels primaires créé à Chandni Chowk. Dès que la police avait découvert le contenu de ses disques durs, la fillette fut placée sous protection ; on identifia vite sa mère. Arrivée à Delhi, celle-ci avait alors décrit les violences conjugales et retracé sommairement la fuite de Kaitarô du Japon avec sa fille il y a deux ans, juste après son opération. Quant à lui, il avait expliqué, lors de son interrogatoire, son choix d'ôter son implant à cause des pulsions qu'il sentait sourdre et qui, à force d'être bridées, l'accaparaient et le rendaient fou. Leurs résurgences inopinées en faisaient des pensées fantômes trop puissantes pour les dissimuler et chaque échange cognitif avec un tiers l'exposait au risque d'être démasqué. Il pensait parvenir à mieux dominer ses pulsions par lui-même et mieux les vivre, sans implant, sans Intellect. Au risque d'y succomber.

Esther s'inquiéta de possibles sévices sur la fillette ; la directrice lui répondit laconiquement qu'ils n'en savaient rien pour le moment. Puis elle conclut, pressée, qu'elle n'avait pas la main sur ce dossier et qu'il fallait s'adresser à d'autres pour en savoir plus. Elle les salua à peine, se dirigea vers la porte puis se retourna et ajouta en direction de Tarang :

— Nous nous sommes renseignés au sujet de votre fils, Michael. Il est toujours en vie. Localisé à Fort Collins, dans le Colorado.

Elle ouvrit la porte et disparut comme une ombre.

Esther et Tarang se regardèrent. Sans un mot l'un pour l'autre, ils suivirent l'homme qui les emmena vers la sortie. Ils firent une escale à la consigne. Tarang se vit notamment remettre le *neurocopieur*, mais, bien sûr, sans l'implant de Satya Kapoor que la police avait précieusement conservé. Esther récupéra le téléphone que Kaitarô lui avait prêté. Puis, sonnés et mutiques, ils sortirent du gigantesque bâtiment.

L'air non filtré. Rien d'autre que le ciel au-dessus d'eux. Sentir cette légère brise sur leurs visages. C'est ainsi que la liberté s'incarna en ces tout premiers instants. Mais elle avait pour le moins un goût amer.

La nuit avait tout envahi. La *konisphère* épaisse laissait filtrer la lumière diaphane d'une demi-lune livide. La population s'était déjà calfeutrée et le silence régnait sur la cité, si l'on exceptait l'immuable chant des grillons, partout et nulle part, mais qu'on ne remarquait plus. Les immeubles des quartiers d'affaires avaient éteint leurs peaux de lumière, qui d'habitude leur donnaient en pleine nuit la curieuse illusion d'être frappés par un grand soleil. Dans cette nuit totale, on voyait au loin Gandhi, semblable à un flambeau au fond d'une grotte, déambuler d'un pas lourd et lent, suivi de son escorte commerciale de plasmas lumineux.

Esther et Tarang se tenaient côte à côte sans mot dire, sur le grand parvis, à observer le spectacle du vide et de l'obscurité. Le choc des révélations et la fatigue de cette détention les avaient éteints, durablement. Tarang convoqua son ange, qui l'attendait sagement non loin du lieu de son arrestation. Ses lumières apparurent quelques minutes après. Ils reprirent la route de Delhi 3, dans la nuit noire et le silence.

L'engin filait à travers la nuit delhiite, quand Tarang lâcha :

— Si Kaitarô avait gardé son implant, rien de tout ça ne

serait arrivé.

Esther le regarda, consternée. Elle s'exclama :

— Faut-il donc que vous rameniez ce sujet sur la table tout le temps, au pire des moments en l'occurrence ? Vous n'en avez pas marre ? Là, c'est abject.

— Pardonnez-moi, Esther… Je ne voulais pas vous mettre en colère. J'ai simplement rappelé qu'avec son implant, Kaitarô aurait dompté ses pulsions, c'est sûr. C'est une remarque factuelle, c'est tout.

— La seule chose factuelle, c'est l'état du monde ! Regardez plutôt où il en est, à cause des implants, d'Intellect ! Cette hécatombe qui nous a finalement toujours été promise mais face à laquelle nous sommes totalement démunis.

— Promise ? Mais qui aurait pu prédire ça ?

— Mais enfin c'était écrit dans l'histoire ! Votre histoire ! À partir du moment où l'on a formulé l'idée que les Hommes puissent avoir dans leur cerveau de l'informatique connecté, on a, de fait, accepté le principe qu'ils soient soumis à des attaques virales. Ça, vous ne l'avez jamais dit à personne. Pourtant, ça aurait dû être écrit en gros sur les emballages : « informatique = virus ! »

— Une invention porte toujours en elle le germe de son propre détournement. L'inventeur de l'avion avait-il conscience du nombre de morts qu'il engendrerait par son idée, soit à cause des accidents qu'il provoquerait, soit de l'arme de guerre fabuleuse qu'il deviendrait ou de la pollution extraordinaire qu'il occasionnerait ?

— L'enfer est pavé de bonnes intentions, conclut Esther.

Tous deux se turent. Ils n'échangèrent plus le moindre mot jusqu'à leur arrivée près des tours du quartier Kipling, qui scintillaient au loin. Une certaine quiétude émanait de ce paysage urbain dont les cicatrices et les plaies, si béantes le jour, se soustrayaient au regard la nuit. Mais cette sérénité apparente disparut à mesure qu'ils approchèrent, car ils virent des lumières s'animer et tournoyer autour de l'immense tour-chromosome. Puis ils entendirent des sirènes stridentes envahir le ciel. Des véhicules d'intervention volants de la police et des urgences venaient d'arriver sur place, récupérer la dépouille d'un résident tombé du quarante-troisième étage. Tarang se contenta de commenter :

— Ça a dû fracturer le dallage en bas.

Le copropriétaire avait parlé. Tarang ne semblait pas se poser autant de questions qu'Esther, dont tout l'esprit était accaparé par sa situation, son avenir proche, sa famille, ses pensées pour la fillette, son départ de l'Inde au plus vite. En fait, depuis qu'il avait retrouvé les fonctions de son implant, Tarang s'abandonnait à nouveau sans retenue à Intellect. Tout le travail introspectif qu'il avait amorcé en cellule, ses questionnements, les tempêtes sous son crâne, tout cela disparut d'un coup. Comme si son cerveau de junkie, pas encore sevré, ayant eu à nouveau sa dose, avait repris le cours normal de son existence, anesthésié et docile.

Arrivé dans l'appartement, il renoua vite avec sa routine. Une vraie douche, des habits neufs, de l'espace, la vue sur l'extérieur : chez lui, malgré le contexte apocalyptique, Tarang goûta à nouveau avec plaisir au confort de sa vie quotidienne. Et aux joies de son implant. Il consacra une large partie de la soirée sur Intellect, à vérifier si, à l'issue de la perquisition de sa mémoire, rien ne fut effacé. Il est vrai que son appartement — celui de son espace mémoriel — était en désordre. Néanmoins, après un travail d'inventaire et de rangement fastidieux, il fut vite rassuré. Tout était là.

Mais son soulagement immense de retrouver la plénitude de ses moyens fut aussi gâché par ses découvertes : son espace mémoriel était saturé de messages suspects, d'insultes, ces *anonymenaces* et autre *psythreats* qu'il était si facile de formuler à distance sans rien craindre en retour. Il se souvint de ce que lui avait dit Iresh Dahni. Au cours de ces trois derniers jours, de nouvelles théories avaient fleuri, son nom fut sali, Esther et lui jetés en pâture.

Tarang découvrit alors brutalement l'ingratitude d'un monde qui s'était gavé de sa création pour maintenant tout lui régurgiter à la face. Intellect était en train de tuer son père. Sur la toile, sa responsabilité était engagée et, sans ambages, on le comparait volontiers au docteur Frankenstein, à Mengele ou à Oppenheimer. Au Bengale occidental et dans l'Uttar Pradesh, des fatwas avaient même été prononcées contre lui. Il fallait des coupables à cette foule en colère, et comme on ne savait rien des gens qui tenaient le revolver, on s'attaqua à celui qui l'avait inventé.

16

Possession

L'esprit de Noël n'existait pas à Delhi. Tout comme la neige, qui l'accompagnait dans tant d'autres contrées. Pourtant, au petit matin, les Delhiites avaient découvert une fine pellicule blanchâtre sur les toitures, les véhicules, les trottoirs. Des enfants trouvèrent là une source inépuisable de jeux : on dessinait des formes, on s'y laissait glisser, on formait des boules qu'on s'envoyait à la figure. Mais bien vite les adultes leur interdirent : ils avaient compris, eux, qu'il s'agissait des retombées de cendres des milliers de crémations qui se succédaient à un rythme de plus en plus effréné et qui avaient enveloppé la ville d'un voile d'hiver. La veille, on avait dénombré ici quarante mille victimes, on en attendait le double à nouveau, comme chaque jour. Ça faisait beaucoup de morts pour une seule ville, et beaucoup d'arbres à consumer pour un seul ciel. Pour l'heure, en haut de leur tour, Esther et Tarang étaient à l'abri des retombées crématoires. Depuis le réveil ils ne s'étaient pas adressé le moindre mot. Néanmoins, consciencieusement, ils avaient tous deux déclaré, sur le lien officiel du ministère, qu'ils constituaient un « binôme », comme il avait été imposé. Esther surveillerait Tarang, et réciproquement. Alors qu'ils prenaient un petit-déjeuner en silence, Esther l'interrogea, froidement :

— Si vous parvenez à m'enlever cet implant tout à l'heure, à me décognecter, alors vous n'aurez plus de binôme ; il vous faudra en trouver un autre… Je pourrai toujours me proposer en tant que Primaire, mais je ne vais pas rester plus longtemps à Delhi…

— J'y ai pensé. Il me faudra tricher un peu, répondit-il. Si je garde votre implant, alors je dois pouvoir y arriver.

— Garder mon implant ? Pour former un faux binôme ?

— Oui. Logé dans le *neurocopieur* et alimenté en énergie, dissimulé dans ma poche, votre implant me permettra d'aller et venir comme si j'étais deux, et d'accomplir ma mission auprès de mon fils.

Tarang tenait la chose pour acquise, mais Esther ne lui avait pas encore donné son accord pour qu'il conserve son implant. Depuis qu'elle avait vu tout ce que l'on pouvait tirer d'un implant a priori inerte, elle ne se sentait pas vraiment à l'aise avec cette idée. Cet implant qu'il allait lui retirer, ce n'était pas un simple objet susceptible d'être prêté. C'était sa vie et son intimité. Néanmoins elle ne voulut pas aborder la question tant que l'opération n'avait pas eu lieu. Elle verrait ça plus tard. Pour l'heure, elle avait autre chose à lui demander :

— Vous saviez quelque chose pour Kaitarô ?

— Quoi donc ? Que c'est un prédateur ?

— Oui.

— Vous n'y pensez pas !

— Je me demandais… J'ai repensé à votre discussion avec lui l'autre jour, vos mots « Tu me dois bien ça ». J'ai pensé…

— J'ai aidé Kaitarô à s'installer en Inde, c'est tout. Je ne connaissais rien de son histoire, sinon ce qu'il a bien voulu m'en dire. Je lui ai fait confiance. En lui disant ça, ce jour-là, je voulais simplement qu'il respecte ce que j'ai fait pour lui. C'est important, le respect, Esther.

— Je n'ai pas voulu vous en manquer Tarang.

Il se leva et partit s'isoler dans sa chambre. Il était vexé, blessé même. Dans son esprit, il s'apprêtait à opérer Esther pour lui sauver la vie, il aurait souhaité en retour, plutôt que de la suspicion, un regard admiratif, une bienveillance a minima, une certaine docilité dans l'idéal.

Seul dans son coin, Tarang dilua sa vexation dans de méticuleux préparatifs, apprêtant son outillage de chirurgien et révisant ses protocoles opératoires. Il s'inquiéta aussi, sans le laisser transparaître : et si son appareil, ce marcotteur, ne fonctionnait pas comme il le fallait ? La dernière fois qu'il avait été sorti de son placard, c'était au printemps dernier, le 5 avril, comme tous les ans, pour la célébration de la création d'Intellect à l'université. À cette occasion, l'appareil était astiqué, mis en marche et testé. Mais jamais il ne fut utilisé pour une véritable opération depuis au moins… vingt ans. C'est ainsi qu'en fin de matinée, quand tout fut prêt, ils se mirent en route pour l'université. Elle pleine d'espoir, lui plein de doutes.

– 2 –

L'université de Delhi hébergeait la plus grande faculté de sciences du sous-continent. Tarang y enseignait une *master class* mensuelle aux étudiants de première année. Il s'y sentait utile et respecté ; c'était déjà beaucoup. Si l'université de Delhi prétendait être la pépinière du XXIIe siècle, pour autant, elle avait quelque chose du château médiéval : une fine tour centrale pleine de bureaux, une grande ceinture carrée agencée de couloirs et de salles de cours, des émergences à chacun des quatre angles. Au sous-sol, en guise d'oubliettes mais de nombreux laboratoires de recherche ; dont l'un d'eux vit naître Cog-Net et hébergeait un prototype de marcotteur, celui que Tarang et Raman avaient confectionné eux-mêmes pour réaliser leurs expériences en toute indépendance et dans le plus grand secret.

C'était mercredi, il était midi. Le tumulte, l'émulation, l'échange : rien de tout cela. Le confinement avait tout emporté. Le campus demeurait tristement désert. Traversant l'immense parvis abandonné, balayé par un léger vent qui charriait avec lui quelques détritus, Tarang mena Esther d'un pas sûr vers l'immense porte d'entrée. À son approche, apparut soudain devant eux une lumière. Un spectre, encore — celui du vigile en faction sur le campus. Tarang le connaissait bien, ce fantôme, c'était Amrish, un sikh enturbanné comme il se doit, à l'épaisse barbe blanche et au physique impressionnant. Il officiait ici depuis quelques années et avait noué avec Tarang un rapport presque amical. Pourtant, Amrish l'avait accueilli froidement :

— Eh bien, Monsieur, que faites-vous là, en plein confinement ? N'avez-vous pas entendu notre Premier ministre ?

— Nous venons récupérer du matériel dans mon laboratoire. C'est très important.

— C'est téméraire de votre part de venir ici, avec les rumeurs qui courent à votre sujet.

Les rumeurs ? Esther ne voyait pas bien de quoi il parlait, Tarang s'était bien gardé de lui en toucher un mot. D'ailleurs il balaya cela d'un revers de la main et demanda au vigile de pouvoir accéder aux locaux. Mais ce dernier lui rappela que l'université était fermée au public et que seuls le personnel administratif, les enseignants et les chercheurs étaient autorisés à entrer, ce qui excluait donc Esther. Tarang insista tant pour qu'elle pût pénétrer dans le bâtiment qu'Amrish y trouva un motif de suspicion et adopta à leur encontre une attitude défiante, quasi hostile. Il toisa Esther, puis lui demanda son empreinte cognitive. Il étudia en silence les données ; ses sourcils de lumière se froncèrent. Mais contre toute attente, son visage s'éclaira et il accepta de faire une exception. Les deux battants transparents de l'entrée s'ouvrirent. Tarang, surpris, le remercia chaleureusement. Amrish les avertit alors, avant de disparaître :

— Ne traînez pas trop dans le coin. Depuis deux jours des bandes tournent autour du campus. C'est dangereux, surtout le soir. On craint des pillages.

Tarang entra le premier ; les lumières s'allumèrent dans le grand hall, et les portes se refermèrent derrière eux. Ils se tenaient au cœur d'un volume dans lequel il fut aisé d'imaginer la cohue des heures de pointe, quand les amphis se vidaient aussi vite qu'ils s'emplissaient. Intellect avait tout balayé des méthodes pédagogiques d'antan, comme de la finalité même des diplômes, mais on essaya partout de préserver un minimum d'enseignements traditionnels. En réalité, beaucoup d'étudiants préféraient suivre un vrai cours et prendre des notes, garantissant ainsi une bien meilleure assimilation des connaissances que ce que pouvaient proposer les bornes de téléchargement cérébrales disséminées dans tout l'établissement. Certes, ces dernières dispensaient un savoir exhaustif et immédiatement archivable dans la mémoire. Mais ce savoir « à emporter » n'ayant accompli dans le cerveau qu'un parcours à l'économie, éludant certains cortex et prenant des raccourcis, son acquisition accélérée le rendait finalement plus difficilement mobilisable.

Tarang se tourna ensuite vers le grand mur séparant les

deux escaliers centraux avec un regard mêlé de nostalgie et d'affliction. Avait été scellée en son milieu une plaque de marbre, hors d'échelle, sur laquelle on pouvait lire en anglais, en caractères énormes, gravés façon Empire romain :

Ici même,

M. Raman Carter et M. Tarang Rajani, diplômés du département de neurosciences de notre Institution, développèrent Intellect, qui changea le monde. Que le rayonnement de leur découverte nous inspire.

À ses enfants prodiges, l'Université reconnaissante.

La tête basse, l'air navré, il s'avança vers un des deux couloirs, empruntant un chemin qu'il connaissait par cœur. Ils marchèrent longuement, déclenchant à leur passage un éclairage cru, avec, pour seule ambiance sonore, l'écho de leurs pas. Après un long cheminement, ils s'engouffrèrent dans un couloir étroit, flanqué d'une succession de portes, chacune ornée d'une plaque métallique figurant leur laboratoire d'appartenance. Une vingtaine de portes plus loin, Tarang s'arrêta devant celle portant l'indication : « *Laboratoire de Neurosciences 451F, Pr Rajani — Pr Carter* ». Il s'approcha de la porte, se tint droit devant un œilleton qui le scanna et le reconnut ; elle s'ouvrit.

— C'est là que tout a commencé, posa-t-il.

Esther entra à sa suite et découvrit une vaste pièce carrée, aveugle, ceinte d'une paillasse périphérique qui n'était interrompue que par deux portes, celle par laquelle ils étaient entrés et, au fond, celle qui menait à la réserve. L'intérieur était propre, aseptisé même. Ça sentait l'éther, les médicaments — l'hôpital, pensa Esther.

— Ce laboratoire nous est théoriquement dévolu à vie ; mais nous l'avons mis à disposition de l'université, il est très régulièrement utilisé par les étudiants.

— Nous ?

— Raman et moi. D'ailleurs, à bien y repenser, c'est certainement le dernier lien qui nous unit…

Tarang s'avança vers la porte du fond puis, la désignant, ajouta :

— La seule chose que nous ne prêtons pas, c'est ça. La réserve. C'est plein de souvenirs… On pensait faire une sorte de musée sur l'histoire d'Intellect, pour montrer les objets clés de cette épopée... Ça n'a évidemment pas abouti mais il y a ici beaucoup de pièces uniques.

Tarang devait maintenant pénétrer dans ce local pour récupérer le marcotteur. Pour cela, il fallait franchir une première petite pièce, sorte de vestibule qui avait fonction de sas sanitaire et coupe-feu. Il demanda à Esther de l'attendre et entra dans le sas. Ce dernier était éclairé par une faible lumière rouge et quand la porte se referma derrière Tarang, une autre porte devant se dévérrouilla. Il poussa la véritable porte de la réserve. Une odeur de renfermé s'échappa de la pénombre. Il *cogmanda* l'éclairage de la pièce mais rien ne vint. Il essaya avec l'interrupteur. En vain. Aucune lumière. Ce devait être l'ampoule, une antiquité LED. L'absence de lumière s'avéra handicapante car la réserve était une pièce profonde et aveugle : si la lueur rouge provenant du sas apportait un peu de visibilité sur les tout premiers mètres, le reste de la pièce était dans le noir complet. Mais Tarang connaissait son stock comme le fond de sa poche, il en avait lui-même mis au point le classement. Prudemment, il pénétra dans la pièce et se trouva vite dans l'obscurité totale. Tarang était sûr de ses souvenirs, l'armoire se situait à face à lui, mais à l'autre bout. Par son centre, en une douzaine de pas, il parviendrait là-bas. Il s'avança donc dans cette direction, sans autre forme de précaution. Mais au sixième pas, il fut sèchement stoppé par un meuble, vraisemblablement une table, qu'il heurta brutalement avec le haut de la cuisse. Il laissa échapper un juron.

— *Tout va bien ?* interrogea mentalement Esther qui avait entendu le son étouffé du choc et la réaction verbale de Tarang.

— *Oui, oui... Ça va, répensa*-t-il en se frottant vigoureusement la cuisse. *J'avais oublié cette table en plein milieu. J'ai pris une bonne béquille.*

Puis, posant ses mains sur la table, Tarang entreprit d'en faire le tour, à tâtons. Il progressa lentement ; il sentit sous ses pieds de petits craquements, comme des morceaux de verre qu'il écrasait. Alors qu'il pensait être parvenu au bout de cette table, il heurta, de l'épaule cette fois, un autre objet indéterminé, moins dur, qui sembla s'éloigner sous le choc. Puis, deux pas plus loin, il se prit cette fois les pieds dans ce qui devait être une chaise renversée par terre, et chut lourdement sur le sol.

— *Tarang ?* demanda Esther, inquiétée par le ramdam.

— *Ça va... Rien de cassé. C'est un foutoir sans nom ici...*

Tarang se releva. Il atteignit le fond de la pièce et ouvrit une armoire et la fouilla. Ses mains entrèrent soudain en contact avec une forme si familière que son simple toucher raviva de multiples souvenirs ancrés dans sa mémoire biologique. Aucun doute, il avait entre les mains le marcotteur.

Il l'attrapa précautionneusement puis entreprit de sortir de la pièce, en évitant soigneusement son centre. Lorsque enfin il s'échappa de la réserve puis du sas, il regarda fièrement Esther et lui dit :

— Voici, j'espère, la solution à votre problème !

Esther brandit devant elle le téléphone que Kaitarô lui avait remis, duquel elle fit jaillir une lumière vive :

— La prochaine fois, utilisez le téléphone. S'il est peu utile pour communiquer, au moins il pourra vous éclairer…

Tarang posa la machine sur la paillasse centrale. L'engin se constituait d'une base hémisphérique noire avec deux bras articulés fins et télescopiques. Leurs extrémités étaient semblables à deux petits tubes vides, attendant qu'on y emboîtât les outils pour lesquels ils avaient été conçus. Le design de l'appareil, pour le moins spartiate, avait finalement quelque chose d'apaisant pour Esther. Avoir devant elle un objet de pure technique, sans fioriture, la rassura. Tarang recula d'un pas pour observer le marcotteur. Il s'en approcha, posa un regard au plus près de sa surface et s'enthousiasma de ne même pas y déceler la moindre couche de poussière, comme si l'appareil avait perpétué son office.

— L'heure de vérité, lança-t-il.

Tarang approcha l'appareil d'une des nombreuses bouches à air conducteur dont la paillasse était dotée. L'énergie électrique afflua dans un courant d'air tiède et, à sa grande joie, un voyant rouge s'alluma sur la base hémisphérique du marcotteur. Sur un petit écran s'afficha en bleu le mot « Appairage ». Tarang sortit alors quelques ustensiles d'une boîte. Au bout d'un des bras articulés, il fixa une sorte de pointe fine en métal ; sur l'autre bras une pince. Puis, après avoir attendu un autre signal sonore, les bras se mirent à bouger. Tarang venait de les actionner par la pensée.

— Ça a l'air de marcher, s'enthousiasma-t-il. Direction le bloc !

Bien sûr, il n'y avait pas de bloc. Ce n'était pas utile. Il invita simplement Esther à s'asseoir sur une chaise, en fit de même puis lui dit, avec une certaine gravité :

— Esther, vous vous apprêtez à faire un grand saut. Je ne vais pas vous faire le coup des dix jours légaux de réflexion avant de procéder au retrait de votre implant. Pour autant, il est de mon devoir de vous avertir d'un certain nombre de sujets.

— Allez-y, je vous écoute.

— Tout d'abord, il faudra une quinzaine de jours pour que toutes vos connexions neuronales se reconstituent de façon naturelle. D'ici là, il est possible que vous rencontriez certains troubles moteurs, émotionnels, intellectuels, des vertiges, des angoisses, des difficultés dans vos relations sociales. Ça passera. Mais ça peut être sacrément perturbant.

— Noté.

— Dites-vous aussi que retirer l'implant c'est revenir à une vie à laquelle on n'est plus habitué. Votre cerveau devra réapprendre à fonctionner seul, alors que cela fait des années qu'il est sur des roulettes. Comme nous l'avons vécu chacun dans nos cellules à l'antiterrorisme, vous expérimenterez donc assez rapidement une forme de frustration, car vous réfléchirez moins vite, vous serez davantage encline au doute et vous aurez du mal à résoudre des problèmes qui vous semblaient simples jusqu'à présent. Sauf que, cette fois, ça sera irrémédiable. Chez certains sujets, cela peut conduire à une perte de confiance voire un état dépressif.

— C'est clair, mais je n'ai pas de souci avec ça.

— Ensuite : avez-vous prévenu vos proches ? Ils vont recevoir un message indiquant que vous avez ôté votre implant. Dans le contexte actuel ça ne manquera pas de les inquiéter sinon de les induire en erreur.

— J'ai prévenu mes parents et mes beaux-parents hier soir, ils sont Primaires, ça ne changera rien pour eux. Mon frère, lui, pense encore que c'est une folie et que le monde cède à la panique. Mais il est au courant. Je n'en ai parlé à aucun ami, je ne suis pas à l'aise à l'idée d'avoir un passe-droit.

— S'ils cherchent à vous joindre, savent-ils comment s'y prendre ?

— Non. Je contacterai chacun d'eux grâce à ce bon vieux téléphone, quand bon me semblera, en fonction des survivants…

— Ne sous-estimez pas non plus les aspects organisationnels : en premier lieu, votre compte autobancaire ne sera plus accessible que par Internet.

— J'ai pris mes dispositions hier soir.

— Avez-vous des documents valides pour retourner aux États-Unis, autre que votre empreinte cognitive ?

— Oui et ils ne me quittent jamais.

— Avez-vous bien pesé que vous ne pourrez plus faire vos achats par *cog*, que toute démarche prendra plus de temps, que…

— Tarang, c'est OK ! coupa Esther. Tout ira bien pour moi !

Tarang parut presque déçu par cette réponse. Elle poursuivit :

— J'accepte tout. Je veux vivre, Tarang. Du moment qu'il n'y a pas de contre-indication pour l'enfant. N'est-ce pas ?

— C'est sans aucun danger, surtout à ce stade de la grossesse. Il faudra juste faire attention aux éventuelles pertes d'équilibre.

— Je m'accrocherai à vous.

— Il y a un point capital : je vous l'ai déjà dit, je me répète car il n'y aura pas de retour en arrière possible, c'est la dernière fois que vous aurez l'occasion de le faire : avez-vous rapatrié tous les souvenirs que vous désiriez ?

— Oui… J'ai consacré à cela une bonne partie de la soirée d'hier. Mais, peu importe en fait. Je sais que j'ai en moi assez de souvenirs pour une vie, je suis prête. Ce qui est vraiment important, mon cerveau biologique l'a retenu. C'est ce qui compte.

— Si vous voulez quelques minutes pour procéder à un tri complémentaire, prenons-les.

— Je lis votre angoisse... Vous transposez. Tarang, toutes ces données stockées, ce que vous appelez des souvenirs… Ce ne sont pas des souvenirs : ce sont des enregistrements. Et je n'ai que faire de ces tonnes d'enregistrements où se mêlent le quotidien, l'inutile, le vide, des chagrins dont on a guéri, des petites joies dont on a déjà pleinement profité. Je préfère revivre tout ça avec l'effort que demande une introspection, même si c'est incomplet. N'avez-vous donc jamais ressenti le plaisir de la résurgence d'un vrai souvenir ? Être capable de repenser à quelque chose qui était enfoui, perdu et qui soudain nous revient ; parce que, directement ou indirectement, nous l'avons cherché, parce qu'un déclic s'est produit, qu'une circonstance l'a ramené à la surface de nos expériences ? Je préfère amplement me remémorer ma vie avec l'usure du travail mémoriel, qui ponce certains détails et aspérités, en affûte d'autres, tout ça pour nous restituer une vérité resculptée, déformée, mouvante, travestie, certes, mais offrant l'expérience du souvenir, et non l'impression chimérique de revoir un film dans lequel on peut faire des arrêts sur image, des zooms, des montages, que sais-je encore. Ce n'est pas faute de l'avoir déjà martelé il y a bien longtemps. Vous savez ce que j'en pense : je n'ai pas peur de revenir à cet état primitif, au contraire, je sens que tout mon être y aspire désormais.

Et après une courte hésitation, elle ajouta :

— Tarang, pour être tout à fait honnête avec vous, même si je voulais récupérer certains de ces enregistrements, j'en serai bien incapable. Hier, j'ai complètement supprimé mes souvenirs binaires. Tous.

— Quoi ? Qu'avez-vous fait ? s'étouffa-t-il.

— Comme vous allez devoir conserver mon implant pour vous déplacer dans les jours qui viennent, j'ai simplement conservé un petit dossier contenant les trois dernières semaines. Tout ce qui est en lien avec notre enquête. Si jamais ça peut vous servir un jour… Pour le reste, j'ai bien assez de ma mémoire biologique.

— Mais enfin, vous n'y pensez pas ? Et si l'opération échoue ? Vous n'aurez plus rien ! Tous vos souvenirs avec Dolores…

— Tarang ! l'interpella-t-elle. Vous n'écoutez donc pas ! J'ai tout ! Tout ! Là ! fit-elle en désignant son cerveau. Je n'ai pas besoin du reste ! J'ai une mémoire, elle fonctionne ! Dolores y est gravée à jamais, je n'ai jamais eu besoin de votre attirail pour me rappeler ce qu'elle représente !

Tarang se tut quelques instants. Son regard se perdit dans le carrelage blanc de la paillasse. Esther reprit, sur un ton plus doux :

— Pandémie ou pas, je ne veux plus m'encombrer d'un accessoire qui n'a d'autre utilité que de m'empêcher de faire le chemin toute seule. Oui, il me permet d'effacer instantanément ce que je veux oublier, de revivre avec force détails chaque moment passé. Mais ce n'est pas ça, faire le chemin. Ce n'est pas pour cela que notre cerveau a été conçu. Nous avons tué le prodige qu'il représente, nous en avons fait un organe susceptible de requérir une aide quotidienne. Mais c'est un miracle ce cerveau, un miracle de la nature, que nous pensons améliorer, alors que nous l'affaiblissons. Nous l'avons rendu dépendant de cette technologie, alors que cela fait cinq millions d'années qu'il fonctionne tout seul et est capable des plus belles merveilles. Notre monde repose sur des inventions, des créations, un patrimoine issus de cerveaux primaires. La chapelle Sixtine, la Septième symphonie de Beethoven, le Taj Mahal, les peintures de Lascaux et j'en passe : qu'est-ce que tout ça aurait donné avec des implants ? Je vous le demande : quel sera le legs des cerveaux binaires ? Tarang, entendez-moi bien : si je vous dis ça, avec ma manière que vous devez reconnaître entre toutes, c'est parce que je voudrais être sûre qu'à ma suite, vous allez vous l'extraire, ce foutu implant !

— Mon fils d'abord.

— Oui mais après ? Il y aura toujours une excuse pour ne pas effectuer ce grand saut. Je pense qu'Intellect a autant libéré qu'il a entravé. Et de tous ses captifs, vous êtes le plus complaisant. Et ça m'agace. Ça m'inquiète même.

Tarang fut transpercé. La facilité avec laquelle Esther se dirigeait vers cette opération irrémédiable le stupéfiait et, au fond, le dérangeait. Sa vision du monde le désarçonnait. Elle lui renvoyait, en miroir, sa propre dépendance à Intellect. Mais elle avait raison : pas une fois depuis le début de cette crise il ne pensa à retirer cet implant, comme si la perspective de perdre autant de *psychodonnées* et de revenir à sa condition humaine antérieure était plus grave que la mort probable qui l'attendait. De cet échange, une chose néanmoins lui réchauffa le cœur et le toucha profondément : que quelqu'un pût, à ce point, s'inquiéter pour son avenir à lui.

Tout avait été dit cependant. Il fallait opérer, Esther n'avait que trop attendu. Tarang lui demanda alors de se retourner sur sa chaise, de manière à reposer sa poitrine contre le dossier, qu'il inclina à son maximum. Dans cette position inversée, les bras croisés, posés sur la tranche du dossier, le visage penché vers le sol, Esther ne voulait qu'une chose : redevenir Primaire.

Tarang enfila des gants et mit un masque. Il fixa sur le crâne d'Esther deux capteurs afin de vérifier le bon état de ses fonctions cognitives pendant l'opération. Il posa ses doigts sur sa nuque, cherchant à dégager de la masse de ses cheveux noirs la petite bosse de l'implant. Il appliqua, à cet endroit, une crème anesthésiante. Il massa et attendit quelques instants que le produit agisse. Et au bout de trois minutes, Esther ne sentait déjà plus son cou. Il lui demanda de relever la tête, elle en fut incapable : il pouvait opérer. Tarang prit son scalpel et pratiqua avec le plus grand soin une minuscule incision en croix. Un filet de sang coula, qu'il épongea avec une compresse. Alors il actionna, par la pensée, les bras du robot, qui approchèrent leurs extrémités du bulbe. Tarang *cogmanda* au bras équipé de la pince de saisir la tête de l'implant autour de laquelle s'était formée une épaisse bille de sang. La pince tourna sur elle-même pour en dévisser la partie supérieure, comme si l'implant était couvert d'un bouchon. Si bien qu'une fois le couvercle ôté, apparut un trou. Le deuxième bras, celui avec la fine pointe de métal, s'en approcha et plongea dedans. Une petite lumière bleue jaillit de cette rencontre.
— Je vais désactiver l'implant, prévint-il.

Ainsi emmanchée dans l'implant, la pointe tourna sur elle -même en cinq ou six rotations rapides. Puis se retira.
— Ça y est..

Il utilisa à nouveau la pince pour saisir ce qu'il restait de l'implant. Le bras se rétracta afin d'extraire le bulbe, le plus lentement possible, entraînant à sa suite ses racines imbibées de sang. Lorsque l'implant fut suffisamment dégagé, Tarang prit une deuxième petite pince et coupa un à un des dizaines de filaments transparents, comme autant de cordons reliant diverses régions du cerveau. Quand le dernier lien fut coupé, Tarang saisit précautionneusement l'implant et le déposa dans l'évier en céramique blanche. Il le rinça. Un filet de sang s'écoula vers la bonde.

Esther ne disait plus rien depuis plusieurs minutes. Il se pencha pour regarder son visage. Elle avait les yeux ouverts, tournés vers lui dans ce qui semblait être le seul effort dont elle fut capable. Elle le fixait avec insistance, comme si elle voulait lui dire quelque chose mais n'en fut pas capable. Un vague gémissement sortit de sa bouche. Un filet de bave coula de ses lèvres et vint échouer sur le carrelage. Tarang jeta un œil au moniteur de contrôle de l'appareil.

— Ne vous inquiétez pas, tout va bien, lui dit-il en lui passant la main dans le dos. Vous allez retrouver l'essentiel de vos facultés très bientôt. Restez ainsi, sans bouger. Je vais suturer.

Au moment où Tarang s'apprêtait à exécuter cette dernière étape, un message sonore s'invita dans sa tête : un bip long et désagréable, doublé d'une voix synthétique répétant par boucle de cinq secondes : « *Vous n'êtes pas en binôme. Vous n'êtes pas en binôme. Vous n'êtes pas en binôme* ». La sensation produite par cette sorte d'alarme intrusive était insupportable. Tarang se saisit alors de l'implant qui gisait au fond de l'évier et le posa sur une compresse pour le sécher. Il sortit de sa poche le *neurocopieur* et logea l'implant d'Esther dans son orifice. Et au bout d'une dizaine de secondes, entrecoupées du message qui tournait encore en boucle dans son esprit, l'implant émit enfin une légère sonorité. Tarang fut assuré de l'avoir bien réactivé quand, un instant plus tard, l'horrible message disparut. Désormais, pour Intellect, Tarang était un binôme. Il revint s'occuper d'Esther qui, entre-temps, s'était endormie. Il acheva ses soins et veilla à ses côtés, pendant deux bonnes heures.

– 3 –

L'après-midi touchait à sa fin. Tarang tournait en rond sur Intellect, glanant nouvelles et rumeurs, s'enquérant de celles qui le concernaient, accumulant chiffres dramatiques et témoignages poignants. Quand soudain, venant de l'entrée du laboratoire, une grosse voix le fit sursauter :

— Monsieur !

Il se retourna. C'était Amrish, le garde de faction. En chair et en os, cette fois. Il s'avança, laissant apparaître, derrière son imposante carrure, une femme et un adolescent.

— Monsieur… Pardonnez-moi, mais j'ai vu ce que vous faisiez grâce au réseau de surveillance … S'il vous plaît. Nous non plus, ne voulons pas mourir.

Au moment d'achever sa phrase, le géant était au bord des larmes. Il expliqua ensuite qu'il avait offert l'année dernière à son fils et à sa femme un implant, le même modèle que celui qu'il avait acquis pour lui-même quelques années plus tôt afin de pouvoir accéder à ce poste d'*ubiquisurveillant*. De longs mois de sacrifices et cinq ans d'économie, un prêt bancaire sur un quart de siècle, renégociable par la banque, tout ça pour une ascension sociale qui n'en valait peut-être pas autant. Et voilà où il en était rendu : mendier pour son retrait. Pour sauver sa famille. En fait de mendicité, si la demande était empreinte d'émotion — et la situation d'Amrish digne d'empathie — il n'échappa pas à Tarang que le gardien se tenait là, en armes, devant lui. Ça avait, pour le moins, quelque chose d'obligeant. Tarang pouvait-il lui refuser ? Au nom de quoi d'ailleurs ? Pourrait-il seulement sortir de cette pièce s'il lui disait non ? Amrish avait nonchalamment posé sa main sur la crosse de son pistolet d'alarme. Le geste était subtil, pas directement menaçant, mais suffisamment explicite pour susciter l'écoute et raisonner son interlocuteur. Tarang, se sentant dans une position peu confortable, avec Esther diminuée et qui dormait encore, se résolut à accéder à la demande du vigile.

Alors il opéra. Jusque tard dans la soirée. Il commença par le fils, puis la femme. Esther, qui se réveilla au milieu de la troisième intervention, ne comprit rien à ce qui se tramait dans ce laboratoire mais elle fut totalement incapable de questionner Tarang à ce sujet ; la parole n'était pas revenue. Quand il eut fini avec son troisième et dernier patient, Tarang rangea ses outils. Il aida Esther, encore groggy, à se relever. Amrish, lui, montra une fort belle résistance puisque, tout juste opéré, il put ouvrir les yeux.Sans un regard pour lui, Tarang rangea son encombrante machine dans un carton. Il s'enquit auprès d'Esther de sa capacité à marcher jusqu'à l'ange. Elle hocha la tête. Tous deux quittèrent alors les lieux, laissant derrière eux une famille à demi anesthésiée mais miraculée.

Dehors tout était noir. L'éclairage public avait été éteint, mesure de couvre-feu. Alors qu'ils attendaient sur le parvis de l'université que l'ange vînt les récupérer, ils ressentirent, au cœur de cette obscurité, une ambiance particulière. On percevait des cris au loin, des bruits de casse aussi, un parfum de révolte, de chaos. Bien qu'ils n'en virent rien, Tarang soupçonna un danger imminent. Heureusement il distingua au loin les lumières de l'ange. Tarang se dirigea vers son point de chute, avec sa précieuse cargaison sous le bras et Esther qui marchait à ses côtés, péniblement, et qu'il n'avait de cesse d'encourager. C'est alors qu'un groupe de cinq jeunes hommes émergea d'un coin sombre et passa non loin d'eux en les toisant.

— Fuyez leurs regards, Esther. Et restez bien à côté de moi.

Ils les croisèrent, en silence. Mais soudain, l'un des jeunes se retourna et s'exclama :

— Eh ! Les mecs ! Je rêve ou c'est Rajani ?

— Tarang Rajani ? demanda un autre.

Le groupe s'arrêta, scruta, interrogea Intellect. L'un d'eux fit :

— Incroyable ! Putain ! Le mec qui est à l'origine de tout c'bordel ! Ici, devant nous !

— Eh ! Ducon ! C'est bien à cause de toi qu'y a tous ces morts, non ? brailla ensuite l'un d'entre eux.

Tarang prit soin de ne pas répondre. Lui qui jusque-là était un illustre inconnu, dont le visage n'évoquait rien à personne, voilà qu'avec Intellect et ces rumeurs il avait accédé à une forme de célébrité dont il se serait bien passé. Décontenancé, anticipant l'imminence d'un péril, il avait saisi fermement Esther par le bras et progressait maintenant d'un pas rapide. L'ange était en phase de descente, mais à l'autre bout de l'immense place. C'était trop loin. Il lui ordonna de se poser plus près. Tarang accéléra encore. Il marchait vite, trop vite pour Esther qui parvenait mal à coordonner tous ses mouvements et manqua de tomber deux fois.

Mais le groupe avançait résolument dans leur direction. Et outre quelques insultes verbales, Tarang commençait à recevoir des *cogs* particulièrement hostiles.

— Qui sont-ils ? Que veulent-ils ? demanda Esther avec effarement, faute de n'avoir plus accès à son traducteur universel et de devoir composer avec une vision défaillante.

Tarang ne répondit pas. Il la saisit alors encore plus fermement par le haut du bras et ils se mirent à courir en direction de l'ange qui amorçait sa manœuvre finale. Les jeunes coururent à leur tour. Galvanisés par leur trouvaille et la possibilité d'offrir un exutoire à leur violence inassouvie, ils les invectivèrent avec rage, criant comme des singes, éructant de plaisir. Esther était totalement déboussolée, se retournant sans cesse mais ne voyant pas grand-chose, trébuchant, alors que le groupe se rapprochait toujours plus. Réalisant qu'ils n'auraient pas le temps de rallier l'ange et d'y monter tous les deux en toute sécurité, Tarang stoppa net sa course et donna à Esther le marcotteur. Il lui dit :

— C'est après moi qu'ils en ont. Enfermez-vous dans l'ange !

Puis, la horde sauvage se rapprochant, il cria :

— Courez !

Il la regarda s'éloigner et entendit derrière lui le bruit des pas de ses poursuivants, tellement proches, qu'ils décélérèrent et furent supplantés par leurs souffles. Il comprit alors qu'il allait passer un sale moment. Avant même de pouvoir se retourner, il sentit un choc violent derrière les genoux qui le fit immédiatement chuter. Puis une avalanche de coups de pied et de poing s'abattit sur lui. Aucune partie de son corps ne fut épargnée. Il entendit :

— Vous diffusez ça les mecs, hein ?

— *Live streaming* mon pote !

— Grosse audience, ce soir on fait le plein de *cog-friends* !

Il était au sol. Recroquevillé. Les coups pleuvaient, sans relâche, sous les cris et les rires de ses assaillants. Tarang agit comme il put sur ses neurotransmetteurs afin de libérer un maximum d'endorphine. Allait-il mourir ? Il reçut une première alerte : « *Risque corporel : hémorragies* ».

Le lynchage lui sembla durer une éternité. Dans un état second, ivre de douleur, à demi inconscient, la face ensanglantée contre terre, il put tout de même voir au loin l'ange posé au sol, portes ouvertes. Esther avait chuté. Elle essayait désespérément de se redresser, tirant derrière elle le carton contenant le marcotteur. Mais enfin, il la vit monter et la porte se refermer.

« *Danger vital. Survie en jeu* ».

Tarang se dit à cet instant qu'il allait mourir là, devant son université. Et que ses indicibles souffrances allaient sous peu se transformer en message prioritaire. C'est alors que, comme dans un rêve, il perçut un hurlement lointain, indistinct mais ferme. Ensuite une détonation, dont l'écho se fit entendre plusieurs fois dans l'espace vide de l'esplanade. Les coups cessèrent. Le visage au sol, incapable d'ouvrir les yeux, Tarang sentit les pas de ses agresseurs s'évanouir dans le lointain. Puis un long silence pendant lequel il cracha le sang accumulé dans sa bouche. Une voix éreintée mais familière se fit entendre :

— Monsieur ! Monsieur ! Comment allez-vous ?

C'était Amrish. Vaguement sorti de sa léthargie postopératoire, le colosse, pressentant le danger auquel Tarang et Esther étaient exposés à cette heure tardive, avait tant bien que mal accouru sur place. À bout de forces, un coup de feu en l'air eut raison de la haine de leurs assaillants. Amrish n'aurait peut-être pas eu assez du solde de sa vie pour rembourser la dette énorme que leurs implants avaient exigée ; mais cinq minutes lui suffirent pour s'acquitter de celle qu'il venait de contracter auprès de Tarang.

Un ange avec à son bord deux passagers à demi conscients traversa Delhi 1, 2 puis 3, cités inertes et désolées. Le couvre-feu avait éteint la ville, dont les formes chaotiques semblaient gommées. Solitaires dans le lointain, quelques geysers de publicités aspergeaient le ciel d'un peu de leur lumière mercantile. L'ange pénétra dans le quartier Kipling. Dans les hautes tours, peu de fenêtres étaient encore allumées. Les habitants étaient morts ou exilés. L'engin s'arrima à la façade végétale pour ne faire qu'un avec la baie vitrée de l'appartement. La porte s'ouvrit. Tarang se leva et s'approcha d'Esther, à moitié endormie sur le siège. Il la tira comme il put de sa somnolence et parvint à la mettre debout. Dans le salon, elle ouvrit les yeux et demanda où elle était, comme si elle n'avait jamais mis les pieds ici. À bout de forces, Tarang la conduisit jusqu'à sa chambre et la déposa sur son lit. Il délaça et ôta ses chaussures tandis qu'elle sombrait dans un sommeil des plus profonds. Il resta un moment à ses côtés, à observer son visage parfait et apaisé.

Perclus de douleurs, fatigué à l'extrême, Tarang traîna ensuite son vieux corps vers la salle de bains pour découvrir son visage tuméfié, sa chemise tachée de sang, ses membres parsemés d'ecchymoses. Il se dévêtit avec peine puis entra dans le vaste espace qui servait de douche. L'eau tiède commença à couler en pluie fine, faisant ruisseler le sang qui, partout, avait commencé à sécher sur sa peau sombre. Ne tenant plus debout il s'affala sur le sol mouillé pour, dans une position fœtale, à même le marbre, rester prostré là, à observer les fins ruisseaux rouges converger vers la bonde. Ses larmes s'y mélangèrent indistinctement.

– 4 –

Il pleuvait des morts. Comme il avait été dit par le Premier ministre indien, chaque journée se clôturait par un bilan de guerre. La veille avait vu plus d'un million de personnes décéder rien qu'en Inde. La seule ville de Tokyo en recensa plus de cent cinquante mille : c'était autant que Hiroshima. Alors, la panique, la grande panique eut bien lieu. Comment aurait-elle pu ne pas s'emparer d'une population à qui l'on demandait d'attendre bien sagement qu'un miracle la sauvât ou bien que la mort la cueillît ? Qui aurait accepté un tel sort sans broncher ?

En dépit du processus rigoureux mis en place, la ruée fut inévitable. Dans les officines homologuées pour le retrait d'implant, les gens s'agglutinèrent, espérant forcer le destin ; on s'y pressa sans rendez-vous ; des chirurgiens furent menacés, parfois littéralement pris en otage. On réprima, on arrêta. En plusieurs endroits on recensa même des coups de feu et des morts. Ailleurs on pillait, on cassait, on incendiait. Pas une métropole n'échappait à ce chaos contagieux. Davantage que les émeutes qui se multipliaient, le phénomène le plus marquant de ce 27 décembre, tant redouté par les autorités, fut l'errance et les souffrances de ceux qui avaient choisi de s'opérer eux-mêmes, avec pour tout outil une simple pince coupante rouillée sortie d'une mallette de bricolage, un vieux sécateur aux lames verdies, un couteau à viande ou les doigts de la main.

Ils apparurent en grand nombre à Delhi, dès le lendemain du discours du Premier ministre indien, et un peu partout dans le monde à la suite des annonces que leurs gouvernants respectifs avaient faites. Où qu'ils furent, on les vit divaguer de la même manière, tels des zombies, avançant dans les rues le regard vide, posant des questions incongrues, agissant comme des vieillards séniles ou des enfants en bas âge. Certains mouraient d'hémorragie cérébrale, d'autres, obtenant un sursis, d'infections ; le plus grand nombre restait paralysé d'un membre, ou deux, ou quatre, ou encore se trouvait frappé d'une soudaine débilité mentale.

Et comme le nombre de suicides augmentait plus vite que la capacité des États à y faire face, la logistique de la mort, celle qui permet à un corps sans vie d'être pris en charge, ôté de son lieu de trépas, nettoyé, placé à l'abri, enterré ou incinéré, toute cette logistique-là fut abandonnée. Les rues des plus grandes villes furent les premières à être parsemées de corps inertes, désarticulés, méconnaissables, que seuls quelques éclopés en perdition enjambaient. De temps à autre un camion passait, deux hommes en combinaison en sortaient, ramassaient un corps sur le trottoir et le jetaient dans la benne. Puis repartaient. Mais de plus en plus souvent, les corps restaient en place, indéfiniment.

Partout les volets et les stores se fermaient ; on se claquemurait. Combien de morts, aussi, à l'intérieur ? Et les mêmes scènes se répétaient dans tous les pays, toutes les métropoles, où chaque vie trouvait un moyen de s'éteindre. Noyade, défenestration, pendaison, hémorragie, asphyxie, perforation, égorgement, intoxication, électrocution, empoisonnement, écrasement, immolation, décapitation, sectionnement, inoculation, éventration, overdose et bien d'autres encore : tout y passait, la créativité fut sans limite. La personne la plus enjouée qui fût — s'il en restât encore une — pouvait, sans prévenir, en une fraction de seconde, se jeter d'un ange. Tout allait toujours très vite, dans une parfaite recherche d'efficacité. Les binômes, quant à eux, eurent, au départ, leur petit succès. Des voix s'élevèrent d'ailleurs pour passer en trinôme : faire les trois huit, c'était la garantie de résultats encore plus probants. Mais la proposition choqua : un ménage à trois, ce n'était pas dans le cours normal des choses. Rapidement cependant, malgré de premiers résultats encourageants, les binômes montrèrent leurs limites : car dès qu'un des deux parvenait à mettre fin à ses jours malgré la surveillance de l'autre alors, la deuxième moitié du binôme se retrouvait seule, dans l'obligation de créer un nouveau binôme, chose qui devint pour le moins compliqué sinon impossible. Ainsi nombre d'entre eux erraient dans les rues, pendant des heures, bravant le confinement, à la recherche d'une âme solitaire, avec, dans le crâne, ce message qui tournait en boucle, sans jamais s'arrêter : « *Vous n'êtes pas en binôme. Vous n'êtes pas en binôme* ». À tel point que certains craquèrent et s'arrachèrent l'implant dans le seul but de mettre enfin un terme à cette obsédante litanie. Il fallut donc assouplir la règle et naturellement, bien vite, plus personne ne la respecta.

– 5 –

Quand Tarang se réveilla, il eut l'intention de boire un peu d'eau fraîche. Alors par réflexe il tendit le bras vers la petite fontaine près de sa table de chevet et entreprit de se redresser. Mais dans la seconde, il hurla de douleur. Tout son corps l'alerta et le souvenir de chaque impact lui revint. Il serra les dents et paramétra son implant pour atténuer sa souffrance autant que possible ; mais il se rendit compte que tous ses curseurs étaient déjà au maximum. Il se laissa retomber dans le lit en poussant un râle qui devait autant au mal qu'à l'énervement. Il fallait s'y résoudre : aussi pressé fut-il de partir retrouver son fils, son corps le lui interdisait aujourd'hui. On frappa à la porte. C'était Esther.

— Tout va bien Tarang ? demanda-t-elle de l'autre côté. Je vous ai entendu crier…

— Ça va… Enfin je crois. Pourriez-vous m'aider ?

— Puis-je entrer ?

— Ma foi oui, je suis très diminué et certainement peu présentable mais il ne me reste que quelques jours à vivre, ce n'est plus la gêne qui me tuera…

Tarang était torse nu, laissant apparaître l'ampleur des dégâts sur son corps mi-vieux mi-jeune. Ce que la modification génétique n'avait pu endiguer fut l'évolution de sa carcasse, son ossature. Elle se déformait et se nouait, à un rythme certainement ralenti, mais sans pouvoir totalement dissimuler son âge biologique réel. Ses côtes saillantes et légèrement déformées étaient celles d'un vieil homme. Mais sa peau restait ferme.

— Pourriez-vous s'il vous plaît me donner un peu de l'eau qui est ici à côté de moi ? Je suis incapable de l'atteindre.

— Bien sûr. Comment vous sentez-vous ?

— Il me serait plus rapide de vous dire les endroits où je n'ai pas mal. J'ai l'impression d'être une contusion vivante. Je me demande s'ils ne m'ont pas cassé des côtes quand même, je souffre à chaque respiration. Mais je suis vivant, pour l'instant du moins. Et à bien y penser, peut-être m'ont-ils sauvé la vie : s'il me prenait l'envie de me défenestrer ou me trancher la gorge, croyez bien que j'en serai totalement incapable ! Et vous, comment vous sentez-vous ?

— Nauséeuse..., répondit-elle en remplissant le verre. Mais est-ce du fait de l'implant ? Je rencontre quelques problèmes d'équilibre, une coordination motrice qui fait parfois défaut...

Au moment d'achever sa phrase, elle avait approché le verre des lèvres de Tarang mais en versa l'essentiel à côté.

— Vous voyez ? Depuis ce matin c'est la catastrophe. Attendez, je vais vous essuyer ça.

— Pas de doute, vous êtes bien enceinte, ironisa-t-il. Aidez-moi à me redresser, ça me sera sûrement plus utile.

Esther prit un coussin qu'elle positionna dans le dos de Tarang.

— Faites-moi voir votre nuque, commanda-t-il.

Esther s'exécuta. Elle s'assit sur le lit à côté de lui et écarta, de ses doigts fins, ses longs cheveux noirs. Il lui demanda de soulever le pansement afin de contrôler la cicatrice. Elle était parfaite. Tarang profita un instant de cette posture fantasmée, docteur-voyeur, dans l'angle mort du champ de vision d'Esther, pour mieux la contempler. Elle avait changé, pensa-t-il, elle lui semblait plus belle encore. Peut-être était-ce l'impact de ce qu'elle appelait sa « liberté nouvelle », cet affranchissement de son implant qui avait d'un coup imprimé son visage ? Ou bien sa grossesse ? Il n'aurait su définir son impression avec précision mais, après ce qu'ils avaient enduré la veille, l'avoir ramenée saine et sauve dans son lit, le fait de la revoir ce matin lui fit ressentir quelque chose de spécial. La vérité c'est que Tarang avait commencé à se forger des sentiments et qu'il s'y était peu à peu perdu, au point de ne plus voir l'évidence : Esther aimait les femmes et elle n'aurait su être pour lui, au mieux, qu'un *lifepart* — chose qu'elle abhorrait d'ailleurs. Quant à leur différence d'âge, lui ne la voyait plus dans le miroir et pensait que l'illusion de sa modification d'ADN fût suffisamment forte pour combler le fossé qui subsistait pourtant de façon évidente dans leur manière de vivre et de penser. Mais l'esprit de Tarang était devenu aveugle. Il côtoyait celui d'Esther depuis des jours et entre chicanes et communions, doutes et victoires, il avait cru déceler dans ce brouillard d'échanges cognitifs quelque attraction, comme une petite flamme et l'envisagea avec une possible réciprocité.

De cet égarement manifeste, mais fréquent à l'ère d'Intellect, on pouvait tenter un parallèle avec ce qu'expérimentèrent les usagers d'Internet à l'heure de gloire des réseaux sociaux primitifs. Sous prétexte d'une connexion permanente avec leurs proches ou de parfaits inconnus, sous couvert d'une collection abondante d'amis qu'on se découvrait soudain, bien des gens eurent alors l'illusion d'intensifier leurs liens sociaux, d'accroître et de bonifier leurs rapports aux autres. Mais en vérité ce fut l'inverse qui se produisit. Internet n'engendra jamais rien d'autre qu'une forme pastichée, distanciée et mensongère de lien social, frénétique et maladive, n'ayant paradoxalement — ou fort logiquement — conduit qu'à l'entre-soi et à l'isolement mental comme physique de pauvres âmes esseulées devant leur écran. Avec Intellect, on n'était pas loin de ce contre-pied : dans le grand brassage des esprits et l'entrechoc des émotions, l'espèce humaine crut pouvoir renforcer la compréhension réciproque des individus qui composaient son corps incohérent et éparpillé, développer une meilleure entente sensitive dans le chaos des cultures et des classes. Or il n'en fut rien.

Jamais il n'y eut autant d'incompréhensions émotionnelles, de maladresses affectives, de méprises morales et de naufrages du désir que depuis la naissance d'Intellect. Plus les âmes se touchaient et plus elles provoquaient un mouvement opposé, une force gravitationnelle contraire, répulsive, les éloignant les unes des autres malgré l'impression continue d'une grande intimité. Ce que Tarang expérimentait à ce moment-là, sans s'en rendre compte, cette confusion des sentiments, n'était que la résultante des travers d'une technologie qui avait offert aux consciences, sur fond d'hystérie connective, une promiscuité et une privauté auxquelles elles n'étaient ni préparées ni adaptées. Cette équivoque allait prendre fin à cet instant précis. Alors qu'il contemplait Esther qui avait délicatement posé sa main sur son ventre de future mère, cette dernière se retourna et lui demanda :

— Pourriez-vous contacter mon frère pour lui dire que tout va bien et que je vais rentrer ce soir à Chicago ? Je n'y arrive pas avec ce fichu téléphone.

Tarang fut transpercé. Il demanda, incrédule :

— Comment ? Vous rentrez ce soir ?

— Oui, à condition que vous me réserviez une place sur le prochain vol… Sans implant il me faut le faire sur Internet et ce vieux machin-là s'évertue à me refuser toute connexion.

— Est-ce bien sérieux de rentrer maintenant ? Dans votre situation ? Vous devriez rester encore un peu. Pourquoi ce soir ?

— Être auprès de ma mère et de mon frère. C'est mon souhait le plus cher. J'ai bien cru ne jamais pouvoir les revoir tous, ces derniers jours. Le sort d'Elijah est incertain mais cet éternel veinard a obtenu un rendez-vous chez un neurochirurgien pour la semaine prochaine… Il a de bonnes chances de s'en tirer. Et vous, quand partirez-vous ?

— Quand mon corps le décidera… dit-il pensif et encore sous le choc de la nouvelle. Demain sans doute. Mais pourquoi n'attendriez-vous pas demain, vous aussi ; comme ça nous partirions ensemble pour les États-Unis ?

Il ne comprenait pas qu'elle était déjà partie, dans sa tête ; il ne pouvait la convaincre de rester plus longtemps. L'idée qu'Esther pût le quitter le soir même le secoua car elle venait briser cet élan qu'il avait pourtant senti. Et puis, il commençait à prendre goût à cette vie à deux. Lui, le solitaire, l'apôtre de la sociabilisation virtuelle, avait puisé dans cette relation inattendue la raison supérieure qui présidait à ses actions : quelqu'un à protéger, à impressionner, à convaincre. Il y avait cette attirance, certes, mais il est vrai aussi qu'il se sentait tout simplement bien avec elle, en dépit des désaccords. Il avait enfin trouvé une âme à la hauteur de ses pensées complexes et de son labyrinthe intellectuel. Leur binôme, il avait commencé, dans sa tête, à en faire un couple.

Alors germa en lui une idée, que d'aucuns auraient jugé mauvaise, mais qu'il n'était pas en mesure d'apprécier à ce moment-là, car lui aussi entrait dans une forme de panique. Les arguments de mauvaise foi s'amalgamèrent dans son esprit, pour tenter de légitimer ses desseins. Enceinte et sans implant ? Deux raisons de croire, selon lui, qu'elle n'était pas en mesure de décider pour elle-même. Partir constituait un danger, revenir aux États-Unis n'était pas rationnel. Elle était encore sous le coup de l'opération, son mental n'avait pas encore recouvré toutes ses facultés, elle n'était probablement pas en mesure d'apprécier les risques. Demain, pensa-t-il, ça serait mieux, ça leur laisserait le temps d'accomplir les démarches pour bénéficier des dérogations au confinement réservées aux personnes qui, comme eux deux, avaient des parents ou des enfants à l'étranger et souhaitaient les retrouver promptement. Mais la vérité c'est qu'il avait besoin d'elle, plus qu'elle n'avait besoin de lui. Il eut alors une tentation terrible. Et sa détresse sentimentale, associée à une perte totale de repères, fît qu'il y succomba : il argua que tous les vols étaient complets et ne lui prit aucun billet, remettant au lendemain, et en fonction de son état de santé, la réservation des deux places côte à côte dans un vol en direction de Chicago. Bref, il lui mentit.

Esther ne disposant d'aucun moyen de vérification, lui fit confiance et, bien évidemment, fut profondément déçue, pour ne pas dire effondrée, de ne pouvoir partir sur le champ. Elle s'inquiéta : avec ce décalage d'un jour, reverrait-elle son frère à temps si par malheur… ? Elle n'osa y penser davantage. Sans compter que les raisons de partir, et vite, s'entassaient dans son esprit : elle en avait marre de Delhi, marre de l'Inde ; ces morts par millions qui étaient promis ici, les cadavres qui ne tarderaient pas à s'amonceler dans la rue — à Lincoln, elle n'aurait pas à souffrir tout ça. Et puis toujours la même moiteur, la même couleur dans le ciel, la même sensation désagréable dans la gorge et les poumons. Les mêmes vêtements qu'elle relavait pour la cinquième fois, les mêmes repas qui se succédaient. Ce genre de routine s'accommodait assez mal d'un contexte apocalyptique. Au plus fort de sa mélancolie, Esther sortit sur la grande terrasse qui jouxtait sa chambre. Un léger dépôt de cendres s'était formé sur le sol et la rambarde. Ses cheveux noirs ondulaient sous l'effet des vents ascendants. Elle contempla l'horizon flou de la mégalopole, imaginant quelque chose d'inspirant, un motif d'évasion. Elle perçut alors une caractéristique commune à tous les confinements : le calme. Omniprésent, comme la mer s'apaise après la tempête. Et ce calme lui permit d'apprécier pour la première fois une certaine forme de quiétude, à défaut de pouvoir humer un air pur.

Cette paix fugace fut interrompue pourtant lorsqu'elle entendit les pleurs d'un enfant, provenant probablement d'un des immeubles voisins. Une plainte à crever le cœur, d'une petite fille ou d'un petit garçon, elle ne pouvait dire. Puis, de loin en loin, à cette sirène s'en ajouta une autre, encore plus distante, irrégulière, mais presque identique. Après quoi elle en distingua une troisième, celle d'un nourrisson, charriée par le vent. Et c'est ainsi qu'à mesure que son ouïe s'affûtait elle discerna l'énorme sanglot qui emplissait l'air. Qu'avaient donc ces enfants à pleurer et crier de la sorte ?

Elle réalisa que désormais nombre d'entre eux avaient perdu leur mère, leur père, parfois les deux. Combien furent-ils à observer sur le sol de la cuisine le cadavre d'un de leurs parents, ou à se demander où ces derniers pouvaient bien être — omettant de jeter un œil en contrebas, par la fenêtre, pour trouver leur réponse ? L'abandon, la solitude, la peur, la faim, la soif. C'était tout cela que ces plaintes lointaines signifiaient. Ils ne pouvaient alors compter que sur la solidarité fragile d'un voisinage incertain, sinon sur la fratrie. C'est ainsi qu'aux quatre coins de la planète, des grands frères, des grandes sœurs à peine entrés dans l'adolescence étaient déjà appelés à jouer un rôle de parents. D'un coup, le monde se peupla d'orphelins.

Esther ne put le supporter davantage. Chacune de ces plaintes la prenait aux tripes. Elle ne pouvait rester là à les écouter. Elle revint dans l'appartement en larmes, et, s'adressant à Tarang :

— Il faut que je parte, vite ! C'est totalement insoutenable !

— Quoi donc ?

— Vous n'entendez pas ces lamentations, dehors ? Tous ces orphelins qui pleurent leurs parents. Ces morts toutes les secondes. La mort… On peut presque en sentir l'odeur…

— Ça sera pareil à Chicago… Le virus ne fait pas de ségrégation.

— Là où je vis, loin de la grande ville, je n'aurai pas à endurer ça. C'est trop pour moi. Chacun de ces cris me déchire, me tue. Pauvres enfants… Que vont-ils devenir ?

Mais le temps était venu de ne penser qu'à soi ; telle fut la résolution que Tarang opposa à Esther. S'apitoyer, désormais, risquait de devenir un travail à temps plein, en pure perte. Il pensa donc la rassurer et l'apaiser en lui confirmant qu'ils partiraient ensemble, le lendemain. Il s'allongea à nouveau et prit un cachet d'un puissant antidouleur, réservé aux Primaires. Et, bien vite, il sombra dans cette torpeur qui précède le grand sommeil, presque indifférent à la détresse d'Esther, qu'il laissa livrée à elle-même, dans l'immensité de son salon désert.

– 6 –

Tarang se réveilla en sursaut. Encore ce cauchemar. Dehors, c'était le cœur de la nuit, la lune apparaissait gibbeuse et, par la baie vitrée qu'il n'avait pas occultée, il pouvait la voir se miroiter dans la *konisphère*, un peu comme elle l'aurait fait sur un lac embrumé. Il sentait mieux son corps, ses douleurs s'estompaient. Il plia ses jambes, réussit presque à les ramener sur lui. Alors il essaya de se lever. Et il y parvint enfin, avec de grandes difficultés cependant. Un petit creux à combler ; l'appétit revenait, c'était bon signe. Il se dirigea vers la cuisine, en boitant, sujet à de vives douleurs dans les cuisses. Mais rien ne lui faisait plus mal que ses côtes.

La lune, basse dans le ciel, inondait l'appartement de sa lumière pâle et diffuse. Il régnait un silence total. Tarang s'apprêtait à ouvrir un des placards de la cuisine quand son regard fut soudain attiré vers la chambre d'Esther, dont la porte était entrouverte. Intrigué, il s'en approcha à pas feutrés. Il passa la tête par l'entrebâillement et, à sa grande stupeur, découvrit, éclairée par une lueur grise, une pièce totalement vacante. Il entra, alluma la lumière, explora, appela. Rien. Penderies vides, salle de bains nettoyée et rangée : comme si personne n'avait occupé cet espace. Il sortit de la chambre, interloqué, et visita les pièces voisines ; avec le même constat. Alors il héla : « Esther ! ». Plusieurs fois, sans jamais obtenir de réponse sinon l'écho que produisaient ces grands volumes vides. Était-elle sortie ? La réponse, il comprit assez vite qu'il la trouverait sur les deux feuilles de papier laissées sur la grande table de lumière-dure. Sur la première, un mot avait écrit à l'encre. Il saisit la lettre avec appréhension et lut :

« *Tarang,*

J'ai enfin réussi à me connecter à Internet avec le téléphone et, étrangement, j'ai trouvé un vol pour Chicago cette nuit, avec plusieurs places disponibles. J'ai par ailleurs appris qu'avec la fermeture programmée de la plupart des spatiodromes et aéroports dans le monde, ce vol pour Chicago pourrait être le dernier. Je ne peux attendre demain, j'ai donc pris un billet. Et un taxi. Je pars.

J'ai essayé de vous réveiller pour vous le dire mais je ne suis pas parvenue à vous sortir de votre repos ; et je me suis dit aussi qu'il vous était indispensable et prioritaire de récupérer, en vue de votre voyage prochain.

Aussi, je vous remercie du fond du cœur pour tout ce que vous avez fait depuis trois semaines. J'espère que nous pourrons nous revoir, dans le nouveau monde. Vous savez ce qu'il vous reste à faire. Tous mes vœux de réussite pour la suite avec vos deux fils.

Esther »

Esther était partie ! Sans qu'il pût lui dire au revoir. Comprit-elle qu'il avait voulu la garder près de lui, prolonger ce binôme-couple, cette relation à sens unique ? Eut-elle peur de son comportement ? Lui en voulait-elle ? Tarang ressentit instantanément une grande, une immense honte. Une tristesse aussi. Un vide soudain. Au bas de la lettre, il y avait deux post-scriptum :

PS1 : Faites bon usage de mon implant. Comme je vous l'ai dit, les seuls souvenirs conservés sont ceux des trois dernières semaines, en lien avec notre affaire. Peut-être cela pourra-t-il vous être utile. Dans le cas contraire, je vous saurai gré de bien vouloir les supprimer.

PS2 : J'ai trouvé, en rangeant mes affaires, au fond d'un tiroir, une page qui manquait à votre exemplaire des « Souffrances du jeune Werther ». Que faisait-elle là ? C'est un mystère total pour moi. Mais je l'ai lue, plusieurs fois. Et j'ai observé dans ce texte une surprenante évocation d'Intellect, tout autant que son exact contraire. Vous me direz ce que vous en pensez...

Tarang prit la feuille volante et lut l'extrait surligné en jaune :

« La vie humaine est un songe. [...] Quand je considère les bornes étroites dans lesquelles sont circonscrites les facultés de l'homme, son activité et son intelligence ; quand je vois que nous épuisons toutes nos forces à satisfaire des besoins, et que ces besoins ne tendent qu'à prolonger notre misérable existence ; que notre tranquillité sur certaines questions qui nous tenaient à cœur n'est qu'une rêverie résignée, semblable à celle des prisonniers qui auraient couvert de peintures variées et de riantes perspectives les murs de leur cachot ; tout cela, mon ami, me rend muet. Je rentre en moi-même, et j'y trouve un monde, mais plutôt en pressentiments et en sombres désirs qu'en réalités et en actions ; et alors tout vacille devant moi, et je souris, et je m'enfonce plus avant dans l'univers en rêvant toujours ».

Au verso de la feuille, en travers du texte imprimé, avait été écrit à l'encre noire, nerveusement :

« Je ne veux pas de TON implant ! ».

Et cette fois, ce n'était pas l'écriture d'Esther. Tarang reconnut immédiatement la graphie de cette courte phrase, appliquée, soignée et élégante, même dans l'invective. La commode où Esther avait trouvé cette page meublait autrefois la chambre de Michael, chambre qu'il n'avait plus utilisée depuis quelques années. Et cette écriture était la sienne. Tarang aurait pu dater cette phrase au jour près : ce devait être pour les seize ans de son fils, quand il lui offrit son implant. L'aveu de son fils le crucifia. Tarang réalisa que ce qu'il avait conçu comme un cadeau, une chance de plus donnée pour réussir une vie, fut reçu dans la contrainte. Il resta un moment planté là, interdit, à observer la lune. Dépité, Tarang finit par plier la feuille et la rangea précautionneusement dans un tiroir ; celui où se trouvait la lettre de démission d'Esther.

La nuit s'écoula et jamais il ne parvint à se départir de sa mélancolie. Bien au contraire, il y sombra totalement, les mots de Werther résonnant dans son esprit et ceux de son fils lui déchirant le cœur. Tarang regarda longtemps au loin sans rien voir d'autre que son passé, ses erreurs, ses manquements. Une forme d'orage dépressif était apparue face à laquelle ses applications cognitives se révélèrent impuissantes.

À contre-jour, ou plutôt à contre-lune, la silhouette noire de la tour la plus proche laissait apparaître le détail de ses contours, ses balcons et garde-corps. Le regard vide de Tarang s'y était perdu depuis longtemps. Il fixait hypnotiquement ses lignes depuis de longues minutes quand, sur l'un des balcons, parmi les plus hauts, il vit une silhouette féminine se détacher du fond pâle du ciel. Elle semblait nue. Tarang se leva de son canapé, pour mieux voir ce corps qui s'offrait. La femme se tenait droite, au bord de la rambarde. Quand soudain elle l'enjamba. Puis, regardant devant elle, avec une forme de détermination, elle donna une petite impulsion de ses pieds et sauta, corps tendu, bras écartés. Un saut de l'ange, parfait. La lente chute dura une éternité. Tarang observa cette scène jusqu'à son terme, jusqu'à ce que ce corps fût avalé par les profondeurs obscures de la rue. Et il comprit que jamais il ne pensa à appeler les secours. La mort avait instauré une espèce de routine et développé chez ses témoins une apathie, somme toute salutaire. Comme les anticorps avec les microbes, le cerveau trouva des ressources insoupçonnées pour développer ses propres défenses face aux assauts des images de mort. Mais loin de le satisfaire, cet engourdissement des émotions, prélude à la petite mort de sa conscience, marqua pour Tarang un point de non-retour. Il se dit alors qu'il fallait partir.

Résolu, il envoya à Michael un dernier message pour l'avertir de son arrivée prochaine à Fort Collins. Mais sa missive resta lettre morte, comme les précédentes. Puis il tenta ensuite d'envoyer un nouveau message à Sundar, dans le respect des règles de la censure programmée. Le message était court, factuel, sans référence aux événements. Mais Mars plongeait à nouveau dans l'isolement et cette fois de manière volontaire. En effet, au bout de quelques minutes, Tarang reçut du réseau interne de l'ISA la réponse automatique suivante :

« Pour des raisons de sécurité, toutes les cogmunications avec la base Victoria et les satellites de Mars ont été temporairement interrompues. Seules les cogmunications prioritaires pourront parvenir au Central. Vous serez informé de toute éventuelle mise à jour de ce protocole ».

Les *cogmunications* prioritaires : comprendre, pour l'essentiel, les faire-part de décès et les héritages cognitifs qui s'ensuivraient. Voilà tout ce que les colons étaient désormais en droit de recevoir librement de la Terre. Des annonces de mort, rien de plus. Alors il s'interrogea : étaient-ils aussi frappés par ce virus, là-haut ? Il est vrai que n'habitaient sur Mars que des Binaires ; leur contagion, malgré tous les pare-feu mis en place, était une hypothèse à laquelle Tarang n'avait pas songé un instant. Mais contre toute attente, plus qu'un motif d'inquiétude, il tira de ce court message automatique une information qui lui serait bien utile, par la suite.

17

Confusion

29 décembre. Jour de la disparition de la dernière des raies mantas. Chez les hommes, au même moment, longtemps le décompte des morts volontaires avait végété dans les limbes des petits chiffres. On les comptait alors en centaines, en milliers. Maintenant, le principe multiplicateur du modèle de Sissa avait projeté l'humanité dans l'horreur des très grands nombres : un million, deux millions, quatre, huit… Il suffit d'une semaine pour que le bilan quotidien passât de la barre symbolique du million au produit terrible que cette seule journée devait connaître : plus de soixante-sept millions de décès en vingt-quatre heures, portant le total précédent au double. La grande peste noire de 1347 tua la moitié de la population européenne, vingt-cinq millions d'hommes et de femmes, en l'espace de quelques années. La grippe espagnole jusqu'à cinquante millions. La variole, en Amérique, peut-être plus encore. Il fallut donc admettre aux hommes de cette fin du XXIe siècle qu'avec un tel bilan, ils affrontaient une crise surpassant en horreur toutes celles de leurs aïeux. Mais au fond, à quoi cela servait-il de comparer ? Les chiffres étaient désormais bien trop grands pour pouvoir se les représenter, même empaquetés différemment. Qui pouvait vraiment se figurer ce qu'étaient deux cent soixante-dix mille avions de ligne ? Sept cent quarante-cinq

Wembley ? Dix Singapour ?

« *Holocauste !* », « *Le monde se regarde mourir* », « *Nous sauvera-t-on ?* » Les unes des grands titres de la presse cognitive célébrèrent autant la violence implacable du mal que l'impuissance de ses victimes. Le quotidien japonais *Asahi Cogu* s'interrogeait ainsi: « *L'Homme binaire sera-t-il la prochaine espèce à s'éteindre ?* »

Jamais les dirigeants de ce monde n'avaient paru si désarmés, spectateurs d'une vague qui les submergeait tous. Ils en étaient rendus à demander à leurs sous-fifres, toutes les cinq minutes, si quelque part dans le monde un petit génie de l'informatique avait enfin pu trouver l'antidote miracle. En public on continuait de communiquer sur le bon déroulement d'une stratégie de sortie de crise imminente ; en réalité, en coulisse, c'était au petit bonheur la chance. Les dirigeants eux-mêmes mouraient en pagaille : le roi d'Angleterre mercredi, le Premier ministre espagnol jeudi, ce vendredi ce serait le tour de l'empereur du Japon. Pour ne citer qu'eux. À ceux qui voulaient encore croire en leurs pouvoirs de thaumaturges, chacun de ces décès leur apporta un démenti formel : cette crise ne connaîtrait pas d'issue miraculeuse ou surnaturelle ; ni plus qu'il n'y aurait d'homme providentiel.

Cette tuerie de masse engendra des paysages de mort qui différaient selon les géographies et les climats. À New York, les rues blanches avaient jeté un voile pudique sur le drame mais ne laissaient que peu de doute à ce que le dégel révélerait : sous l'épaisse couche de neige, que plus aucun engin de la municipalité ne dégageait, des corps décharnés apparaîtraient bientôt, exhalant avec retard l'odeur de la mort dans la ville. À Paris, des corps dérivaient dans la

Seine, parmi d'autres déchets, végétaux ou synthétiques ; certains cadavres restaient bloqués contre les piles des ponts. Macabre amoncellement où des mouettes voraces qui depuis longtemps ne se nourrissaient plus de poissons trouvaient là de quoi satisfaire leur appétit de mutantes.

De ce magma d'horreurs émergea le problème des suicides ratés : des chutes dont la réception fut meilleure que prévue, entraînant fractures et traumas aussi douloureux qu'irréversibles, mais pas le trépas recherché ; des noyades interrompues, avortées par les actes de bravoures de passants héroïques ; des coups de feu à bout portant mal ajustés… Il arrivait encore qu'une âme généreuse déposât devant l'entrée des urgences, comme un don, un corps meurtri à demi anéanti mais toujours vivant. Les hôpitaux regorgèrent bientôt de patients dans des états plus atroces et désespérés les uns que les autres. Sans aucun personnel pour les traiter, des machines accomplissaient le strict nécessaire pour soulager ces corps défaits, brûlés, cassés. Le monde entrait dans une forme d'agonie, à la fois violente, misérable et laide. Peut-être, au fond, mourait-il, lui, comme il avait vécu ?

Le monde… L'humanité… Comme la sémantique était trompeuse d'ailleurs ! En guise de monde, c'était bien une fraction de lui qui sombrait. Les deux tiers, environ. Le dernier tiers, lui, n'avait rien à craindre pour son existence. Comme une pandémie dont une partie de la population était et se savait totalement immunisée.

Les Primaires, puisque c'est d'eux qu'il s'agit, attendaient, en silence. Une attente angoissée, souvent, pour leurs proches binaires ; mais intéressée, parfois, à l'idée de ce que serait leur fortune dans le monde de demain. En effet, que pouvait inspirer d'autre qu'une âpre convoitise la quantité phénoménale de richesses qui, à court terme, attendraient leurs repreneurs ? Des héritages se profilaient, en grand nombre, des possibilités de rachat à bas coût aussi ; des spoliations discrètes même. On vit ainsi des Primaires attendre patiemment la fin proche d'un voisin dont ils convoitaient les terres ; ou celle d'un plus haut gradé dont ils escomptaient prendre le poste, d'un plus riche dont ils espéraient pouvoir récupérer une partie de la fortune. Dans l'ombre, un Tiers État attendait son Nouveau Régime. Une Révolution se préparait sans effort, une Terreur que les Primaires pouvaient se contenter d'observer sans rien en craindre.

Toutefois, dans cette tourmente qui vit toute la société vaciller et se réduire, on put trouver quelques piètres motifs d'espoir. Le dernier en date : l'alcool, qui, consommé en grande quantité, aurait pu permettre d'échapper à son sort. On colportait une idée simple, selon laquelle les effets de l'ivresse atténueraient la létalité des passages à l'acte. En résumé : une tentative de suicide avait plus de chances de manquer son objectif si son auteur était saoul. Tout cela n'avait guère été vérifié scientifiquement, le temps manqua, mais ça semblait frappé au coin du bon sens. C'est pourquoi une large frange de la population se rua dans les magasins approvisionnés en alcools en tout genre. Et, fort de cet excellent alibi, on se mit à boire, plus que de raison, quels que fussent les antécédents médicaux, la condition sociale, la religion. Le marché des drogues, douces comme dures, connut aussi un rebond extraordinaire au cours de ces dernières journées. Malheureusement, les stocks de spiritueux et de stupéfiants furent totalement asséchés en l'espace de quarante-huit heures. Il fallut vite trouver autre chose.

– 2 –

Le monde continuait de tourner, tant bien que mal. Des décisions structurantes venaient encore d'être prises ; en particulier, la fermeture progressive du trafic aérien, motivée par le crash du vol suborbital Shanghai/Le Cap, dont le pilote, pris de folie, avait précipité son appareil sur les contreforts de la Table Mountain. En conséquence, les liaisons aériennes et spatiales entre Delhi et les États-Unis allaient s'interrompre. Tarang consultait les horaires et saisit l'urgence : il n'y avait désormais plus de vol pour Denver — le spatiodrome le plus proche de Fort Collins où résidait son fils. En fait, il ne restait plus qu'un vol pour les États-Unis, à destination de New York. New York, là où toute cette histoire avait commencé... Il lui resterait ensuite à combler les quelque deux mille sept cents kilomètres qui le sépareraient de Fort Collins. Il faudrait improviser. Faute de mieux il réserva un billet. Partir, maintenant.

La fin de matinée approchait. Malgré les tourments de sa nuit, Tarang avait pu se rendormir, grâce à aux cachets qu'il prit, normalement réservés aux Primaires. Le réveil n'en avait été que plus difficile et il se sentait maintenant totalement amorphe. L'esprit embrumé, il prépara à la hâte sa valise, peut-être la dernière. Qu'emmener pour ce voyage, dont il ne savait pas s'il allait durer un jour, une vie ? Il décida de ne prendre que le strict nécessaire. Des vêtements chauds, de quoi se sustenter, le téléphone portable que Kaitarô lui avait laissé. Et le plus important : le marcotteur. Il était resté dans l'ange tout ce temps. Il le sortit de son carton, avec l'idée de le placer dans un sac rembourré et plus simple à porter. C'est alors qu'il se rendit compte d'un détail, qui n'en fut pas un : un des bras mobiles était brisé ! Il s'agissait du bras dans lequel était logée la pointe. Le bon fonctionnement de celui-ci était indispensable pour la bonne réussite de l'opération. Tarang se remémora que, dans le tumulte des événements, lors de leur agression, la machine était tombée des mains d'Esther. Tarang n'y avait plus songé. Il lui restait maintenant trop peu de temps pour le réparer avec les moyens du bord. De toute manière, la pièce s'avéra irrémédiablement endommagée.

Une seule solution s'offrait à lui pour parvenir à ses fins : retourner à l'université. Dans la réserve du laboratoire il trouverait des pièces de rechange. Midi venait de sonner, il lui était donc encore possible de retourner sur place avant de filer vers le spatiodrome. Sans plus tarder, il jeta donc ses affaires dans l'ange. Il contempla une dernière fois son appartement, avec un pincement au cœur car il se doutait qu'il risquait de ne plus le revoir avant un moment. Pour la première fois depuis des mois, des années peut-être, il *cogmanda* à l'interrupteur général de s'éteindre. Il y eut instantanément un grand bruit de casse : l'extinction de la table de lumière-dure avait fait choir le vase posé dessus.

Tarang monta dans l'ange et l'engin largua ses amarres. Il regarda en contrebas et aperçut sur les trottoirs les Népalais, sortis de leurs trous, par centaines. Faute de pouvoir mendier depuis les égouts maintenant que les rues étaient désertes, mus par la famine, ils s'approchaient des grandes tours, rachitiques et inquiétants. Et ils allaient bientôt se rendre compte que les logements, presque tous vides ou emplis de cadavres, attendaient d'être investis par de nouveaux occupants. Alors Tarang se retourna une dernière fois vers son appartement qui s'éloignait. Mais l'ange, lui, ne faisait pas de sentiment ; il filait maintenant vers le Nord, à grande vitesse. Et la tour-chromosome disparut bientôt, derrière la couche gravéolente d'air vicié.

Ce survol de Delhi fut une souffrance pour Tarang. Jamais sa ville ne lui avait paru si laide et déprimante : il n'y vit plus qu'un amalgame informe de béton sordide recouvert d'une épaisse pellicule de crasse et de cendre et dont le sol était imbibé de la mort qui se répandait. La cité lui avait concocté une série de mises en scène macabres : au détour d'une grande artère cabossée et déserte, son ange effraya une nuée de corbeaux poisseux qui se repaissaient d'un cadavre abandonné depuis des jours ; plus loin, une vache famélique ruminait la robe d'une femme disloquée gisant au pied de l'immeuble dont elle avait chu.

Après quelques minutes de vol, il distingua enfin la silhouette familière de l'université dans le brouillard ocre. La forme de la tour principale lui parut étrange cependant, comme si elle avait revêtu un voile gris noir. À mesure qu'il s'en approcha, il comprit que des volutes de fumée l'enrobaient sur toute sa hauteur. Puis il vit des flammes. L'université brûlait ! Des gens traversaient l'esplanade en courant, dans un sens et dans l'autre, tels des troupeaux de brebis apeurées. Il s'agissait plutôt de hordes, car l'université était attaquée, par des pillards, des mutins, des casseurs, il ne savait trop. Voilà en tout cas qui compliquait encore sa tâche.

Il décida d'atterrir à une bonne distance de là, de manière à pouvoir dissimuler son ange. Il le savait, s'il perdait le contenu de la soute, son marcotteur, il perdait Michael. C'était aussi simple que ça, désormais. Tout ce qui lui restait d'espoir tenait dans ce véhicule. Alors il trouva un endroit qui lui parut adapté, à l'arrière d'un bâtiment de stockage, à quelques centaines de mètres du parvis de l'université. Il sortit de l'ange, toujours en proie à de vives douleurs, ouvrit sa valise et en extirpa une écharpe qu'il avait prise en vue du grand froid qui l'attendait aux États-Unis. Et bien que l'air ambiant fût déjà chaud et carboné, il enroula l'écharpe autour de son visage, de manière à en camoufler la plus grande partie, et mit une casquette. Ne laissant que ses yeux à la vue des autres, il avança, en boitant, en direction de l'université.

À mesure qu'il s'en approchait il put entendre des cris, de joie, de rage, des détonations, des bruits de casse. Sous un soleil de plomb, une sorte de furie s'était emparée d'une partie de la population : par centaines, des hommes et des femmes, animés d'une énergie guerrière, se ruaient vers l'université comme s'il s'agissait d'une Bastille ou d'un Chemin des Dames. Certains en revenaient les bras chargés de matériel volé dans les salles de cours ou les réserves, d'autres de denrées alimentaires provenant de l'immense restaurant universitaire.

Tarang scanna les silhouettes qui se frayaient un chemin à travers la fumée et, comme il le pressentit, aucune ne lui offrit d'écho synaptique : ces casseurs et ces pilleurs déguenillés, couverts de sueur et de crasse, étaient tous Primaires. Si l'espoir de tirer quelque avantage de petits larcins joua sans doute pour beaucoup dans la motivation de cette foule, elle semblait aussi animée d'une soif à étancher, celle de pouvoir effacer des décennies de domination et d'humiliation. Et elle trouva son exutoire dans cette subite déflagration compensatoire de haine. Tarang traversa l'esplanade cahin-caha, en essayant de ne pas croiser le regard des pillards qui venaient à contresens. L'incendie avait visiblement pris à la base de la tour centrale, soit assez loin de son laboratoire situé dans les soubassements de l'aile sud. Un calme relatif régnait de ce côté-ci, quoique les alarmes fussent déclenchées partout, du fait des incendies et des effractions. Il réduisit à son minimum sa réception sensorielle auditive pour s'épargner ces sonneries stridentes et franchit la grande porte d'entrée, fracassée, essayant d'éviter les morceaux de verre qui en jonchait le seuil. Il fendit le tumulte du hall et il fila à travers le grand couloir en direction de son laboratoire souterrain. En chemin il ne croisa personne ; l'endroit était miraculeusement épargné par la sauvagerie. Rien ne paraissait donc pouvoir ralentir sa progression.

C'est précisément là qu'un imprévu surgit. À peine s'était-il engouffré dans le couloir qu'il reçut une demande de cognexion avec mention « *Urgence !* » de Chandra Shankar, la directrice de la section antiterroriste de Delhi. Il refusa d'abord de répondre. Sa priorité était de rallier son laboratoire en toute sécurité, récupérer ce dont il avait besoin et filer. Mais la demande semblait insistante. Peut-être avait-on une nouvelle importante à lui annoncer ? Ou pouvait-il encore aider, apporter à la cause le petit coup de pouce qui changerait tout ? Alors, tout en remontant à la hâte l'interminable couloir, il *répensa* :

— *Madame Shankar, j'ai très peu de temps à vous consacrer ! De quoi s'agit-il ?*

— *Nous venons de repérer le signal de Raman Carter !* s'exclama mentalement la directrice.

— *Comment ça ? Son implant n'avait-il pas été extrait ?*

— *Eh bien il s'est recognecté puis décognecté plusieurs fois ces derniers jours, sans qu'on ne comprenne pourquoi. Mais on capte désormais un signal parfaitement stable. Ra-*

man se trouve en France, à Paris, en ce moment même. Une équipe d'intervention est sur le point de mettre la main dessus. Et nous avons besoin de vous.

Tarang ne comprenait pas ce qu'on pouvait attendre de lui, d'ici. Alors elle lui expliqua que les militaires français allaient devoir intercepter Raman prestement. L'objectif prioritaire consistait à récupérer son implant, pour découvrir toute la vérité le plus vite possible. Il faudrait donc pouvoir neutraliser Raman sans lui laisser le temps de procéder à la moindre suppression de données ou, pis, de commettre un suicide. Elle lui précisa que l'intervention allait prendre place dans un espace vaste et désert et que, partant de là, pour préserver l'effet de surprise, les Français pourraient avoir besoin d'une diversion. Le plus efficace consisterait à ce qu'une personne — Tarang — prenne contact avec Raman, pendant la progression du commando, dans le but de retenir suffisamment son attention et couvrir l'approche finale. Il demanda, logiquement :

— *Pourquoi moi ?*

— *Il refuse de répondre à sa famille depuis dix jours. Il n'a plus aucun contact avec ses amis proches non plus. Si l'un d'eux le cognectait aujourd'hui, pourquoi donc changerait-il d'avis maintenant ? Aussi, nous nous sommes dit qu'un appel d'une personne comme vous, qui représente une part importante de son histoire intime, avec qui il n'a pas échangé depuis des années, pourra sans doute éveiller sa curiosité, provoquer une émotion, monopoliser ainsi son attention, au moins quelques instants.*

— *Qu'est-ce que je dois lui dire ?*

— *Ce que vous voulez, du moment que vous êtes en mesure d'offrir quelques minutes de diversion à l'équipe d'intervention.*

— Quand dois-je le contacter ?

— Restez cognecté. Dans peu de temps. L'équipe prépare son approche. Je vous tiens au courant.

Contre toute attente, voilà qui laissait encore un petit espoir de trouver une parade au virus. Si l'on arrêtait rapidement Raman, si ses données cognitives demeuraient intactes et exploitables, s'il était coupable, complice ou simplement au fait de la conception de ce virus, alors oui, tout restait encore possible… Avec des si, la machine infernale pouvait être stoppée. Tarang se résolut donc à aider les autorités une dernière fois. Pas parce qu'il croyait à ce maigre espoir de tirer quelque chose de l'arrestation de Raman. Non, trop de mal avait déjà été fait, Intellect avait tué, exterminé, la question de la survie du reste des Binaires lui était d'ailleurs presque égale, désormais… Du moment qu'il sauvait son fils, là-bas. S'il y vit peut-être un moyen de payer sa dette, d'alléger l'immense fardeau de culpabilité qui pesait sur ses épaules, sans doute agit-il dans un esprit de revanche vis-à-vis de Raman. Voilà que se présentait une occasion unique d'avoir le dernier mot. Aider à l'arrêter pourrait sans doute laver les affronts du passé dont ses archives mémorielles regorgeaient. D'un pas aussi rapide que son corps abîmé lui permît, il arriva enfin devant son laboratoire. Il pensa avoir assez de temps pour récupérer ses pièces de rechange mais au moment même où il entra, Chandra Shankar lui envoya une pensée puissante :

— C'est imminent ! L'équipe d'intervention a pénétré dans le musée ! Je vous cognecte avec eux.

Le musée, c'était le Louvre. À Paris, le soleil d'hiver émergeait tout juste au-dessus de la canopée de zinc. L'institution venait d'ouvrir ses portes. Elle était déserte et vivait son dernier jour avant sa fermeture totale, un crève-cœur décrété par le gouvernement français. Pour faire bonne figure et laisser un peu d'espoir à sa population, le Président avait pourtant souhaité maintenir ouverts certains lieux culturels et historiques emblématiques « pour que chacun puisse, dans ces moments difficiles, avoir accès à l'élévation de l'esprit », comme il l'avait solennellement proclamé. L'image de la République, l'esprit des Lumières, c'était toujours aussi important là-bas. Mais, la veille, le suicide d'un petit agent de surveillance au musée d'Orsay avait eu raison de cette grande idée, d'autant plus que, dans sa folie, l'homme avait sérieusement endommagé deux œuvres de Degas.

Le Louvre était quasi désert. Seuls quelques Primaires, épargnés par la culpabilité, déambulaient, émerveillés, et jouissaient sans retenue de ce moment privilégié. Des conditions parfaites, certes, pour contempler les œuvres… Mais aussi traquer un suspect. Il fut aisé de suivre Raman à la trace et impossible de le perdre dans la foule habituelle du lieu.

Un commando d'élite français avait été dépêché sur place. À la hâte, on échafauda plusieurs scénarios d'arrestation, dont le dénominateur commun était la récupération de l'implant de Raman Carter, intact. Le plan le plus simple consistait à déclencher un flash luminescent qui aurait paralysé Raman en une seconde ; mais le conservateur du musée veillait au grain : il était hors de question d'utiliser cette technique dans une salle contenant des œuvres picturales. Quant à l'autre option, les ultrasons anesthésiants, on connaissait leurs dégâts sur le verre, la céramique mais aussi sur les peintures anciennes. En dernier recours, on imagina donc un scénario reposant sur une interpellation physique, « à l'ancienne », par les hommes du commando eux-mêmes. Mais c'était la technique la plus périlleuse au regard de l'objectif de l'opération : on prenait alors le risque d'être repérés avant d'intervenir.

On scruta donc de près le parcours de Raman : selon qu'il irait voir les Antiquités, les sculptures, les objets d'art ou les peintures de la Renaissance, la stratégie devrait s'adapter. Mais Raman, lui, semblait savoir ce qu'il voulait admirer car il se dirigea directement au deuxième étage. Et là-haut, il n'y avait que des peintures, ce qui compliquait un peu les choses pour le commando.

— *Attendons un peu de voir s'il s'y attarde,* pensa avec autorité la commandante qui coordonnait les opérations à Paris.

Raman avançait vite. Les images de vidéosurveillance le montraient, flanqué d'un grand imperméable beige dont le col était remonté, ne laissant apparaître de son visage que d'épais sourcils et une chevelure gominée noire. Sur son chemin, il ne s'arrêta jamais devant la moindre œuvre, avançant avec détermination en direction du bâtiment Sully. Soudain, pourtant, il s'arrêta net et alla s'asseoir sur un banc posé au cœur d'une petite salle. Et il resta là, face à un tableau, sans bouger, de longues minutes pendant lesquelles tout un monde rongeait son frein, en particulier Tarang qui ne pensait qu'à être libéré de cette contrainte et à finaliser sa mission dans son laboratoire.

Sous pression, la commandante indiqua :

— *Il n'a pas l'air décidé à partir et le temps presse. Colonel Stéphan, dirigez-vous vers la cible, en deux groupes.*

Le groupe d'intervention était arrivé dans le musée par les galeries souterraines, afin de ne pas être repérable depuis les fenêtres. L'armée avait envoyé ses meilleurs éléments et mis sur pied une équipe de femmes et d'hommes : en effet, comme il n'y avait personne à abattre, la solution mécanisée avait été logiquement écartée. Seuls deux *fight-scorps*, scorpions de combat, resteraient en retrait pendant l'opération, au cas où.

Sous la fameuse pyramide de plasma, la vingtaine de militaires se sépara alors en deux groupes. Le premier fila à pied par les escaliers du pavillon central de Sully, l'autre emprunta un ascenseur de service dans l'aile Richelieu. Parvenu au deuxième étage, le groupe Sully prit le chemin le plus long pour rejoindre leur cible en faisant le tour complet de la cour Carrée. De cette manière, ils pourraient prendre Raman Carter en étau, sans aucune possibilité de fuite.

Moins de trois minutes après, le piège était prêt à se refermer. Les deux groupes n'étaient plus séparés l'un de l'autre que par trois salles, dont celle où Raman demeurait toujours assis, imperturbable. La commandante intervint :

— *Monsieur le Conservateur, la balle est dans votre camp. Nous allons devoir l'interpeller ici même.*

— *Alors autant vous le dire sans détour, répensa* le Conservateur, *cette salle est un trésor absolu. Il est impensable d'opérer avec un flash ou même des ultra-sons. À la rigueur, si votre suspect se tenait dans une des salles voisines, Le Sueur ou Poussin, je ne dis pas. Mais là… Georges de La Tour, le Saint Joseph charpentier… Altérer ce clair-obscur, ce n'est pas une option.*

— *Dans ce cas Colonel, vous savez ce qu'il vous reste à faire.*

Le colonel Stéphan, qui menait le groupe Sully, ordonna mentalement à chaque membre du commando d'endosser son isolant. Immédiatement, chacun libéra un *coccidrone*, presque invisible à l'œil nu, qui, se positionnant à l'aplomb de son maître, projeta autour de ce dernier une bulle protectrice qui lui offrait aussi une isolation phonique vis-à-vis de l'extérieur — un peu comme ces cloisons virtuelles dans les bureaux de Cog-Net. Depuis sa bulle, le colonel lança :

— *Envoyez la diversion. Groupes Sully et Richelieu prêts.*

La diversion, bien sûr, c'était Tarang.

— *Monsieur Rajani, c'est maintenant,* lui indiqua Chandra.

Tarang était nerveux. Il inspira une dernière fois profondément, pour calmer l'intense émotion et les sentiments mêlés qui l'avaient envahi. Puis il prit attache avec son ancien associé, ce qu'il n'avait pas fait depuis… Il ne savait plus vraiment. Alors il ferma les yeux, pensa :

« *Raman* »

Puis sélectionna :

« *Cog-call* »

Son cœur s'emballa et son implant n'y put rien. De quoi Tarang allait-il lui parler ? Il construisit intérieurement les quelques éléments de langage susceptibles d'apporter à l'équipe d'intervention les précieuses secondes d'inattention désirées. Il était presque prêt, d'ailleurs, quand il se rendit compte que la réponse à sa demande de cognexion était anormalement longue à venir.

— *Alors ?* demanda Chandra Shankar avec instance.

— *Rien. Pour l'instant, il m'ignore, répensa* Tarang.

— *Insistez, c'est capital.*

Insister mentalement, ce n’était pas simple. Il réitéra sa demande, plusieurs fois, augmentant le signal de ses *cogs*, mais Raman s’obstinait à ne pas lui répondre ; son cerveau refusait de s’ouvrir.

— *Alors ? C’est bon ?* demanda cette fois le colonel Stephan.

— *Négatif. Contact non établi,* répliqua-t-on depuis Delhi.

— *Eh bien nous nous en passerons,* trancha la commandante. *Groupes Sully et Richelieu, le contact ne peut être établi avec la cible. Nous ne pourrons pas couvrir votre progression par la diversion imaginée. Mais le plan se poursuit comme convenu, avec les mêmes objectifs et priorités. Colonel, redoublez de vigilance. Bonne chance.*

La tâche du commando n’était pas simple : dans ces grands volumes vides, le moindre bruit solidien pouvait produire un écho puissant. Certes, avec leur bulle isolante, les militaires français purent avancer sans jamais éveiller les soupçons de leur objectif, qui, assis sur son banc, semblait happé par la beauté de l’œuvre qu’il observait. Mais la difficulté ne résidait pas que là : il faudrait aussi pouvoir maîtriser Raman à la fois physiquement et, dans la seconde, être capable de brider son implant. On aurait pu le neutraliser à distance, en lui tirant par exemple une cartouche de sédatif. Mais les Français savaient qu’il serait nécessaire de l’interroger immédiatement après son arrestation, ils n’auraient pas de temps à perdre avec un légume. Carter devait impérativement rester conscient.

L’absence de diversion compliquait donc les choses, cette intervention allait devoir se terminer au corps à corps sur un exploit individuel. Dans cette attente, les deux groupes se figèrent. Les scorpions se mirent en veille. C'était désormais au colonel Stéphan de lance l'assaut.

Avec le poids immense de cette responsabilité, le colonel préféra achever sa progression seul, jusqu'à ce qu'il fût à moins de deux mètres de sa cible, caché derrière une petite cloison centrale. Il donna mentalement ses dernières directives à ses équipes et se prépara à passer à l'action. Quelques secondes passèrent, puis soudain il jaillit d'un bond sur sa proie, par-derrière, l'entravant fermement au niveau de la nuque. Simultanément, deux de ses acolytes se ruèrent pour lui maîtriser bras et jambes. Le tout se déroula dans un silence surréaliste puisque l'ensemble de la mêlée prit place à l'intérieur des bulles isolantes qui se mélangeaient. L'instant d'après, un des commandos surgit, un cylindre noir à la main. Il l'appliqua fermement sur la nuque du prisonnier ; instantanément, l'implant était bridé et scellé, Raman interpellé.

La mission s'achevait donc sur une réussite totale. Les politiques français et indiens qui l'avaient suivie en direct exultèrent.

À sept mille kilomètres de là, dans le tintamarre lointain des alarmes incendie de l'université, Tarang suivait le dénouement des opérations du Louvre. L'arrestation de Raman ne provoqua aucune joie, tout juste pensa-t-il qu'un nouvel espoir était possible. Il poussa un long soupir, puis se focalisa, à nouveau, sur le seul objectif qui l'animait lui, désormais.

Tarang venait de franchir le sas. Il se trouvait sur le seuil de la salle obscure où étaient stockées les pièces de rechange ; l'odeur de renfermé se répandit encore, mais plus forte que la dernière fois. Nauséabonde, même. Par réflexe, il appuya sur l'interrupteur. La lumière ne vint pas. Se souvenant du conseil d'Esther, il esquissa un sourire et sortit de sa poche le téléphone portable. Il rechercha le petit programme qui lui permettrait d'avoir une lumière d'appoint et l'activa.

Il avança ensuite dans la réserve et s'arrêta un court instant pour balayer la salle avec sa lampe et essayer de mieux comprendre ce qui lui était arrivé la dernière fois. Partant de la gauche, il éclaira le sol et révéla d'abord la chaise renversée et, juste à sa droite, les pieds de la table qu'il avait heurtée. Il sentit à nouveau la douleur du choc. Puis Tarang éclaira rapidement de son rai de lumière l'espace au-dessus de la table. Et d'un coup son sang se glaça.

Son faisceau lumineux avait rencontré quelque chose, à mi-hauteur. Une forme ; on aurait dit des chaussures, peut-être même le bas d'un pantalon. Lorsqu'il revint sur cette chose, il éclaira l'horreur : au milieu de la pièce, au-dessus de la table poussiéreuse, pendaient deux jambes. Dirigeant sa lampe vers le haut, il découvrit bientôt, inanimé, un corps entier, pendu par un câble enroulé autour du cou. Tarang poussa un cri et laissa tomber son téléphone, plongeant à nouveau la salle dans l'obscurité la plus totale. Il se ressaisit, se baissa et tâta le sol nerveusement à la recherche du petit appareil. Il le retrouva, l'écran fracturé — cette vision réveilla d'ailleurs furtivement des bribes de souvenirs anciens. Il braqua alors sa lumière sur ce corps inerte qui projetait une ombre inquiétante sur le mur du fond. Il s'en approcha et, à mesure que la lumière blanche et vive du téléphone décortiquait les détails du pendu, il en reconnut le visage : aucun doute, c'était Raman.

Tarang resta sous le choc de longues secondes. Était-ce un fantôme ? Une vision ? Raman venait de se faire arrêter à Paris… Il dut toucher son mollet du bout des doigts pour évaluer et sentir, par sa rigidité, la réalité du cadavre qui, à la suite de cet infime contact, se mit très légèrement à se balancer. Son corps dur comme de la pierre, son visage d'une couleur blanchâtre, les yeux révulsés cernés d'une teinte presque grise, les joues creusées, la langue à demi-sortie et desséchée, les lèvres bleues et fendues : Raman devait être là depuis plusieurs jours. Et cette odeur, prégnante de renfermé…Non. En réalité, un corps était en train de pourrir, lentement, depuis des jours.

Tarang tremblait maintenant de tout son corps, comme si l'air autour de lui s'était brusquement glacé. Il commença néanmoins à analyser la situation : un câble de connexion informatique avait été noué à une poutre ; Raman avait glissé sa tête dans le nœud coulant avant de faire tomber la petite chaise sur laquelle il avait dû se jucher. À hauteur de son visage, une ampoule brisée fournit à Tarang la dernière explication : sans doute, dans un dernier mouvement — de regret ? de survie ? — cherchant peut-être à se défaire de son piège, Raman avait cassé la seule ampoule de la réserve, finissant ses jours dans le noir complet. Tarang passa derrière et, en éclairant sa nuque, il vit un pansement, noir de sang séché, juste au-dessus du câble qui entaillait le cou de Raman. Il en déduisit que ce dernier était venu ici pour extraire son implant et qu'une fois débarrassé de son dispositif, il avait mis fin à ses jours.

Puis, il découvrit, sur la table, une feuille. Un texte, manuscrit, encore — la marque des Primaires. Quelques centimètres carrés de papier et quelques milligrammes d'encre, c'était tout ce que Raman Carter laissait derrière lui pour expliquer ce qui s'était passé sur Terre depuis une trentaine de jours. Et, peut-être, envisager un remède. Tarang s'en empara ; sa main tremblait encore. L'écriture, peu lisible, était celle d'un enfant, avec des ratures, un style décousu, presque incompréhensible. Il se concentra pour la déchiffrer tant bien que mal, tandis que les sirènes continuaient leur chant strident et inquiétant :

« Tout s'écroule.

Il y a quelques mois ou semaines. Je ne sais pas.

Des individus [cinq mots illisibles] accéder à mon espace mémoriel. Ma conscience. [passage illisible] prendre le contrôle. M'ont fait commettre des actes dont je n'ai [...] souvenir.

Insomnies. Maux de tête. Pertes de connaissance. Trous de mémoire. [trois mots illisibles]

Cauchemar... Chaque nuit. La vague.

[six mots illisibles, dont peut-être « Tarang »] Irma ?

Intrusions répétées, horribles..

[quatre mots illisibles] m'ont utilisé comme une clé d'accès au métaserveur.

Vert... Virus, inoculé [rature] déverser leur haine. Je ne sais pas. Je ne sais pas comment guérir tout ça.

J'ai appelé, appelé au secours, personne n'a entendu.

Satya. PARDON.

Je suis responsable

Seul. Je pensais aider. J'ai détruit.

Faute inexpiable : demande PARDON. Sans espoir.

RC »

Tarang reposa la lettre où il l'avait trouvée. Il recula d'un pas et, ses jambes n'en pouvant plus, s'adossa à une des étagères poussiéreuses de la réserve. Devant lui, dans le clair-obscur, le corps de Raman balançait lentement. Tarang se cognecta alors à ses interlocuteurs de l'antiterrorisme.

— *Ce n'est pas Raman Carter que les Français ont arrêté*, annonça-t-il d'une voix fatiguée à Chandra Shankar.

— *Qu'est-ce que vous dites ?* s'étonna-t-elle.

— *Voyez ce que je vois*, lui dit-il en basculant sa vision dans le fil de leurs pensées. *Raman Carter est en face de moi, à Delhi... Mort depuis probablement une semaine. Pendu.*

Un grand silence cognitif s'installa. Chacun vivait un moment d'effroi cérébral. Tarang se retrouva alors projeté à Paris, au musée du Louvre, dans le flux cognitif du colonel Stéphan. Face au colonel, le suspect, assis sur une chaise, les membres entravés par des liens et l'implant bridé, avait commencé à répondre à un interrogatoire musclé. L'homme n'avait pas vraiment les traits de Raman Carter mais faisait un bon Indien. Pour les forces spéciales françaises, cela dut être suffisant. Il était sur le point d'encaisser une paire de claques délivrée par une main plus grande que son visage, quand le colonel reçut cette information que personne autour de lui n'entendit — mais dont tous purent comprendre assez vite, à l'expression de son visage, la gravité. Hors de lui, l'officier hurla alors à l'homme qu'il avait arrêté :

— Mais qui es-tu bon sang ? Es-tu Raman Carter, oui ou merde?

Alors l'homme se mit à pleurer, bruyamment, à chaudes larmes. Il reçut une gifle. Puis une deuxième, en retour. Il regarda l'officier français et il bafouilla un nom : Ashok Mani. C'était la personne qu'il pensait vraiment être, mais il ne savait plus trop, tout était flou depuis plusieurs jours.

Une deuxième paire de baffes lui permit de remettre progressivement ses idées en place. Alors il détailla, entre deux sanglots : il était neurochirurgien, salarié de Cog-Net au département Recherche et Développement. Il souvint de son âge : quarante-neuf ans. Non, il n'était pas Raman Carter, il pouvait le certifier maintenant.

— Montre-moi ton implant ! ordonna le colonel Stéphan.

L'homme baissa la tête et dévoila, cachée derrière le col relevé de son imperméable, une vilaine cicatrice boursouflée et purulente dont les contours suintaient. Tarang l'observa à travers les yeux du colonel Stéphan.

— Qu'est-ce que c'est que ça ? demanda ce dernier avec autant d'autorité que de dégoût.

L'homme se remit à pleurer :

— Je… ne sais pas pourquoi j'ai fait ça… je n'y vois plus clair…

— Mais qu'as-tu fait, merde ? hurla le Français. Tu as remplacé ton implant par celui de Raman Carter ? C'est ça ?

— Non… Non… Ça n'aurait pas été possible, j'avais besoin de mon propre implant pour m'opérer. En fait, j'ai… J'ai ajouté celui de Carter.

— Ajouté ?

Et il avoua, tout !

Libéré d'un poids, il fut pris d'une soudaine logorrhée. Il expliqua avec maints détails avoir aidé Raman à ôter son implant. Cela faisait seize ans qu'Ashok travaillait pour Cog -Net et jamais Raman Carter ne s'était adressé directement à lui. Mais ce soir-là, il y a sept ou huit jours, il ne savait plus exactement, alors qu'il travaillait seul, Raman, en chair et en os, était descendu à son étage, là où officiaient les meilleurs neurochirurgiens du groupe, l'élite en charge de la recherche et du développement. Raman apparut, l'air défait et exténué ; il était en quête de quelqu'un capable de l'opérer pour lui retirer son implant, car il ne pouvait pas le faire lui-même. Ça devait rester secret. Raman promit à Ashok, en échange de son aide et de son silence absolu, de lui céder gracieusement son implant et de lui permettre de l'utiliser autant qu'il lui plût. Accéder à sa vie, à sa fortune. Qui n'aurait pas succombé ?

Raman l'avait alors conduit à l'université, jusqu'à un petit local sans fenêtre, où un marcotteur les attendait. Et Ashok l'avait opéré, avec succès. Raman lui avait alors demandé de partir, ce qu'il fit, son implant en poche, laissant là son patron, à demi endormi et franchement déprimé, mais Primaire comme il l'avait exigé. Il n'a plus jamais entendu parler de lui par la suite, mais il avait fait cette promesse de garder le silence. Et depuis il s'était réfugié dans la vie de luxe qui lui fut accordée, au moins temporairement.

Au début il s'était contenté de loger l'implant de Raman dans un *neurocopieur*, ce qui lui permit de profiter de moyens financiers illimités et d'accéder à une multitude de services. Mais très vite, à force de les compulser de loin, il voulut vivre pleinement ces tranches d'une vie d'opulence ; les expérimenter en immersion totale, les ressentir physiquement avec les sensations du réel. Toutes ces femmes, tous ces voyages, ce pouvoir. Alors, comme il travaillait depuis des mois sur les possibilités de couplage d'implants, une nuit, il retourna chez Cog-Net, se dirigea vers son laboratoire, programma le dernier prototype de robot chirurgien mis au point par son unité de recherche, et parvint à se faire greffer ce deuxième implant, comme il l'avait déjà fait plusieurs fois avec succès sur des cochons.

Le colonel Stéphan s'inquiéta alors de savoir s'il avait endommagé l'implant de Raman en procédant à toutes ces manipulations. Mais Ashok n'avait aucun doute à ce sujet, l'implant marchait à merveille et rien de son contenu ne fut perdu. Il affirma que c'était plutôt lui qui avait été abîmé par l'implant de Raman. Effectivement, raconta-t-il, passé les premières heures, les premières journées, à profiter des meilleurs moments d'une vie rêvée, tout s'était mélangé en lui. Il pensait même avoir perdu beaucoup de ses propres souvenirs, avalés et digérés par ceux plus puissants de Raman. Certains d'entre eux avaient même fusionné dans sa mémoire biologique : impossible dorénavant de pouvoir dissocier ce qui relevait de sa vraie vie et de celle qu'il aurait aimé vivre.

En définitive, depuis trois jours, tous ses faits et gestes étaient impactés par ce couplage d'implants. Il expliqua par exemple ne connaître ni aimer cette peinture qui leur faisait face et pourtant il fallut qu'il vînt ici, à Paris, pour l'admirer. Il déplora aussi de ne plus savoir quoi manger car ses goûts fluctuaient au gré des heures. Un soir, il n'était pas parvenu à retrouver le chemin de sa propre maison et faillit pénétrer chez Raman. Voilà trois jours aussi qu'il ne donnait plus de nouvelles à sa famille car il ne savait plus trop ce qu'ils avaient en commun. Sa libido, enfin, était bouleversée, incontrôlable. Bref, il était totalement déboussolé et plus il en parlait plus la souffrance l'envahissait. À bout de forces, il implora soudain, avec un regard de pitié :

— Aidez-moi ! J'ai peur ! Je ne suis plus moi-même, je suis en train de tout perdre. Et puis cette plaie dans la nuque… Cette plaie qui me fait souffrir… Je n'en peux plus… S'il vous plaît !

Les Français échangèrent leurs points de vue par pensées confidentielles puis interrogèrent Tarang :

— *Monsieur Rajani, qu'en pensez-vous ? Que pouvons-nous encore espérer ?*

— *Vous ne tirerez rien d'un interrogatoire car il ne saura pas où chercher l'information demandée : même s'il mettait la meilleure volonté du monde, cet espace mémoriel n'est pas le sien, il y est totalement perdu, c'est manifeste. Il faut extraire cet implant au plus vite et convoquer l'élite de nos experts pour trouver, peut-être, quelque chose.*

— *On l'amène au bloc et on l'opère ?* demanda le colonel à sa hiérarchie.

— *Non, on a déjà perdu trop de temps*, déplora la commandante depuis Paris. *Il nous en reste si peu. Et nous ignorons comment il a bricolé ça, je me demande même si notre neurochirurgien voudra opérer un truc pareil. Nous devons procéder au plus vite.*

— *Je vous rappelle qu'on ne doit pas arracher un implant en fonctionnement,* intervint Tarang, *et surtout pas celui-là. Ne faites pas cela. Sans parler des risques pour cet homme, une extraction à vif pourrait altérer les données mémorielles de Raman. Pour les préserver, l'implant doit être à l'arrêt.*

— *Monsieur Rajani, ça ne nous a pas échappé. Colonel, il ne reste qu'une solution : veuillez appliquer le protocole numéro 3 de notre plan d'intervention.*

— *Pouvez-vous répéter, mon commandant ?*

— *Protocole 3, colonel. Immédiatement.*

Le colonel se tourna alors vers un *fight-scorp* resté en

retrait. Il lui envoya un *cog* sec et clair. L'insecte de métal s'avança en adoptant une démarche aussi fluide qu'inquiétante. Il déroula sa queue, se positionna face à l'homme qui le regardait avec effroi, l'ajusta avec son dard. Dans la seconde qui suivit une vibration sourde traversa la pièce. Le cœur d'Ashok Mani venait de subir une combustion instantanée, sans qu'aucun projectile ne lui transperçât le corps. L'homme était mort sur le coup, proprement. L'implant avait donc été éteint, dans les règles de l'art.

Une femme portant un masque et des gants pénétra alors dans la salle. Elle ouvrit une mallette et en sortit une pince et un scalpel.

– 3 –

Tarang entra dans une sorte d'état de choc. Chandra Shankar *cogmuniquait* dans le vide. Elle le questionnait mais, dans le vacarme de ses pensées, il n'entendait ni ne recevait plus rien d'elle. Il s'adossa à une des armoires de la réserve et se laissa glisser pour se retrouver assis par terre, dans le noir.

Le monde était donc devenu fou. Il songea au temps perdu à courir après Raman, visiblement coupable de rien mais suspect aux yeux de tous. Une semaine à poursuivre un pendu. Et puis vint la mort, inutile, de cet homme — Tarang le savait, au fond de lui, il n'y avait plus rien à tirer de l'ancien implant de Raman. Tout ça n'avait aucun sens. Ce double décès de Raman, le réel ici à Delhi, le faux là-bas à Paris, fut, dans son esprit, un tournant définitif. Il décida qu'il ne voulait plus entendre parler ni de la Neuro, ni de l'antiterrorisme, ni du gouvernement ou de quiconque jouât un rôle dans cette affaire. Ils n'avaient fait que gaspiller leur temps et échouer. Tarang avait tout donné. Il était usé physiquement et psychologiquement. Cette cause était perdue, de façon certaine maintenant. Oui, tout était perdu et ce monde qui s'égarait et sombrait dans la démence ne méritait peut-être même plus d'être sauvé. Plus rien ne servait de se battre. Plus rien ne le valait. Il fallait penser à soi, à ses proches. Ne plus gâcher une seconde pour les autres. Et redevenir Primaire.

Voilà les pensées qui traversèrent l'esprit de Tarang à ce moment précis. En guise d'adieu à ceux qui s'agitaient encore, il envoya le point de géolocalisation précis du corps de Raman et, sans aucune contrition, il coupa net la cognexion avec tous ceux-là. Définitivement.

Son esprit ainsi libéré, il se heurta à d'autres murs. Il y avait d'abord des questions que soulevait la lettre de Raman et qui l'agitaient : Raman et lui auraient-ils partagé le même cauchemar ? Cette vague évoquée dans la lettre, était-ce la même que celle qui hantait Tarang ? Ou bien la présence de ce mot tenait-elle du hasard ? Raman avait aussi évoqué une Irma — qui était-elle ?

Puis Tarang prit du recul et se demanda quel pourrait être son avenir dans ce monde qu'il avait contribué à anéantir. Raman parti, tous les regards se tourneraient dorénavant vers lui, co-inventeur d'Intellect, dernier responsable en vie. Il songea alors à l'agression dont il avait été victime l'autre soir. Et si cela se reproduisait, encore et encore, chaque jour de sa vie future ? Pourrait-il vivre, évoluer dans ce monde, sous cette menace permanente ? À quoi bon, dans ces conditions, se débarrasser de son implant pour poursuivre une existence de souffrances ?

Il se rappela soudain le but de sa venue dans la réserve. Il lui restait une tâche majeure à accomplir. Une dernière, peut-être. Cette quête, retrouver son fils, avait quelque chose d'héroïque et de mythologique. Et si toutes ces épreuves n'avaient que cette recherche éperdue comme finalité ? Tarang se jeta alors corps et âme dans cette ultime odyssée, comme si son salut en dépendait. Tel un pèlerin, un croisé, chassant le doute, se convainquant que son chemin, bien que tortueux, le menait quelque part et apporterait à sa vie le sens désiré, Tarang se leva et, mécaniquement, il se dirigea vers l'armoire du fond de la pièce. Il dénicha la boîte en métal qui contenait des pièces de rechange du marcotteur. Il l'emporta et sortit de la réserve, sans un regard vers le corps de Raman.

La tête basse, la boîte sous le bras, Tarang s'échappa de l'université et traversa l'esplanade, dans la fumée et les cris des Primaires qui exultaient. Il retrouva son ange et s'envola aussi vite qu'il le put.

– 4 –

Dans un état quasi dépressif, Tarang arriva au spatiodrome, désert. Quelques rares personnes erraient, presque toutes en binôme sauf les Primaires qui étaient naturellement exonérés de cette contrainte. Tarang, lui, avait Esther dans sa poche : c'est ainsi qu'il put pénétrer sans encombre dans l'immense hall, franchissant facilement le portique de sécurité. Une mauvaise nouvelle l'attendait cependant :

« *Suite à un incident indépendant de notre volonté, le vol JWG-714 est repoussé à un horaire indéterminé* ».

Le message avait traversé fugacement son esprit, interrompant le fil de ses pensées sombres. Il alla aux nouvelles, interrogeant la bulle d'intelligence artificielle qui flottait dans un couloir. Il comprit que le commandant de bord prévu pour assurer le vol vers New York avait mis fin à ses jours dans les toilettes du spatiodrome. Mieux valait ça ici qu'au-dessus de l'Atlantique, se dit-il. Et puis on l'informa que le vol était maintenu. Mais il fallait attendre, une durée incertaine pour pouvoir compléter l'équipage.

Le temps s'écoula en déambulations stériles dans les galeries de commerces virtuels pendant que l'apocalypse poursuivait son œuvre partout. Tarang vécut des heures étranges dans ce lieu, comme dans une bulle, loin des bruits de mort du dehors, de la panique généralisée. Dans la journée, pourtant, la loi martiale avait été décrétée. Des émeutes, des pillages, des meurtres. Tout un écosystème de criminalité et de sauvagerie bourgeonna. L'armée — enfin ce qu'il en restait — était déployée, partout, avec le droit d'ouvrir le feu sur tous ceux qui présentaient un vernis séditieux. Mais dans le cocon aseptisé du spatiodrome, le calme régnait. Les nouvelles les plus dramatiques de l'extérieur ne vinrent à lui que par le biais de messages prioritaires. Il en reçut trois pendant la soirée : un ancien collègue, une petite-cousine ingrate et la femme de son avocat. À chaque « bip » qui précédait l'arrivée d'un message prioritaire, son sang se glaçait, son cœur tambourinait. Mais finalement aucun de ces décès ne l'affecta comme aurait pu le faire l'annonce de la mort de son fils. Alors, aussi curieux que cela puisse paraître, il reçut chacun de ces faire-part de décès avec une forme de soulagement. Tarang se morfondait également, car durant ces heures sombres, Intellect n'arrivait plus à remplir son office : divertir et abreuver un cerveau pour éviter qu'il ne tombât dans l'introspection ou l'ennui. En effet, en cette journée d'horreur, sur Intellect, il n'y en avait que pour l'apocalypse ; plus rien d'autre n'intéressait les cortex. Il choisit donc de s'en tenir à l'écart. Dans ces instants d'errance intellectuelle et d'ennui cognitif, comme son cerveau était à jeun et criait famine, il eut une idée pour le nourrir avec un festin de nouvelles *psycho-données* : lui offrir celles qu'il avait dans sa poche depuis un moment. L'implant d'Esther ! Comment n'y avait-il pas pensé plus tôt ? Après un appairage entre son implant et le *neurocopieur*, il copia le contenu résiduel de l'implant d'Esther et l'explora avec avidité.

Comme elle l'en avait averti, il ne trouva rien d'autre que des souvenirs engrangés au gré du mois écoulé. Tout le reste, malheureusement, avait été supprimé. Mais comme ce moment de retrouvailles avec Esther lui fit du bien ! Et qu'il lui fut plaisant de pouvoir observer, sous un autre angle, ce qu'il avait lui-même traversé ! Pendant ces heures d'attente, il vécut à nouveau ces dernières semaines avec ses yeux à elle, entendant sa voix comme elle l'entendait elle, se délectant de ses pensées complexes, essayant de grappiller des secondes d'elle. Il se mit en quête aussi de chaque bribe d'intimité qu'elle avait pu laisser traîner de-ci, de-là — comme ce moment volé où elle se recoiffait devant un miroir, ou ce regard fugace qu'elle jeta sur ses jambes dénudées. Il étancha sans retenue sa soif de voyeurisme cognitif. Cet échange de flux provoqua en Tarang quelque chose de charnel ; il vint nourrir un vide affectif aussi et lui apporta, à coup sûr, un bienfait immédiat. Et à mesure qu'il les compulsait, ces souvenirs passaient par sa mémoire propre et devenaient aussi un peu les siens, pour toujours. Enfin, ils ne faisaient qu'un.

18

Apothéose

Au sommet d'une tour, Tarang se prélassait, allongé sur un lit posé à même le toit. Les draps de soie blanche étaient défaits. Esther venait de se blottir dans ses bras. Tarang regardait le ciel mauve et éprouvait un vif sentiment de bonheur, une puissance amoureuse qui le prenait tout entier, de ce genre de moments et de sensations si purs et si intenses qu'il n'arrivait à ressentir que dans les rêves. Tarang avait suscité de son implant le maximum pour dormir vite et bien, sans être contrarié par les caprices de son subconscient : jusque-là il était servi. Mais soudain le rêve prit une autre tournure. Attiré par quelque chant de sirènes, au loin, Tarang se leva et avança vers le garde-corps qui cerclait toute la toiture-terrasse de la tour mauve. Il se pencha et vit, en contrebas, sur la multitude de balcons, des centaines de femmes, toutes semblables à Dolores. Et soudain, dans un mouvement parfaitement synchronisé, elles sautèrent dans le vide, tête la première, les bras en croix. Un saut de l'ange. Encore. Les centaines de corps dévalèrent les mètres dans une chorégraphie sublime et effrayante. Tarang les regarda toutes tomber, hypnotisé et impuissant face au spectacle, cherchant à hurler sa peur — ou son émerveillement ? — sans y parvenir. Puis, s'appuyant sur la rambarde et se penchant toujours plus pour observer, celle-ci céda. Il fut à son tour aspiré par le vide. Il tomba, tomba. Jusqu'à ce qu'il se réveillât. Ce fut une voix de femme qui arracha Tarang de son rêve-cauchemar et sauva la vie de son avatar onirique. Une voix douce, posée. Maternelle. On aurait dit Esther, si ce n'était ce petit accent aux relents d'Europe du Nord que le programme de traduction d'Intellect ne parvint pas à gommer. Cette voix, ou plus précisément cette parole cognitive, c'était la Revendication. Enfin.

Si l'on attendait tant une revendication, c'était qu'il fallait mettre un sens derrière tout ça, en connaître la finalité. Les gens mouraient, mais pour quoi ? De la main de qui ? Et même si une revendication ne constituait pas un dialogue, c'était au moins une première prise de contact. Qui savait sur quoi elle pourrait déboucher à terme ? D'aucuns espérèrent même de cette voix un peu de clémence, pourquoi pas une grâce, après tant de souffrances endurées.

Ils en furent pour leurs frais.

Tout le spatiodrome se tut. Un silence studieux, presque religieux, s'installa d'ailleurs partout, aux quatre coins du globe ; sans doute le plus long et le plus global silence de l'histoire de l'humanité. Et la voix, sans autre support que son timbre doucereux, n'offrant aucune incarnation visuelle, s'adressa à tous les Binaires. Entrecoupée d'interférences typiques d'un système de brouillage cognitif, elle leur livra une diatribe aussi violente dans ses mots qu'apaisante dans son phrasé :

« ∺∺∺*Binaires, consommateurs du monde entier, pantins,*

Nous sollicitons cinq minutes de votre temps cognitif pour ce qui sera notre premier et dernier ∺∺*cogmuniqué.*

∺∺*On entend dire et penser que les événements des derniers jours sont innommables. Pourtant·:·:ils portent une marque, un nom, le nôtre : WAVE, pour World Army of Volunteers for Earth.*

Quant à ce virus, ⁜que nous avons créé, que vous avez tour ·:·:à tour baptisé Werther ou SAP nous l'avons, nous, consacré "Renaissance". Voilà pour les présentations. Pour le reste :

Nous ne voulons pas le pouvoir.

Nous ne voulons ⁜⁜⁜ pas la guerre.

Nous ne voulons pas votre argent.

Nous rechercher ne servira à rien : nous partagerons sous peu le sort de tous les Binaires·:⁜. Ne cherchez pas à savoir combien nous sommes : deux, cent, mille, un million, peu importe, vous perdriez votre temps, l'ampleur de notre action se suffit à elle-même.

Notre Vague, en définitive,⁜⁜ne souhaite qu'une chose : la résurrection de notre mère la Terre ; et, pour l'humanité, une deuxième chance, une forme de Renaissance donc, une métamorphose peut-être. Ce mot ne vous dira sans doute rien : apoptose. ⁜⁜⁜Ce que vous décrivez comme un drame est en réalité une aubaine ·:·:Si l'Homme y met de la bonne volonté cependant.

Demain sera le 31 ⁜⁜⁜décembre. Pour beaucoup d'entre vous, la nuit prochaine marquera la fin d'une année, le commencement d'une autre. C'est pourquoi ·:·:ce message se veut, lui aussi, porteur d'une double signification : celle d'une fin, ⁜⁜celle d'un commencement⁜.

La fin, c'est la vôtre : huit milliards de Binaires. Cela n'était pas dirigé spécifiquement contre vous. ·:·:Mais ·:·:comprenez que vous êtes le point faible du système : toute cette électronique dans vos crânes conditionnés, entraînés à être manipulés, c'était une aubaine, une chance historique qu'il nous fallait saisir⁜⁜⁜.

Le commencement, c'est celui des 99,99% de matière

vivante que recèle notre planète une fois débarrassée de la dérisoire masse des Hommes. ·:·:Une majorité écrasante qui est exploitée, souillée et violée depuis trop de temps ·:·:par une insignifiante partie d'elle-même : ces pathétiques pantins qui, par milliards⁜⁜, ont observé la Nature brûler.

Mais il serait vain de vous accabler·:·:davantage. Votre existence, votre multitude, vous n'y êtes pour rien ; et la situation actuelle du monde, au fond, non plus. Les coupables, bien sûr, les vrais, eux, sont déjà morts ! Enterrés⁜⁜ et décomposés depuis bien longtemps. Nos ancêtres, ceux nés il y a un siècle ou plus, qui n'ont absolument rien tenté pour changer les choses alors que toute la vérité de ce futur, qui est devenu notre présent, leur avait été révélée par·:·:d'incontestables contributions ⁜⁜scientifiques.

Oui, les voilà les crapules ! ⁜⁜Les vampires qui ont pompé toute notre sève en sachant pertinemment ce dont ils nous priveraient à moyen terme ; ces goules qui nous ont mis au monde dans un charnier en devenir ; la brochette de dirigeants monstrueux qu'ils ont choisie pour troquer, contre⁜⁜la préservation de leur misérable confort quotidien, le cimetière chaud et irrespirable de leurs enfants et petits-enfants. Nos pères, nos mères, leurs parents avant eux·:·:, et encore avant, tous nous ont précipités dans ce gouffre par leurs choix politiques, éthiques, leurs habitudes quotidiennes de sangsues. Honteuse filiation que celle qui nous relie à une ascendance si égoïste qu'elle nous ⁜⁜⁜a condamnés en toute connaissance de cause. Ne vous y trompez pas : vos assassinats d'aujourd'hui sont symboliquement et rétroactivement, les leurs·:·:. Nous aurions préféré nous débarrasser de ceux-là, mais ce fut malheureusement impossible. ⁜⁜⁜

À la révolution requise, l'Homme du XXIe siècle a préféré une fuite en avant, ⁜⁜⁜faite de mesurettes et de faux-

semblants. Il a traversé ce siècle stupide l'œil rivé sur ses écrans, incapable de voir le drame qui se jouait, la petite mort de tout ce qu'il aurait dû chérir. L'indispensable changement de paradigme n'est donc pas venu, et de toute façon, avec douze milliards d'individus, il ne servirait désormais plus à rien. Voilà des décennies qu'on exige de vous des efforts dont aucun ne serait assez puissant pour inverser la tendance. Vos renoncements sont vains, car ils arrivent trop tard.·:·: Le suicide de notre espèce, en définitive, est programmé depuis longtemps. Il est inéluctable.

Notre grand dessein consiste à délester l'humanité de sa surcharge pondérale, pour qu'elle retrouve son poids démographique d'il y a cent vingt ans. Ce n'est sans doute pas assez·:·: mais c'est un effort qui porte en lui tous les espoirs⁜⁜.

C'est une solution brutale et impitoyable, nous en avons conscience. Mais nous l'accomplissons avec la certitude que dans un délai raisonnable, peut-être une génération, ces journées seront célébrées et bénies entre toutes et que tous les Hommes nous en saurons gré. ⁜Bien vite ils oublieront vos souffrances dérisoires. Et les monuments aux morts qu'ils·:·: auront d'abord voulu dresser partout pour honorer votre mémoire finiront couverts de végétation ou⁜⁜⁜ seront déboulonnés par des âmes éclairées.

⁜⁜Primaires, survivants, écoutez ceci : l'action du virus Renaissance, pour autant qu'elle soit spectaculaire·:·:, n'aura pour résultat que d'inverser la logique du nombre ; c'est tout ce que nous réussirons. Il n'y aura pas de résurrection ⁜sans changement de paradigme, c'est-à-dire sans le concours et l'adhésion idéologique de tous ceux qui survivront. Nous espérons que l'électrochoc de ces journées de décembre suffira à insuffler un nouveau récit du genre humain⁜⁜⁜.

Faisons donc le vœu, puisque c'est de saison⁜⁜⁜, que dans quelques jours, ·:·:cinq tout au plus, l'humanité pourra projeter sa Renaissance, dans une relation pacifiée avec son hôte et enfin inventer une nouvelle forme de cohabitation avec le vivant.

Ceci est votre dernière chance·:·:. L'apothéose approche. Le Jihad touche enfin à sa fin.

⁜⁜⁜Patience ! »

– 2 –

Une femme se mit à vomir, dans le grand hall d'embarquement. Son estomac n'avait pas encaissé le choc de la revendication qui la condamnait définitivement et provoqua en elle un réflexe, une régurgitation de bile, à défaut des mots qu'elle venait d'absorber. Tout autour, les quelques Binaires qui erraient étaient consternés, abasourdis, manifestant de façon moins spectaculaire, avec leurs regards hébétés ou leurs échines courbées, l'abattement total qui fut le leur. L'écoterrorisme était bien de retour, dans une ampleur inégalée. Un Jihad écologique accomplissait sa funeste besogne, et les Binaires étaient la cible de *najis* invisibles.

Chaque Binaire dans le monde comprit qu'il n'y aurait ni vaccin, ni traitement, ni palliatif. Encore moins de mansuétude. Une fin de vie à très court terme, garantie, pour tous. Et que l'on fît de leur mort prochaine un événement attendu, positif même, ne pouvait qu'aggraver leur déprime. Seul Tarang semblait indifférent à cette annonce, tant il avait d'ores et déjà admis le caractère inéluctable de la vague qui s'abattait sur le monde.

La Vague… Encore une. Depuis des heures Tarang ne cessait de penser à celle de la lettre de Raman, qui faisait écho à ses propres cauchemars. Et voilà maintenant celle-ci.

Cette répétition… Tarang relut plusieurs fois les mots de Raman, stockés dans ses souvenirs récents. Raman savait-il pour la Vague ? Celle de leurs cauchemars était-elle l'allégorie de celle qui venait de s'adresser au monde ? En se penchant à nouveau sur cette lettre, une autre énigme apparut : Raman avait écrit : « *Cauchemar… Chaque nuit. La vague* ». Puis, à la suite d'un court passage confus, où Tarang pensait déchiffrer son prénom, Raman avait aussi couché celui d'une femme : *Irma*. Il se demanda à nouveau : qui pouvait-elle bien être ? Tarang avait cherché parmi toutes les connexions sociales de Raman, il n'en trouva pas une qui portât ce prénom. Et puis, que faisait-elle à la fin d'une phrase où Tarang avait cru pouvoir déceler son propre prénom ? Pouvait-il la connaître ? Raman lui enjoignait-il de la rencontrer ?

Tarang ne savait plus quoi penser. Une seule certitude désormais : sa survie ne passerait que par l'extraction de son implant. Il ne croyait plus à une solution venant des politiques. C'était redevenir Primaire ou mourir. Jusque-là il fut tiraillé entre la tentation de rester Binaire aussi longtemps que possible, dans l'espoir d'un hypothétique retournement de situation, et celle d'agir au plus vite. Il savait désormais où se trouvait la vie, et où croiser la mort. Mais le plus étrange fut que de ce choix, *a priori* évident, il commença à faire un dilemme. Pour la première fois de son existence, il en vint à comparer les avantages et inconvénients à vivre dans un monde primaire, hostile à son égard et dévasté, ou à en finir avec tout.

Il nota aussi que l'apoptose avait opéré une brève résurgence et, tandis que des millions de gens se demandaient ce que pouvait bien être ce machin-là, lui pouvait se le figurer désormais. Tarang eut parfois l'impression que tous ces décès furent comme des petites bulles qui éclataient, au sein d'un amas savonneux dont la forme finale attendait d'être révélée. Il comprenait le sens du message ; mais en même temps il n'y voyait pas la possibilité d'une résilience ou d'une métamorphose. Sa connaissance de la nature humaine ne l'incitait pas à croire à un tel miracle. Pour Tarang, le drame en cours ne pouvait déboucher que sur la lente agonie des survivants ou au mieux la reproduction à l'identique des modes de vie passés. Alors que tout un chacun se préoccupait de lui-même, de ses proches et ne pouvait, en cet instant, être capable de porter sur les événements un regard global, Tarang bénéficiait, lui, d'une longueur d'avance et se rendait compte qu'il assistait en réalité à la fin d'un monde. Ou plutôt la chute d'une civilisation qui aurait atteint ses propres limites. À la fin de l'Histoire, un peu à la manière de Hegel. Peut-être même, se dit-il, qu'il était témoin d'un événement comparable à la disparition des dinosaures. Ce rapprochement grotesque mais imagé lui donna le vertige et, plus que les chiffres ou les bilans quotidiens, il trouva d'un coup l'étalon qui parlait à son imaginaire et lui permit de se figurer vraiment l'ampleur du désastre. Ces journées imprimeraient à coup sûr les mémoires pendant des siècles, des millénaires.

Tarang observait avec distance le bal des dinosaures. Dans l'immensité aseptisée de ce lieu désert, ils prenaient conscience de leur fin proche, pleuraient, s'accrochaient à ce qu'ils trouvaient sur leur chemin pour éviter de choir, contactaient par la pensée leurs proches, prenant des nouvelles, s'avisant d'autres décès. Il était tout à sa méditation déprimante quand il reçut une information qui le mit hors de lui, sans doute davantage que la terrible revendication qui condamnait l'humanité : son vol suborbital pour New York était définitivement annulé. La concomitance de cette annonce avec la revendication tint-elle du hasard ou bien la compagnie avait-elle été incapable de composer un équipage, faute de candidat motivé ou valide ? Toujours est-il que la dernière solution proposée par la compagnie consistait en un vol long-courrier sur un avion de ligne classique, Delhi-New York sans escale, départ cette nuit à 00h45, arrivée 6h15 heure locale, soit plus de quatorze heures de vol — au lieu d'une heure trente minutes…

Désabusé, mais sans alternative, il traversa l'aéroport en direction du terminal 1Z, réservé aux boulets de l'aviation, ces avions lourds et pataudss qui avaient certes évolué vers une énergie à peu près propre, mais qui restaient d'une grande pénibilité pour qui goûtât une fois au confort des vols suborbitaux. Depuis longtemps, le vol long-courrier, bon marché, était la chasse gardée des Primaires — une clientèle moins fortunée, moins exigeante, moins pressée. C'est pourquoi, lorsqu'il arriva porte 37, Tarang remarqua que sur la petite centaine de personnes qui attendait, l'essentiel arborait les traits désormais caractéristiques de la primarité. Il fallait les voir, maintenant, les Primaires ! Le regard haut, presque victorieux, l'air détendu. C'était à se demander si une grande coalition primaire n'avait pas ourdi un complot pour se débarrasser de la caste qui les écrasait. C'eut été un excellent mobile, au fond. Toujours est-il que pour distinguer un Primaire d'un Binaire, il suffisait désormais de le regarder dans le blanc des yeux pour y déceler la sérénité ou la peur. Cette observation pouvait cependant être nuancée, ici, porte 37, car il se dégageait en vérité de la grappe des Primaires présents un résidu d'anxiété. La question fut posée par un voyageur inquiet, qui prit la parole au nom de tous pour exiger des garanties quant au pilote : serait

-il Binaire ou Primaire ? Et son copilote ? Mais la compagnie rassura vite tout le monde : le commandant de bord était un vieux de la vieille, Primaire, un des derniers du genre, tout comme son acolyte. Alors on embarqua, le sourire aux lèvres.

L'avion était à moitié vide. Une relique de temps que Tarang avait cru révolus. Il n'y avait qu'une seule classe, baptisée « économique » mais qui s'apparentait plutôt à une mesquinerie. En face de chaque siège, encastré dans le dossier de celui de la rangée devant, un écran fade et sale proposait des divertissements désuets aux Primaires. Les accoudoirs étaient durs et si étroits qu'il se demanda si les Primaires n'avaient pas des coudes plus fins que la moyenne. Une hôtesse défraîchie circula dans l'allée centrale tout juste dimensionnée pour elle et demanda à Tarang de bien vouloir attacher sa ceinture de sécurité. Le pilote baragouina un message inaudible, craché par de vieux haut-parleurs, puis les moteurs entrèrent dans une furie tapageuse. L'avion prit son élan dans un grondement de cataclysme. Au terme d'une course qui parut inutilement longue, il s'éleva lourdement et lentement. Quand l'avion franchit la *konisphère* puis les nuages au prix d'horribles secousses, Tarang regarda par le hublot poisseux et vit les étoiles, qu'il n'avait plus observées depuis bien longtemps ; c'était à peu près tout ce qu'il verrait de l'espace. Il ne contemplerait pas la courbure de la Terre et n'expérimenterait pas le bien-être de l'apesanteur, moments précieux de tout vol suborbital. Mais il était en route, en mouvement vers quelque chose. Et cela lui suffisait. En bas, le tapis de lumières de la mégalopole avait déjà disparu. On aperçut une dernière fois Gandhi et sa démarche indolente. Bientôt, de Delhi, il ne resta plus rien. Reverrait-il un jour la ville où il avait grandi, vécu, réussi et échoué ?

Tarang prit un nouveau cachet d'antidouleur. Il sombra peu après dans un sommeil profond.

– 3 –

Le vol n'avait été qu'une longue et pénible nuit de quatorze heures, avec pour seul horizon les paysages conçus à l'intention des voyageurs du ciel : les immensités désertiques d'Afghanistan et d'Iran transformées en gigantesques panneaux publicitaires, invisibles de jour mais luminescents la nuit, ou encore les slogans de lumière flottante de l'Atlantique. Le plus dur pour Tarang, là-haut, dans cette vieille carlingue, fut l'absence de *cognectivité*, qui rendit le supplice des sièges rigides infiniment plus long. Grâce à ses cachets, il put trouver le sommeil, mais inlassablement son repos lui servit un cauchemar, toujours le même. La vague... Plus il y pensait, plus elle revenait. Répétition, traumatisme. Alors, dès son réveil, Tarang se replongea dans la lettre de Raman. Et peu à peu, il finit par en percer le secret. À mesure qu'il la parcourait, il parvenait à en décrypter les interstices et les oublis, les silences et les liaisons manquantes : cette souffrance psychologique, ces boucles de pensées, comme un effet Larsen cognitif. C'est tout cela que Raman avait essayé d'extérioriser et que Tarang ressentait de plus en plus. C'est alors qu'il eut l'illumination. Irma ! Comment n'avait-il pu y penser plus tôt ? Irma était le nom que Raman et Tarang avaient donné, aux débuts de leurs recherches, à d'étranges réactions traumatiques qu'Intellect pouvait provoquer. Ils avaient observé que, dès lors qu'on ouvrait la totalité de sa conscience à une tierce personne et que celle-ci la visitait, il pouvait arriver, lorsqu'elle se frottait aux frontières de l'intime, qu'elle laissât involontairement une empreinte diffuse de son passage, comme un fantôme, un résidu cognitif piégé dans l'esprit de son hôte. Sans le savoir, le visiteur déposait un marqueur de sa psyché, souvent ses propres angoisses, ou un résidu de psychose voire quelques-uns de ses bas instincts. Si le phénomène s'évanouissait normalement en quelques minutes, il s'avérait particulièrement marqué lorsque la « visite » n'était pas consentie. Cette empreinte se manifestait alors par des visions angoissantes, parfois des cauchemars, répétitifs, obsessionnels. Raman et Tarang avaient nommé ces phénomènes Images Résiduelles Mentales Anxiogènes : IRMA. En hommage au père de la psychanalyse, Freud, dont le premier rêve qu'il analysa méthodiquement avait pour protagoniste une de ses patientes, dénommée Irma.

Si Raman avait été « visité » par l'organisation WAVE, ce que sa lettre laissait supposer, alors ce cauchemar, cette Irma qu'il évoquait dans sa dernière lettre, résultait sans doute de leur intrusion mentale non désirée. Mais, dans ce cas, cela signifiait-il que Tarang avait aussi été visité ? Cette vague qui le hantait, était-ce la leur ? Si oui, comment avaient-ils opéré pour profaner son intellect ? Une annonce sortit Tarang de ses réflexions : l'appareil amorçait sa descente. C'était l'aurore. Un liseré rose et orange était apparu tout en bas du vaste ciel bleu nuit. Au loin, le rivage noir de l'Amérique se détachait vaguement d'une mer sombre. Peu de temps après, ils entrèrent au cœur d'un gigantesque nuage. Des secousses, encore — « des turbulences », avait dit le commandant. Et soudain, sortant de la couverture de coton, dans la pâle lumière de l'aube, au loin, elle surgit : la skyline la plus célèbre du monde, maintes fois remaniée. New York. Ses sommets étaient amputés par le ventre de l'immense maelstrom de nuages qui s'étendait à l'infini. Tarang n'avait jamais vraiment aimé New York, insensible à l'énergie communicative qu'on lui prêtait. Le plan en damier, il s'y perdait, les inondations récurrentes, les étés suffocants, pires qu'à Delhi, tout cela il l'abhorrait. Quant aux Américains…

Lorsque l'avion toucha terre, assez brutalement il faut le dire, on applaudit, à tout rompre, comme on pouvait le faire au siècle précédent. Sans en avoir l'air, tous, à bord avaient redouté le suicide en plein vol d'un membre de l'équipage ou d'un passager entraînant l'ensemble de l'appareil dans sa folie. On comprendra donc aisément que la joie d'être arrivé à bon port fût aussi palpable qu'aux premiers temps de l'aviation civile. L'avion avait atterri au vieil aéroport John Fitzgerald Kennedy, une semi-ruine, un semi-désert. Les bras chargés de son précieux appareil et d'un sac de victuailles, son bagage roulant à sa suite, il sortit, seul, de l'aéroport.

Un jour sans soleil se levait. L'énorme masse de nuages était usuellement une aubaine pour leurs sponsors. Les annonceurs pouvaient à loisir y projeter leurs logos et slogans. Mais en ce jour pourtant couvert, pas un seul *publinuage* : les cortex n'avaient pas l'esprit à la consommation. Tarang tremblait. Un vent glacial soufflait de face et de gros flocons virevoltaient tout autour de lui. Ses yeux larmoyèrent. Il comprit bien vite qu'il avait sous-estimé la violence de ce climat hivernal. Et pour cause, il n'eut jamais à expérimenter une telle froidure. Encore claudiquant, il se mit alors en quête d'un moyen de transport pour parcourir les quelque deux mille sept cents kilomètres qui le séparaient de son fils. L'avantage de la situation, ce quasi-abandon de l'aéroport, fut qu'un important contingent d'anges l'attendait sur un parking. Il choisit puis inspecta rapidement son nouveau compagnon de route, notamment l'état de sa batterie et de son revêtement photovoltaïque. Il glissa ses affaires dans la soute de l'engin et s'installa sur la grande plage arrière. L'ange demanda à son passager la validation de la destination. Tarang lui ordonna : Fort Collins, Colorado. Il prit son envol.

Tarang ordonna un détour par Manhattan, au plus près du sol : par acquit de conscience autant, peut-être, que par voyeurisme, il voulait constater, de ses propres yeux, que le drame qui frappait l'Inde était tout aussi visible et concret ici. Et il en eut pour son argent : il vit la Babel moderne à genoux. L'appareil survola d'abord Central Park puis se dirigea vers le Sud. Au loin Tarang aperçut un immense sapin de Noël virtuel dont la pointe dépassait celle de l'antique Empire State Building. Il y avait des décorations et des lumières de fête partout mais personne nulle part pour les admirer. Il régnait dans la ville un inusuel silence de mort. L'ange filait le long d'une interminable avenue, recouverte d'une neige épaisse ; il n'y avait pas un piéton, pas un véhicule au sol ou dans les airs. Les feux passaient du vert au rouge, dans l'indifférence la plus totale. Aucune lumière aux fenêtres, les immeubles de bureaux et logements semblaient vides. Mais où étaient les New-Yorkais ?

Il descendit lentement le canyon urbain en direction du sud, enserré entre les parois abruptes des vieux buildings. Tarang arrêta l'engin un instant à l'intersection la plus célèbre du monde, au croisement de la 7e avenue et de la 42e rue, là où la vie ne s'arrêtait jamais. En vol stationnaire, Tarang observa longuement le spectacle vain d'une ville qui faisait encore semblant et continuait à cracher ses messages publicitaires à grands coups de flashs lumineux et d'animations holographiques. Mais sans aucun cerveau alentour à hameçonner.

Sur la façade de lumière d'une des plus hautes tours, le grand compteur des espèces animales disparues continuait sa routine. Il en était à trois millions trente-deux. Tarang réalisa alors que si l'humanité entière disparaissait, le compteur ne progresserait que d'une seule unité. Voilà qui ramenait soudain toute l'espèce humaine et ce drame à leur juste mesure. En regardant plus attentivement au sol, il s'aperçut aussi que la neige, qui avait tout enseveli, ne se contentait pas de recouvrir le bitume d'un voile pudique mais dissimulait désormais des corps : ici un bras, là des cheveux ; plus loin le cadavre d'un chien dont la laisse disparaissait dans un gros tas de neige. À l'évidence, pas plus ici qu'à Delhi, les pouvoirs publics n'eurent les moyens humains et logistiques de faire face à l'hécatombe ; et quand bien même il eut été possible de recueillir tous les cadavres qui jonchaient les rues, il n'y avait plus d'endroit où les mettre. Pour l'heure, la neige faisait office de sépulture — en attendant le redoux, quand ces tombes provisoires fonderaient toutes en même temps.

Il imagina alors à quel point le dégel apporterait son lot d'images macabres à mesure que l'air se réchaufferait : corps décharnés et putréfiés, aux exhalaisons insupportables. Nul doute aussi qu'une vague de maladies d'un autre temps, médiévales, tiers-mondistes, referait surface à la faveur du prochain radoucissement, parachevant ce spectacle de désolation.

L'appareil reprit de la hauteur. Tarang en avait assez vu. Lui et son ange quittèrent la région de New York et ses visions d'holocauste, et prirent la direction de l'Ouest, immense, profond, lointain.

La route serait longue, selon l'ordinateur de bord : encore huit heures en filant vite. L'épais plafond nuageux empêchant aux batteries de pouvoir se recharger, l'autonomie risquait d'être insuffisante. Hors de question de ralentir pour autant. Il y aurait bien une éclaircie à un moment ou à un autre, se dit Tarang. Alors il exigea la pleine puissance à son ange.

Les États défilèrent. Pennsylvanie, Ohio, bientôt l'Indiana. Il fallut plus de deux heures pour quitter le tout-bitume et survoler un peu de verdure reconstituée ; mais celle-ci se dérobait toujours au regard, continûment recouverte d'un drap blanc. La quiétude de cette traversée n'était interrompue de temps à autre que par des messages d'Intellect, prioritaires et macabres. Il en reçut tant qu'il ne savait plus trop quoi y répondre. À court d'inspiration suite au flot de condoléances qu'il avait déjà dû rédiger depuis quelques jours, Tarang se résolut à copier-coller les prochaines.

Iowa. Toujours pas de soleil sous le lourd plafond gris. Le paysage était maintenant occupé par des champs immenses dessinant un horizon plat et infini : les grands espaces, enfin, pensa-t-il, sans se douter de l'infinitude dans laquelle il s'engageait. Sur ces étendues, le bétail, les chevaux, chats et chiens, paisibles, vaquaient à leurs occupations usuelles, indifférents au sort qui touchait leur maître espèce, totalement étrangers à la grande catastrophe qui ne manquerait pas cependant de bouleverser aussi leurs vies. Beaucoup d'entre eux allaient dépérir, faute de main-d'œuvre pour les nourrir. Ils devraient bientôt renouer avec des mécanismes de survie ancestraux mais depuis bien longtemps remisés : chasser pour certains, se déplacer au fil des ressources disponibles pour d'autres. En seraient-ils seulement capables ?

Progressivement, Tarang réalisait le changement radical qui s'était opéré : quand, dans les grands centres urbains et leurs abords, la mort régnait partout, il était manifeste que plus il s'enfonçait dans les zones intercalaires, les campagnes reculées, les vallées enclavées, le vaste monde rural et périphérique, et plus la population était épargnée. L'apocalypse dessinait une géographie bien particulière et il eut le sentiment, à ce moment précis, de se trouver à une frontière entre deux mondes. Ici, des familles entières, des hommes et des femmes de tous âges, pour qui l'implant et Intellect n'avaient jamais été autre chose qu'une folie inaccessible ou un objet de rejet, survivaient aux événements. Mieux, ils ne semblaient pas se soucier du sort de leurs congénères, oublieux d'un génocide pourtant ultra-médiatisé. En vérité il y avait chez eux une forme d'attente, voire d'espoir à la pensée des richesses et du pouvoir qu'il faudrait sous peu se partager.

C'est ainsi que Tarang vit, de là-haut, de jeunes enfants jouer dans une immensité de neige, sous la surveillance lointaine et bienveillante de leurs parents qui profitaient, bras dessus, bras dessous, d'un bain d'allégresse malgré le froid intense. Ils semblaient fonder, devant l'immensité qui s'étalait devant eux, d'immenses espoirs, désignant du doigt des terres au loin qu'ils devaient convoiter, arpentant d'un pas lent un espace qui bientôt serait leur. Plus loin, il vit aussi, au cœur d'une bourgade perdue, un petit groupe de vieux insouciants s'affairer dans des préparatifs du Nouvel An. Tarang réalisa dans toute son ampleur le caractère étrange et dissemblable du réveillon qui se concoctait, enveloppé de larmes et de peur pour certains, de joie et d'espoir pour d'autres.

Il avait pénétré un tout autre monde, dont on ne parlait

jamais, à l'écart des flux cognitifs, ancré dans la terre, vivant d'un labeur physique et manuel, de récoltes saisonnières, de l'élevage des derniers animaux qu'on avait encore le droit d'exploiter. Un monde primaire et rural, produit antinomique de celui des Binaires, urbain, hors sol, échappant au temps long de la nature, et furieusement déconnecté de tout, sauf des flux d'Intellect. Il ne croisa aucun autre ange pendant ce long voyage. Ici-bas, les routes demeuraient le meilleur moyen de rallier deux points. Le pays était d'ailleurs innervé de routes rectilignes et désertes qui donnaient au paysage de neige des perspectives épurées, comme de longs traits de crayon sur une interminable page blanche.

Ce fut au moment où Tarang se perdait en méditations, le nez collé à la vitre comme aurait pu le faire Esther, , cherchant dans ce paysage de collines et de champs immaculés des réponses sur ce drame, que survint un événement qui allait mettre à terre, et de façon définitive, ce qu'il restait du moral de toute une partie du monde binaire. Ce soir-là, au couchant, le Président des États-Unis s'adressa à la nation.

L'homme était livide, mais altier, offrant le regard de celui qui avait compris et accepté son sort et se préparait à l'affronter dignement. Tel un condamné à qui l'on bandait les yeux et qui attendait fièrement qu'un feu nourri et concentré s'abatte sur lui. Il avait endossé son costume noir et noué sa cravate de soie bleue. Il se tenait droit, devant la bannière étoilée, préfiguration de celle qui recouvrirait bientôt son cercueil. Et d'une voix pondérée et empreinte de fatigue, il déclara :

« *Mes chers concitoyens,*

Voilà six ans que je m'adresse à vous, chaque 31 décembre. Ce fut toujours un moment spécial, plein d'allégresse et d'espoir. Mais, ce soir, malheureusement, tout est différent. Cette allocution est certainement la plus douloureuse de toute ma vie.

Il y a cinq jours, je venais vers vous avec des informations inquiétantes, pour ne pas dire catastrophiques, mais je vous avais donné, en toute sincérité, l'espoir d'un remède proche, exigeant de vous, en retour, la confiance et le sang-froid. Vous avez répondu présent. Moi non.

En effet, aujourd'hui, c'est le cœur lourd que je dois vous dire que nous n'avons toujours pas trouvé le moyen de remédier à cette crise et que l'espoir d'une résolution heureuse s'est presque totalement évanoui. Malgré la somme d'énergies et d'expertises que nous avons mises en commun, ici même et partout dans le monde, nous entendons sans cesse la même réponse : il n'y a rien que l'on puisse faire, ou tout du moins que l'on sache faire dans le calendrier contraint que le virus nous impose. Sinon prier. Prier certes pour que tous nos chercheurs mobilisés sur le sujet trouvent une parade, ce qui relèverait désormais du miracle. Mais je ne vais pas vous mentir, il faut désormais prier pour le salut de nos âmes.

Je ne veux pas, je ne veux plus parler du bilan. Chacun est libre d'en prendre connaissance sur Intellect, il est implacable. Non, je ne compte plus les morts, trop nombreux. Je compte désormais les jours restants. Et ils ne cessent de décroître, eux.

Cette allocution m'a demandé beaucoup de renoncements. Vous me connaissez, depuis tout ce temps : ma vie n'a été qu'un combat, incessant. Pour mes idées, pour la paix, contre des adversaires farouches, contre la maladie aussi. Je n'ai jamais rendu les armes. Ce soir, je vous l'affirme solennellement, je n'abdique pas. La lutte continuera, jusqu'au bout. Mais je considère en revanche de ma responsabilité de vous dire la vérité, cruelle. Les risques d'une is-

sue fatale sont tellement grands désormais que je crois impératif que nous consacrions le peu de temps dont nous disposons à autre chose que ce virus. Il nous a déjà enlevé trop pour qu'on lui donne ce qui nous reste : l'amour de nos proches, les mots, les regards, les caresses. C'est pourquoi, à tous ceux qui ont un implant, je veux adresser un message simple et humain : dans les prochaines heures, profitez de vos proches. Aimez-vous. Parlez-vous. Dites-vous toutes les belles choses que vous n'avez jamais pu vous dire, parce que le temps, la vie, la pudeur se sont jusque-là interposés. Transmettez aussi. Préparez-vous, préparez-les. Et bien sûr, enivrez-vous si le cœur vous en dit, vous ne serez pas jugés.

À tous ceux qui ne portent pas d'implant, soit par choix, soit parce que les circonstances de la vie ne l'ont pas permis, je dis ceci : vivez pour nous, et témoignez aux générations futures. Dites-leur de ne pas commettre les mêmes erreurs que nous. Rebâtissez, intelligemment, dans la sensibilité, une civilisation nouvelle. Comportez-vous dignement avec la Terre. Aimez, comme aux Premiers Temps, ce qui vous entoure. Respectez cela, vénérez cela. Nous sommes peu de chose, ce mois de décembre nous l'aura cruellement rappelé.

Pour ma part, j'ai choisi de ne pas ôter mon implant. Je partagerai donc, jusqu'à la dernière seconde, le sort de chacun d'entre vous. Et pour le cas, maintenant hautement probable, où ce sort nous conduirait tous à la mort, soyez sûrs que nous avons pris toutes les dispositions pour que la continuité du pouvoir soit assurée au niveau fédéral. Madame la Présidente de la Chambre des Représentant, Marylin Flemming, grand bien lui en a pris, n'a jamais eu d'implant. Elle est numéro trois dans l'ordre de succession présidentielle et prendra le relais, si nécessaire. Sa tâche sera alors immense, mais notre nation sait relever tous les défis et je suis persuadé qu'elle pourra compter sur la bonne volonté et le sens du sacrifice de tous les survivants pour que notre Destinée Manifeste ne reste pas une idée vaine.

S'agissant des inventions de l'Homme, et je terminerai par cela, la frontière entre libération et asservissement est parfois ténue. Nous l'avons trop souvent oublié. Ce qui nous libère un jour, si nous ignorons la juste distance à maintenir, devient le lendemain notre prison. C'est une mise en garde, pas une accusation. Je ne blâme pas Intellect pour nos souffrances actuelles, car le problème est ailleurs. Intellect fut l'arme du crime. Le mobile, lui, nous a été exposé hier, froidement. Mais la folie qui a guidé ces actes ne doit pas nous faire oublier qu'elle a elle-même été engendrée par notre léthargie profonde. Moi-même, je confesse avoir été le complice intermittent de ce conservatisme. Je le regrette aujourd'hui profondément. Au cours du siècle, nous n'avons su écouter ni agir face à des changements climatiques et sociétaux pourtant aussi colossaux qu'indiscutables. Il est probable que tout cela devait nous mener, un jour ou l'autre, à ce tragique épilogue. Il ne manquait que des fous pour nous planter ce poignard et nous achever. Et d'autres fous, peut-être, pour avoir cru que connecter leurs cerveaux les uns aux autres pût être une réponse à leur quête essentielle du bonheur.

Aussi, je souhaite plus que tout à nos enfants de tirer les leçons de ce mois de décembre. La tâche ne sera pas facile. De nombreuses épreuves les attendent. Mais il leur faudra bâtir, sur un sol imbibé de sang et de larmes, un autre monde, meilleur, en repensant totalement ses bases idéologiques. Faute de quoi, je le dis avec solennité et tristesse, tout recommencera un jour.

Qu'ils n'oublient jamais que nous avons fait ce que nous avons pu et avons cru bon. Sans doute nous sommes nous égarés en route, mais notre erreur remonte à si longtemps que plus personne aujourd'hui n'en connaît l'origine.

Pour tout cela, pardon.

Dieu bénisse l'Amérique.

– 4 –

Partout polices et armées interpellaient à tour de bras, emprisonnant et interrogeant tout ce qui pouvait avoir un rapport avec la Vague, de près ou de loin : les militants écologistes, même les plus modérés ; les séditieux de tout poil ; les membres d'un des plus puissants syndicats de marins qui avait eu le mauvais goût de s'appeler la Vague ; on perquisitionna même jusqu'aux locaux de plusieurs amicales de surfeurs ou d'une association française adoratrice d'un courant cinématographique ancien. Mais rien ne venait ralentir le phénomène ni apporter un quelconque début de réponse. Paradoxalement, à côté de cette folie destructrice, puissante et inébranlable, s'exerça sur les victimes, à partir de ce jour et sans nul doute de ce discours, une force apaisante générant une manière d'adhésion à leur sort. Beaucoup de Binaires se préparèrent à mourir, chacun convoquant à son chevet ses proches pour de derniers adieux, bien qu'aucun symptôme apparent ne vînt signaler une fin imminente. D'autres ne purent s'y résoudre et choisirent toujours et encore les remèdes faits maison pour extraire eux-mêmes les racines du mal, avec les conséquences que l'on sait. À côté de cela, bien sûr, on s'enivrait partout, aussi, plus que de raison, de tout et n'importe quoi. Le circuit de distribution n'offrait plus de bière, ni de vin ou de whisky, alors on but de l'alcool ménager ou du sirop pour la toux. Tarang, lui, avait encore pris ses antidouleurs. Pas tant pour apaiser ses douleurs que ses tourments. Seul dans son ange, tout à ses pensées, Tarang était sur le point de sombrer quand il fut soudain rattrapé par la réalité. Une petite alarme le sortit brutalement de son introspection : batteries solaires et pile à hydrogène étaient bientôt à plat et il lui fallait trouver une source d'énergie, rapidement. Il lui restait un petit millier de kilomètres à parcourir et il n'avait désormais plus aucune chance d'y arriver avec ce ciel désespérément opaque et le soleil qui se couchait en catimini.

Tarang prit aussi conscience d'un petit détail : au-delà du trajet, il aurait besoin d'énergie pour chauffer son véhicule pendant la nuit s'il ne voulait pas mourir de froid. Il se rendit compte bien tardivement qu'il fallait absolument envisager une escale, ici, dans ce *no man's land* glacial et alors qu'il neigeait abondamment. Au beau milieu des immenses plaines enneigées du Nebraska, à l'endroit précis où, de tous les États-Unis, il avait le moins de chances de parvenir à ses fins, Tarang avait urgemment besoin d'une prise électrique et d'un toit. Il chercha un endroit propice pour s'arrêter ; il s'agissait de se poser près d'habitations et éviter un manteau neigeux pouvant dissimuler des rochers acérés ou un cours d'eau. Il tourna en rond quelques minutes, cherchant autre chose qu'une ferme isolée. Faute de mieux, il finit néanmoins par choisir une petite éminence dominée par une bâtisse en bois aux fenêtres éclairées ; il se posa prudemment à quelques encablures. L'ange, à bout de souffle, enfonça ses trains dans l'épaisse poudreuse, à côté d'un vieux *pick-up* à moitié enseveli. Tarang sortit de son véhicule. Le soir commençait à tomber, la neige, elle, n'en finissait plus.

Toujours meurtri par ses blessures, Tarang traversa péniblement les quelques dizaines de mètres qui le séparaient de l'entrée de la maison et de ses lumières pleines de promesses. Il accomplit à chaque pas des efforts inhabituels pour s'extirper d'un bourbier glacé dans lequel il s'enfonçait par moments jusqu'à mi-mollet. Enfin, transi de froid, il gravit les trois petites marches débouchant sur un perron. Il arriva devant une porte ornée d'une couronne de houx et d'un écriteau en bois où avait été gravé, grossièrement, « Famille Monroe ». Il toqua à la porte, espérant qu'on pût lui offrir le gîte et la possibilité de brancher sa batterie. N'obtenant aucune réponse, il frappa de plus belle. Il entendit alors des messes basses à l'intérieur et finalement la porte s'entrouvrit, retenue par une petite chaîne ; une ombre imposante demanda, d'une voix farouche :

— Qu'est-ce qu'vous voulez ?

Tarang expliqua le motif de sa venue à cet homme invisible.

— D'où venez-vous ? lui demanda ce dernier.

— D'Inde. J'ai fait un long voyage pour venir jusqu'ici, il me reste quelques heures de route.

— Tout ça c'est des conneries, assura la voix. L'Inde n'existe pas.

— Comment ça ? s'interloqua Tarang, pris au dépourvu par cette étrange repartie. L'Inde, j'y suis né, j'y ai vécu toute ma vie.

— Mensonge. C'est une putain d'invention de Binaires pour nous détourner de la vérité : Intellect est une création du Pentagone. Tout le monde sait ça ici.

— Je ne sais pas de quoi vous parlez mais je ne demande rien d'autre qu'un abri pour cette nuit. S'il-vous-plait.

Il s'écoula quelques secondes puis l'homme enleva la chaîne de son loquet et ouvrit la porte en grand. Apparut alors un colosse hirsute, aux traits burinés, une sorte de gros grizzly local, d'une trentaine d'années. Tarang vit qu'un fusil était posé contre l'huis. Sans dire un mot, l'ours toisa Tarang de haut en bas, s'attardant plus longuement sur les éraflures et les hématomes qui constellaient encore son visage. Puis il demanda, sans autre forme de politesse :

— Z'êtes Binaire, hein ?

— Je vous demande pardon ?

— Tournez-vous, ordonna l'homme, saisissant le fusil par le canon.

— Écoutez, je ne sais pas ce que vous voulez, mais sachez que je ne suis pas là pour vous créer de problème…

— Tournez-vous ! répéta-t-il, en brandissant son arme.

Sentant l'état de tension de son interlocuteur, et ignorant tout de son profil psychologique car il était Primaire, donc insondable, Tarang finit par s'exécuter. Il opéra une lente rotation sur lui-même. L'homme s'approcha, dégagea la nuque de Tarang avec le canon de son fusil, avant de conclure :

— C'est bien c'que j'pensais !

— Oui je suis Binaire, dit Tarang en se retournant. Et alors ?

— Si j'en crois tout c'qui s'passe, le risque est fort que vous mettiez fin à vos jours entre maintenant et demain matin. J'prendrai pas ce risque avec mes deux p'tits à la maison.

— Mais il ne peut leur arriver aucun mal…

— Hier, à Rapid City une femme a ouvert le feu dans un bus, avant de se tuer. Une Binaire, comme vous. Partez !

Tarang ne sut quoi répondre, il tenta de plaider sa cause, arguant du dénuement qui était le sien pour la nuit, ne réclamant rien d'autre qu'une couette ou un endroit à peu près au chaud dans une grange, mais rien n'y fit. Il portait sur lui la marque du danger, de la mort. Des décennies avant, sa couleur de peau aurait été le marqueur d'altérité, la ligne de démarcation entre eux deux. Mais désormais son implant faisait office de race. Savoir si son prochain était Binaire ou Primaire était devenu la question essentielle, la première à poser. Le reste n'avait plus d'importance. Cependant, il ne lui échappa pas que si, depuis trois décennies, Binaires et Primaires jouaient une nouvelle partition de la domination raciale, les premiers comme des Blancs les autres comme leurs Nègres, un renversement prodigieux venait de se produire. Abasourdi par l'accueil qui venait de lui être réservé, inquiet de la réaction que pourrait avoir l'homme armé s'il venait à se montrer plus insistant, il renonça à le convaincre et choisit de partir sans broncher. Il ne lui restait plus qu'à prendre son engin et espérer, au prix d'un saut de puce, trouver une ferme plus accueillante.

Mais alors que Tarang commençait à arpenter le chemin du retour, suivant au plus près ses propres empreintes, l'homme, saisi d'un remords, rouvrit la porte et l'interpella :

— Au bout de la route, voyez cette ferme avec les lumières. Les Dickens. Binaires, comme vous. Tentez votre chance là-bas !

Et il referma la porte. Tarang repéra la ferme éclairée qui dominait la colline d'en face. Dickens : sa dernière chance. Il emprunta cette petite route blanchie que le vent, soufflant sans obstacle sur les grandes plaines, balayait perpendiculairement et puissamment. La ferme Dickens était une copie de celle des Monroe. Au bout du chemin, malgré l'obscurité, sa silhouette massive se détachait nettement de l'immensité blanche environnante. Les fenêtres du rez-de-chaussée, bien qu'embuées et cernées de glace, laissaient filtrer une lumière chaude et tamisée. Une petite guirlande lumineuse clignotait tout autour du perron.

À nouveau, donc, Tarang gravit trois marches et s'approcha d'une porte d'entrée ; repérant une chaîne qui pendait, il tira dessus, deux coups secs. Une cloche retentit. Aucune réponse. Tarang tira une seconde fois sur la chaîne, sans provoquer davantage de réactions. Il ne distingua aucun son, aucun signe de mouvement à l'intérieur. Pourtant il y avait cette lumière accueillante. Alors Tarang, pressé par le froid, saisit la poignée de la porte et l'actionna : elle était ouverte. Timidement, il passa sa tête et demanda :

— Est-ce qu'il y a quelqu'un ?

Aucun signe de vie. La chaleur de cet intérieur coquet lui étant à ce moment absolument irrésistible, Tarang fit un pas, puis deux vers l'intérieur, réitéra son appel, puis décida d'entrer franchement, fermant derrière lui la porte. Il découvrit un chez-soi désuet et surchargé mais chaleureux. Un vaste séjour, où trônait un sapin de Noël pimpant, faisait face à une grande cuisine. Des photographies de famille, quelques peintures ornaient les murs lambrissés, tandis que de vieux bibelots et des bondieuseries agrémentaient les dessus des meubles en bois massif. Le séjour était organisé autour d'une cheminée à côté de laquelle un tas de bûches semblait ne pas avoir encore été rangé. Sur une table basse, un livre ouvert était posé à l'envers, comme si quelqu'un avait interrompu sa lecture mais pensait la rependre prochainement. Sur le plan de travail de la cuisine, enfin, des légumes coupés en morceaux attendaient la suite des événements.

Tarang se débarrassa des gros flocons amoncelés sur ses

vêtements et tapa ses pieds sur le paillasson. Il se frotta vigoureusement les mains puis avança à pas prudents. Il se mit à explorer les lieux, jetant de temps à autre un regard dans une pièce ou un recoin, interpellant le vide et questionnant le silence. Mais aucun de ses appels n'obtint la moindre réponse. Du moins jusqu'à ce qu'il se présentât au pied de l'escalier qui menait à l'étage. Là, il entendit tout d'abord le son d'un objet choir sur le sol ; puis une petite voix d'enfant demanda timidement :

— Daddy ?

Tarang gravit les premières marches et regarda en haut de l'escalier. Il demanda à son tour :

— Qui est là ?

Faute de réponse, il insista :

— Comment t'appelles-tu ? Je cherche tes parents, où sont-ils ?

— Daddy ? fit à nouveau la petite voix.

Alors Tarang monta doucement jusqu'à deviner, en haut de l'escalier, un bambin d'environ trois ans, aux frisettes châtain clair, qui se tenait debout avec un énorme lapin en peluche dans les bras. Découvrant le visage de Tarang, le petit garçon eut immédiatement un regard de stupeur, pour ne pas dire d'effroi ; et il se mit à pleurer, criant « Mummy, Daddy !! ». Il recula et trouva refuge derrière un petit meuble qui encombrait le couloir. Tarang n'était pas spécialement à l'aise avec les enfants en bas âge et celui-là n'avait pas l'air très à l'aise avec les inconnus à la peau sombre. C'était à qui indisposait le plus l'autre. Le garçon hurlait sans vouloir s'arrêter, visiblement terrifié par Tarang, qui, incapable de trouver la réaction appropriée, pensait le rassurer en s'approchant de lui et en lui tendant la main.

— Où sont ton papa et ta maman mon garçon ? Le sais-tu ?

Mais ses mots étaient noyés dans le vacarme des pleurs. Rien ne pouvait calmer l'enfant qui, dans un accès de témérité, traversa le couloir, se dirigea vers une des portes ouvertes, entra dans la pièce et claqua la porte derrière lui. Les pleurs se dissipèrent. Tarang poussa un grand soupir de soulagement. Il profita de ce répit pour utiliser les fonctions de son implant. Si un Binaire était dans les parages, Intellect devrait en toute logique le lui indiquer. Alors il interrogea. Mais le réseau resta muet. Aucune psycho-donnée, pas d'empreinte synaptique. Donc, pensa-t-il, soit ses parents n'étaient en réalité pas Binaires, soit ils étaient partis loin, soit… Alors il décida d'explorer le reste de la maison, à commencer par les trois autres portes de l'étage, passant une tête derrière chacune d'entre elles et interrogeant poliment l'espace vide. Il s'approcha ensuite à pas feutrés de la pièce où le petit enfant s'était enfermé et colla son oreille à la porte. À en croire le son étouffé de ses pleurs, l'enfant avait dû trouver un refuge sous une couette épaisse ; mais il paraissait seul, aucun indice d'une autre vie ne lui parvint. Tarang lança d'une voix calme mais puissante :

— Je m'appelle Tarang. Je viens de loin pour retrouver mon fils qui habite la région. Mais je n'ai pas d'endroit pour dormir au chaud cette nuit. Je vais descendre maintenant. Je resterai en bas. Tu peux dormir si tu veux, je vais attendre le retour de tes parents.

Tarang rebroussa chemin, descendit au rez-de-chaussée, guettant le moindre bruit. Il réinspecta toutes les pièces, jusqu'à la petite cave qui, bien qu'inquiétante, se révéla totalement et désespérément vide. Il fallait se rendre à l'évidence : il n'y avait dans cette grande ferme qu'un enfant de trois ans. Tarang ne tarda pas à se convaincre d'agir comme si la maison était à sa disposition ; après tout, il n'avait pas ménagé ses efforts pour y déceler une âme et, en l'absence de réponse, il se considérait dans son bon droit de rester ici — ne serait-ce que pour garder un œil sur un enfant livré à lui-même. Il prit donc son courage à deux mains pour retourner dans le froid, jusqu'à son véhicule, récupérer les deux batteries de l'ange ainsi que sa valise. Après cette traversée glaçante dans la neige, dont le retour fut particulièrement pénible avec ce fardeau qu'il fallut déplacer, il fut heureux de pouvoir trouver refuge dans la maison où il envisageait de passer la nuit. Il brancha ses deux batteries dans un coin de la cuisine puis enfila des vêtements secs.

Tarang était épuisé, à bout. Outre son périple, ses déconvenues et le climat, la litanie des notifications douloureuses saturait son cerveau : Neela, Darshan, Giuseppe, Baptiste, Lakshmi, Prisha. Ça n'arrêtait plus. Physiquement, son corps de vieux rajeuni montrait aussi ses limites ; il avait mal partout, ses muscles étaient au bord de la rupture ; et puis ce froid, nouveau, inconnu pour lui. Ses pieds et mains étaient gelés. Alors il ne put résister à l'appel de la cheminée et des canapés moelleux qui l'encadraient. Il déposa quelques brindilles dans le foyer, y ajouta une bûche et lança un feu dont le crépitement apaisant le réconforta instantanément. Il s'affala sur un canapé, ôta ses chaussures trempées et posa ses pieds sur l'épais tapis, jambes tendues, orteils au plus près de l'âtre. De là, se dit-il, il pourrait à la fois se reposer et être immédiatement éveillé et visible si quelqu'un entrait.

La faim le prit ensuite. Il osa fouiller dans la cuisine pour se sustenter. Il grignota d'abord quelques dés de légumes qui attendaient sur leur planche à découper puis chercha quelque chose de plus consistant dans le réfrigérateur et les placards, tous bien remplis. Et il mangea, à sa faim. Après quoi au gré de ses indiscrétions, à force d'ouvrir tiroirs et portes, il découvrit une réserve de bouteilles d'alcool : whisky, rhum, cognac et plein d'autres choses. Tarang ne buvait jamais. Mais il se souvint des dernières recommandations, auxquelles même l'OMS avait apporté son approbation : boire, pour déjouer le virus, s'enivrer pour le rendre moins efficace, à tout le moins espérer qu'un épisode suicidaire tournât au fiasco. *In vino veritas* ? Alors il prit une bouteille, au hasard. Whisky, ça sonnait local, bien que celui-ci vînt d'Ecosse. Il se saisit d'un verre à vin et se servit généreusement, presque à ras bords. Après quoi, il regagna sa place douillette près du feu. Il huma son verre ; les premières effluves lui piquèrent les yeux, les suivantes ébauchèrent déjà un fond d'ivresse. Il goûta, toussa. Puis y prit goût. Il plongea deux cachets dans son breuvage. Et il but, par petites gorgées. Le regard perdu dans les flammes, sentant la chaleur sèche jusque sur son visage, il finit par capituler et sombra dans un sommeil profond. C'est ainsi qu'il fêta son 31 décembre.

– 5 –

Le jour ne s'était pas encore levé quand il ouvrit un œil, réveillé par une sorte d'instinct : au cœur d'un rêve, il avait songé à ce feu de cheminée qu'il avait allumé la veille mais laissé depuis sans surveillance. Son subconscient avait encore pris le dessus sur l'implant et lui avait réservé un épilogue cauchemardesque ; mais il s'était en réalité inquiété pour rien : Tarang constata qu'il ne restait de ce feu que quelques braises rougeoyantes à demi ensevelies dans un bon tas de cendres blanches. Il leva la tête pour regarder autour de lui ; la maison semblait toujours aussi déserte. La pendule indiquait 6h25. « Toujours vivant », se dit-il à lui-même comme pour s'en assurer.

Malgré le whisky, les cachets et la chaleur du foyer, il n'avait pas si bien dormi. Plusieurs messages prioritaires avaient interrompu son sommeil. Il ne se souvenait même plus qui était mort ; pas la famille en tout cas. Il vérifia. De bien tristes nouvelles mais pas celles qu'il redoutait tant. Il plongea ensuite dans Intellect, comme à chaque réveil. Le bilan était encore désespérant, à coups de dizaines de millions de morts pour la seule nuit écoulée et de faits divers sordides. Mais il n'y prêta pas plus d'attention. Il nota en revanche qu'au cœur de l'apocalypse, des scientifiques trouvaient encore le temps et le courage de se réunir pour entériner l'effondrement quotidien de la biodiversité. Aujourd'hui c'était le tour du lamantin des Caraïbes et du crocus bleu du Chili, parmi plein d'autres espèces. Un cogmentateur les célébra comme les premiers disparus de l'année. Ainsi Tarang, qui l'avait oublié, comprit que c'était le 1er janvier. Pour une grande partie du monde, une nouvelle année commençait.

Il se décida à se lever afin de faire du café. Mais au moment précis où il voulut prendre appui sur le canapé pour se mettre debout, il interrompit son mouvement et se figea, surpris de découvrir à ses pieds le petit garçon qu'il avait tant terrifié la veille, endormi à même le tapis. Cet enfant se sentit si seul qu'il préféra se réfugier là, auprès d'un inconnu effrayant. Mais où donc pouvaient être ses parents ? Avaient -ils été bloqués quelque part par les conditions météorologiques ? Dans ce cas, pourquoi l'auraient-ils laissé tout seul ? Étaient-ils partis, de peur de commettre l'irréparable devant leur fils et préférant l'abandonner plutôt que de lui infliger ce spectacle ou encore de le mettre directement en danger ? Leur absence posait un autre problème : Tarang allait devoir partir, or il n'envisageait évidemment pas de laisser cet enfant ici, livré à lui-même.

Il l'enjamba et, sans le réveiller, le recouvrit d'un plaid abandonné sur un fauteuil. Le petit avait un visage d'ange et dormait du sommeil du juste ; Tarang profita un instant de cette image apaisante. Mais elle fut aussitôt recouverte d'un voile sombre à l'idée du nouveau monde dans lequel cet enfant vivrait, *a fortiori* sans parents. Ne voulant plus y penser, Tarang se dirigea vers la cuisine pour se préparer le café que son mal de tête réclamait haut et fort. Par la fenêtre, il pouvait voir au loin les lueurs froides de l'aube ; il les contempla fixement jusqu'à ce que la vieille cafetière cabossée se mît à siffler. Voulant profiter pleinement du spectacle, il enfila sa veste et se chaussa, prit une tasse chaude et bien remplie et sortit admirer le lever de soleil. Le froid était extrême mais la vision sublime : une terre blanche et vallonnée à perte de vue, ponctuée de-ci de-là, de silhouettes à contre-jour d'arbres croulant sous le poids de la neige. Le ciel était dégagé. Enfin ! Offrant des variations entre bleu sombre au zénith et jaune pâle à l'horizon. Tout était pur, ici. Pur et calme. Loin, si loin de l'apocalypse qui partout anéantissait.

L'Homme, à travers les âges, avait imaginé maintes fois sa propre disparition et l'avait écrite, dessinée, filmée. Mais cette fiction fut toujours spectaculaire, produite dans un grand fracas de feu, un flash de lumière ou une manifestation cataclysmique mettant en jeu des éléments déchaînés ou une arme à la puissance redoutable. Or là tout se passait en silence. On s'éteignait en catimini. Face à l'immensité blanche et la quiétude du petit matin, Tarang put réaliser à quel point le drame qui touchait les Hommes n'avait, pour le reste du vivant, aucune résonance immédiate. Ainsi le monde continuait son petit bout de chemin, indifférent au sort tragique qu'une frange finalement négligeable de son biotope était en train de vivre. Des extinctions, la nature en avait enduré des milliers au cours des dernières décennies. Pourquoi donc la Terre s'arrêterait-elle de tourner alors que l'humanité subissait un sort auquel elle avait condamné tant d'autres espèces avant elle ?

Ce paysage lui fit cadeau d'une évidence. Non, l'Homme n'était pas au centre de tout ; il n'était même rien, ce lever de soleil le rappelait avec force. Les six mille quadrillions de kilogrammes de notre planète tournaient toujours, à mille sept cents kilomètres par heure, sur eux-mêmes, dans un bal immuable et millimétré, imperturbables, sourds aux murmures de l'humanisme, insensibles aux bienfaits et miracles supposés du progrès — et de ses échecs patents. De toute la masse du vivant qui s'y trouvait, l'humanité ne représentait que 0,01% : en poids, elle était comme un bouton sur un corps. L'humanité n'avait jamais rien eu du nombril donc, mais sans doute tout du kyste. De là à considérer que la disparition, même partielle, de cette anomalie, pût être bénéfique pour le reste du vivant, il n'y avait bien évidemment qu'un pas, que Tarang commençait à franchir dans un coin de sa tête, à mesure que les rayons glacés du soleil crevaient l'horizon. Les nuages s'étaient tous évanouis à la faveur d'un vent du Sud. Tarang consulta les prévisions météorologiques : on annonçait le repli imminent du vortex, l'atmosphère se réchaufferait bientôt. Pour l'heure cependant, il respirait un air encore si froid qu'il produisait dans son corps un effet presque similaire à la douce brûlure du whisky dans son gosier. Autour, tout était figé et le silence total, rompu de loin en loin par l'envol d'un oiseau ou un morceau de neige libéré de sa branche. Il pensa à Esther : bien sûr, elle aurait été subjuguée.

C'est au moment où Tarang se dit qu'il manquait à cet endroit un banc pour observer le calme spectacle du Nouvel An qu'il réalisa que, devant lui, à deux mètres, juste au bas de l'emmarchement qui menait à la maison, s'en trouvait probablement un, mais totalement enneigé. Tarang posa sa tasse de café sur le bois sec du perron, s'approcha et ôta à mains nues l'épaisse couche de neige sur le haut du banc. Et effectivement, il mit rapidement au jour un dossier en bois. Il poursuivit alors son effort à la recherche de l'assise. Mais en guise de planches en bois, il découvrit soudain une forme bosselée et verte. Du tissu. Non. Un vêtement.

Déblayant de plus belle, le vêtement prit une consistance et une forme particulières ; Tarang se pencha, le saisit. Et soudain son sang se glaça : il révéla un bras, puis une main, bleue, gelée. Il eut un mouvement de recul et chuta en arrière, s'enfonçant dans le matelas blanc. Il avait le souffle coupé, son cœur se fit trépidant, comme une répétition de ce qu'il vécût l'autre jour dans la réserve de son laboratoire lorsqu'il découvrit Raman. Tarang se releva et redoubla d'énergie, dégageant à grandes brassées la neige entassée depuis des jours sur ce banc. Et il découvrit un visage. Puis bientôt, juste derrière, un deuxième. Sur le banc, deux corps étaient lovés, un homme et une femme, l'un contre l'autre, encastrés dans une position quasi fœtale. Un père, une mère.

Tarang fut alors submergé par une émotion qui terrassa

toutes les pondérations programmées par son implant. Tout en larmes, il se rua sur le banc, grognant, rageant ; avec des gestes totalement désordonnés, guidés par le désespoir, il se mit à retirer toute la neige pour en extraire les deux corps, comme s'il put encore faire quelque chose pour eux. Il prit entre ses mains celles de la femme qu'il avait mise au jour, frotta vigoureusement ses joues de pierre pour essayer de les réchauffer. Il savait pourtant, mieux que personne, qu'à leur froideur, leur couleur et leur rigidité ces deux malheureux, congelés, étaient morts depuis de nombreuses heures. Mais il avait devant lui les parents du petit garçon et il ne pouvait l'accepter.

Il songea un instant à porter le corps de la femme pour le rentrer dans la maison mais se résigna assez vite, à l'idée de ce que l'enfant pourrait éprouver s'il se réveillait et découvrait ainsi sa mère raidie par le gel et la mort. Et puis, réflexe professionnel, il se dit que les corps seraient mieux conservés là, dans le grand froid, jusqu'à ce qu'on vînt les chercher — à supposer qu'on vînt un jour.

Comment avaient-ils pu mourir tous les deux, ensemble ? Tarang rencontrait-il un cas exceptionnel, celui de deux suicides concomitants dans le même foyer, d'un couple qui aurait subi le même assaut intérieur, les mêmes pulsions au même moment, et se serait accordé sur le lieu et les modalités de sa mort ? Et quelle puissance pouvait donc avoir ce virus pour faire oublier à deux jeunes parents leur plus bel accomplissement, la petite vie qu'ils avaient façonnée et s'étaient donné tant de mal à élever ? Des morts, Tarang en vit en nombre ces derniers jours, à tel point d'ailleurs qu'il s'était constitué, à force, une carapace suffisamment solide pour les encaisser à la chaîne. Mais il n'avait encore jamais expérimenté une telle sensation, ce coup de poignard dans le cœur, ce sol qui se déroba soudain sous ses pieds, cette partie de lui-même que la mort aspira d'un coup vers elle. Il put paraître étonnant de ressentir une telle émotion pour deux inconnus, alors que tant de proches avaient disparu ces dernières heures. Mais en réalité ces deux-là étaient intimement liés à ce petit garçon qui le touchait tant et avait dormi à ses pieds. Une vie en devenir, pure, que le sort avait décidé de faire basculer dans la souffrance et les traumatismes.

Cet événement agit sur son esprit comme le chaînon manquant de ses tourments psychologiques et de ses émotions. Il avait enduré la peur, le tracas, le poids de la responsabilité, la fatigue, mais pas encore cette peine intense et pénétrante que la mort seule était capable d'engendrer. Ces deux morts-là en valaient cent mille. Tarang, au fond, ne s'attendait pas à vivre ici un tel abattement et c'est aussi cet effet de surprise qui le terrassa. Le grand chagrin d'une mort redoutée, son esprit y était déjà un peu préparé s'il s'avérait incapable d'arriver à temps à Fort Collins. Là, il chancelait déjà sous le poids d'un accablement qu'il n'avait pas anticipé. Qui plus est, aggravant la puissance de ses émotions, son affliction profonde fut immédiatement enveloppée d'une forte culpabilité. Ces deux innocents, qui n'avaient finalement fait que succomber au confort de l'intelligence connectée, étaient un peu ses victimes.

Tarang voyait de ses yeux la conséquence tragique de ses propres actes. Pour la première fois, il sut qu'il ne pourrait éviter de se sentir responsable, éternellement, même en trafiquant sa mémoire, en enfouissant tout sous un monceau opaque de mensonges grossiers. Il sut aussi que les résurgences de ce moment seraient quotidiennes, permanentes et que sa douleur, son supplice n'auraient d'équivalent que l'interminable pénitence que deviendrait sa vie dorénavant.

Il en vint à se dire que si lui, Tarang, n'avait pas vécu, ces deux êtres seraient en vie à cette heure, s'occupant de leur propriété, éduquant ce petit garçon et le couvant de leur amour. Il n'envisagea même pas un instant qu'ils se rencontrèrent grâce aux applications d'Intellect, que le réseau avait structuré leur couple, qu'ils bénéficièrent toute leur vie d'adulte des possibilités infinies de la toile que Tarang avait tissée. Il n'était plus en mesure de voir ces choses-là tant il était écrasé par le poids de ses fautes. Elles lui tombèrent dessus, comme une lourde avalanche de neige. Il resta ainsi plusieurs minutes KO. et ne fut ramené à la réalité du moment que par les morsures du froid. Il essuya ses larmes à moitié gelées, inspira un grand coup et rentra dans la maison. Il y retrouva l'enfant, toujours emmitouflé au sol, mais éveillé, le regard inquiet. Que devait-il faire de lui ?

À vrai dire, il se perdait en conjectures. D'un côté il exprimait le souhait de rallier au plus vite son fils et, de l'autre, un devoir s'imposait, celui de trouver une solution pour cet orphelin, au risque d'échouer dans sa mission primaire. Tarang ne voyait que des mauvais choix. Fallait-il le remettre à la police ? Mais avec quel espoir de prise en charge ? La police se déplacerait-elle pour recueillir un enfant perdu dans la campagne alors que des femmes et des hommes trépassaient partout au même moment ? Y avait-il encore une police ?

— Comment t'appelles-tu ? demanda Tarang

L'enfant restait cloîtré dans son mutisme. Tarang insista et le petit lâcha finalement un timide « Zeremiah ».

— Bien, répondit Tarang. Jeremiah, je ne sais pas où sont

tes parents. Il faut que quelqu'un s'occupe de toi. Et moi, vois-tu, je dois partir, car j'ai aussi mon grand garçon qui est tout seul et que je dois aider. Tu comprends ?

L'enfant hocha la tête.
— Alors voilà ce qu'on va faire. On va prendre quelques affaires, tu vas choisir tes meilleurs jouets et je vais t'emmener chez les voisins, les Monroe. Tu connais les Monroe ?

L'enfant ne répondit rien.
— As-tu faim Jeremiah ?

Un hochement franc indiqua qu'il n'avait sans doute rien mangé depuis un long moment. Tarang alla chercher tout ce qui put être à ses yeux adapté à un petit de cet âge et lui proposa un large éventail de ses trouvailles. L'enfant piocha, sans hésitation. Pendant qu'il engloutissait un festin de sucreries, Tarang lui répétait tranquillement ce qui allait se passer : s'habiller, préparer un sac d'affaires, et partir chez les Monroe « en attendant que papa et maman reviennent ». Il n'avait pas trouvé d'autre manière d'envelopper cela. Alors Tarang se mua fugacement en père aimant, rejouant instinctivement une partition qu'il avait crue oubliée — et n'avait que trop peu jouée dans sa vie. Il lui chercha des vêtements chauds, l'aida à s'habiller, l'accompagna aux toilettes, lui demanda quelle peluche et quels jouets il souhaitait emmener. Bref, il s'en occupa comme s'il s'agit d'un avatar de Michael ou Sundar et ce transfert ne lui échappa pas, à tel point qu'il se mit à craindre le moment où il allait devoir se séparer de Jeremiah. Laissant momentanément l'enfant à ses jeux, Tarang regagna l'ange pour y replacer ses batteries et sa valise. Il passa devant le banc, sans le regarder. Au retour, il remit un peu de neige sur les deux corps pour les dissimuler, puis alla chercher Jeremiah. Il le découvrit en larmes : l'enfant avait cru à un nouvel abandon. Tarang fut à la fois mortifié par ses pleurs et bouleversé par ce petit être qu'il connaissait à peine mais qui déjà s'était attaché à sa présence. L'existence de Tarang avait donc encore une valeur inestimable pour quelqu'un sur cette planète.

Tarang appréhendait de laisser Jeremiah aux Monroe, des inconnus dont il n'avait vu qu'une figure rugueuse. Mais il dut s'y résoudre. Il saisit les quelques affaires empaquetées et prit l'enfant dans ses bras. Le garçon se cramponna à son épaule sans lâcher son lapin en peluche. Il jeta vers Tarang un regard qui tenait autant de l'inquiétude que de la supplique. Tarang s'en détourna et décida de se mettre en route vers la ferme Monroe, sans dire un mot. Lorsqu'il passa devant le banc, il changea l'enfant de bras afin que sa tête fût tournée vers la direction opposée. Puis il accéléra le pas. Pendant qu'il avançait ainsi dans la neige, sous un ciel radieux, le petit Jeremiah, le menton posé sur l'épaule de Tarang, regardait loin devant lui. Jamais il ne vit le banc.

Tarang avait les yeux embués par des larmes qu'il ne pouvait plus retenir. À bout de forces, les muscles des bras tétanisés, il se présenta devant la porte des Monroe, l'enfant contre lui. Les rideaux avaient bougé, quelqu'un l'observait en cachette. À nouveau, il frappa à la porte. Et à nouveau, aucune réponse. Il frappa encore, fort et longtemps. Mais il dut se rendre à l'évidence, personne ne lui ouvrirait. Sans doute l'ours était-il sorti et avait-il interdit à sa famille d'ouvrir à tout Indien qui se présenterait. Être Binaire en ce vingt-huitième jour, c'était transporter avec soi la menace d'une mort à retardement.

Il ne vit plus qu'une chose à faire. Il serra Jeremiah contre lui, longuement. Ils se regardèrent, les yeux dans les yeux, mélangeant les effluves chauds de leurs souffles. Il déposa l'enfant au sol, l'embrassa sur le crâne et laissa à ses pieds le petit ballot d'affaires. Il s'accroupit et lui dit :

— Sois fort, mon garçon. Tes parents t'ont aimé jusqu'au bout, tu étais et tu seras toujours tout pour eux. Ne l'oublie jamais.

Il l'embrassa à nouveau et fit quelques pas pour s'éloigner de la maison, puis cria, à bonne distance :

— Je laisse à vos bons soins le petit Jeremiah Dickens ! Ses parents sont… Enfin… Vous les trouverez là-bas, les pauvres… Le petit est tout seul, désormais. Il a besoin d'attention et d'amour. Je suis sûr que vous n'en manquerez pas. Veillez sur lui. Adieu.

Et il partit en direction de son ange. Alors le petit Jeremiah se remit à pleurer. Fendant le silence de la grande plaine, une plainte à faire saigner le cœur le plus endurci s'éleva jusqu'à faire fuir les corbeaux des arbres proches. Tarang se retourna et vit alors la porte de la maison s'ouvrir ; une femme aux longs cheveux blonds et tressés sortit ; elle saisit l'enfant par le bras et le tira prestement à l'intérieur. La porte se referma aussi vite.

– 6 –

Il y avait dorénavant pire que la perspective de la mort pour Tarang : celle de vivre ; vivre avec cette accumulation d'échecs méticuleusement mais bien inconsciemment empilés. À côté de cela, la fin de tout lui paraissait maintenant plus douce. Dans un coin de sa tête, il préparait tranquillement son esprit à accueillir avec bienveillance le sort qui l'attendait. Sa culpabilité le rongeait comme un cancer foudroyant. Toute sa vie d'adulte, il l'avait consacrée à développer et promouvoir son idée révolutionnaire. Était-il fautif pour ce qui en découlait ? Être responsable de ses actes englobait-il aussi les conséquences du dévoiement, par d'autres, de ses idées et de ses actions ? Qu'il eût tous ces morts sur la conscience apportait un début de réponse. Mais quant au reste, concernant le fond du problème, ce qui avait conduit à cette folie, qui devait-on vraiment blâmer ? Ni lui ni Intellect. La Vague ! Bien sûr, c'était elle qui accomplissait un crime dépassant l'entendement. Les voilà, les coupables : une bande de *najis* cachés derrière leurs écrans. Mais Tarang, qui, dans l'acceptation de ce drame, avait une bonne semaine d'avance sur le commun des mortels, se posait une question bien plus dérangeante : où donc les génocidaires avaient-ils puisé de si puissantes motivations ?

Énoncer cette question aurait pu paraître indécent à ce moment précis. La formuler venait à reconnaître qu'il existait un fondement autre que la folie humaine au génocide en cours. En somme : qu'il n'y avait pas de fumée sans feu. Mais l'ampleur et la vitesse du phénomène avaient empêché qu'on s'interrogeât sur la raison profonde de cette grande tuerie et qu'on s'en indignât dûment. Le débat sur les motifs de la catastrophe n'avait pas eu le temps de prendre place et tous ses analystes ou ses juges potentiels étaient morts ou accaparés par l'enjeu de leur propre survie. Seul le Président des États-Unis l'avait esquissé, sobrement, dans son ultime allocution. Tarang, lui, n'avait eu de cesse, au cours des derniers jours, d'apporter des éléments de réponse à cette interrogation taboue. Et c'est assurément la raison pour laquelle il ne développa aucune haine envers la Vague, même après la cruelle revendication. Non pas qu'elle ne l'ait pas mérité. Cette Vague était détestable en tout. Elle surpassait en horreur et en victimes les crimes de la peste brune et de son pendant rouge. Mais Tarang, qui avait mené son débat d'idées tout seul, dans un coin de son esprit, considérait maintenant qu'il était tout à fait possible et raisonnable de déceler dans les mots de la Vague, quelques points d'accroche, les bases d'une compréhension voire une once de légitimité. En effet, les prétextes de son action terroriste n'avaient vraiment rien de nouveau. Voilà des décennies que tout cela était rabâché et, au fond, qui aurait pu en contester le fondement ? Le constat dressé par la Vague était sans appel, c'est la solution proposée qui posait problème.

En fait, à mesure qu'il avançait dans ses réflexions, Tarang se mit même à dédouaner la Vague et, parallèlement, à sécréter un dégoût et une rancœur, non pour ces écoterroristes au sang froid, mais pour les générations passées qui avaient scellé le destin de leur descendance. Ces générations qui n'avaient daigné mettre aucune limite à leur frénésie de consommation et s'étaient bâfrés jusqu'à l'obésité. Ces foyers qui, disait-on, allaient jusqu'à remplir un sac-poubelle par jour de leur gavage impudent. Ces consommateurs qui, d'un clic, se faisaient livrer jusque sur leur paillasson le moindre article éphémère venant du bout du monde. Ces familles qui possédaient deux véhicules et parfois davantage, faisant un usage immodéré de leur énergie fossile pour des motifs dont la futilité continue de surprendre un siècle après. Ces voyageurs qui trouvaient normal de parcourir des milliers de kilomètres en avion pour une bouchée de pain. Ces touristes qui, par millions, s'agglutinaient dans des espaces artificialisés, s'entassaient dans des *resort*s et s'y rassasiaient à coups de *all inclusive*. Cette ascendance qui avait déversé dans nos océans des montagnes de plastique, toujours présent des décennies après son interdiction. Ces femmes et ces hommes, enfin, qui s'étaient reproduits mécaniquement, sans retenue, sans se soucier du lendemain, condamnant chaque jour un peu plus le monde à l'imminence d'un drame pour assouvir un désir consumériste d'enfant qu'on n'avait plus le luxe de s'offrir.

Les éco-historiens avaient situé au premier tiers du XXIe siècle le point précis de son histoire où l'Homme choisit, consciemment ou pas, la sauvegarde d'un mode de vie plutôt que sa réinvention de fond en comble. À cette époque, affirmaient-ils, l'Homme avait en main toutes les données statistiques et les outils de prévisions : il savait ce qui allait se passer. Bien sûr les dévastations dataient d'avant, mais à partir de cette époque, on ne pouvait plus ignorer le coût futur de la perpétuation de modes de vie criminels. Et l'appareil économique était encore susceptible de changements lourds et essentiels. L'humanité, enfin, ne comptait alors que sept milliards d'habitants. Tout était donc encore possible. Hélas ! On consacra toute l'énergie et l'intelligence qu'une révolution aurait requise à la seule préservation d'un système. Dès lors, que pouvait-on reprocher aux contemporains de Tarang ? Avec douze milliards de bouches à nourrir et un écosystème expirant, la machine était trop lourde, le handicap trop important pour prendre un virage radical et espérer des résultats probants. Eux n'y étaient plus pour grand-chose.

La mémoire de Tarang lui offrit alors d'étrange résurgences, celles des questions de son fils Michael lorsque ce dernier était enfant : pourquoi, demandait-il, lui imposait-on des efforts et des sacrifices que ses parents, et moins encore ses grands-parents n'avaient consenti à faire ? C'était injuste, répétait-il. Et puis, à quoi bon imposer aux enfants de contrôler quotidiennement leur consommation carbonée puisqu'il n'y avait plus rien d'autre à sauver que l'espèce humaine ? Pourquoi lui montrer dans des livres des images d'animaux disparus et lui faire croire que sa génération avait encore le pouvoir, à condition de renoncer à tout, de les ressusciter ? À quoi rimaient ces hologrammes interactifs de singes qu'on lui avait offerts pour son septième anniversaire, ou ces girafes de synthèse qui parcouraient le cyberzoo de la ville ? Les réponses d'un père à ces questions ne pouvaient que trouver en écho l'incompréhension d'un enfant à qui l'on demandait de mettre hors d'eau un monde englouti depuis longtemps par ses aïeux. Revenant au présent, Tarang comprit alors que les Binaires sacrifiés par la Vague ne pouvaient être que des victimes expiatoires. La situation catastrophique que prétendait dénoncer la Vague était bel et bien l'œuvre d'un siècle entier de déni et d'égoïsme, le XXIe, et, par suite, celui des Hommes qui l'avaient inauguré et lui avaient donné le la. Tarang, la tête appuyée contre une des vitres, promenait son regard au loin, questionnant l'horizon sans espérer de lui la moindre réponse. Il se sentait enfin vieux, en phase avec son âge biologique, usé de ce monde, désabusé, désenchanté. L'ange filait à basse altitude, le sol blanc continuait à défiler, inlassablement. Le paysage, à vrai dire, était à l'image de ce virus, se répétant sans cesse et ne laissant entrevoir aucune issue. Alors un bref instant, l'esprit usé de Tarang chercha un peu de repos. Et il s'assoupit.

– 7 –

Tarang sursauta. Le cauchemar, cette vague qui s'abat sur le monde et sur son fils, l'avait encore pris en otage dans son sommeil puis libéré dans un sursaut, en état de choc. Avec une différence de taille cette fois : Tarang n'avait fait qu'un avec la vague. Il était elle. Son corps avait fusionné avec la masse d'eau, porté par sa force irrésistible. Il en avait subi la puissance autant qu'elle l'avait fasciné. Du haut de sa crête d'écume, Tarang avait vu le vaste monde qu'il s'apprêtait à dévaster et il avait crié sa joie. Puis en contrebas, minuscule, il avait aperçu Michael. Et il l'engloutit. Cette chimère ne le lâchait plus, elle hantait chaque circonvolution de son cerveau. Et la dernière évolution de son récit avait de quoi l'inquiéter.

Au réveil heureusement, une forme d'espoir se matérialisa devant lui, sous la forme d'une chaîne montagneuse. Au loin, au-delà des hautes plaines recouvertes de neige, surgit enfin la cime blanche des Rocheuses. Les Rocheuses, ou les Portes de la Mort, comme on les avait rebaptisées. Une chaîne de montagnes aux limites de laquelle la désolation s'affichait partout sur l'ancien Far West : Utah, Arizona, Nevada, Californie. Jusqu'au Pacifique, l'Homme avait façonné un désert immense, à moins que ce ne fût la réponse punitive d'une nature violée et usée qui avait choisi, plutôt qu'une lente agonie, un suicide brutal, elle aussi, à grands coups d'incendies dantesques et de tempêtes de feu. Toujours est-il que derrière cette crête un tiers des États-Unis s'était dévitalisé en quelques décennies ; au-delà, il n'y avait plus rien. Une sorte de showroom grandeur nature de notre perdition à venir.

Tarang, lui, ne soupçonnait pas la mort qui régnait de l'autre côté de la montagne, car il n'envisageait pas de se rendre là-bas : Fort Collins se situait en effet au pied des Rocheuses et constituait le dernier vestige de civilisation avant le néant. Tout ce qu'il vit à cet instant, c'est qu'il touchait enfin à son but et qu'il y avait enfin quelque chose au bout de cet horizon, une muraille qui lui donnait une fin et qui offrait à cette interminable traversée la sensation du mouvement.

Moins d'une heure plus tard, il arriva en vue de Fort Collins. Un vaste parterre de maisons et de petits immeubles rangés en damier s'étendait en longueur au pied du massif. La neige n'avait pas tout recouvert et visiblement la mort non plus, car on commençait à s'affairer dans les rues. Les paniers étaient pleins, les visages souriants ; on se souhaitait la bonne année, à coups de bises et d'étreintes chaleureuses. Lorsqu'il survola le petit centre-ville, on salua même Tarang d'en bas. Et partout des enfants jouaient sous le regard bienveillant de leurs parents. Un jour de l'An parfait.

L'ange s'approcha du sol et vola au ras d'une route rectiligne. Les rues défilaient, perpendiculaires, dans une succession de maisons bien rangées.

Soudain, accroché à un feu de circulation, un écriteau vert affichait en lettres blanches : *Mountain Avenue*. Tarang était arrivé. Enfin. Son destin l'attendait là, le long de cette interminable artère, dont la perspective se perdait au loin dans des contreforts rocheux.

L'ange se posa délicatement devant le numéro 2446. Le ciel était pur. La maison bleue. Tarang quitta son ange. Son cœur tambourinait. Il traversa le petit jardin enneigé et se présenta devant l'entrée. Il sonna : pas de réponse. La porte était ouverte. Alors il entra. Pour ne plus jamais en sortir.

19

Transmission

Avant de quitter Mars, Sundar Rajani m'avait proposé d'accéder à l'ensemble des données mémorielles héritées de son père Tarang. Il n'avait qu'un souhait : que quelqu'un écrivît son histoire, celle de ses derniers jours, afin de nous éclairer sur ce qu'il s'était passé. Il souhaitait qu'une plume impartiale racontât la vérité et rendît aussi à Tarang son humanité et sa loyauté, loin des commentaires à l'emporte-pièce et des accusations faciles qu'il ne supportait plus ici, à la base. C'était à l'évidence une commande qu'il me passait et je ne me fis pas prier pour l'accepter. La perspective de connaître la vérité de ce mois de décembre emporta tout. Je sus immédiatement que j'y consacrerai une grande partie des mois ou années à venir. Sundar m'avait donné carte blanche mais à une condition : que les tout derniers instants de son père ne fussent dévoilés que dans leurs contours généraux, sans les détails intimes de ses ultimes pensées, qui ne regardent personne d'autre que Tarang — et lui appartiennent, en effet, pour l'éternité. Bien que Sundar n'ait plus donné signe de vie depuis longtemps, j'engage mon honneur en respectant cette parole donnée.

Alors voici ce qu'il se passa, au 2446, Mountain avenue, de façon aussi concise et sincère qu'il me soit possible de le restituer : Tarang entra dans la maison et y découvrit d'abord un capharnaüm de matériel informatique qui lui rappela, de façon amplifiée, l'atelier de Chandni Chowk. Comme un mauvais présage, le silence glaçant du lieu le ramena à un autre souvenir récent, celui de la maison des Dickens. Alors il sut instinctivement où aller : il se rendit à l'étage et se dirigea directement vers la pièce du fond, dont la porte était à demi close. Et il y trouva son fils. Mort. Étalé sur le sol de sa chambre, un pistolet dans la main. Contre lui gisait une jeune femme, ses longs cheveux blonds collés par le sang coagulé.

Dire ce que fut le chagrin de Tarang n'apporterait rien et je m'en garderai bien. D'ailleurs sa peine se transforma aussitôt en un mélange toxique de déception, de colère et, à nouveau, de culpabilité. En effet, Tarang fit deux découvertes qui essorèrent le peu qui lui restait de force vitale. La première, c'est que son fils n'avait plus d'implant. Celui-ci avait été fraîchement retiré. Son suicide était donc authentique, conscient, voulu. Wertherien, serai-je tenté de dire. La deuxième, c'est que dans la chambre où il gisait, sur un des murs, avaient été peintes, immenses, en vert, quatre lettres : W.A.V.E.

Sur les raisons d'être de cette inscription, je ne dirai rien d'autre que ce que Tarang put extirper des tréfonds de sa mémoire cachée ; et je ne poserai à ce sujet aucune autre question que celles que Tarang se posa lui-même.

À cet instant, il comprit enfin — ou plutôt accepta l'idée — que ses cauchemars étaient bien nés d'une image résiduelle, une Irma, preuve d'une intrusion dans son espace mémoriel. S'il avait jusque-là évité de résoudre cette énigme, c'est qu'il soupçonnait sans doute où le conduiraient ses investigations. Mais cette fois, face l'horreur de sa découverte, Tarang se mit à fouiller vraiment, pour trouver la source de l'Irma. Et à force d'introspection et d'analyse de ses datas mémorielles, il arracha des limbes de son subconscient la racine du mal, parvenant à identifier le jour et l'heure exacts de sa semence. Il comprit que Michael venait là régulièrement, dans l'appartement mémoriel de son père, pour en copier le contenu qu'il lui avait mis en partage.

Tarang, en bon père, avait toujours laissé à Michael un accès aussi large que possible à son espace mémoriel ; depuis le premier jour, lorsqu'il lui avait offert le meilleur des implants du marché. Tarang repensa alors à cette phrase écrite par son fils au dos d'une page des *Souffrances du jeune Werther*. Son intention paternelle lui semblât louable pourtant. Il avait souhaité faire bénéficier à son dernier né de son savoir utile afin qu'il réussît dans ses études, sa carrière. Avec les années, Tarang s'était persuadé que Michael, dans son rejet, usait peu de cette faculté. Mais ce que Tarang venait de découvrir, c'est qu'en réalité son fils le visitait régulièrement, pendant son sommeil notamment. Et lorsque Tarang réussit à compiler toutes les allées et venues nocturnes de son fils, il constata surtout que Michael ne s'intéressait pas à ce qui était mis en partage, mais au reste. Et qu'il tenta sans relâche de percer les zones secrètes de sa mémoire, d'en forcer les coffres-forts. Ce qu'il réussit à faire un jour en repérant, cachés derrière un miroir, certains codes confidentiels supposés protéger son sanctuaire cognitif. Ainsi, des mois durant, sans qu'il ne s'en rendît jamais compte, les zones secrètes de son appartement mémoriel furent fouillées méticuleusement, par Michael et même par des complices. Les questions se télescopèrent dans l'esprit de Tarang. Les larcins mémoriels de Michael lui avaient-ils permis de découvrir des brèches dans Intellect dont seul Tarang avait connaissance jusque-là ? Avait-il utilisé le savoir de son père pour parvenir à manipuler un esprit, celui de Raman par exemple, jusqu'au point de lui faire pénétrer le méta-serveur ?

Chaque réponse que Tarang échafaudait le torturait, l'écorchait, le mutilait au plus profond de lui. Un supplice intellectuel indicible qui réclamait sa fin, une agonie son achèvement, car Tarang sachant sa responsabilité engagée à ce point, n'envisageait désormais plus de vivre avec ce fardeau. Alors, la fin de son être commença précisément là, bien qu'elle n'intervînt physiquement que plus tard. Mais il est vrai qu'à cet instant, dans le ressac de la Vague, il mourut, un peu. Cette petite mort résulta du choix que fit Tarang à ce moment précis entre deux chemins qui se présentaient à lui. Le premier, c'était tenter de s'enlever lui-même son implant et partir. Mais vers où, vers quoi ? L'Inde, c'eut été à coup sûr la traque ou la mort, violente. Alors, peut-être retrouver Esther ? ou Jeremiah ? Des impasses en réalité. Comme faire porter à d'autres son fardeau. Et vis-à-vis d'Esther, il n'éludait plus l'éventualité d'être brutalement éconduit. Et puis, comment vivre dans un monde où chaque seconde, chaque acte, chaque respiration trouveraient en écho sa responsabilité, sa faute inexpiable ?

Alors il envisagea l'autre voie. Qui consistait aussi à partir, mais différemment. Mourir, de sa propre main, pour fuir cette damnation qui lui était promise. Mais pouvait-il seulement fuir le monde ainsi, comme l'avait fait Raman, comme pour échapper à son châtiment ?

Dans le maëlstrom de ses sombres pensées, sous un déluge mélancolique comme il n'en avait jamais connu, Tarang eut une pensée pour le fils qui lui restait, Sundar, le fils qui avait tout accompli, tout réussi, qui lui avait tant donné, mais finalement si peu reçu en retour. Que fallait-il faire, maintenant que la mort semblait inéluctable ? Tout lui révéler, pour qu'il comprenne que son père avait choisi la mort avant même qu'elle ne s'impose à lui ? Ou bien serait-il préférable que son fils n'en sache rien et qu'il pense que son père avait succombé au virus, victime comme tant d'autres ?

Ces questions rencontrèrent une autre possibilité, consistant à faire de Sundar le récipiendaire de ses confessions et ainsi espérer, par son truchement, d'accéder à une forme de salut. Tout lui dire et espérer que cela serve aux survivants, pour obtenir en retour une délivrance. Tarang recourrait peu à la religion mais en cet instant décisif, la perspective de sa propre réincarnation surgit du néant pour commander ses faits et gestes. S'il lui restait un petit espoir de réduire sa dette karmique, c'est par la révélation de la vérité qu'il passerait.

Un obstacle de taille se dressait sur son chemin. Aurait-il simplement la capacité technique de pouvoir expliquer quoi que ce soit à Sundar ? Il songea en effet à l'interruption totale des communications avec Mars : rien ne passait plus, lui avait-on notifié l'autre jour, sinon les messages prioritaires. Et puis, se dit-il, même si son message parvenait à être miraculeusement acheminé, il serait ensuite décortiqué, mastiqué puis régurgité par l'algorithme censeur de l'ISA. Non, c'était peine perdue. Sundar ne saurait rien de ce qu'il était advenu de son père, ni de sa faute immense ni de comment il mit tout en œuvre pour contrer ce mal.

Tarang parvint tout de même à se ressaisir, à réfléchir posément pour chercher une solution à ce problème. Et dans une dernière salve d'énergie cérébrale, il la trouva. Il comprit soudain qu'il subsistait bien un moyen de tout révéler à son dernier fils et par là même au reste du monde, avec l'assurance que le message arriverait à bon port. Simplement, cela exigeait une contrepartie, importante, mais à laquelle tout son être était désormais préparé.

Tarang décida en effet d'utiliser le dernier médium de communication qui daignait encore fonctionner avec Mars : un message prioritaire. Pas ces faire-part de décès impersonnels, non, plutôt le legs cognitif qu'un père décédé pouvait faire à son dernier ayant droit. Oui, en mourant, Tarang transmettrait tout à Sundar. La censure n'y pourrait rien. Alors, pourquoi ne pas transmettre des aveux ? Alors Tarang, libéré à cette idée, prit son temps. Il écrivit à Sundar un mot virtuel, sur un papier de pixels avec une encre qui n'existait pas. Et, plutôt que de l'envoyer, ce qui donc aurait abouti à un échec, il l'enregistra, le rangea soigneusement dans une enveloppe imaginaire qu'il déposa bien en évidence sur la grande table de lumière du salon, celle de son espace mémoriel. Et ainsi, songea Tarang, lorsqu'il aurait mis fin à ses jours, ce qui n'était dans son esprit qu'une question de minutes, sa mémoire deviendrait un actif transmissible, qui parcourrait l'espace à la vitesse de la lumière pour atteindre son légataire universel, son ultime héritier. Sundar recevrait cela sous forme de message prioritaire, les seuls qui pouvaient parvenir à leur destinataire sans risquer leur dissolution dans l'estomac de l'algorithme-censeur. Alors, quand son fils explorerait son espace mémoriel, sans aucun doute, trouverait-il, en tout premier lieu, ce mot, posé sur la table, qui le mettrait sur la voie pour comprendre le reste, tout le reste, qu'il avait méticuleusement archivé dans sa mémoire tout au long du mois de décembre.

La lettre de son père, Sundar m'a autorisé à la lire. Je me

garderai de la révéler dans son intégralité. Cela n'apporterait rien de plus à la compréhension des évènements et violerait l'intimité de leur lien. J'en extrairai néanmoins ce court passage conclusif, qui, me semble-t-il, s'adressait à son fils comme à nous tous :

« *J'espère seulement que de là où tu es, aussi lointaine soit-elle, la Terre t'apparaît toujours bleue, car ici-bas, tout est sombre, morne et terne. Prenez soin d'elle. Et souvenez-vous, à chaque instant, que nous ne sommes rien sans son consentement.* »

Somme toute, de la multitude d'actes qu'il accomplit au cours de ces trois dernières semaines, Tarang n'aurait jamais pu faire davantage pour son karma. Parce qu'il fit le don de sa vie pour offrir à la postérité le récit détaillé de sa faute et de ce drame dont personne, sans cela, n'aurait pu avoir une vision aussi globale. Il aurait tout aussi bien pu garder cela pour lui, le monde n'en aurait rien su. Mais il est vrai aussi que ce choix condamna son fils aux yeux des autres. Tarang avait sans doute conçu de lui léguer autre chose : une fortune, un nom. Il ne lui transmit rien d'autre qu'un immense et impérissable fardeau.

– 2 –

Dans l'imaginaire collectif, les apocalypses eurent souvent leur héros de dernière minute, leur main salvatrice, une intervention semi-divine ou une action providentielle afin de remettre de l'ordre dans un grand chambardement et offrir à un drame sur le point de tout engloutir un dénouement sinon heureux, au moins plein d'espoir. La vérité c'est que face à la catastrophe qui s'était produite, l'Homme n'avait su montrer autre chose qu'une désespérante impuissance. Personne, apparemment, n'avait trouvé de parade. Il n'y aurait pas de héros, pas de *happy end*. Mais la défaite n'était pas totale et puisqu'il faut bien se raccrocher à quelque chose de positif, comment ne pas envisager que, dans ces derniers instants, chacun, probablement, avait su trouver sa manière d'être héroïque. Tarang le premier. Un brillant auteur de mon petit pays avait écrit un jour : « *Ce qu'on apprend au milieu des fléaux c'est qu'il y a dans les hommes plus de choses à admirer qu'à mépriser* ». En dépit de la sombre relation que j'ai pu faire de ces événements, je suis intimement convaincu que les dernières heures de millions de consciences binaires ont été empreintes d'amour et de sollicitude et que la beauté et la force de l'âme humaine surent, un court instant, se révéler dans toute leur grandeur pour partir dignement. Du moins j'en fais le vœu.

– 3 –

Peu après avoir achevé sa lettre, Tarang la déposa précautionneusement sur la table de lumière de son salon mental. Puis il retourna dans le monde réel. Il s'empara de l'arme que la main rigide de Michael tenait encore. Son fils avait pris soin — à dessein ? — d'y laisser une munition supplémentaire. Tarang porta le canon sur sa tempe, mais il eut beau utiliser toute la puissance de sa volonté, il fut totalement incapable de tirer. Son surmoi de synthèse, porté par les protocoles anti-suicide d'Intellect et de son implant, le lui interdit. Il n'était pas supposé mourir à cette heure-là. Pour disparaître volontairement, il lui fallait attendre l'orage psychique déclenché par le virus.

Alors, sans autre choix, il patienta, sachant son heure proche. Selon le modèle mathématique, Sissa ne lui accordait au plus qu'une cinquantaine d'heures. Après quoi c'en serait fini des Binaires. Il passa donc la nuit à côté du corps de son fils et de cette inconnue, convoquant en lui la quantité stupéfiante de souvenirs qu'il n'avait plus consultés depuis des années. Les plus beaux. Il finit par s'assoupir. Il rêva de la vague une dernière fois. Et, par chance, la délivrance arriva vite, dès le lendemain matin, peu après son éveil. À 7h32, au bout d'une nuit d'espoir pour lui, d'horreur pour le reste de l'humanité Binaire, un stimulus bienfaiteur secoua sa conscience, puis la harcela. Et lui offrit, enfin, la possibilité de saisir l'arme, sans aucune appréhension.

Le dernier matin de Tarang fut l'antépénultième de ce monde-là.

20

Postface

C'était il y a quatre ans.

Depuis, nous survivons sur cette planète hostile dont les vents constants nous enveloppent dans un suaire ocre. Et nous n'avons jamais réussi à rétablir un contact avec la Terre. Le virus a-t-il été au bout de sa funeste tâche ? Un antivirus miraculeux a-t-il été trouvé au dernier moment, permettant ainsi de sauver l'immense majorité des Binaires encore en vie au moment où Tarang mit fin à ses jours ? Deux milliards avaient péri, certes, mais il en restait tout de même six, disposant d'un sursis de très courte durée.

De ce miracle potentiel, nous ne savons rien. Mais il me semble que le silence parle pour lui-même. Ce silence… Il avait commencé avant même la mort de Dolores Myers. À cause de la tempête qui sévissait ici, nous n'avions rien su de cette tragédie pendant trois interminables semaines. Au petit matin du vingt-deuxième jour, alors que les vents s'étaient calmés et que les communications devinrent à nouveau possibles avec la Terre — et que nous nous réjouissions à l'idée de contacter nos proches — je reçus d'un coup une avalanche de messages prioritaires, tous ceux qui s'étaient amoncelés pendant le *black-out* et avaient pour destinataire chacun des quatre cent quatre-vingt-six colons de la base. Nous comprîmes qu'il se passait quelque chose de grave sur Terre, une guerre, un cataclysme ou un fléau titanesque, bien que j'aie cru au départ à un bug d'Intellect. Cette vague de suicides ressemblait plutôt à une erreur de code.

J'ai alors contacté nos correspondants, requérant des informations auxquelles nous avions droit, me semblait-il. En vain. Des jours durant, sans possibilité de prendre attache avec nos proches autrement que par le hub de notre réseau satellitaire qui exerçait une censure stricte sur les mots et les émotions et nous priva de tout dialogue avec l'extérieur, nous ne sûmes rien des causes profondes de ces décès qui nous étaient froidement annoncés. Nous en étions réduits à tenter de comprendre le drame qui se jouait sur Terre avec pour seuls indices ces messages impersonnels et leur terrible parcimonie.

Ceux qui mirent au point les principes fondamentaux de la colonisation de Mars avaient sans doute bien cerné le risque auquel toute la mission s'exposait si des colons pouvaient recevoir, directement depuis la Terre, à n'importe quel moment, des dépêches leur annonçant des décès. Il fallait que ce type de message transite par le Central et que la décision de leur communication à leur destinataire final soit prise par la seule personne dépositaire de cette autorité — en l'occurrence, ici, c'était moi. Au cours de mes deux premières années à ce poste, je n'avais eu à remettre de messages prioritaires de décès qu'à neuf reprises. Mais soudain, en un seul jour, il me fallait annoncer une tragique nouvelle à près de cinq cents personnes.

Et cela ne fit qu'empirer au fil des jours suivants.

Nous nous raccrochions toujours à la possibilité d'un grand bug technique générant des annonces erronées. Mais — hélas ! — à ces messages prioritaires succédèrent bientôt sur mon terminal les seules autres données qui pouvaient me parvenir directement et sans censure : les héritages mémoriels dont certains colons étaient les bénéficiaires. Nous comprîmes alors que les morts étaient bien effectives et découvrîmes les raisons et l'ampleur de cet holocauste, à travers ces bribes mémorielles, sous la forme d'un puzzle complexe et incomplet dont chacun ici détenait une ou plusieurs pièces.

Parmi les héritages qui affluèrent, il y eut alors celui de Tarang Rajani. Ce fut d'ailleurs le dernier que nous reçûmes, avant un *black-out* définitif et inexpliqué. Quand je lui transférai ce legs paternel et qu'il en prit connaissance, Sundar s'effondra. À ce moment cependant, je ne pouvais me douter de la richesse du contenu qui nous était parvenu. Toute la mémoire de Tarang, une vie entière, mais plus que tout le dernier mois de sa vie ; et aussi celui d'Esther Myers, qu'il avait soigneusement copié. Une telle mine d'informations pouvait nous éclairer sur le drame qui s'était joué à trois cents millions de kilomètres de nous. C'est ainsi que plusieurs jours après, Sundar vint me trouver dans mon bureau, les yeux rougis, pour m'indiquer que de toute la fortune que son père aurait pu lui léguer, la plus grande richesse était sans nul doute son actif cognitif.

Il nous raconta alors à tous, avec force détails, ce qu'il avait découvert dans ces mémoires. Et nous sûmes tout, ou presque, sans doute davantage même que ceux qui avaient vécu ces événements sur Terre. Sundar, d'ailleurs, aurait pu nous cacher cette histoire, nous n'en aurions rien su. Son nom n'aurait pas autant été entaché. Mais aurait-il été capable de porter ce secret et cette culpabilité seul ? Toujours est-il que d'aucuns parmi nous doutèrent de l'histoire de Sundar, suspectant dans son récit des petits arrangements avec la vérité, une manière de sauver l'honneur familial des Rajani en décrivant un Tarang sacrificiel et dédié corps et âme au sauvetage de l'humanité. Je ne peux les blâmer. Mais je peux aussi affirmer, après avoir passé des mois et des mois dans la mémoire de Tarang, que tout ce que Sundar nous a relaté était bien vrai — ou tout du moins vérifiable dans la mémoire de son père. Et que, sans ce legs, notre connaissance des événements et donc notre moral et notre espérance seraient aujourd'hui bien peu de chose face à l'incompréhension et au doute qui nous auraient rongés jusqu'à la mort.

– 2 –

Les semaines, puis les mois passèrent. Les premiers temps, nous avions espéré qu'un de nos messages pourrait être capté et qu'une réponse nous parviendrait. Mais il fallut se rendre à l'évidence : personne ne nous écoutait. Ou, du moins, personne n'était en mesure de nous répondre. Nous ignorons toujours pourquoi.

Après quatre mois de silence, il fut décidé qu'un petit groupe irait en éclaireur sur Terre avec un transport réduit afin d'alerter des secours et de mettre en place une forme de rapatriement ou de cordon sanitaire. Une mission dangereuse, un voyage à l'aveugle. Sundar se porta volontaire, j'imagine avec l'envie de laver un affront, celui des commentaires persistants sur le rôle que son père avait joué dans l'apocalypse. Après un mois de préparatifs et un peu moins de trois mois de voyage, Sundar et quatre autres colons arrivèrent à bon port, du moins l'espérons-nous encore. En réalité, nous n'en savons rien car subitement toute communication avec eux fut interrompue. Nous avons attendu des mois que quelque chose nous parvînt, un équipage, un transport, un message. Rien n'arriva jamais. En conséquence, nous avons conclu à leur échec. Alors, un autre équipage partit, mais il subit le même sort. Au bout du compte, plus de deux années se sont ainsi écoulées et pour tromper mon ennui, j'ai entrepris ce travail de mémoire que Sundar m'avait commandé avant son départ et que je n'achève qu'aujourd'hui.

L'exploration des souvenirs de Tarang et Esther fut un labeur dévorant, obsédant, une chance autant qu'une malédiction, mais mené sans aucune entrave ni censure grâce à Sundar. Et c'est ainsi qu'une vérité essentielle m'est apparue. Si j'ai voulu au départ m'acquitter de cette mission comme un enquêteur, voire un historien, même si cette ambition peut paraître présomptueuse, je m'en suis éloigné à mesure que je m'imprégnais des mots, des peines, des joies, des peurs de ceux qui furent en première ligne. À force de m'immerger dans deux sensibilités si différentes — Tarang et Esther — j'ai quitté le sentier du récit factuel pour me tourner vers une dramaturgie dont on pourra me reprocher la subjectivité, le caractère romanesque, mais qui seule révèle pour moi l'ampleur de cette terrible catastrophe bêtement, tristement, abominablement humaine.

Depuis des décennies, on nous avait dit qu'un jour, tout cela — la destruction systémique de notre environnement, ce consumérisme fou, l'emprise des technologies sur nos vies — se retournerait contre nous. Et on aurait pu imaginer plein de choses, mais sans doute pas une telle vague. Oh, on aurait pu concevoir une vague, oui, mais une vraie, une masse d'eau, gigantesque, s'élevant des océans jusqu'aux cieux, engloutissant tout sur son passage. Ça, c'était inscrit dans notre mythologie commune. Voilà un récit tout à fait acceptable par nos semblables que de disparaître sous des eaux cataclysmiques. Mais une vague comme celle qui arriva, non.

L'a-t-on méritée ?

Voilà pour finir l'interrogation qui, depuis quatre ans, anime nos discussions, parfois virulentes il faut bien l'avouer. On m'accusera peut-être, d'ailleurs, d'avoir pris parti, d'avoir fait preuve de complaisance envers l'attaque qui décima notre espèce. On pourra me reprocher le ton doucement acerbe de mon propos lorsque je dépeins notre société d'alors. Mais en vérité, cette démarche, moins acrimonieuse que lucide, ne m'a pour autant jamais fait oublier que je fus le contemporain, mieux, le complice de cette société à la dérive.

Sans avoir voulu lui manquer de respect, il m'a simplement semblé nécessaire, à l'heure où l'on se demande ce qu'il en reste, de poser sur notre monde un regard distancié et critique plutôt que nostalgique. Et je dois l'avouer, avec les années, il m'arrive de croire à cette apoptose, d'imaginer que là-bas tout s'arrange et se métamorphose.

Mais bien que ces pensées positives bercent mon imagination, je suis inlassablement rattrapé par la contradiction fondamentale de ce que la Vague a prétendu faire : supprimer les Binaires et laisser aux Primaires une deuxième chance. Il me revient en mémoire que si notre planète était dans cet état, surpeuplée, saturée et exsangue, ce n'était pas la faute des Binaires, qui n'existaient que depuis une trentaine d'années tout au plus. Cette société, la sédimentation d'errements qui l'a conduite à maltraiter notre Terre, tout cela s'est accompli dans le temps long et a été orchestré par des générations de Primaires. Par ces Hommes du début du siècle, les derniers à avoir eu les moyens d'agir, mais qui ont laissé faire. Et qui ont organisé cette incroyable fuite en avant, qui ont fait de ce siècle un siècle, oui, de fossoyeurs, enterrant une à une nos espérances. Ceux-là sont responsables. Peut-être sont-ce les mêmes qui ont survécu ?

– 3 –

Au moment d'achever ce récit, mon regard est, pour la première fois depuis quatre ans, résolument tourné vers l'avenir. Avec un mélange d'espoir et de peur. Il a bien fallu nous faire à l'idée que de petites équipes d'éclaireurs ne nous mèneraient à rien et que nous devions procéder, par nous-mêmes, à une évacuation plus massive de Mars. Depuis plus d'un an que nous nous y préparons, un grand dilemme se pose, car nous ne pourrons rapatrier tout le monde en une seule fois. La flotte en orbite autour de Mars ne suffit pas. Il faudra donc choisir puisque nous sommes tous volontaires au départ.

Aucun de nous — sauf peut-être moi, et encore — n'a signé pour passer le reste de ses jours sur ce caillou sans vie et constamment bombardé de protons. Nous voulons tous revoir notre Terre. Et moi, mon pays de cocagne, celui de mes souvenirs d'enfant, remaniés et enjolivés, ma France.

Et quand je pense au jour où nous quitterons ce lieu pour rejoindre la Terre, je ne peux m'empêcher de considérer avec émerveillement l'ignorance dans laquelle nous serons à l'égard de cette vision révélée. Au fond, exactement comme en ce jour où, il y a presque sept ans, je pris le chemin de Mars. Je quittais alors un lieu familier et partais à la découverte d'un monde nouveau.

Oui, nouveau. Du moins, s'agissant de la Terre, je le souhaite ardemment. En effet, retrouver là-bas le même monde qu'avant, maintenant que je l'exècre et que j'en ai fait mon deuil, je l'avoue, me désespérerait.

Base Victoria,
Mars, le 7 juin,

Louis Perrier, Gouverneur.

FIN

Paris. 14 juillet 2020 - 13 juillet 2021

GLOSSAIRE

- **Anonymenaces / psythreats :** menaces proférées mentalement, l'auteur s'abritant derrière l'anonymat
- **Clog :** blog mental
- **Coccidrone :** appareil volant miniature
- **Cog :** signal cognitif
- **Cog-art :** art pictural mental dont les œuvres immatérielles sont visibles uniquement sur Intellect
- **Cog-culture :** forme de culture ayant Intellect pour unique médium de diffusion et ayant développé ses propres références
- **Cogdoléances :** condoléances transmises par la pensée
- **Cog-expert :** expert du fonctionnement de l'implant
- **Cog-friend :** ami sur Intellect
- **Cogmander :** commander à distance, par la pensée

Cogmenter : commenter mentalement / partager ce commentaire sur Intellect

- **Cogmuniquer :** toute forme d'échange par la pensée
- **Cogmuniqué :** communiqué (officiel, de presse) transmis par Intellect
- **Cognectivité :** désigne la qualité du réseau
- **Cognifestation :** manifestation, mouvement de protestation se produisant dans l'espace virtuel d'Intellect
- **Cog-pop :** courant musical dérivé du jazz et dont les œuvres sont composées et partagées mentalement
- **Coïg :** coït mental
- **Cortsex :** ensemble des pratiques sexuelles ayant Intellect pour médium
- **Éco-historiens :** historiens du changement climatique et de l'appauvrissement de la biodiversité

- **Écoterrorisme :** toute action terroriste menée à des fins de sauvegarde de la biodiversité ou du climat
- **E-dée :** concept construit et partagé mentalement
- **Enviro-mémo :** diminutif de « environnement mémoriel », désigne à la fois l'espace et la représentation graphique choisis par un utilisateur d'Intellect pour ranger ses psycho-données
- **Fakecogs :** pensée créée de toutes pièces, attribuée à un cortex qui n'existe pas, et partagée abondamment à des fins de propagande ou de déstabilisation
- **Fight-scorp :** scorpion de combat, utilisé par de nombreuses armées
- **Filmmersive :** film visionnable uniquement mentalement, permettant une immersion totale dans son déroulé, et dans lequel le spectateur peut notamment accéder à la conscience des personnages – les acteurs devant donc interpréter un rôle physique et cognitif.
- **Ghost-cog :** pensée résiduelle ou involontaire pouvant s'intercaler dans un échange cognitif et en polluer le contenu ou la compréhension
- **Intelliwork :** travail à distance par la pensée
- **Konisphère :** de konia, « poussière ». Couche d'air vicié enveloppant la capitale indienne et composée notamment de benzène, ammoniac, dioxyde d'azote et de particules fines
- **Lifepart :** partenaire de vie, avec qui l'on forme un couple sans relation amoureuse ni sexuelle.
- **Luminal :** personnage en plasma lumineux servant de compagnon nocturne aux jeunes enfants
- **Marcotteur :** dispositif permettant de placer ou ôter un implant
- **Marketthink :** dérivé de marketing, désigne l'ensemble des techniques qui ont pour objet la stratégie commer-

ciale et dont le médium est entièrement mental

Mémo-photographie : pratique de la photographie dans laquelle les clichés sont pris par les yeux puis partagés mentalement

Mémo-séquence : extrait d'une plage de psycho-données

Naji : membre actif du Nature Jihad, réputé pour sa radicalité et son recours à la violence

Neurobanque : Banque offrant la possibilité d'effectuer des **opérations par la pensée**

Neuro-beat : courant musical dérivé de la musique électronique et dont les œuvres sont composées et partagées mentalement

Neurocoins (abv : neuros) : monnaie universelle ayant cours sur Intellect. Symbole : ₦

Neurocopieur : appareil permettant de copier des psycho-données d'un implant voire de reproduire toute la structure d'un environnement mémoriel

Neurolégiste : médecin légiste habilité à pratiquer une autopsie cognitive

Neuro-mémorialiste : spécialiste des archives mémorielles généralement consulté lors d'un héritage, capable de trier et reconstituer une vie entière de souvenirs

Neuro-staccato : passage musical joué en détachant mentalement les notes

Neuro-trafic : trafic illicite d'implants ou de psycho-données

Psycho-donnée : désigne toute donnée enregistrée par l'implant relative à l'activité cérébrale de son hôte

Psycauser : mener une discussion mentale

Psyconcepteur : concepteur d'outils et d'applications destinées à Intellect et en particulier d'environnements mémoriels

Publinuage : vrai nuage sur lequel une société commerciale a obtenu le droit, moyennant redevance, de projeter ses publicités. Chaque type de nuage acquiert une valeur commerciale différente selon sa taille, sa forme et son altitude (un cumulus, bas et volumineux, se louera plus cher qu'un cirrostratus par exemple)

- **Publipensée :** publicité ciblée adressée à un cerveau connecté au passage d'une borne
- **Répenser :** répondre par la pensée
- **Se cortexclamer :** exprimer fortement une émotion par des cogs puissants
- **Sexpart :** partenaire de vie sexuelle – souvent complément du lifepart – avec lequel aucune construction relationnelle autre n'est envisagée
- **Soldarachnide :** de « soldat » et « araignée », robot utilisé par les polices du monde entier pour neutraliser des suspects jugés dangereux
- **Spectrateur :** spectateur présent par projection holographique
- **Thinkfluenceur :** influenceur d'Intellect
- **Think-jazz :** courant musical dérivé du jazz et dont les œuvres sont composées et partagées mentalement
- **Transpenser :** envoyer une pensée à quelqu'un et solliciter un échange cognitif avec lui
- **Ubiqui-surveillant :** personne ayant la charge de surveiller plusieurs lieux et pouvant se déployer sur l'un ou l'autre à tout moment en projection holographique
- **Véole :** vélo volant

IMPRIM'VERT

Imprimé en France par le groupe CORLET
Numéro d'impression : 22050198
Dépôt légal : mai 2022
pour le compte de

IGB EDITION